Ida Boy-Ed

Stille Helden

Ida Boy-Ed

Stille Helden

ISBN/EAN: 9783337355531

Hergestellt in Europa, USA, Kanada, Australien, Japan

Cover: Foto ©Andreas Hilbeck / pixelio.de

Weitere Bücher finden Sie auf **www.hansebooks.com**

Stille Helden

Roman

von

1

Ida Boy-Ed

1914

J. G. Cotta'sche Buchhandlung Nachfolger
Stuttgart und Berlin

1

Eine Frühlingsnacht endete, und das neue Tagewerk begann. Droben im sehr geräumigen Erker ließ sich der alte Herr in seinen Stuhl helfen. Er lag jetzt die Nächte oft wachend und verzehrte sich voll Ungeduld, bis zwischen den Spalten der Vorhänge ein grauer Schein bemerkbar wurde. Diesen grauen Schein der Morgendämmerung nannte er schon »Tag«, und damit gestand er sich das Recht zu, seinen Dienern zu klingeln. Denn sein treuer Leupold konnte den mächtigen Körper nicht mehr allein regieren; ein zweiter Diener hatte angenommen werden müssen. Und so zwang sich der alte Herr mit ingrimmiger Selbstbeherrschung, noch ein neues Gesicht in seiner Nähe zu ertragen.

Stöhnend und durch das vergebliche Bemühen, selbsttätig sich zu bewegen, seinen Helfern die Handhabungen noch erschwerend, kam er in die rechte Lage. Nun saß er leidlich behaglich im gewaltigen, mit Rindleder bezogenen Stuhl, der sich durch allerlei ausgetiftelte und glatt arbeitende Mechanik mit leisem Fingerdruck in verschiedene Schräg- und Steilstellungen bringen ließ. Auch eine breite Tischplatte kam von der Erkerwand geräuschlos nahe und zog sich wieder dahin zurück, je nachdem ein kaum bemerkbarer Knopf an der äußeren rechten Armlehne berührt wurde. Auf ähnliche Weise konnten von der gegenüberliegenden Wand ein Bücherregal und eine Schreibgelegenheit herangeholt werden. Diese Beweglichkeit all der toten Dinge gab ihnen etwas von dem Leben treuer, aufmerksamer und stumm wartender Tiere. Sie machte den seit einigen Monaten halbseitig Gelähmten unabhängiger von seiner Bedienung und gewährte ihm, was seit langen Jahren sein höchstes Bedürfnis gewesen war: Stunden ungestörter Einsamkeit. In ihr konnte sein Kopf am raschesten und gesammeltsten arbeiten. Jetzt in dieser frühen Stunde mußte der bewegliche Tisch das erste Frühstück tragen. Mit nie erlöschendem Zorn aß der alte Herr diesen Haferbrei und den Hühnerflügel oder was die ärztliche Verordnung ihm sonst noch an leichter Kost gestattete.

»Das hast du nicht gedacht, Leupold, daß du mich mal päppeln müßtest wie 'ne Wöchnerin,« sagte er.

»Es ist ja nur vorübergehend, Herr Geheimrat,« tröstete Leupold und schob noch handlicher Teller und Löffel zurecht.

»Wenn er wüßte, wie er seinen Ton gegen mich verändert hat!« dachte der Geheimrat erbittert. »Na ja – wie denn nicht! Früher war ich sein Herr, jetzt ist er im Grunde der meine.«

Aber in Leupolds etwas bräunlichem Gesicht und in seinen klugen dunkeln Augen war wirklich nichts von Überhebung zu lesen. Sorgsam, mit dem freundlich-gleichmäßigen Ausdruck, den er sich in mehr als fünfundzwanzig Jahren angewöhnt hatte, schnitt er das weiße Fleisch von dem Brustknochen des jungen Huhnes herab. Wenn man einem mächtigen, übermäßig beschäftigten großen Herrn dient, dem das Blut rascher durch die Adern läuft als durchschnittlichen Menschen, dann lernt man Gleichmut. Den Leupolds hatte das Haus nur einmal erschüttert gesehen – an jenem Abend, als unten im Speisesaal ein festlicher Tisch für ein Herrendiner schon fertiggedeckt stand und die Gäste jeden Augenblick eintreffen konnten. Da, gerade als Leupold den Frack bereithielt, als der Herr schon den Arm ausstreckte, um

4

hineinzufahren, da wurde der Riese jäh blaurot im Gesicht – stieß einen rauhen Laut aus – taumelte und fiel. ... In der Dienerschaftsstube flüsterte man davon, Leupold habe nachher geweint. Aber niemand erlaubte sich, ihn hierauf anzureden.

Jetzt war alles auf dem Frühstückstisch so zurechtgestellt und vorbereitet, daß der Halbgelähmte ohne weitere Hilfe sein Mahl verzehren konnte, und Leupold zog sich zurück.

Wie er so in seiner schlichten dunkelblauen Livree durch das große Zimmer der Ausgangstür zu schritt, sah sein Herr ihm nach. Eine Aufwallung von Rührung stieg in ihm empor.

»Weil ich nicht mehr recht schlafen kann, hetz' ich ihn aus dem Bett! Was ist das für ein brutaler Unsinn. Mißbrauch der Herrengewalt? ... Und er muckt nicht mal auf ... Anhänglichkeit oder Sklavensinn!? ...«

Aber sein Herz sagte ihm: Anhänglichkeit! Denn auch er dachte manchmal an jenen Augenblick, wo er von den dunkeln Grenzen noch einmal zurückerwacht war zum Leben – auch eine Art von Wiedergeburt – – wie ihm das Bewußtsein kam – wie er die Lider öffnete – da sah er in ein treues, angstvolles Auge, in dem Freude aufleuchtete, als er zu sprechen begann.

Nur das Auge des Dieners – eines ergebenen Menschen – nicht das Auge seines Sohnes! –

Ah – dieser Sohn ... wo war der in jener Stunde! ... »Na, er wird ja mal mit meinem Testament nicht unzufrieden sein!« dachte er noch in bezug auf Leupold.

Er versuchte zu essen. Wie sollte es schmecken! Ein so mächtiger Körper muß Bewegung haben, wenn sein Haushalt in Ordnung bleiben soll ...

5

Bewegung! Er wußte wohl: die kam ihm nie wieder. Jeder Tag, diese nächste Minute, noch ehe er den Haferbrei bezwungen, konnte ihn die unsichtbare Faust zum zweiten Male treffen. Und ein großes, furchtbares und dennoch seltsam feierliches Vorgefühl sagte ihm: dann traf sie so gut, daß es das Ende ward ...

In solcher Lage schließt man ab! Aber wie kann man, wenn der einzige Sohn dasteht gleich einem Wurzellosen, gegen Lebensfreude gleichgültig – ein Mensch, der am Ende scheint, wo er am Anfang sein sollte? Da schließe mal einer ab! Zu einem letzten Willen gehören zwei. Einer, der ihn ausspricht, und einer, der ihn ausführt.

Er sah hinaus. Es war immer noch sehr früh. Aber was war Tag, was Nacht für das Hüttenwerk! Da brauste die Arbeit und legte sich niemals schlafen. Die Hochöfen erloschen nie. Für ihre schwelende Glut gab es keine Feierstunde und keinen Alltag. Sie waren wie das Symbol der ewigen Hitze, die in geheimnisvollen Tiefen am Herde der Mutter Erde brodelt.

Im hellen Morgenlicht breitete sich vor den Augen des Herrn das Stück Welt hin, darüber er der Gebieter war.

Die gewellte Ebene, vom eingebetteten Fluß durchschnitten, der im ruhigen, viel gebogenen Lauf der nahen Ostsee zustrebte, hatte die kräftigen und ruhevollen Farben einer Landschaft, darin sonst allein der Bauer sein Reich findet. Ferne Wälder umgrenzten sie.

Aber mitten in diesen grünen Geländen und auf stillen, abgetönten Weiten hatte sich das Feuer eine gewaltige und beherrschte Stätte gesucht und Erze und Kohlen ihre düsteren Farben hineingetragen.

Wenn der alte Herr den Blick nach links wandte, sah er die drei Hochöfen gleich drohenden, gedrungenen Burgen

6

ragen. Steil hinan zu ihnen zog sich das Eisengestänge der Schrägaufzüge, an denen die kleinen Wagen emporkletterten, die mit ihrem Inhalt an Erz, Koks und Kalksteinen unaufhörlich die Öfen beschickten, das heißt in ihren Rachen das Material schütteten. Und schwarz, in den Formen von Riesenzylindern, hielten neben ihnen in Reih und Glied die aufrechten Eisenungeheuer Wache, in denen der Wind erhitzt wurde, der ihrem Feuer als Gebläse diente. Helle Schornsteine, gleich gelblichen, schlanken Säulen erhoben sich frei und leicht, scheinbar ganz ohne Zusammenhang mit den verschiedenen langgestreckten Dächern und den aufgetürmten Bauten, in denen man Maschinen oder Wasserreservoire oder Koksöfen vermuten konnte. Ein Gasometer, rund und klobig, in der Gestalt an das Grabmal der Cäcilia Metella fern drunten in der Sonnenglut der Appischen Straße erinnernd, stand etwas einsamer. Die dunkeln Linien der Drahtseilbahnen und Ausladebrücken durchschnitten die Luft. Sie waren wie Körper, die nur ein Skelett haben und gar keine Muskulatur. Zwischen ihrem Geripppe bewegten sich die Förderwagen, emsig und doch gelassen, die von den Schiffen das Erz und die Kohlen holten und mit dumpfem Prasseln an den rechten Lagerplätzen ausschütteten. All diese Dinge ragten gleich Gipfeln hoch aus dem Arbeitsfeld heraus. Und ein Dunst, bläulich, oft von steigendem weißen oder schwarzgrauen Gewölk durchzogen, umhüllte all diese phantastischen Formen, die bedrohlich und bizarr wirkten, weil sie andere waren, als die Natur sie schafft.

Das Gelände selbst, auf dem die Betriebe der Eisenhütte »Severin Lohmann« angesiedelt worden waren, verbarg sich vom Erker aus dem Blick. Eine große gärtnerische Anlage lag dem Hause gegenüber, von ihm durch die vorbeiziehende Landstraße geschieden. Diese Anlage nahm links, wo sie breit war, den Palisadenzaun des Werkes als

Grenze; sie zog sich zum Fluß hinab, wurde nach rechts schmäler und schmäler und verlor sich im Uferstreifen, der flußauf endlich an einer Hochbrücke endete, auf welche die dem Fluß sich immer mehr nähernde Landstraße dort traf.

Diese Silberpappeln und Kastanien, die so rasch emporgewachsen waren und dichte Kronen bekommen hatten; diese Rasen und Gebüschpartien; diese Blumenrabatten, die doch bei östlichem Winde immer grauschwarz bestäubt wurden; diese Sandsteintreppe, die durch die Anlagen dem Hause gerade gegenüber schnitt und zum Flußufer hinabführte, wo früher an einer Brücke eine Lustjacht lag, jetzt aber eine Fähre ihren Platz hatte – das alles war die »Anlage der gnädigen Frau«.

Die gnädige Frau sah einst nicht gern auf die Welt der Kohlen, Erze und Schlacken ...

Drüben am andern Ufer erhob sich über weißsandigem, schroff abfallendem Abhang eine kleine Stadt. Rote Dächer drängten sich um den Kirchturm, dessen spitzes Dach, frisch gedeckt, dunkel vor dem lichten Himmel stand. Der Hahn und die Kugel oben auf der scharfen Spitze flimmerten lustig und neu im Morgenglanze. Aber auch drüben kam zwischen den Dächern heraus Rauch. Aus merkwürdigen breiten, kurzhalsigen kleinen Essen blies er hinauf, stetig quellend. Man räucherte Fische in Schlutup, und einst lebte das ganze Städtchen von Ackerbau und Fischhandel. Nun aber hallte nicht nur der Arbeitslärm über den Fluß hinüber in die Straßen hinein – auch das Geld, das »Severin Lohmann« in Bewegung setzte, rollte hindurch, und neue Werte waren geschaffen, stärkeres Leben pulsierte.

Der alte Herr sah gern hinüber – es tat ihm wohl, zu sehen, wie das da wuchs – wie sich mehr und mehr Industrien ansiedelten, die durch sein Werk und dessen Nebenprodukte hier vorteilhafte Bedingungen fanden.

Und im Grunde genommen durfte er sich wie der ungekrönte König auch des andern Ufers fühlen.

Unten auf dem Fluß, unterhalb der hoch über ihnen sich in die Luft hineinstreckenden Eisengerippe der Ausladebrücken, ankerten ein paar Dampfer. Aus den Tiefen ihres Bauches herauf tauchten die Förderwagen wieder empor, die sich, schwebend an Drahtseilen, voll koketter Grazie leer hinabgelassen hatten – Dampfer aus Schweden – aus Griechenland – Spanien. Erhebend und quälend zugleich war das, den Blick auf seine Welt zu haben und nicht mehr in ihr herumregieren zu können.

Nun saß er hier in seinem palastartigen Haus, das durch ein kunstvolles, hohes Schmiedeisengitter von der Landstraße geschieden war und, inmitten von Vorgärten und anschließendem Park, wie ein fürstlicher Ruhesitz anzusehen war.

Er dankte für Ruhe ...

Die qualvolle Ungeduld, die in ihm kochte, suchte er nun schon seit Monaten zu bezwingen. Er hielt wortlose Monologe über die Größe, die im Entsagenkönnen liegt ... Er forderte von sich Haltung. Daß er sie andern Menschen gegenüber aufzubringen vermochte, gewährte ihm eine kleine Genugtuung. Aber allein mit der Qual, knirschte er mit den Zähnen gegen sie.

Alles wäre wahrscheinlich würdevoll und gefaßt zu ertragen, ohne dieses Elend mit Wynfried ...

Er dachte plötzlich: »Ich verstehe die Prometheussage – ja, weiß Gott, ich weiß, was das ist ... wie's gemeint ist mit dem Adler, der kommt, dem Gefesselten die Leber auszufressen ... Der Kopf ist klar, der Wille ist stark, aber die Kraft, die man nicht betätigen kann, frißt an einem ...«

Nun merkte er auf – ein heller, schneidender, von dumpfen Untertönen getragener Klang schien heranzukommen. Das riß ihn aus seinen Gedanken. Ja richtig – was für ein bezwingender Rhythmus in dem Volkslied lag, das die Querpfeifen bliesen und die Trommeln schlugen.

Das war das halbe Bataillon Infanterie, das drüben im Städtchen lag. Im Schritt und Tritt marschierte es heran durch die Morgenfrische; voran mit seinem Adjutanten der Major im Stabe, der den beiden Kompanien zur Führung beigegeben war – der eine auf einem hellen Fuchs, der andere auf einem Rappen. Die Soldaten sangen das Lied mit, das ihnen vorgepfiffen und getrommelt ward. Über die Hochbrücke waren sie gekommen und zogen zu einer Gefechtsübung aus – vielleicht um am Meeresstrand anderthalb Stunden ostwärts die Landung eines markierten Feindes zu verhindern.

Nun kamen sie am Hause vorbei, das Gitterwerk überschnitt die marschierenden Gestalten.

Die Offiziere grüßten fast alle hinauf. Sie waren in diesem Hause oft gastlich aufgenommen worden. Jeden Gruß beantwortete mit freundlichem Nicken das weißhaarige, bedeutende Haupt. Die Augen blitzten. Nichts von Krankheit und Alter war in ihnen –

Der Geheimrat redete in seinen Gedanken zu den grüßenden Herren.

»Ja, lieber Schönstedten – bin schon auf – kein Schlaf des Nachts – Was, Likowski? Einen neuen Gaul? Den Rappen natürlich mit Vorteil verkauft – famos zugeritten, wie er war ...«

Und zwei neue Erscheinungen? Das war wohl Leutnant Hornmarck – Herrgott wie klein und zart und jung, und sollte Kerls kommandieren und imponieren, die vielleicht schon mehr vom Leben wußten als er – und der da, der schlanke mit der stolzen Haltung, das mußte der Oberleutnant Stephan Freiherr von Marning sein. Vor ein paar Tagen hatte Leupold seine Karte hereingebracht.

Der Sohn alter Freunde, was man so »Freunde« nennt. Angenehme Bekannte, mit denen er manchen Herbst bei den Neuhofer Marnings zur Jagd als Gast gewesen war. Er entsann sich wohl: der junge Stephan hatte ihm immer gut gefallen, in seine besondere Unterhaltung hatte er ihn oft gezogen, er, der alternde Großindustrielle den jungen Leutnant, die scheinbar keine Interessen zusammen haben konnten. Aber der Geheimrat wußte, mit welcher schmalen Zulage Stephan sich ohne Schulden vornehm behauptete, denn dieser Zweig der Marnings war fast arm. Und wenn er so die schlichte, ernste Haltung des jungen Leutnants beobachtete, die voll Charakter war, dachte er an seinen Sohn ...

Seine Gedanken sagten dem gleichfalls heraufgrüßenden Freiherrn von Marning: »Wie gern, lieber Marning, antwortete ich sofort auf Ihren Besuch mit einer Einladung, bei mir zu essen – bin ja kein menschenfeindlicher Querkopf – aber da sitz' ich nun – vorbei ist's mit dem Gastlichsein ...«

Und es tat ihm seltsam dringlich leid, daß er dem jungen Marning keine Freundlichkeit erweisen konnte.

Nun war die Truppe vorbei. Er konnte ihr ein paar Minuten nachsehen – da zog sie hin, Mann wie Offizier, um in zäher, täglich neu aufgenommener Arbeit, mit einer moralischen Geduldskraft ohnegleichen, die unerhört opfervolle Mühe des Kriegshandwerks im Frieden zu üben – dazu gehört Mannhaftigkeit, die nicht an Ruhm und Heldenrausch, sondern nur an Pflicht denkt.

Auch stille Helden – wie die Tausend und Tausend, die arbeiten und sich bezwingen, und deren Namen und deren Kampf niemals jemand nennt und preist.

Ja, die gibt's auf allen Gebieten.

So dachte der alte Herr. Und da all seine Gedankenwege jetzt auf den einen Menschen zuführten, so war er schon wieder bei seinem Sohn.

»Ich hätte Wynfried doch vielleicht Offizier werden lassen sollen! Der Junge hatte es einmal gewünscht.«

Aber er hatte so oft mit seinen Wünschen gewechselt; sie waren immer nur lau gewesen.

Und der einzige Sohn und Erbe! Ihn zum künftigen Mitbesitzer und späteren alleinigen Herrn von »Severin Lohmann« zu bestimmen, war das Selbstverständliche. Er hatte sich ja auch nie dagegen erhoben. Den ganzen Bildungsgang durchlief er ohne Widerspruch, aber auch freilich ohne jemals Aufsehen durch Fleiß oder Leistungen zu erregen – was sicher nicht von einem Mangel an Begabung, sondern von dem Überfluß an Beziehungen zum weiblichen Geschlecht herkam ...

Hier übermannte den alten Herrn wieder der Zorn, und er unterbrach sich, um den dienstwilligen Tisch fast gegen die Wand fliegen zu lassen.

Nun war ihm freier, nun hatte er nicht die Barriere von Tischplatte mit all den Schüsseln und Speisen vor sich.

Und mit der rechten Faust machte er eine Bewegung – durchschlug die Luft, als wolle er jemanden treffen ...

Aber die, der es galt, die war lange tot. Aus ihrem Grabe hätte er sie wieder holen mögen, um sie haßvoll zu fragen: Was hast du aus unserm Sohn gemacht? Einen

Schwächling! Einen, der am Weibe scheiterte, weil du ihn weibisch erzogst ...

Er sah ihr kühles, ablehnendes Lächeln – er sah ihr schönes Gesicht, auf dem nichts geschrieben stand als Wohlgefallen an sich selbst.

In einem seiner stürmischen Entschlüsse klingelte er plötzlich. Alsbald erschien eine schlichte blaue Livree in der Tür. Aber es war nicht Leupold, sondern der neu engagierte blonde Georg, dessen saubere Gewaschenheit den alten Herrn immer irgendwie und ganz unlogisch ärgerlich reizte.

»Leupold!« sagte er befehlshaberisch.

»Leupold ist nach Schlutup hinüber, um die von Herrn Geheimrat gestern abend angeordneten Besorgungen zu machen,« sagte Georg in militärischer Haltung, als habe er noch immer seinen Hauptmann von Likowski vor sich.

»Ist mein Sohn schon aufgestanden?«

»Der junge gnädige Herr haben noch nicht das Klingelzeichen zum Bad gegeben.«

Der alte gnädige Herr gab nur einen Laut von sich, der für Georgs Ohr etwas Ungeformtes behielt. Daß aber beinahe Verachtung darin klang, spürte der junge Mensch wohl, und er dachte aufsässig: »Na, wir können doch nicht alle immer Glock fünf aufstehen ...«

Er war es ja zum Glück von seiner Militär- und Burschenzeit her gewöhnt. Aber wenn er der junge Herr gewesen wäre, würde er auch bis zehne schlafen. Und viel frohe Stunden schien der junge Herr seit seiner Ankunft gestern morgen auch nicht mit seinem Vater gehabt zu haben. Das ganze Haus stand unter dem dumpfen Wissen, daß zwischen Vater und Sohn »was los« sei – was, wußte kein Mensch, wenn nicht etwa Leupold. Aber der würde es auch nicht verraten ...

Nun war der Geheimrat wieder allein. Nun mußte er sich von neuem in Geduld fassen. Er hatte doch ein Gefühl dafür, daß er seinen Sohn nicht wie einen Schuljungen aus dem Bett holen lassen könne ...

Geduld – wenn eine so große, so schwere Frage zu beantworten ist – die bitterste, die das Leben bisher an ihn gestellt hatte ...

Was sollte mit seinem Sohn werden?

Äußerlich gesehen, konnte ja alles, wie von jeher bestimmt gewesen, nun geschehen. Wynfried hatte alle Stadien der Vorschulung für die auf ihn wartende Stellung durchlaufen. Er war auf der Hochschule gewesen; auf befreundeten Hüttenwerken hatte er als Volontär in die Betriebe hineingesehen; er war ein Jahr auf einer Bank gewesen und ein Jahr im Auslande. Nirgends hatte er Anlaß zu Klage oder Lob gegeben. Ob er überhaupt gearbeitet hatte, war unklar.

Das prickelte und grämte den Vater! So eine glatte Null – sein Sohn! Lieber mit Härten, Ecken und Kanten sich herumstoßen! Die Neutralen hatte der Alte immer gehaßt.

Und das einzige Gebiet, wo Wynfried von der unauffälligen Bahn des eben Zureichenden gewichen war, das war gerade das verhängnisvollste von allen ...

Ein Weib hatte ihn zerbrochen – er hatte sich zerbrechen lassen – – –

Das kam, weil ein Weib ihn verzogen und schwächlich genommen hatte.

Er, der Vater, er konnte nicht den Erzieher spielen. Er, ein

Mann, für dessen Pflichtenfülle der Tag immer um viele Stunden zu kurz war. Erziehung – das galt ihm auch als Frauen-, als Mutterwerk! Frauen, die Söhne gebären, sollen sie auch erziehen können. Das war sein Anspruch gewesen.

Aber seine Frau mochte sich das Leben so einrichten, daß nichts ihre Gemütsruhe, ihr Luxusdasein und ihre Schönheit störte. Erzieherpflichten können unbequem sein.

Auch gehört Liebe dazu – und seine Frau hatte wohl, außer zu sich selbst, keine Liebe gehabt. Nicht einmal zu Wynfried, obschon es so aussah, als vergöttere sie den Sohn. Solche mütterliche Affenliebe ist bloß eine etwas verwickeltere Form von Selbstsucht – das wußte der alte Herr längst, obschon er keine Neigung zu Betrachtungen gehabt hatte – früher, denn jetzt kam ihn, gegen seinen Willen, oft genug das Philosophieren an ...

Er dachte an eine Antwort, die sein Sohn ihm gestern bei einer vorläufigen Aussprache gegeben hatte: »Ja, Vater, du bist eben einer von den Männern, die nur denken und arbeiten. Du weißt nicht, was das ist: Lieben und Leiden ...«

Wie sich ihm da das Gesicht dunkel gefärbt hatte, wie rauh sein Ton, wie schroff sein Ausdruck gewesen war – das wußte er selbst nicht.

Grollend und in so schwerer Düsterheit, daß sein Sohn verstummte, sprach er: »Was weißt denn du von mir!«

Ja, was hatte sein Weib von ihm gewußt! Was wußte sein Sohn von ihm! Einsam! Einsam!

Und die eine Hand, deren sanfter Druck schon ihm Glück und Frieden bedeutete, die hatte er nicht festhalten dürfen ...

Lieben und Leiden?

Als ob es das Teil der Müßigen, Schwachen, Zärtlichen,

Durchschnittlichen sei.

Wehe, wenn es die großen Arbeiter packt und die Ehernen, die sich nicht zerbrechen lassen dürfen, wenn sie vor sich selbst voll Würde bleiben wollen ...

Helden müssen sie sein – aber in der Stille – denn es ziemt ihnen nicht, ihren Jammer zu zeigen, ihn laut auszurufen.

Ihre Leiden tragen die Maske der Rauheit oder Bitterkeit; der Gram ihrer Nächte bleibt ihr Geheimnis.

Erinnerungen kamen, und aus dem Groll glitt langsam seine Seele in weichere Stimmungen hinüber. Er sah das Weib, das er geliebt hatte, mit einer starken Deutlichkeit vor sich, die ihn beglückte und erschütterte. Für die, die groß lieben, ganz und mit der heißen Kraft der Hoffnungslosigkeit, gibt es keine Entfernungen und keine Gräber. Nie Besessenes bleibt unverloren und ewig nah ... So war Klara nie für ihn gestorben und nie von seinem Gemüt entfernt.

Ihre dunkelgrauen Augen, von einer leisen Traurigkeit immer vertieft, richteten sich mit innigem Blick auf ihn, ihre mädchenhafte Gestalt, mittelgroß und schlank, drückte in der ganzen Haltung so viel Ergebenheit und Keuschheit aus – es war, als wehe der Hauch von Tempelluft aus ihren Kleidern. In der ganzen stillen sanften Weiblichkeit ihres Wesens war dies unnahbar Feste gewesen, was ihm, dem stürmisch Leidenden half – und wenn ihr feines, kluges Gesicht einmal von einem Lächeln erhellt wurde, dann, wenn sie zu ihrem Töchterchen sprach, dann war es rührend schön, zum Weinen schön ... Er sah ihr braunes, fast glanzloses lockeres Haar, er sah ihre edlen Hände, deren Ausdruck so merkwürdig wechselnd war – beredte Hände.

Solch ein Weib hätte seinem Sohn begegnen müssen. Eine, die den Mann zu Höhen emporführt, die er allein niemals

16

erreichen kann.

Aber auf Wynfrieds Wegen waren ihm offenbar nur Weiber begegnet, oder er hatte das Talent, jedes Weib herabzuziehen – solche Männer gibt es. Es gibt aber auch Frauen, sonst ganz unschädlich, scheinbar fast gut, wenn sie in Ungestörtheit bleiben; die ziehen den Mann herab, wenn sie nur mit ihm in Berührung kommen – Frauen, die man isolieren sollte; wie Bakterien unschädlich bleiben, wenn sie nicht in Blutbahnen überführt werden. Wunderlich – wer könnte je ergründen, von was für Bedingungen die schädlichen oder segensreichen Wirkungen abhängen.

Gott mochte wissen, wie es mit Wynfried bestellt war.

»Ich kenn' meinen Sohn nicht,« das gestand er sich ein, »weiß bloß seine undeutlichen, äußeren Abgeschliffenheiten – die äußeren Daten seiner Liebesgeschichten. Was sonst in ihm steckt? Viel? – Nichts? – Ich weiß es nicht.

»Und nun soll ich davon, und diesem unbekannten jungen Mann, bloß weil er mein Sohn ist, mein Leben vermachen? Er soll sich auf meinen Thron setzen? Und vielleicht alsbald in Grund und Boden regieren, was ich in vierzig Jahren zur Blüte gebracht? Zum Kuckuck auch, das geht doch nicht allein um mich und meinen Herrn Filius, es geht ja um das Wohl von Tausenden. Alles, was von mir und meinen Unternehmungen sein Dasein hat, will weiter existieren – volkswirtschaftliche Werte und die Zukunft Vieler dürfen nicht in lässige Hände gelegt werden werden –«

Ein Niedergang von »Severin Lohmann« würde einen Niedergang der Gegend bedeuten. Lebten denn nicht drüben in Schlutup die Gewerbetreibenden, die Handwerker, die Ladeninhaber zum großen Teil von der

Beamten- und Arbeiterschaft seines Werkes? Und dann: Kräfte werden mal abgenutzt, Beamte müssen gehen, um neuen Persönlichkeiten Platz zu machen. Hatte Wynfried die Gabe, rechte Männer zu wählen? Eine der größten Begabungen für die Beherrscher so großer Unternehmungen, ja einer jeglichen; nicht der kleinste Krämer kann gedeihen, wenn sein Gehilfe unfähig und treulos ist. Und was für Männer brauchte dieses Werk! Mit Genugtuung dachte der Geheimrat an seine klügste geschäftliche Tat: an den Mut, den er besaß, indem er seinen Generaldirektor Thürauf mit einem Ministergehalt engagierte, weil diese erlesene Kraft nicht billiger zu haben war ... Und mit Thürauf kam eine noch größere Blüte. – Ja, solche Männer muß man erkennen, erfühlen können, das ist die Begabung.

»Thürauf wird nicht bleiben, wenn ich sterbe; nur als Direktor einer Aktiengesellschaft bliebe er,« das sagte sich der Geheimrat. »Einen andern Chef als mich ertrüge er nicht. Er fühlt, daß ich ihn einschätze bis in seine subtilsten Fähigkeiten hinein ...«

»Severin Lohmann« sollte nicht in der dritten Generation Privateigentum bleiben? Das tat weh nur zu denken – –

Immer leidenschaftlicher überdachte er sein Lebenswerk, seinen Besitz, all die zahlreichen Existenzen, die daran hingen und mit dem Hinwelken der Geschäftsblüte auch zum Absterben bestimmt wären ...

Und aus diesem Grübeln rang sich ein geradezu dämonischer Wille empor, noch zu leben! Er konnte, er durfte noch nicht davon, ehe er noch nicht wußte: Wer und was ist mein Sohn? Was wird aus meinem Werk, meinem Reichtum?

Ein beinahe abergläubischer Gedanke fiel wie ein Blitz in

seine glühende Unruhe.

»Durch die Weiber, seine Mutter eingeschlossen, ist er ja zerbrochen worden. Ein Weib soll aus ihm den rechten Mann machen, denn er muß doch auch schließlich einen Tropfen von meinem Blut in seinen Adern haben.«

Aber wo die Rechte finden?

Hier waren keine. Die fröhliche Mimi, seines ersten Chemikers Einzige – ach, die war ja gänzlich eine angenehmere höhere Tochter und nichts mehr. Und die drei seines Generaldirektors Thürauf? Trefflich erzogene nette Mädchen, mal passend für sparsame, strebsame Beamte. Oder der rothaarige Backfisch des Großindustriellen Stuhr, der vor drei Jahren drüben in Schlutup eine große Sensenfabrik gegründet hatte? Vielleicht die Witwe des Barons Hegemeister, die auf ihrem Schloß Lammen saß und von der man sagte, sie seufze von ihrer Kemenate übers Meer hinaus, ob nicht ein zweiter Gatte dahergefahren käme? Alle nicht für Wynfried passend.

Keine – weit und breit. Und der Vater hatte doch das starke Gefühl, er müsse für den Sohn wählen. Daß Wynfried kein Urteil über weiblichen Wert oder Unwert besaß, war ja erwiesen. –

Keine? Er fühlte plötzlich, daß er sich all diese Figuren vor sein Auge gerufen hatte, nur um an der einen vorbeizusehen, die seines Sohnes guter Engel werden konnte – denn sie war die eine, von der er vorher wußte: ihr entlockte Reichtum und Stellung kein rasches Ja! Sie würde nur einwilligen, wenn ihr Herz und Verstand Aufgaben sahen.

Einen ganz roten Kopf hatte er bekommen. Er strich sich mit der Rechten über die Stirn, als könne er Hitze und Röte wegwischen. Er sollte sich doch nicht aufregen ... und ganz plötzlich war er von einer ängstlichen Folgsamkeit erfüllt – hatte den nicht gerade klar zum Bewußtsein kommenden, aber doch dringlichen Vorsatz, allen ärztlichen Anordnungen fortan mit Lammesgeduld zu folgen. Denn er wollte leben – leben!

Er sah nach der Uhr. Halb acht! In einer Viertelstunde mußte sie sichtbar werden. Dann tauchte ihre Gestalt auf – die Sandsteintreppe zwischen den Anlagen kam sie herauf, denn sie wohnte drüben bei der alten Witwe des früheren Hüttenarztes. Und die Doktorin Lamprecht liebte das Mädchen wie ein eigenes Kind. Jeden Morgen und Nachmittag, in Wind und Wetter, an lachenden Sommertagen und wenn Schnee durch die Luft trieb, kam sie über die Fähre her, auf ihrem Berufsweg, der sie ins Schulhaus führte. Das lag weiter hinauf an der Landstraße. Man mußte an der ganzen Front des Werkes vorbei und noch ein paar Minuten weiter, dann kam man an das fröhlich aussehende weiße Haus mit grünen Läden und rotem Dach, das der Geheimrat für den Schulunterricht all der Kinder von Severinshof gebaut hatte.

Diese Kolonie zog sich in einem Viertelkreis nördlich des Werkes hin. Das Schulhaus an der Landstraße war ihr Abschluß. Auf das Schulhaus folgte dann mit ihrem großen Garten die stattliche Villa des Generaldirektors Thürauf und die Doppelhäuser für all die meist verheirateten Herren Chemiker, Ingenieure und kaufmännischen Abteilungsvorstände des Werkes. In Severinshof hatte der Geheimrat den Stamm der Arbeiter in freundlichen Häuschen mit Gärten angesiedelt, die sich dem Werk auf immer verbunden fühlten und von ihm Pension für ihre Feierabendruhe erwarteten.

Sie unterrichtete in der Schule seit zwei Jahren oder dreien – dem Geheimrat kam es vor, als müsse es schon immer so gewesen sein.

Jeden Morgen, seit er das Bett mit diesem Stuhlungeheuer hatte vertauschen dürfen, war es seine Unterhaltung, aufzupassen, ob sie pünktlich zwischen den Hainbuchenwänden auftauche, die die Sandsteintreppe bis zum Fluß hinab begleiteten, und ihr Gruß war ihm sein bißchen Poesie. – Und jeden Sonntagmorgen, manchmal auch Sonntags nachmittags kam sie zu ihm ins Haus zum Tee, eine schöne reiche Stunde lang.

Sie verstanden sich gut, der alte viel-vielfache Millionär, der starke Herrscher und stolze Arbeiter, und die arme Volksschullehrerin.

»Wenn sie meine Tochter werden wollte!« Der Gedanke an diese Möglichkeit erschütterte ihn beseligend.

Er sah der teuren Toten in die Augen, die unsichtbar in den Stunden, wo er sich mit sich selbst beschäftigen konnte, immer bei ihm war. – Ihr Segen wäre über den Kindern – –

Aber würden sie wollen? Dieser Sohn, der zu müde und freudlos erschien, um noch einen Entschluß zu fassen? Dies Mädchen, das mit einer so entschlossenen Gefaßtheit, verschlossen ohne Kälte, zufrieden, wunschlos in bescheidenen Verhältnissen dahinlebte, obgleich ihre frühe Kindheit von Luxus umgeben gewesen war?

Reue erfaßte ihn. Er hätte das Kind, als es verwaist und mittellos dastand, in sein eigenes Haus aufnehmen sollen, dann hätte Wynfried die Heranwachsende oft gesehen, vielleicht würdigen und lieben gelernt, und alles wäre von selbst einer glücklichen Wendung entgegengewachsen, was man nun gewaltsam einzubiegen und einzurenken versuchen mußte.

Aber damals lebte ja seine Frau noch ... Daß er das auch

nur einen Augenblick vergessen konnte. Seine Frau, die das Mädchen mißbildet oder mißhandelt hätte, auf diese feine Weise, wie sie zu mißhandeln verstand, durch Hochmut und Kälte, die so versteckt waren, daß sie sich immer ableugnen ließen, und doch so spürbar, daß man sich darunter bog wie unter Peitschenhieben.

Nun war es zehn Minuten vor acht, gleich mußte sie kommen.

Die Anlegebrücken hüben und drüben konnte er nicht von seinem Platz aus sehen; auch jene Stelle des Flusses, über die der Fährmann seinen Kahn ruderte, verbarg ihm ein Baumwipfel.

Jetzt erschien ihr Haupt. – Der Körper wuchs auf der Treppe, nun stand sie auf der obersten Stufe und hob das Gesicht zu ihm. Eigentlich konnte er von seinem hohen Sitz aus nicht jeden Zug deutlich erkennen. Aber mit den Augen der Seele sah er sie, als stehe sie dicht vor ihm. Ihm schien ihr einfaches dunkles Kleid wie eine vornehme Tracht; ihre Kleidung war so sorgsam – am schlanken Halse glänzte der weiße Kragen, auf dem lockeren Haar saß ein einfacher gefälliger Hut. – Unter dem Arm trug sie Bücher. Was für eine stolze und sichere Haltung sie hatte, und wie schön sie sich bewegte. Diese feinen klugen Züge, den etwas herben Mund, die tiefen grauen Augen – er kannte sie seit vielen, vielen Jahren.

»Klara!« sagte er lautlos zu ihr hinab. Und er meinte eigentlich doch eine andere Klara. Die, die längst von den Enttäuschungen ihres Lebens ausruhte, in jener Ruhe, die nichts mehr von sich weiß, nicht einmal die Wohltat fühlt, daß alle Not zu Ende ist ...

Ihre Tochter! Die Tochter der Frau, die er geliebt und nie besessen hatte. –

22

Zuweilen dachte er: Wenn die Welt das wüßte! Lachen würde sie, lachen darüber, daß Severin Lohmann das Andenken an eine entsagungsvolle Liebe heilig hielt.

Er aber fühlte tief: auch der Rauheste, auch der Größte, auch der Arbeitsriese – er verliert alle Fäden zum Verständnis der Menschen, verliert sich selber in Unbarmherzigkeit und Kälte, wird zur Maschine, wenn er nicht tief in sich ein leises kleines Feuer lebendig hält; und das Verlangen zur Liebe und zum Gedankenspiel mit einer Liebe, das ihm wie allen Sterblichen eingeboren war, hatte ihm sein Weib nicht sättigen können. – Als er acht Tage mit ihr verheiratet gewesen war, wußte er schon, daß eine schöne Larve ihn getäuscht hatte.

In den schweren und bitteren Erwägungen der heutigen Morgenstunde war das alles wieder zu starkem Leben erwacht, das Leiden und die Entsagung von einst ...

Klara grüßte herauf – und seltsam: anstatt wieder zu grüßen, streckte er nur die Rechte gegen das Fenster. Wie eine verlangende Geste war das: komm!

Und sie lächelte, er sah es genau. Sie nickte, wie ein unbefangenes fröhliches Mädchen tut, das in gesunder Freudigkeit an seine Pflicht geht.

Ja sie – sie! Sie war die Gesundheit, sie war die Kraft. Sie war die Jugend, sie war die Schönheit. Die Liebe, das Glück.

In der Stärke seines Wunsches, in der Herrengewohnheit, Wunsch und Wille sich untrennbar rasch vermählen zu lassen, in der grandiosen Selbstsucht des Verantwortlichen, der nur seine heiligen Zwecke bedenkt, in all diesen großzügigen Gewohnheiten seines geistigen Lebens kam ihm gar nicht die Erwägung, ob er auch Schicksal spielen wollte, vielleicht zum Unheil anderer Menschen.

Er war wie benommen von dieser Autosuggestion: sie ist zur Retterin meines Sohnes vorbestimmt, zur Erhalterin meines Lebenswerkes. – In ihr kommt ihre Mutter zurück und will durch sie erfüllen, was uns versagt bleiben mußte.

Als die rasch Dahinschreitende seinen Blicken entschwunden war, setzte er die Klingel in Bewegung, mit einem so heftigen Druck, daß das schrille Geläute drüben im Dienerzimmer gar kein Ende nahm, und dem atemlos herbeilaufenden Georg ward der Befehl: »Ich lasse den jungen Herrn bitten, sich zu mir zu bemühen. Um neun Uhr kommt aber Sylvester und malträtiert mich – also bitte noch vorher.«

»Sofort!« sagte Georg verängstigt. Denn er sollte eine Bitte überbringen und hatte doch einen Befehl gehört, hinter dem sich das Donnergrollen fürchterlichen Unwetters barg, falls der Befehl nicht augenblicklich befolgt werde ... Und wie sollte er das dem jungen Herrn beibringen? Der auf jede Bestellung nur ein lässiges, zweifelhaftes »So–o?« als Antwort hatte.

Aber es mußte ihm doch gelungen sein, das Dringliche und Bedrohliche des Auftrages fühlbar zu machen. Denn einige Minuten später trat Wynfried Severin Lohmann bei seinem Vater ein.

Der Sohn war von stattlicher Höhe, wenn er auch den Riesenwuchs des Vaters nicht erreichte, den wohlgeformten Schädel bedeckte hüsches welliges Blondhaar. Vielleicht hatten es zarte Frauenfinger so oft gestreichelt, daß davon eine Lichtung auf der Scheitelhöhe entstanden war. Das Gesicht erschien bei aller Regelmäßigkeit der Züge unauffällig – sagte wenig. Die blauen Augen, die unter schön geschwungenen Brauen standen, blickten leer in die Welt – ob aus Müdigkeit oder Gleichgültigkeit, wer konnte das sagen.

24

Und dennoch, so verschieden Vater und Sohn waren, – eine Familienähnlichkeit konnte dem schärfer Zuschauenden doch nicht entgehen. Das war dieselbe Kopfform, dieselbe etwas abgestumpfte Nase, das gleiche Wangenprofil, und wer aufmerksam in Wynfrieds Gesicht hineinsah, konnte darin auch eine Linie bitterer Verachtung entdecken, leidvoller Verachtung vielleicht, die zuweilen den rechten Mundwinkel ein wenig verzerrte. –

Er war im Morgenanzug – das gesteppte lila Seidenjackett, das weiß und lila gestreifte Seidenhemd kleideten ihn sehr gut, gaben seiner Erscheinung aber doch einen verzärtelten Charakter.

»Guten Morgen, Vater – verzeih, daß ich so komme – aber es schien eilig. Darf ich fragen: hast du gut geschlafen?«

»Mag nicht gefragt sein, hab' mich auch alle die Monate, seit dem Zufall, ohne deine Nachfrage beholfen,« sprach er mürrisch.

Ja, das wurmte immer wieder, daß der Sohn nicht kam – mit Extrazügen hätte er hereilen müssen. Aber da gerade fing er ja an zu zittern, daß seine Geliebte ihn verlassen könne, und das war wichtiger gewesen, das hatte ihn in Paris, oder wo er grad' gewesen war, mit eisernen Zangen festgehalten.

Aber Ruhe! Fassung! Alles vergessen! Zudecken – neu anfangen.

Der alte Herr sah ihn an. Wie höflich die Frage gewesen war: »hast du gut geschlafen?« Als werde sie an einen Fremden gerichtet, ohne daß einen die Antwort im mindesten interessiere ... Jetzt bemerkte er auch den kostbaren Morgenanzug des Sohnes.

»Höre,« sagte er offen, »ich bin kein kleinlicher Mensch.

Wenn du Schulden gemacht hast, und ich in meiner Jugend keine, denk' ich: na ja, du bist der Sohn eines Millionärs, und ich war der eines hart kämpfenden Anfängers. Und wenn du dich morgens fast wie'n Frauenzimmer in seidene Frühstücksroben hüllst, wozu ich nie Zeit und Geschmack gehabt habe, denk' ich: andere Generationen, andere Gewohnheiten. Aber so mal ganz unbefangen: die Schulden stoßen mir weniger vor'n Kopf als dieses lila seidene Morgenraffinement. Daß es ohne Schulden und Lehrgeld nicht abgehe, darauf war ich nach der Erziehung gefaßt. Aber daß mein Sohn sich mal so von mir weg entwickeln würde, daß er weibisch tut, das ist mir was Fremdartiges. Nun – Randglosse. Überhör sie, wenn du willst. Und nu setz dich mal da ...«

Wynfried nahm in dem kleinen Klubsessel Platz, der auf der Grenze zwischen Erker und Zimmer, gegen die Mauerecke geschoben, für die Besucher des Geheimrats dastand.

»Ich will gewiß niemals etwas überhören von dem, was du mir zu sagen wünschest,« sprach der Sohn höflich.

Er saß da, etwa als habe er bei einem Minister Audienz. Aber seine Haltung war doch nicht mehr ganz so gleichgültig, wie sie noch gestern gewesen war. Dieses furchtbar grollende, schwere: »Was weißt du von mir?«, das ihm sein Vater gestern entgegengeschleudert, hatte ihn die ganze Nacht beschäftigt.

»Unsere Aussprache gestern ist resultatlos verlaufen, weil wir planlos, ziellos drauflos redeten – wie man so bei der ersten Gelegenheit zur Entladung tut – aber nie tun sollte. Wir wollen heute kürzer, aber praktischer sein,« begann der Vater.

Wynfried, die Ellbogenspitzen auf den Lehnen des weiten

Stuhls, hatte die Finger wagrecht ineinandergeschoben. Dabei kam ein goldenes Kettenarmband zu Gesicht, das sich um das linke Handgelenk schlang.

»Ähnliches habe ich auch gedacht,« antwortete der Sohn. »Und meine Schulden betreffend, so wollte ich dir erklären, daß ich bereit bin, sie mit meinem mütterlichen Erbteil zu bezahlen.«

Eine energisch abwehrende Kopfbewegung schnitt diesem Vorschlag den Faden der Weiterentwicklung ab.

»Du hast noch kein Geld verdient und auch noch keins verdienen können. Die Zinsen deines Muttererbes reichen zwar nicht halb für deine Bedürfnisse – falls du diese nicht sehr einschränken willst. – Aber es ist ja nun mal dein einziges Einkommen, das dich von mir unabhängig machen könnte,« schloß er langsam mit Bedeutung.

War das eine Drohung? Oder war vielmehr der verborgene Sinn so: mein Sohn soll sich nicht als mein Sklave fühlen? Kaum erhoben sich diese Fragen in Wynfried, als er auch schon den Vater weitersprechen hörte.

»Dieser bescheidenen Unabhängigkeit will ich dich nicht berauben. Ich werde unserm Anwalt in Hamburg schreiben – Koppen ist diskret und ein zuverlässiger Mann. Er soll alles in die Hand nehmen. Schicke ihm eine Liste deiner Schulden, oder fahr hin und sprich alles mündlich mit ihm durch. Es wird bis auf den letzten Heller bezahlt werden. Und Koppen soll mir Details ersparen ... du verstehst ...«

Wynfried errötete. Er fühlte es. Und es war ihm demütigend. Die Großmut des Vaters rührte ihn weniger, als daß sie ihn beschämte. Zugleich erleichterte es ihn, daß sein Vater sich das genaue Studium der Schulden und ihrer Art ersparen wollte – nicht die Rechnungen von Juwelieren, Pariser Damenschneidern, Automobilfabrikanten einsehen, nicht die Forderungen dunkler Geldmänner selbst prüfen mochte.

Und wie sanft sein Vater dies alles aussprach! Als sei gütige Geduld sein eigentlichster Wesenszug ...

Wynfried hatte ein unklares Gefühl, als sei diese vornehme Milde ein Vorspiel, das ihn gefügig machen solle ...

Ach, gefügig ... dazu bedurfte es keiner klugen Vorbereitungen.

Er war so angeekelt vom Leben, von den Frauen, von Freundschaft, von allem – allem. Ihm war es ganz gleichgültig, was man von ihm fordern würde – er war bereit zu allem, weil er zu nichts mehr bereit war. Er ließ sich schieben. Die einzige lebhaftere Regung in ihm war vielleicht noch eine ferne leise Dankbarkeit, daß jemand ihn schieben wolle. Aber Neugier, wohin er geschoben werden solle, empfand er kaum.

Seine Mutter fiel ihm ein. Die sagte manchmal scherzend – er wußte jetzt, zurückhorchend in seine Jugend, daß in ihrem Ton Haß mitgeschwungen – sie sagte scherzend: »Er fabriziert phosphorfreies Roheisen – davon ist seinem Wesen was angeflogen.« Und seltsam hörte er zugleich wieder dies düstere: »Was weißt du von mir?« Es schien, als wolle ihn dies Wort verfolgen.

Er sah seinen Vater an und begegnete einem großen, durchdringenden Blick, der unter den buschigen Brauen her aus diesen gewaltigen Augen kam – als Kind hatte er sich vor den Augen gefürchtet ...

Ihm war, als säße er armselig, nackend da. Ein Nichts vor diesem Überragenden.

Ein nervöses Frösteln lief ihm über die Haut. War das

wieder die Furcht wie in Kindertagen? Nein, ein neues, unerklärliches Gefühl – wie ein leise aufzuckendes Elend – darüber, daß er ein Nichts sei – sich jäh als solches fühlte – zum erstenmal.

Er biß sich auf die Lippen ... Ein langes Schweigen stand zwischen Vater und Sohn.

Endlich besann sich Wynfried, daß er etwas sagen müsse.

»Ich danke dir für deine Großmut.«

»Hast du dir Pläne für dein nächstes Leben gemacht?« fragte der Geheimrat.

Wynfried hatte eigentlich nichts Deutliches gedacht. Vielleicht eine Reise um die Welt. Oder einen größeren Jagdausflug nach Südamerika. Oder ein stumpfes Vegetieren in einer Einsiedelei, irgendwo an der englischen Küste ... Aber er mochte nichts davon aussprechen.

»Nein!«

»Du bist nun achtundzwanzig Jahre alt. Du solltest an das einzige denken, was einem Mannesleben rechten Inhalt gibt: an Arbeit.«

»Aber ich habe doch ...«

»Deine sogenannten Studienjahre sind von anderen Dingen mehr ausgefüllt gewesen als von gründlicher Arbeit, und da nie und nirgend Examen oder bezahlte Leistungen von dir gefordert wurden, dürfte dir selbst das Urteil fehlen, wie viel oder wie wenig du weißt und kannst. Eine große Stellung und ungemeine Aufgaben und Verantwortungen warten auf dich. Noch bin ich da, und mein Wille ist, mich noch viele Jahre zu behaupten ...«

Er atmete tief auf. Der Sohn sah mit Staunen, welch ein

wunderbarer Ausdruck über dieses Antlitz flog – es schien nicht mehr das eines gewöhnlichen Sterblichen – monumentale Größe war darin – Kraft von übermenschlicher Art. Und ihm war, als könne sein Vater selbst dem Tode trotzen, wenn er wolle ...

Nach dieser inhaltsschweren Pause fuhr der Vater fort: »Aber du bist doch einmal mein Nachfolger – du mußt dich darauf vorbereiten – dich einarbeiten. Ich werde es schon verstehen, dir, trotz deiner vorausgesetzten Unzulänglichkeit, bei den Abteilungsvorständen die rechte Stellung zu machen, daß du in keine schiefe Lage kommst. Freilich, wie du dich zu Thürauf stellst, das wird deine Sache sein, und ist die allerwichtigste für dich. Dieser Mann ist mein bedeutendster Mitarbeiter – geschäftlich mein anderes Ich – trotz der völlig verschiedenen Individualität. Ich verdanke ihm viel – er mir auch – Geben und Nehmen ist unter gemeinsam Schaffenden das nicht mehr auseinander zu sondernde Bindemittel. Du wirst noch viele Jahre nichts sein ohne ihn – du hast schon aus allem herausgehört: es ist mein Wunsch, daß du jetzt hier bleibst und dich in den Betrieb einlebst. Bist du einverstanden?«

»Ich will es versuchen,« sprach Wynfried tonlos.

Diese mutlose Ergebenheit, die aus den Worten sprach, diese erschreckende Blässe, die sein Gesicht entfärbte, ließ in dem Vater eine Furcht aufblitzen ...

Wie, wenn Wynfried trotz allem noch nicht mit jener Frau fertig war? Wenn ihm sein Bleiben hier so etwas wie Gefangenschaft bedeutete, die ihn von ihr absperrte?

»Ein Vater darf fragen, wenn er den Sohn so wiederbekommt, wie ich dich – gestehst du mir das zu?«

»Ja.«

»Drei Jahre hat dich die Frau festgehalten. Früher dacht' ich, wenn ich so von ewig wechselnden Liebschaften hörte: wenn er doch mal eine fände, die ihm das Sichverzetteln abgewöhnt. Na – der Wunsch wurde mir erfüllt. Wie das so manchmal mit Wünschen geht – man bekreuzigt sich, daß man sie gehabt hat ... Donnerwetter! Die eine hat dich ein Vermögen, Nerven, ein paar schöne Jugendjahre gekostet – und mich – mich hat sie auch was gekostet. Glaub nur – es war ein harter Augenblick, als man mir dein Telegramm gab – ›Unabkömmlich – hoffe auf deine rasche Genesung‹– Unabkömmlich! – Wenn der Tod an des Vaters Lager steht! Und warum unabkömmlich? Weil du rasend warst aus Eifersucht und Angst, eine – D i r n e zu verlieren ...«

Die Faust ballte sich – die Worte waren schwer von Schmerz.

»Verzeih – ich war von Sinnen,« sagte der Sohn mit schwacher Stimme.

»Und endlich mußtest du doch begreifen! Grad saßest du auch so fest in Schulden, daß nichts mehr blieb als die Flucht zu mir. Da verließ dich die edle Dame – weil sich ein dummer Kerl von exotischem Adel fand, der ihr standesamtlich 'ne Neunzackige aufsetzen wollte. Aber nu sage mal, Wynfried – so Mann den Mann gefragt: bist du kuriert von der Leidenschaft? Liebst du das Weib noch? Haßt du sie? Was dasselbe wäre. Wie ist es mit deinem Herzen bestellt?«

»Herz?« sagte Wynfried, und der verächtliche Zug erschien in seinem Mundwinkel. »Das wird einem totgeschlagen durch solche Erfahrungen. Ich verachte diese Frau und alle Frauen.«

»Nun, nun,« meinte der Geheimrat, und ein Lächeln, tiefsinnig und fast zärtlich, spielte über sein Gesicht, »es gibt noch edle Frauen. Und ein Herz ist gottlob wie die Natur: es blüht wieder auf –«

Wieder war der Sohn von Staunen wie benommen.

Er verspürte Weichheiten. Sie waren ihm etwas nie Geahntes bei seinem Vater. Woher kamen sie? Waren sie früher nur tiefer verborgen gewesen? Oder hatte die Brüchigkeit und der Gedanke an den doch vielleicht nahen Tod ihn verändert?

»Und kurz und gut,« sprach der Alte aus seinem mächtigen Sessel heraus, wo er sich so oft als Prometheus fühlte, »kurz und gut: ich denke, du heiratest. Ein liebes edles Weib wird deinem Dasein höheren Inhalt geben. Ohne Familie hält es sich hier auch wohl schwer aus. – Die scharfe Arbeit braucht ein mildes Gegengewicht. – Nur durch eine Frau kann dein Gemüt wieder ins Gleichgewicht kommen. Du bist nun mal aufs Weib gestellt. – Jetzt aber soll es eine sein, vor der du den Hut abnimmst.«

»Kurz und gut« hatte der Vater gesagt. Als schließe sein Vorschlag lange Verhandlungen über die Werte des Familienlebens ab. Und doch fiel das seinem Sohn sozusagen auf den Kopf. –

Er lächelte. So überrascht war er. Aber das Lächeln losch gleich hin. Er begriff auf der Stelle, daß es seines Vaters fester Wille war.

Das elende Gefühl, vor ihm ein Nichts zu sein, kam ihm wieder. Zugleich das dunkle noch andrängende, rasch aber klarer werdende Erkennen, daß vielleicht in diesem entscheidenden Augenblick seines Sohneslebens Gehorsam das einzige Mittel sei, das Wohlwollen und Vertrauen des Vaters zu erringen – das Verlangen danach wallte in ihm auf – zum erstenmal, seit er denken konnte.

»Aber deshalb heiratet man doch nicht!« dachte er. Er dachte es ohne heftige Abwehr. Nur in einer matten Regung des Eigenwillens. Er fühlte sich zu zerbrochen zum Kampf.

Jahrelang war er in wahnsinniger Leidenschaft der Sklave eines Weibes gewesen. Sie hatte ihn verraten und verlassen. Der Rest war Widerwillen gegen Welt und Weib.

»Nun!« mahnte der Vater in aufkochender Ungeduld. Irgend etwas wollte er doch auf seinen Vorschlag hören.

»Und du hast dir gewiß auch schon ausgedacht: welche,« sagte Wynfried ausweichend.

»Ah – ob! Du wirst dir Mühe geben müssen, angenommen zu werden.«

Wie das Wynfried peinigte. Seine ganze Seele war wund. Sein Vater, in der Naivität, die geniale Menschen haben können, wenn es sich um ihre heimlichen Poesien und Herzenswünsche handelt, schien nicht zu ahnen, daß er vielleicht unzart vorgehe ...

»Wer ist es denn?« fragte er gleichgültig, höflich – nur um den Vater nicht zu reizen.

»Klara Hildebrandt.«

»Die Tochter von deinem früheren Generaldirektor – der sich erschoß – wegen verfehlter und verbotener Spekulationen – du hast dich des Kindes angenommen – die –?«

»Ja – die.«

»Ich weiß noch, wie Hildebrandt mit seiner Frau und seiner ganz kleinen Tochter ankam. – Es gibt so Dinge – man behält sie, obschon sie eigentlich nebensächlich sind und nichts mit einem selbst zu tun haben – aber zeitlich mit irgendwas verknüpft sind, was damals einem wichtig war. – Ja, ich weiß noch – Mama bestimmte die Bepflanzung der Anlage, deren Erdarbeiten gerade fertig geworden waren – ich hatte so viel Kummer davon gehabt, weil ich gern mitgegraben und gekarrt hätte und nicht durfte. – Da kamen Hildebrandts und mußten aussteigen, weil der Weg versperrt war – und Mama sagte gleich, daß sie sie nicht leiden möge. – Die Frau war sehr schön – ich begriff damals nicht und auch in den folgenden Jahren nicht, weshalb sie mir immer so schön und so ganz anders vorkam. – Jetzt weiß ich: sie hatte wohl einen seltenen Zauber reiner Weiblichkeit – wenn ich mich recht erinnere ...«

»Ja, du erinnerst dich recht,« sprach der alte Mann langsam, »in ihr waren Schönheiten ... ein Wunder war sie ...«

Und sein Gesicht bekam einen Schein, als läge Andacht darauf.

Sein Sohn sah ihn an – ihre Blicke begegneten sich, ruhten lange ineinander. Und wieder war dem Sohn, als höre er den Vater sagen: »Was weißt du von mir!«

Ihm fiel ein, wie der Vater damals voll Großmut alles vertuschte, was dem ungetreuen Beamten noch im Grabe den Schein der Ehre hätte nehmen können ... Wie er der Frau beigestanden, die nicht lange danach hinstarb – wie er für das Kind gesorgt. –

Und unverwandt sahen sie sich an, Vater und Sohn –

Bis der Vater, wie in einem stolzen Bekennen der Reinheit für sich und eine Tote, hoch und frei sein Haupt erhob ...

Da war es Wynfried, als habe er an Pforten gestanden, hinter denen unantastbare Heiligtümer verschlossen gehalten würden ...

»Ich habe Klara Hildebrandt seit vielen Jahren nicht mehr gesehen,« sprach er langsam.

Sein Vater reichte ihm die Rechte hin. – Obgleich Wynfried wußte, der junge Doktor Sylvester werde jeden Augenblick erwartet, um die Behandlung mit Massage und Elektrizität zu beginnen, die täglich zweimal vorgenommen wurde, fühlte er doch, daß diese Verabschiedung aus einer seelischen Aufwallung heraus erfolgte. Aber er spürte auch einen festen Druck der Hand – war das Versöhnung? eine stumme Überredung? ein neues Bündnis zwischen zweien, die von der Natur aufs engste verbunden waren, sich aber nicht gekannt hatten bis zu dieser Stunde?

Kannten sie sich denn jetzt?

Und es war dem Sohne, als dürfe er das Wort des Vaters auch für sich in Anspruch nehmen und gegen ihn kehren und auch fragen: »Was weißt du von mir?«

Da durchschauerte es ihn: was weiß ich denn selbst von mir? Und das elende Gefühl der Lebensleere, der Nichtigkeit kam abermals über ihn.

Er ging in sein Zimmer und warf sich wieder auf sein Bett.

Er starrte ins Unbestimmte.

»Eine Kugel durch den Kopf – das wäre das richtigste ...«

Aber vor diesem Gedanken erschrak er. Denn ihm war, als sähe er seines Vaters Angesicht. – Er hatte eine Vision. – Sein Vater stand an seiner Leiche, aber der alte Mann weinte nicht – Verachtung war in seinen Zügen, die furchtbar schienen.

Und die Angst vor dieser Verachtung zwang ihn zum Leben zurück – das fühlte er.

Aber wie leben? Unter welchen Möglichkeiten?

Ah – gleichviel unter welchen – wenn sie ihm nur Inhalt für sein Dasein vortäuschten.

Diese Leere trieb ihn sonst doch noch zu dem, was sein Vater verachten würde.

2

Nun war es Sonntag. Aber Leupold fühlte, daß sein Herr sich nicht in der beruhigten Stimmung befand, wie sonst, wenn Fräulein Hildebrandt erwartet wurde.

Vor dem Klubsessel, dem Audienzstuhl, deckte er den Teetisch. Sonst paßte der Geheimrat sogar auf, ob auch schöne Blumen aus den Treibhäusern heraufgeholt worden waren, denn die Blumen durfte Fräulein Hildebrandt nachher mitnehmen. Ja, er hatte sich wohl schon den Teller mit Kuchen zeigen lassen, um nachzusehen, ob die Cremetörtchen vorhanden seien, die Fräulein Hildebrandt gern zu essen scheine. Leupold machte sich manchmal Gedanken über das starke Interesse seines Herrn an Klara Hildebrandt. Er wußte: die Hildebrandts hatten damals schon ihre zweijährige Tochter mitgebracht – wenn also böswillige Menschen davon munkelten, Klara solle die natürliche Tochter des Geheimrats sein, so war das nur böswilliger Klatsch. Anderseits, wenn er so völlig von ihr umsponnen war, weshalb hatte er sie denn nicht schlankweg zu seiner Frau gemacht? Vor einem Jahr noch war der Geheimrat eine wunderbare, stattliche, fürstliche Erscheinung, und es wäre doch nicht das erste Mal gewesen, daß ein fünfundsechzigjähriger Millionär sich das Vergnügen machte, eine zweiundzwanzigjährige junge Dame zu heiraten.

Leupold beschloß aber solche Betrachtungen immer mit dem bestimmten Wort: Dazu ist er zu klug! Und er war natürlich mit solcher Klugheit sehr zufrieden, denn er sah, ohne sich dessen bewußt zu sein, seinen Herrn einfach als sein Eigentum an. Durch eine Wiederheirat wäre er in den

Hintergrund gedrängt worden. Er war seinem Herrn unentbehrlich, und das wollte er bleiben. Diese Empfindung war sein eigentlicher Lebensinhalt.

Heute nun kümmerte der Geheimrat sich um nichts, sah kaum die Rosen an, die Leupold vorwies, und wehrte unwillig ab, als der Kuchenteller zur Begutachtung gezeigt wurde.

»Was er wohl hat,« dachte der Diener. Das Leben seines Herrn lag so durchsichtig vor ihm hingebreitet, daß er sich trotz aller ihm wirklich eigenen Diskretion nicht enthalten konnte, sogleich zu begrübeln, was er gelegentlich an einer Stimmung nicht verstehen konnte.

Die heutige Undurchdringlichkeit der Herrenlaune schien besonders rätselhaft.

Der Geheimrat hatte freilich so viele schwere Gedanken, daß sie ihm wie zyklopische Blöcke im Gemüt lagen. Seine Intelligenz, seine Lebenserfahrung, sein starkes Gefühl versuchten sich an diesen schweren Dingen. Aber ihnen war nicht beizukommen.

Zum erstenmal geschah es ihm, daß er einfach keine Antwort wußte auf die Frage: Wie fang' ich das an?

Wynfried war noch am Tage jener Unterredung nach Hamburg gereist und hatte mit dem Rechtsanwalt Koppen alle diese trüben Finanzangelegenheiten durchgesprochen. Damit war das erledigt. Es galt nur noch, sobald Koppen alle Forderungen auf Recht und Reinlichkeit geprüft haben würde, einen Scheck mit einer wahrscheinlich sehr großen Zahl auszuschreiben. Heute mittag war er schon wieder zurückgekommen. Der Vater mochte keinen Zeugen beim Essen haben, denn es war ihm peinvoll, wenn er mit einer Hand Vorgeschnittenes aufgabeln mußte. So aß jeder für sich. Wynfried unten im Speisesaal voll schön stilisiertem

Prunk. Der Geheimrat in seinem Sessel, der seine Gruft und sein Thron zugleich war. Bei der Begrüßung erschien es aber dem Vater, als sei der Ausdruck seines Sohnes noch nicht ein bißchen heller und freundlicher. Die gleiche vornehme Apathie, die so empörend auf den kraftvollen Riesen wirkte, der sich noch wie ein Koloß an Willen vorkam, trotz der halbseitigen Lähmung, gegen diesen gleichgültigen jungen Mann ...

Er hatte gebeten, was nach des Geheimrats Einbildung »bitten« hieß, in der Tat aber einfach immer wie ein Kommando klang, daß Wynfried doch um fünf Uhr zum Tee heraufkommen möge.

»Dann kann ich dich ihr vorstellen.«

Wynfried wußte von selbst, daß damit Klara Hildebrandt gemeint sei. Er verbeugte sich nur gehorsam zustimmend. Seine Gedanken verschwieg er. Sie lauteten ungefähr: Sie werden sagen, der Vater hat ihn mit dem ersten besten Mädchen verheiratet, bloß damit er in Ordnung kommt. »Sie« – seine Genossen der letzten tollen Lebemannsjahre, all diese jungen Männer, die in ihren Vätern vor allem nur die Geldquellen sahen – und andere »Freunde«, die auf seiner Freigebigkeit und Sorglosigkeit schmarotzten. Und all die »Freundinnen«, die ihn zu trösten und anzupumpen suchten und ihn betäuben halfen – – Ja, all diese würden sich totlachen und es sich zuschreien: Wißt ihr, Winni hat man zum Standesamt geschleppt ... Aber es war egal, was diese spotteten – alles war egal –

Nun saß der Geheimrat da, wuchtig und groß, in der Umrahmung der gelbgrauen Lederlehne, und versuchte vergebens die Frage vom Fleck zu wälzen: Wie fang' ich das an?

Er fühlte, daß er des Gehorsams Wynfrieds sicher sein

konnte und daß dieser pünktlich gegen fünf Uhr eintreten würde.

Sollte er die Zeit vorher benutzen, um Klara vorzubereiten auf seinen Plan und Wunsch? Sollte er hoffen, daß Wynfried, von ihr bezaubert, mit neu erwachendem männlichen Mut darauf ausgehen würde, sich das Mädchen zu erobern? Lag nicht die Gefahr nahe, daß er mit zu offenem Wort das feine herbe Kind kopfscheu machen würde, wie ein scheues Wild von einem ungewohnten Laut vergrämt wird? – War es klüger, zu schweigen oder zu reden? den Dingen ihren Lauf lassen?

Aber wer verbürgte ihm denn, daß ihm Zeit blieb, den Lauf der Dinge abzuwarten? Wußte er so gewiß, daß sein Wille zum Leben siegreicher war als der Dunkle, der neben ihm lauerte?

Und war Wynfried in seiner Schlappheit und blassen Unlust wohl der Mann, dem ein Mädchenherz schnell zufliegen konnte?

Ganz tief in seinem Unterbewußtsein war ja das Gefühl: Sie wird es meinetwegen tun ...

Aber dem Gefühl verbot er die Deutlichkeit. – Es sollte doch für sie kein Opfer werden! Sie sollte Aufgaben, Reichtum, Achtung, Zuneigung finden, und damit das Glück ...

»Wie fang' ich es an?«

Er fand keine Antwort.

Und so beschloß er, der sonst die Dinge mit klaren Vorsätzen und starken Händen lenkte, sich zunächst von ihnen lenken zu lassen. Er wollte abwarten, wie weit Gespräch und Stimmung und jenes unwägbare Gefühl für die Gunst oder Ungunst des Augenblicks ihm erlauben würden zu gehen.

Er kam durch diesen Entschluß ein wenig innerlich zur Ruhe. Wunderbar wohl und frisch war ihm zumut, so daß es ihm selbst erstaunlich schien – bei seinem Zustand!

Der Sonntagsfrieden draußen und drinnen hatte für ihn etwas Pastorales. Früher war er nie dazu gekommen, ihn überhaupt zu bemerken.

Sonntäglich war ihm zumut, obschon draußen von pastoralem Frieden keine Rede sein konnte. Düsteres Gewölk flockte sich wie jeden Tag durch den bläulichen Dunst, der die Schornsteine und die düsteren Burgen der Hochöfen und ihrer Genossen, der starren schwarzen Winderhitzer, umspann. Emsig krochen die Erzwagen zwischen dem Gerippe der Schrägaufzüge zur Höhe der Öfen hinan, und die dumpfe Musik von tausend fallenden, zischenden und stoßenden Geräuschen summte durch die Luft.

Aber die Belegschaft, die in Verfolg des automatischen Wechsels der Arbeit jetzt vierundzwanzig Stunden frei hatte, gab sich der Sonntagsfreude oder Ruhe hin. Auf der Landstraße gingen saubere und geputzte Menschen vorbei. Manche blieben stehen, um mit der Fähre nach Schlutup hinüberzufahren, wo es bescheidene Unterhaltungen gab.

Die Sonne schien. Über dem weiten Land lag Helle, und der Fluß glitzerte. Er war belebt von Booten, und weiße Segel wurden vom Winde träge gebläht. Am Himmel zogen Wolken. Ihre Schatten flogen mit und schoben sich über die Felder, goldgrüne Wiesen für eine Weile dunkel fleckend.

Ins Zimmer kamen sie nicht. Das war der Mittelraum des ersten Stockwerkes. Das breite Fenster und der große Erker sahen gegen Osten, auf die Anlagen, das Städtchen und den Fluß und die Landschaft, die drüben hinter dem Städtchen

41

sich weit und breit dehnte. Vom Erker hatte man auch den Blick auf das Werk.

Es hatte den Geheimrat viel gekostet, sich an den Raum zu gewöhnen. Quälende Erinnerungen hingen daran. Es war einst das Zimmer seiner Frau gewesen. Aber es lag so bequem neben seiner Schlafstube, daß man es wohl oder übel hatte als Tagesaufenthalt einrichten müssen, seit seine Lähmung ihn hinderte, die Treppen hinabzukommen. Aber er freute sich doch auf die nächste Woche, dann sollte der Lift fertig sein, der für seinen Gebrauch eingebaut worden war und der ihn und seinen Stuhl hinab in das Erdgeschoß und zugleich in den Park befördern sollte. Diese Aussicht erschien ihm wie das Ende einer Gefangenschaft, und bald vielleicht, bald konnte er sich hinüberfahren lassen aufs Werk – und bald vielleicht auch kam in sein Haus das Glück, und es begann zu blühen – wirklich zu blühen ...

O nein, er wollte noch nicht sterben! Und er empfand wieder jenen wunderbar trotzigen Willen zum Leben.

Früher hatte er nie an den Tod gedacht und das Leben als etwas Selbstverständliches hingenommen. Nun war in ihm ein förmlich künstlerisches Verständnis erwacht für das Wunder, das man Leben nennt. Und er wußte, wie klug, dankbar und vorsichtig man damit umgehen muß.

Sein Sohn, der spielte noch frevelhaft damit. So war es seine Vaterpflicht, über diesen Sohn zu verfügen, wie man eben Spieler entmündigen muß. Denn sie sind die Schädlinge, in deren Händen alles zerrinnt. Wohlstand, Ehre, Frieden, Glück. Ganz einerlei, womit sie spielen – welchen Namen ihr Spiel hat: Karten, Börse, Weiber, Pferde – im letzten Grunde ist es immer Spiel mit dem Höchsten, was man hat: dem Leben selbst.

So grübelte dieser Starke, der stark war, weil er sein

ganzes Dasein hindurch ein Arbeitender gewesen.

Und da unterbrach ihn die eine, an die er mit väterlicher Zärtlichkeit sein Herz gehängt hatte.

Leupold meldete Fräulein Hildebrandt an, und schon erschien sie in der Tür und eilte mit raschen Schritten auf den Stuhl zu, aus dem sich ihr weit eine Rechte entgegenstreckte.

»Wie sie ihrer Mutter gleicht,« dachte er, jedesmal neu von der Ähnlichkeit ergriffen.

Vielleicht war die in der Tat gar nicht so ungewöhnlich, jede Möglichkeit zu vergleichen fehlte ihm. – Er besaß kein Bild von der längst Dahingeschiedenen. Seine Erinnerung, seine Phantasie waren vielleicht die unzuverlässigsten Maler. Wer wollte entscheiden.

Klara selbst war stolz und glücklich, wenn man ihr sagte, sie gleiche der Mutter. Denn verwaiste Töchter kennen kein schöneres Ideal als die Gestalt einer ihnen früh geraubten Mutter.

Jedenfalls hatte sie die gleiche mittelgroße Gestalt, das braune, reiche, lockere Haar, die tiefen dunkelgrauen Augen und in den feinen Zügen den etwas herben Mund. Ihre dunklen Brauen zeigten eine auffallend gerade Linie; dies vor allem gab dem Gesicht einen Ausdruck der klassischen Strenge und zuweilen des Leides, dem aber ihr unbefangenes Wesen voll gelassener Freundlichkeit zu widersprechen schien. Weil es Sonntag war, hatte sie das schulmeisterliche dunkle Kleid abgelegt, und sie trug zu einer weißen Bluse einen hellgrauen Rock. Hut und Jacke waren unten in der Garderobe geblieben, denn der alte Herr mochte nicht haben, daß sie wie ein Besuch dasaß, der gleich wieder fort muß.

»Also, liebe Klara, ich muß Ihnen ganz etwas Neues erzählen: mein Sohn ist wieder da!«

»Das hat mir Frau Doktor schon erzählt,« sagte Klara, »der junge Herr Severin Lohmann sei bei uns vorbeigefahren, kurz vor Tisch.«

»Hätt' ich mir denken können. Ihre alte Lamprecht ist der reinste Spion, und wenn wir sie auch die Lamprächtige getauft haben – 'ne kleine alte Klatschbase bleibt sie doch.«

»Ach Gott, so ein beschränktes Altfrauenleben,« sagte Klara und zuckte entschuldigend die Achseln ... »Sie meint es doch rührend mit mir.«

»Na, das wollten wir uns auch ausgebeten haben.«

Sie schenkte, als sei sie hier die Haustochter, den Tee in die Tassen und sprach unbefangen weiter: »Schön für Sie, daß Sie nun den Herrn Sohn hier haben. – Er war so lange nicht zu Haus.«

»Mehr als drei Jahre nicht. Das waren keine guten Dinge, die ihn so lange fernhielten. – Liebe Klara – in der Welt draußen haben sie meinen Einzigen tüchtig zerzaust. Er bedarf der Ruhe. – Er muß sich besinnen, daran denken, daß er noch mein Sohn ist. Er muß so gewissermaßen von vorn anfangen. Wo könnte er's besser als hier. Arbeit und Familie – das ist die Gesundheit.«

»Ach,« dachte Klara, »wie ist dieser Sohn zu beneiden, mit diesem Vater zusammen ein Familienleben zu führen; zu solchen Aufgaben berufen zu sein ...«

Sie sagte: »Ich, die ich ohne Elternhaus aufwuchs, und fast ohne Tradition – ich denke es mir herrlich, einem so festgegründeten Haus anzugehören. – So ein Haus bekommt Geschichte. – Wie Sie die Gründung Ihres Vaters

44

weiterführten, so wächst nun Ihr Sohn in all dies hinein.«

»Wer weiß – wenn sein persönliches Geschick die glückliche Wendung nimmt, die ich erhoffe – dann gewiß! Er müßte ja auch zu sehr aus der Art geschlagen sein, wenn er nicht Liebe zum Werk bekäme – wo so das Herzblut und der Angstschweiß von Vater und Großvater daranhängt. – Ein wenig müßt' ihm doch der Mut des Großvaters und die Zähigkeit des Vaters imponieren. – Wenn ich an meinen Vater denke! Welche Phantasie! Welche Kühnheit! Welche Sorgen! Ich sage Phantasie – denn wissen Sie, liebes Kind, man denkt immer: die ist ein Göttergeschenk des Künstlers – seins allein! Kein Schaffender kann ohne sie schaffen, denn er muß das, was sein Wille und seine Hoffnung vorausschaut als eine große Möglichkeit, das muß er vor sich sehen, kraft seiner Phantasie. Kein Politiker, kein Industrieller, kein großer Handelsherr ohne Phantasie. Hätte Bismarck keine Phantasie gehabt, wären wir kein einiges Deutschland geworden! Mein Vater, der scheinbar so kleine bescheidene Ingenieur, besaß einen ganzen Posten davon – mehr als Geld – das weiß Gott. Aber er besaß die Wunderkraft der Menschen, die an ihr Ziel glauben. Und dann hatte er diese fanatische Heimatsliebe der Hanseaten, die auf so zähen Stolz gebaut ist. Vielleicht sind sie darin den Schweizern noch über, denke ich oft. Und er erkannte: Industrie, große Industrie muß sein – sie allein kann dem alten Stadtstaat wieder Blüte bringen – und dies Landgebiet, das sie an den Ufern der Trave hat, so nahe der Ostsee. – Daß man hier ein Hüttenwerk anlegen könne, das schien fast unglaublich. Die Menschen, die was davon verstanden, die sagten: eines muß doch von Natur aus da sein: Erz oder Kohle – aber beides heranschaffen – das macht ja die Produktion zu teuer. Aber er blieb fest. Er rechnete vor: wenn das Heranschaffen von Erz und Kohle auch große Kosten verursache, dafür habe man den billigen Wasserweg für das fertige Produkt und die Zufuhr von fremden Erzen, die sich schließlich die Binnenlandwerke auch auf weiten Transportwegen heranbringen lassen müssen. Mit was für Engelszungen muß er geredet haben! Wer widerwillige Scheckbücher zum Aufblättern bringt – na, der muß schon was Suggestives an sich haben.«

Klara hörte andächtig zu. Sie hatte ein unersättliches Interesse an allem, was sein Werk und sein Leben und sein Haus betraf.

»Das Kapital war aber viel zu klein, mit dem er anfing – er selbst verstand auch nichts von Hüttenchemie – kann sein, daß er nicht von vorn an die rechten Leute neben sich hatte. Es war ein Tasten und Ringen – ein Sorgen und Arbeiten, und immer die Gefahr des Zusammenbruchs neben sich. Ja: toll! Was für Jahre! Und die Ehrenhaftigkeit meines Vaters, an dem die verzweifelte Angst zehrte, fremdes Geld könne durch ihn verloren gehen ... Na, das hat ihn ja auch vor der Zeit aufgerieben. – Als Junge von vierzehn mußte ich schon hinaus – lernen – lernen. – Wenn man so im Sorgendunkel aufwächst, sieht man scharf ins Helle hinaus. – Und ich sah bald, woran es bei uns lag. Ich biß die Zähne zusammen und schwor mir: ich mach's! Als der Vater starb, war ich ein Jüngling von zwanzig und beim Grafen Stürkgen in Schlesien in Stellung – zwanzig Jahre, und sollte ein verschuldetes Werk übernehmen, das teilweise falsch angelegt war und auch an seiner Kleinheit krankte – gewisse Unternehmungen brauchen von vornherein große Dimensionen.

»Nun, der Graf Stürkgen hatte ja wohl Vertrauen zu mir. Er gab mir seinen Direktor mit – einen Mann von kolossalem Wissen und Können. – Der sah sich alles an, prüfte alles durch. Und Stürkgen wagte es, auf den Bericht hin, mich zu stützen. Da fingen Jahre an! Donnerwetter!

Die ersten sieben forderten was ... Dann sah man: es kommt! Im zehnten hatt' ich den Sieg! Und vor fünfzehn Jahren gewann ich mir Thürauf als Mitarbeiter. Er ist der eigentliche Schöpfer all unserer Nebenproduktionen, die unsere Erträge fast verdoppelten ...«

Er verlor sich in Nachdenken.

Das junge Mädchen wagte kaum, sich zu rühren.

Sie spürte wohl, dieser Rückblick war nicht leicht. Aller Stolz kann den Sieger nicht vergessen machen, was der Kampf ihn gekostet.

»Ja, das Schicksal hat mich an die rechte Stelle gesetzt,« sprach er dann weiter, »ich hatte gerade die Fäuste, die hier zum Anpacken nötig waren. Eins war bitter ... Mein Vater hätte noch erleben müssen, was aus ›Severin Lohmann‹ zu werden begann. Er war keiner von den verblendeten Vätern, die den Söhnen nichts zutrauen. Er schickte mich ja gerade so früh hinaus, weil er mich als Mitarbeiter haben wollte. Bin ihm auch immer dankbar, daß er dem Werk seinen eigenen Namen gab, es nicht nach einem symbolischen Vogelvieh oder nach einem griechischen Gott taufte, was ihm vielleicht nicht ganz fern gelegen hätte. Na, nun sind Werk und Mann eins – auch dem Namen nach – und daß mein Junge den sentimentalen Wynfried vor seinem Severin Lohmann tragen muß, das war eines von den Ärgernissen, in deren Erfindung meine Frau groß gewesen ist.«

»Nun weiß ich doch aus Ihrem eigenen Munde die ungefähre Geschichte von Severin Lohmann,« sagte Klara. »Aber wenn ich so bedenke, wie über alles Maß anderer Menschen hinaus Sie gearbeitet haben, wird es mir immer rätselhafter, daß ...«

»Daß was, liebes Kind?«

Sie schlug die Augen zu ihm auf. Sah ihn gerade an. Bat um eine offene Antwort, mit aller Kraft ihrer sprechenden Blicke.

»Daß Sie so viel Zeit, so viel Gedanken und so viel Güte für mich hatten und haben. Darüber habe ich oft nachgedacht. Zahllose drängen sich an Sie mit Bitten um Hilfe. Aus Ihrer Beamtenschaft starb mancher hinweg und hinterließ Witwe und Waisen. Ich weiß es, daß Sie alle mit Geld gestützt haben, solange es Ihnen nötig schien. Keiner Waise haben Sie sich angenommen wie meiner.«

»Aber Kind, wie kommen Sie gerade jetzt darauf, mich das zu fragen?« antwortete er ausweichend und sehr beunruhigt.

Klara stand jetzt neben seinem Stuhl, eine von ihren Händen, die Linke, lag auf der Lehne seines Stuhles. Er schaute unwillkürlich auf diese Hand, die so sehr den edlen beredten Händen der geliebten Toten glich.

»Früher,« sagte sie, »wenn mich ab und zu die Doktorin Lamprecht zu Ihnen schickte, mit dem Vierteljahrszeugnis, zu Neujahr, zu Ihrem Geburtstag, da war ich ein etwas furchtsames Kind – es ist so natürlich, sich vor Ihnen zu fürchten,« schaltete sie ein, – »ich wäre bereit gewesen, mich für Sie totschlagen zu lassen. Aber so geradewegs dreist mit Ihnen sprechen? O nie! Dann kam ich ja zwei Jahre nach Hamburg in Pension und machte mein Examen. Und nachher war ich wohl couragierter und fühlte, wie gütig Sie mich ansahen und wie milde Sie sprachen. – Bitte, Herr Geheimrat, lachen Sie nicht über mich – aber Ihre Stimme ist ganz anders, wenn Sie zu mir sprechen, als zu andern Leuten.«

Er sah sie tief an – und mit einem so rätselhaften Ausdruck, daß es sie etwas befangen machte.

Weniger zutraulich, zögernder fuhr sie fort: »Aber auch dann hatte ich keine Gelegenheit, recht mit Ihnen zu sprechen. Wie wäre mir das zugekommen, Ihre Zeit mehr als für Minuten in Anspruch zu nehmen! Kaum daß ich Ihnen zu danken wagte, daß Sie mir meinen Wunsch erfüllten und mich hier an der Schule anstellten.«

»Jetzt aber, heute kommen Sie mit der Sprache heraus?«

»Seit Sie erkrankten, seit ich mich anbot, Sie zu pflegen, was freilich alles nicht angenommen wurde – aber ich darf doch jeden Sonntag kommen ...«

»Ja, und bei dem alten Mann im Krankenzimmer die Zeit verbringen, die gesünder im Freien verbracht würde,« unterbrach er sie ablenkend. Sie aber blieb bei ihrem Wunsch, zu wissen, endlich zu wissen ...

»Und da habe ich nach und nach gelernt, mich hier heimisch zu fühlen. – Ihre Güte erlaubte mir das, und nun traue ich mich auch, zu sprechen. Bitte Herr Geheimrat, ich hab’ manchmal gedacht: vielleicht hat Ihnen mein Vater sehr wichtige Dienste geleistet?«

Der alte Mann erschrak, auf solche Auffassung war er nicht vorbereitet gewesen. – Ihr Vater ... dem er Treulosigkeit, Schädigung und Selbstmord zu verzeihen gehabt! – Aber sie war ja ahnungslos. Er hatte manchmal gedacht, die Doktorin Lamprecht würde den Befehl, zu schweigen, nicht zu halten imstande sein, wo sie sonst etwas an triebhafter Geschwätzigkeit litt – aber so sind Frauen: schwatzen und klatschen – und können dennoch manchmal völlig schweigen – wo sie lieben und schonen wollen ...

Welche Lage! Mußte die Tochter nicht doch einmal die Wahrheit über ihren Vater erfahren? Lüge oder auch nur Unwissenheit läßt sich nicht für immer aufrechterhalten.

Die Wahrheit schleicht wie auf einem Nebenweg doch immer schritthaltend mit, und plötzlich gibt eine böswillige Hand oder ein Zufall ihr einen Anstoß, und sie fällt dem Ahnungslosen vor die Füße.

Aber er wollte nicht der Grausame sein, dem Kinde zu sagen: Dein Vater war ein Sünder, an allem, was er besaß, an Weib, Kind und Amt ...

Nein, er nicht ... und gerade jetzt nicht in dieser Stunde.

Er wußte nicht, daß er sich trotz allen Kraftgefühls doch recht verändert hatte seit seinem Schlaganfall und daß er nicht mehr in so eiserner Selbstbeherrschung seine Nerven zu bezwingen vermochte wie früher. Seine Stirn war ganz rot, seine Hände zitterten bemerkbar ...

Aber da waren ja diese beredten Blicke, die ihn mit unwiderstehlicher Innigkeit um die Wahrheit baten.

Und er antwortete, während er diesen Blicken auswich: »Ihr Vater? O nein! Wichtige und treue Dienste? O nein!«

Sie schwieg betroffen. Viele viele Herzschläge lang. Seine Röte, – die heisere Stimme, wie Menschen sie haben, die an ihren Worten würgen. – Das sehr starke Zittern seiner ungelähmten Hand, und vor allem sein abgleitender Blick. – Dies Auge wich ihr aus? – Dies gebieterische Herrenauge, das sonst andere bezwang – was bedeutete das?

Ihr Frauengefühl wollte nun erst recht nicht von dem Wunsch ablassen, zu wissen.

»Wegen meiner Mutter?« fragte sie langsam.

Da blitzten die mächtigen Augen sie wieder hell an.

»Ja,« sprach er, »Ihre Mutter – ich habe – sie war – – Liebes Kind! Ich habe Ihre Mutter sehr lieb gehabt.«

»Und meine Mutter?« fragte Klara weiter. Ihre Farbe hatte sich verändert, ihr war, als wolle irgend eine dunkle Angst über sie kommen – daß sie mit ihren Fragen an Tragik rührte, die besser ungeweckt und verschleiert bliebe.

Der alte Mann aber sagte mit einer wunderbaren Einfachheit und Gefaßtheit, die das junge Mädchen ergriff: »Ihre Mutter und ich, wir wußten es rasch – wir waren füreinander bestimmt gewesen – sie mein Segen und Trost, ich ihr Halt und Schutz. Aber wir durften es uns kaum gestehen, die Hoffnungslosigkeit war vom ersten Augenblick an mit uns. Meine Frau hätte mich niemals freigegeben – nie – aus kleinlicher Schadenfreude nicht. – Unsere Lage war bitter – sie war gefährlich – aber in unserem Schicksal hatten wir einen wunderbaren Schutz ...«

Klara sah ihn wartend an. Da schloß er langsam: »Die Würde deiner Mutter ...«

Sie kniete nieder neben seinem Stuhl, etwas zwang sie – und sie küßte seine Hand. Er entzog sie ihr und legte sie auf ihren Scheitel. Unter ihrem schweren Druck richtete sie doch ihr Gesicht ein wenig empor und ihm zu. Sie sah ihn mit grenzenloser Verehrung an.

»Ich wollte, du wärest meine Tochter, oder du würdest es!« sprach er.

Sie lächelte mit Tränen in den Augen.

Sie erhob sich, ganz arglos nahm sie diese Worte.

»Es war immer schon, als wär' ich's, wie ein Vater haben Sie an mir gehandelt. Aber nun ist es doch, als sei ich Ihnen noch näher gekommen ...«

Ihr Gemüt war ihr nun übervoll. Viel hätte sie wissen

mögen – von ihrer Mutter – vom Herzeleid dieser beiden ihr heiligen Menschen – von der Frau, die zwischen dem Manne und ihrer Mutter gestanden. Aber auch ihr eigener, leiblicher Vater mußte ja dazwischen gestanden haben – was war es mit ihm? Weshalb erwähnte der alte Herr nur seine Frau, nicht aber den Gatten ihrer Mutter?

Und in ihr Ohr kam der seltsame Ton zurück, in welchem der Geheimrat gesagt: »Ihr Vater wichtige, treue Dienste? O nein!«

Dies »O nein!« barg eine Ablehnung, so schroff, so wegwerfend, wie sie der Sprecher selbst mit Vorsatz gewiß nicht hatte verraten wollen.

Und plötzlich fiel es ihr noch schwer auf, daß er, der in so starken Worten die Mitarbeiterschaft des Generaldirektors Thürauf rühmte, über die ihres Vaters schweigend hinwegging.

Das hatte irgend einen geheimnisvollen Grund ...

»Ich muß wissen,« dachte sie entschlossen. Denn sie war ein mündiger Mensch und brauchte in allen Dingen ihres Innenlebens immer Klarheit.

Aber sie fühlte, daß sie den alten Herrn nicht weiter fragen dürfe – wenigstens nicht in diesem Augenblick. Seine heiße Röte vorhin, das Zittern seiner Hand – das hatte sie erschreckt. Er durfte sich doch nicht aufregen.

Sie hörte, daß die Tür geöffnet wurde. Gottlob, Leupold oder sonst irgend jemand kam, und das half sofort, die Stimmung und das Gespräch in das Alltägliche hinüberzubringen – wie es eben für den noch Schonungsbedürftigen am besten war.

Sie wandte sich um und wußte auf der Stelle: der da

herankam, das war Wynfried – der Sohn. Viele Jahre hatte sie ihn nicht gesehen und kaum je wirklich mit ihm gesprochen.

»Hier, Wynfried, ich kann dich nun meinem Pflegetöchterchen vorstellen – Fräulein Klara Hildebrandt.«

Klara reichte ihm freundlich die Hand.

»Wie freue ich mich für Ihren Vater, daß Sie hier sind.«

»Ich weiß nicht, gnädiges Fräulein, ob ich Anspruch auf gemeinsame Kindheitserinnerungen erheben darf,« sagte er.

»Aber nein – garnicht. Solche wollen wir nur nicht konstruieren. Sie waren nicht nur durch die sechs oder acht Jahre, die Sie mehr haben, von mir getrennt. Sie waren immer nur von fern sichtbar, mit dem Hauslehrer oder Ihrer Mutter.«

»Ja – ich durfte mich nie austoben. Mama war so ängstlich mit mir – ich weiß noch: Damals erschien es mir als das Herrlichste von der Welt, nur einmal eine kolossale Prügelei haben zu dürfen.«

»Der sieht freilich aus, als hätte er viel Kummer gehabt,« dachte sie mitleidig, während er sprach. Welche Sorge für den Vater – den einzigen Sohn so seltsam förmlich, so unjung, als wäre er eigentlich lieber nicht hier, zu sehen. Draußen in der Welt hätten sie ihn »zerzaust«, hatte sein Vater vorhin gesagt. Ruhe müsse er haben, sich besinnen. Und ihre natürliche Mädchenneugier fragte sich: Unglückliche Liebe? Das machte ihn ihr doch gleich interessant.

»Ich bin Ihnen dankbar, daß Sie meinen Vater besuchen und erheitern.«

»Das Dankenmüssen ist ganz auf meiner Seite. Alles, was

ich bin, bin ich durch Ihres Vaters Güte. Aber ich komme nicht aus Dankbarkeit. Es ist mein Stolz und mein Glück, daß ich kommen darf.«

Sie sah den alten Herrn mit innigem Blick an, und er nickte ihr zu.

Wynfried hatte ein unbehagliches Gefühl – als sei er hier zwei Verbündeten ausgeliefert. Wußte dies Mädchen um seines Vaters Wünsche? Unmöglich! Dann konnte sie nicht so unbefangen sein.

Die klaren und unverbindlichen Antworten, die sie ihm gab, machten es ihm schwer, weiter mit ihr zu sprechen. Er sah wohl, daß sie sehr schön war und denselben Zauber der Weiblichkeit hatte, wie einst ihre Mutter ihn besaß. Das drückte sich so erkennbar in jeder leisen Bewegung, im Klang der sanften Stimme aus.

Diese Art von Schönheit, deren eigenster Reiz die Verbindung von strengen Linien mit weicher Anmut war, hatte ihn nie zu fesseln vermocht.

Aber er war sozusagen mit allen Interessen und Nerven auf Frauen eingestellt – die alte Gewohnheit, auf jede einzugehen, ihr angenehm sein zu wollen, wurde unbewußt wach in ihm. Dazu kam das neugierige Wissen, daß dies die Frau sei, die sein Vater für ihn bestimmt hatte – und der halbklare Wunsch, seinem Vater guten Willen zu zeigen.

Er holte sich einen Stuhl und setzte sich Klara gegenüber an den Tisch, der neben dem Krankheitsthron stand.

»Ich sehe, Leupold hat für drei aufgedeckt. Es ist also vorgesehen, daß Sie mir auch gütigst eine Tasse Tee gönnen sollen.«

Während Klara ihn bediente, meinte sie: »Wenn Ihr Vater jetzt auch Sie hat – überflüssig komme ich mir doch nicht vor. Männer, die die ganze Woche von der Arbeit zusammen sprechen, würden es auch noch Sonntagnachmittags tun, wenn da nicht jemand wäre, der sehr wenig davon versteht.«

»Ah, Sie wissen, daß ich hier bleiben werde?«

»Ist es ein Staatsgeheimnis? Ich habe es Fräulein Hildebrandt erzählt,« warf der Geheimrat ein.

Wynfried verbeugte sich im Sitzen leicht gegen Klara, als wolle er sagen, daß er sich keine willkommenere Mitwisserin seiner Angelegenheiten denken könne.

»Und Sie haben die Geduld und den Mut, gnädiges Fräulein, die Kinder der Arbeiterschaft zu unterrichten?«

»Nun, irgend etwas mußte ich doch tun, um meine Kräfte zu brauchen und mein Brot zu verdienen,« sprach sie ruhig.

»Aber gab es nicht reizvollere Beschäftigungen, die Ihnen mehr Freude gebracht hätten? Etwa der Posten einer Gesellschaftsdame in einem großen Hause, wo viele Menschen verkehren, wo man reist, Kunst genießt, tanzt – Vater mit seinen Beziehungen hätte Ihnen doch leicht dergleichen verschaffen können.«

Der Geheimrat wartete mit Vorfreude auf die Antwort – diese ganze Szene unterhielt ihn überhaupt auf das Spannendste. Er selbst war ja der Mann der ersten Eindrücke, der raschen Entschlüsse. Er fühlte, oder vielmehr er bildete sich ein: man wird schon heute sehen, ob es geht mit den beiden!

Klara schüttelte nur leise den Kopf.

»Hier kam ich her, als ich zwei Jahre alt war, so weit

reichen meine Erinnerungen natürlich nicht zurück. So ist es mir, als sei ich hier geboren. Hier bin ich aufgewachsen – inmitten des Werks habe ich meine ersten Eindrücke gehabt – später hab' ich an seinen Grenzen gelebt, immer in der Umwelt, die durch das Werk Verdienst, Wohlstand und Inhalt hatte. Meinen Unterhalt, seit ich Waise war, verdanke ich Ihrem Vater, ihm meine Ausbildung und daß ich nun auf eigenen Füßen stehe und selbstverdientes Brot essen kann. Nie hab' ich etwas anderes im Gefühl gehabt, vor mir gesehen als dies eine, daß auch ich für ›Severin Lohmann‹ tätig sein müsse. Wie sollt' ich's? Als Buchhalterin? Stenographin? So im Bureau sitzen? Ach nein, das wäre nicht mein Fall gewesen – dabei wäre ich mir nur wie ein Instrument vorgekommen. Ich mag erziehen – auf andere ein wenig wirken können, Entwicklung zu sehen macht doch Freude. So drängte es sich auf, daß ich Lehrerin werden mußte. Ich könnte in der Stadt an der höheren Töchterschule unterrichten. Aber da hätte ich keinen Teil gehabt an ›Severin Lohmann‹. Indem ich die Kinder von Severinshof unterrichte, kommt's mir vor, als ob ich ein wenig, ein ganz klein wenig und sehr von fern für Ihren Vater und in seinem Sinn arbeite. Konnte es wohl anders sein?«

»Nein, liebe Klara, anders konnte es nicht sein,« sprach der Geheimrat. »Sie sind mit mir, mit uns, mit dem Werk für immer verbunden ...«

Er mußte sich Mühe geben, nicht mehr zu sagen.

Wynfried horchte ein Weilchen stumm ihren Worten nach ... Er fühlte so beklemmend, daß er, der Sohn und Erbe, seinem Vater und dem Ganzen hier ferner und fremder war als dieses Mädchen, das mit allem unlöslich verwachsen schien ... Er bekam eine Ahnung, daß seines Vaters Wunsch noch in anderen Dingen wurzelte als in dem Verlangen, des

Sohnes Leben in Ordnung zu bringen und gleichzeitig die Tochter einer vielleicht einst geliebten Frau zu versorgen ...

Klara blieb heute länger als sonst. Sie war gewohnt, zu warten, bis der alte Herr durch irgend ein Wort ihr das Gefühl gab, sie dürfe gehen. Heute, wenn das mühsam sich hinschleppende Gespräch ganz verstummen wollte, suchte er es im Gegenteil immer neu zu beleben.

Sie war zu arglos, um es auffallend zu finden, daß seine Fragen sie nötigten, viel von sich zu sprechen. Von ihren Jugendjahren bei der sehr zärtlichen, unentschlossenen, umständlichen und zum Erziehen eigentlich gar nicht berufenen Doktorin Lamprecht, die ihr auch heute noch eine treue Mama, aber in gar keiner Hinsicht strenge und autoritativ sei, erzählte sie mit einem leisen Humor. Von ihren durch ihren Beruf geregelten Tagen mußte sie berichten, und von den bescheidenen kleinen Zerstreuungen. Man hörte wohl heraus: wenn alte Damen zu Kartenspiel und Kaffeeschwelgereien zusammenkamen, saß sie still dabei mit einer Handarbeit und hatte ihre Gedanken für sich. Es gab mal ein paar Vorträge im Winter, einen Kasinoball und ein Sommerfest, die man mitmachte, denn der Geheimrat hatte selbst für die Doktorin Lamprecht und ihre Pensionärin die Mitgliedschaft bei der von ihm unterstützten Kasinogesellschaft erwirkt und bezahlte für die Damen den Beitrag. Und Klara sagte, es gebe da immer einige, die sie fühlen ließen, daß sie als Volksschullehrerin nicht recht unter die Honoratioren gehöre – und man spürte, daß ihr derlei nicht verletzend, sondern nur ein lustiges Pröbchen von Dummheit war.

Wynfried sah so in ein Mädchenleben hinein, das ihn wie eine Legende anmutete. Das gab es? In solchen Beschränkungen konnte ein weibliches Wesen es aushalten? Und sie schien zufrieden? Ganz und gar. Das fühlte er durchaus.

Und dies am meisten, diese Klarheit und Wunschlosigkeit in der Begrenzung machte ihn betroffen.

Aus welchen Quellen kam das empor, so erstaunlich wohltuend und beruhigend?

Sein Herz war in schwülen Feuern verbrannt – vielleicht für immer. Seine Phantasie war ermattet, im atemlosen Rausch immer neuer Vergnügungen an immer wechselnden Schauplätzen.

Welch ein Gegensatz zwischen der Welt, in der er seine ersten Jünglings- und Mannesjahre vertan, und diesem Idyll. Ihm war, als sehe er vor seinem geistigen Auge dicht neben einem glitzernden Durcheinander von Seidenglanz, funkelnden Steinen, flatterndem Chiffon, dunkelummalten Augen, roten Haaren, rosigen Wangen, wippenden Federn ein stilles, grünes Stückchen Wald ...

Und das Mädchen bäumte sich nicht einmal auf? Empörte sich nicht, daß Schönheit und Jugend in Gefahr war, unbemerkt zu verblühen, daß die Möglichkeit vorlag, ihr ganzes Leben in der Enge versanden zu sehen? – Seine Mama fiel ihm ein. In welch schneidender Mißlaune sie immer gewesen war während der wenigen Monate im Jahr, die sie neben der Arbeitsstätte ihres Gatten verbringen mußte – wie sie floh, sobald sie konnte. Und damals erschien ihm seine Mama immer als ein Opfer ...

Er sah: diese Klara gab keine Rolle. Die freundlich-ruhige Stimmung war ihr wirklicher Seelenzustand! So unglaubhaft es ihm schien, er fühlte sich dennoch gezwungen, zu glauben.

Er wurde nach und nach sehr schweigsam.

Und Klara fing an, bedenklich zu werden: blieb sie nicht unbescheiden lange? Warum gab der Geheimrat nicht wie sonst ein Zeichen? Und die Doktorin Lamprecht, die es nicht kannte, daß ihr Schützling nicht mit uhrenmäßiger Pünktlichkeit heimkam ...

Sie stand auf.

»Darf ich jetzt gehen? Tante Lamprecht ängstigt sich sonst.«

»Wynfried bringt Sie nach Haus,« bestimmte der alte Herr.

»O nein – danke sehr – nein –,« lehnte Klara ab.

Er verneigte sich höflich, sich widerspruchslos in die Ablehnung ergebend ...

»Klara, liebes Kind, ich habe einen Wunsch,« sagte der alte Herr, ihre Hand in seiner Rechten haltend. »Sie wissen, ich mag keinen Tischgenossen an meiner Krankentafel – Wynfried muß unten allein essen – kommen Sie doch diese nächsten Tage – bis er etwas eingelebt ist – etwa diese ganze Woche, und essen mit ihm. Ihr Weg führt Sie ja doch vorbei, Leupold soll eins von den Fremdenzimmern für Sie als Tagesquartier einrichten. Nachmittags bekomm' ich dann auch mein Stündchen, als wäre alle Tage Sonntag.«

Wynfried fand diesen Vorschlag »faustdick«. Er meinte, sie müsse merken, was sein Vater wünsche ... Er stellte auch fest, so gebieterisch sich auch noch die alte Wucht und Größe seines Vaters aufzurecken vermochte, so ungebrochen auch durch die Krankheit sein Wesen noch schien: wurden nicht neue, weichere, ein wenig greisenhaft kindliche Züge zuweilen bemerkbar?

Eine schwache Neugier auf ihre Antwort wollte sich in ihm regen. Aber er war ja eigentlich sicher, daß sie beseligt zugreifen würde. Und er konnte dann bei diesen Diners zu zweien (an was für andere Diners zu zweien war er gewöhnt, fast ironisch huschte es durch sein Gedächtnis) weitere Betrachtungen darüber anstellen, welche Figur er künftig abgeben werde, als Gatte dieser offenbar beinahe vollkommenen jungen Dame, die der Aufgabe, ihn zu einem Tugendbold zu erziehen, ja schon von Berufs wegen so gewachsen sein würde.

Um seine Lippen zuckte es. Er wollte spotten.

Aber in ihm war zugleich so viel Unsicherheit – so überflüssig erschien er sich neben diesem Mädchen und seinem Vater.

Klara war wohl etwas erstaunt über diese Einladung, doch vor allen Dingen verlegen, weil sich eine derartige Einrichtung, auch nur eine Woche lang, nicht mit ihren Pflichten vereinbaren ließ.

»Ja, wenn Ferien wären! So kann ich es aber nur am Mittwoch,« sagte sie kurzweg.

Der Vater sah hierbei zum Sohn hinüber. Fast ein wenig triumphierend. Hatte er nicht prophezeit: du wirst dich dazu halten müssen, angenommen zu werden.

Als Klara gegangen war, kam erst Leupold, den Tisch abzuräumen. Und Leupold konnte sich wieder Gedanken machen, denn zwischen Vater und Sohn herrschte vollkommenes Schweigen. Sonst wurden keine Gespräche wegen dieser Dienerohren unterbrochen, nicht einmal die Geheimrätin hatte früher ihrer scharfen Rede Zügel angelegt, während er die Schüsseln anbot. Und ungeachtet seiner Anwesenheit und Zeugenschaft warf der Geheimrat bisweilen den spitzen Reden ein Donnerwort entgegen, daß sie dann stumm sich hinter zusammengekniffenen Lippen zurückhielten.

Somit stand es für Leupold fest: wenn in seiner Gegenwart geschwiegen wurde, gab es Dinge von höchster Ärgerlichkeit oder geheimnisvollster Wichtigkeit. –

Der Geheimrat wartete nur, bis die Tür sich hinter ihm geschlossen hatte, um zu fragen: »Nun?«

»Was – nun? Forderst du von mir, daß ich, nach dem Zusammensein von einer Stunde, mich schon bereit erkläre, das Mädchen zu heiraten?«

»Nein,« sagte der Vater, »da sei Gott vor. Aber den Eindruck möchte ich wissen.«

»Wohltuend – ganz und gar – ja. Aber ich muß sie doch erst ein wenig näher kennen lernen – muß mich erst einmal in Ruhe fragen, ob ich so etwas wagen kann, darf. Junge Mädchen träumen von einer großen Liebe – wie sollt' ich die vorlügen und vorheucheln können! Ich werde mich nicht in sie verlieben. – Ich? – Nach allem: nein! Und sie? Glaub mir, ich habe keinen Eindruck auf sie gemacht.«

»Man lernt sich in der Ehe lieben,« sagte sein Vater.

»Oder hassen,« setzte der Sohn hinzu, und er dachte an seine Mutter, die seinen Vater gehaßt hatte.

»Heiraten, das ist ein Entschluß von großer Tragweite,« sprach er weiter.

Es schien dem Alten trotz der seinen Wünschen günstigen ersten Worte, als höre er nur Lauheit, Energielosigkeit, Ablehnung.

»Eine Heirat allein kann deinem Dasein neuen Inhalt und Richtung geben. Was solltest du sonst anfangen mit deinem Leben?« fragte er schweren Tones – der grollte gleichwie aufkochender Zorn.

»Ich weiß es nicht, Vater,« sagte der Sohn zerquält. –

Klara aber schritt mit eiligen Füßen über die Straße dahin, auf die Treppe zu, um hinunter zur Fähre zu kommen. Aber sie konnte nicht ohne Aufenthalt vorwärts kommen. Eine Arbeiterfamilie begegnete ihr. Die Kinder drängten sich an sie und wollten »Fräulein« durchaus die Anemonen schenken, deren Stengel in den kleinen Fäusten schon warm geworden waren. Und die Mutter erzählte schmeichlerisch, daß die Kinder immer nur von Fräulein und Fräulein schwärmten, und wollte wissen, ob Artur und Lieschen auch artig seien.

Sie hielt freundlich stand.

Und doch brannte in ihr eine große Ungeduld. Sie dachte nicht mehr an Wynfried, der doch nun eine neue Gestalt im hiesigen Leben war. Sie dachte nur an den einen einzigen Augenblick, in dem der Geheimrat mit ausweichendem Blick, feindseligem Ton und zitternder Hand von ihrem Vater sagte: »Treue, wichtige Dienste – o nein!«

An der Fährbrücke unten an der Treppe mußte sie noch warten, der Kahn kam erst vom anderen Ufer heran. Vier, fünf junge Männer saßen auf der umlaufenden Bank. Im Hutband trugen sie einen kleinen Buchenzweig oder ein paar Primeln. Halbverwelkt hing der Schmuck auf die Filzränder der Hüte herab. Aber die jungen Männer hatten sich doch den Frühling anheften wollen, wie ein Zeichen. Der Fährmann stand aufrecht im Kahn und trieb mit starkem Ruderschlag seinen Kahn scheinbar zu weit oberhalb des Anlegesteges auf die Uferböschung zu, der sachtfließende schmale Strom drückte aber so sehr gegen den Kahn, daß die endliche Landung genau an der Stufe der Brücke erfolgte. Die Männer stiegen aus, und Klara stieg ein. Und wieder hinüber ging die Fahrt auf den hellen Hang zu, dessen weißsandige Wand von dem roten Städtchen überkrönt war. Dies Hin und Her von Ufer zu Ufer war sonst immer für Klara voll Reiz. Das dunkle tiefe Wasser glänzte, der Ruderschlag rauschte leise ... es war so viel Ruhe darin und ein wenig von der Romantik alter Zeiten.

Aber sie war bei dieser heutigen Heimfahrt zu erregt, um die Stimmung zu genießen. Ganz verworrene und plötzlich beängstigend werdende Erinnerungen tauchten auf – sahen nun, da sie vor dem Auge einer Gereiften erschienen, ganz anders aus, als die Tatsachen sich einst dem Kind dargestellt hatten. – Die Zehnjährige hatte nur an einem Morgen voll unaussprechlicher Ängste erfahren, daß ihr Vater über Nacht einem Herzschlag erlegen sei. Das Grauen vor der Nähe des Todes, der stumme Jammer der Mutter – ein seltsames Hasten und eine scheue Angst im Haus – dazwischen dann die Gestalt des Geheimrats – düster und beherrschend. – Und daß niemand, niemand den Toten hatte sehen dürfen. – Am selben Tag noch wurde der Sarg geschlossen – die Schrauben knirschten so – man hörte sie. – Die Mutter bebte nebenan und preßte ihre Tochter heftig an sich. – Damals dachte Klara, das sei immer so, wenn ein Mensch sterbe – all diese Einzelheiten. – Heute mit einem Male wußte sie: da war etwas zu verstecken gewesen ...

Es gibt jähe Erkenntnisse, nach Jahren kommen sie, es ist, als griffe eine Hand nach einem und risse eine Binde von unseren Augen.

Und so, gejagt von dem Vorsatz, die Wahrheit zu wissen, vom angstvollen Wahn sich sogleich heilen zu lassen oder auch dem Traurigsten ins Gesicht zu sehen – so kam sie in der kleinen Wohnung an ...

Das Häuschen der alten Frau Lamprecht lag am Kirchplatz. Es hatte über dem Erdgeschoß nur ein Stockwerk, und vom Ziegeldach sah noch ein Giebelfenster hinüber nach den Linden, die die Backsteinmauer der Kirche umstanden. Das erste Stockwerk war an den Hauptmann von Likowski vermietet. Seine beiden Pferde hatte er im Stalle auf dem Hofe, wo einst das Doktorwägelchen stand, wenn es durch die Toröffnung neben dem Hause hereingefahren.

Vier überraschend geräumige Zimmer gaben den Frauen Behaglichkeit genug. Die Küche lag hinter der Treppe mit den Fenstern nach dem Durchgang zum Stall. Seit Klara nach bestandenem Examen zurückgekommen und alsbald angestellt worden war, hatte sie ihr Wohnzimmer für sich. Damit war sie von ihrer Pflegmutter als selbständiger Mensch anerkannt worden.

Es hatte der alten Dame viele Erwägungen und umständliche Besprechungen gekostet, bis ihre Sachen auf den Boden gebracht wurden und dafür Klaras Einrichtung, die von der verstorbenen Mutter stammte, heruntergeholt werden konnte.

Diese Einrichtung war Klaras einziges Erbe, und sie wußte es, daß sie den Besitz nur dem Geheimrat verdankte. Ganz vollständig war alles beisammen geblieben, so wie es einst im Wohnzimmer der Mutter gewesen: der Sekretär, der halbhohe Teeschrank, die Kommode, Sofa und Stühle von dunkelblankem Mahagoni, mit den graublauen Stoffen von dickem Seidendamast; die Bücher, die Uhr mit dem gelbbronzenen Zifferblatt zwischen kleinen Alabastersäulen, die auf ihren Kapitälen einen Steg von Alabaster trugen, auf dem fiedelnd ein Amor entlang zu tänzeln schien – der Schöpfer dieser Uhr hatte sicher den anmutigen Gedanken gehabt, daß demjenigen, für den die Stunden schlugen, die Liebe heiteren Inhalt geigen möge.

Und Klara dachte oft, mit welch schweren Empfindungen ihre Mutter das heitere kleine Bilderwerk oberhalb der Zeiger betrachtet haben möge.

Denn sie ahnte immer, daß ihre Mutter nicht glücklich gewesen sei.

Heute war aus der Ahnung eine Gewißheit geworden.

Klaras Zimmer lagen nach hinten. Ihre Straßenaussicht hätte die alte Frau keinem Menschen geopfert, und sie sagte, Klara wäre es ja doch einerlei, ob sie auf den Hof oder auf den Kirchplatz hinaussähe. Jetzt lauerte die Doktorin schon lange hinter den Scheiben, und der graue Kopf bog sich alle paar Sekunden sehr schräg nah an das Glas hin, um die Stelle zu erspähen, wo die Straße in den Platz einmündete und wo Klara zuerst sichtbar werden mußte. Kaum erschien sie in Blickweite, so deuteten ihr auch schon lebhafte Gesten an, daß sie mit Unruhe erwartet wurde, und das erste Wort, das sie hörte, war das erwartete: »Wo bleibst du, ich ängstigte mich.«

Und zugleich nahm sie schon ihren Kneifer ab und legte ihn auf den Nähtisch vor sich, was immer eine Art von Zurüstung auf ein ausführliches Gespräch bei ihr bedeutete.

»Es kam mir so vor, als wünsche der Geheimrat, mich länger dazubehalten. Ich wußte nicht recht, was ich sollte.«

»Hast du den Sohn kennen gelernt? Wie war er?« fragte sie in brennender Neugier.

Denn in dem Städtchen liefen allerlei Gerüchte herum – auf sachten, aber sehr emsigen Füßen, von Haus zu Haus. Und sie hatten ihren stillen bösen Gang begonnen damals, als Wynfried nicht am Lager seines Vaters erschien ...

»Doch. Flüchtig. Er war sehr höflich,« sagte Klara. Sie wußte längst, daß Zurückhaltung gegenüber der alten Frau geboten sei. Sie kannte es schon, welchen Genuß und welche Genugtuung es der Doktorin bereitete, bei ihrer Skatpartie die zu sein, die am genauesten über die Vorgänge im Hause des Geheimrats unterrichtet war.

Aber Neugier spürt nicht so leicht das Ausweichen eines anderen. Und die Fragen klangen auch noch minutenlang durch das Zimmer. Wie sah er aus? Sehr verlebt? Schienen Vater und Sohn gespannt? Will er hier bleiben? Wird er gleich offiziell Teilhaber? Kam es dir vor, als ob er gern hier sei?

Klara antwortete auf alles sehr beruhigend, und als sie sagte, das Verhältnis zwischen Vater und Sohn sei ihr ganz natürlich und herzlich vorgekommen, war die Doktorin zufrieden. So hatte sie doch etwas als ganz »wahr und wahrhaftig« weiterzuerzählen. Ihr unruhiges kleines Gehirnchen war dann schon wieder bei ganz anderen Wichtigkeiten.

»Denke dir, die Heimdorfs hatte schon wieder ein neues Frühjahrskostüm an, sie ging vorhin vorbei. Wie der Mann das gut macht, all den Luxus. – Und denke dir, weißt du, wen ich gesehen habe? Den neuen Oberleutnant, den Freiherrn von Marning. Eine Erscheinung! Vornehm, sag' ich dir! Er besuchte den Hauptmann. Sie gingen in den Stall. Als ich sie treppab kommen hörte, lief ich in dein Zimmer und paßte hinter den Gardinen auf. Er ist noch oben, gleich geht er – horch – wir wollen achtgeben, du sollst sehen: eine schöne Männererscheinung ...«

Und sie rückte schon ein wenig, um sich besser hinter den Mullfalten der Vorhänge zu verbergen.

Klara fühlte sich ja manchmal gequält von dem eifrigen Teilnehmen an den Gleichgültigkeiten rundum.

Aber ihre Dankbarkeit zwang sie zur Geduld und zu freundlichem Eingehen, wenn auch mit noch so flüchtigem Wort. Heute aber war sie auf dem Punkt, sich davon ermattet zu fühlen.

»Was geht mich der Freiherr von Marning an?« sagte sie.

Und plötzlich brach es aus ihr heraus.

»Ich bitte dich – laß die fremden Leute – komm – ich muß mit dir sprechen, dich etwas fragen –«

Sie legte den Arm um die Erschrockene und zwang sie vom Fenster fort.

»Du hast mich lieb. In zehn Jahren, seit ich bei dir lebe, hast du es mir bewiesen. Sag liebe, liebe Lamprächtige, würdest du mich belügen, wenn ich dich etwas fragte?«

»Aber Kind!« Das war ja die alte Frau gar nicht gewohnt, daß Klara so starke Töne anschlug. – Sie war doch fast nie zärtlich, und nie aufgeregt. Und brauchte nun gar die scherzhafte Benennung, die der Geheimrat aufgebracht hatte, in so leidenschaftlicher Weise.

»Wie sollt' ich dich wohl belügen wollen! Was ist denn?«

»Sage mir, was war mein Vater für ein Mann? Und an was starb er in so frühen Jahren?«

Wie strenge Klara aussah – die geraden Brauen schoben sich näher zusammen, ihre Augen brannten.

Welche Frage! Mein Gott, hatte sie nicht immer gefürchtet, daß das arme Kind irgendwann einmal den alten Geschichten nachfrage!

Und wenn Klara etwas so durchaus wollte! Die kleine gute Alte hatte wohl eine dumpfe Erkenntnis davon, daß sie dem Mädchen nicht gewachsen war. In Klara war irgend etwas Starkes. Man spürte es selten. Aber dann war man ganz klein davor ...

»Kind, Liebling, frag mich nicht. Ich muß schweigen.«

»Ah –« Klara beugte sich näher zu ihr, förmlich Angst bekam die alte Frau. – So drang schon diese Bewegung auf sie ein ...

»Ah – also es ist etwas zu verschweigen ...«

»Ich habe es doch dem Geheimrat versprochen,« klagte sie. »Wäre das nicht wie ein Hochverrat, wenn man ein Versprechen bräche, das dem Manne gegeben worden war?«

»Er soll es nie erfahren, nie, daß du mir die Wahrheit sagtest. Wenn du sie mir nicht sagst, gehe ich zum Pastor, oder zum Standesamt, von Mann zu Mann, bis ich den finde, der weiß ...« drohte Klara. Sie war nun völlig außer sich.

Also es gab Schmachvolles zu verbergen!

»Niemand weiß etwas Genaues,« sprach die Alte ängstlich. »Man flüsterte wohl damals ... Aber der Geheimrat – du kennst ihn ja. – Er wollte alles versteckt lassen. Und wenn er was will! Dann ist es ja egal, was es kostet. Und er zwingt alle Menschen. Es gelang, alles zu vertuschen.«

Diese Art, von den Dingen zu sprechen und sie nicht zu nennen, wurde für Klara zur Folter.

»Sag doch endlich, was denn – was denn ...«

»Nun in Gottes Namen, da du mir gar keine Ruhe läßt, und wenn du mir versprichst, mich nie zu verraten ...«

»Ich verspreche es,« sagte Klara hart und fest.

Und da Schwätzer immer fest auf die Verschwiegenheit anderer Leute bauen, nahm sie dies Versprechen für einen Schwur.

Ganz erschöpft war sie, und dennoch im tiefsten Innern

vielleicht wie erlöst, daß ihr endlich die Last des Schweigens
abgezwungen wurde.

»Ja,« sagte sie, »dein Vater wollte wohl eins, zwei, drei
reich werden. Großes Gehalt, Tantieme. – Das schaffte nicht
genug, – woher ihm diese Gier nach Geld kam, weiß ich
nicht. Es hieß, er fahre oft nach Berlin, und habe da ... Aber
nein ... na genug, sehr treu war er seiner Frau wohl nicht. –
Und er spekulierte. – Obwohl sein Kontrakt es ihm verbot,
machte er private Geschäfte, waghalsige Sachen mit Tendenz
sogar gegen des Geheimrats Unternehmungen – oder unter
Benutzung von ihm bekannten Chancen, die ›Severin
Lohmann‹ hätten zugute kommen müssen. – Und so derlei.
– Und dann kam ein Tag, wo alles zusammenbrach. So was
hat immer kurze Beine und läuft nicht lange. Eines Morgens
wurde mein Lamprecht, der ja Arzt bei ›Severin Lohmann‹
und allen Beamten war, aus dem Bett geholt, und es hieß,
den Generaldirektor Hildebrandt hat der Schlag gerührt. –
Deine Mutter hat eine fabelhafte Geistesgegenwart bewiesen.
– Sie ließ keinen von den Dienstboten in das Zimmer, und
mein Lamprecht dachte ja gleich: so ein Tod hat böse
Gründe. Er ging sofort zum Geheimrat. – Und der nahm
alles in seine Hand – die Hand kennen wir – stark, sicher!
Noch am selben Tag wurde dein Vater eingesargt und auf
Befehl vom Geheimrat mußte mein Lamprecht dabei sein,
wie der Deckel geschlossen wurde – damit die Männer nicht
das Taschentuch lüfteten, das dem Toten über die
zerschossene Stirn gelegt worden war.«

Klara stand regungslos.

Nun war der Mund einmal in Bewegung, nun floß die
Rede und trug weiter, und die alte Frau legte sich keine
Hemmung an.

»Mein Lamprecht sagte mir, daß wir unverbrüchlich
schweigen müßten, der Geheimrat habe es ihm befohlen –

69

später befahl er selbst es auch noch mir, als du zu mir kamst. – Solchem Befehl zu widerhandeln, hätte meinem Mann die Stellung und mir später vielleicht das bißchen Pension gekostet – und dich hätte er mir nicht gelassen. – Das Finanzielle nahm der Geheimrat alles in die Hand. Es muß ihn ziemlich was gekostet haben. Und deine Mutter bekam obendrein noch Pension. Na, und wie er für dich sorgte, weißt du selbst am besten. Mein Lamprecht glaubte immer: das sei alles wegen deiner Mutter – die hätte er wie 'ne Heilige verehrt. Gerade so große Männer haben ja manchmal irgend einen geheimen Idealismus – und in jenen Tagen ist es ihm auch mal so entfahren, er hat zu meinem Lamprecht gesagt: ohne die Frau wär' ich 'n rauher Autokrat geworden. – Ja Kind – nun weißt du es! Aber – o Gott, wenn du mich an ihn verrätst!« jammerte sie.

»Ich habe versprochen, zu schweigen,« sprach Klara, »nimm das für einen Schwur.«

Die alte Frau hörte die tonlosen Worte – aber zugleich blitzte durch ihre Erregung ihr kleines Altweiberinteresse am Nebenmenschen.

Sie hörte nämlich Schritte treppab kommen und sich durch den Flur der Haustür nähern.

Mechanisch – es trieb sie – war sie, husch, wieder am Fenster.

»Der Freiherr von Marning!« flüsterte sie wichtig.

Da ging Klara hinaus. In ihrem Zimmer stand sie noch minutenlang ...

Sie starrte ins Unbestimmte, sah nicht draußen den Hof mit dem zu hoch aufgeschossenen Lindenbaum und seiner sperrigen Krone, darin der Abendschein Goldglanz entzündet hatte, während unten der schwarze Stamm und die rotbraun gestrichene Stalltür, die seine Linie überschnitt, in melancholischem Schatten lagen ...

Sie sah ein mächtiges graues Haupt und blitzende Herrenaugen ...

Sie wandte sich, blickte im Zimmer umher – ihre Augen blieben an der Uhr hängen – die gelbbronzene kleine Pendelscheibe, eine starke Handbreit unter der größeren gelbbronzenen Zeigerscheibe, ging hin und her und her und hin zwischen den Alabastersäulen, und der kleine Amor von weißem schimmernden Stein fiedelte sein fröhliches stummes Liebeslied ...

Nun schlug die Uhr siebenmal, hell und klingend.

Es war, als habe der letzte Ton Klaras Haltung getroffen und zerschlagen ...

Sie legte die Hände vors Gesicht und weinte – weinte.

Was hatte er alles getan – für sie und ihre Mutter!

Wie ihm jemals genug danken!

»Wenn ich doch sterben könnte, um ihm damit Gesundheit zu erkaufen!«

Aber sie wußte wohl, auf solchen Austausch läßt sich das Schicksal nicht ein.

Wie ihm jemals genug danken?

Ein Leben reichte dazu nicht aus. – Mit welch heißer Freude würde sie es für ihn hingeben.

Ihr ganzes Wesen war wie durchglüht von der Begierde, sich für ihn opfern zu dürfen.

3

Es sei ein Wunder, sagten alle Leute. Von einem erstaunlichen Reorganisationsvermögen sprachen die Ärzte, als sie wieder einmal von Kiel, Hamburg und Lübeck zur Beratung und Kontrolle sich bei dem alten Herrn zusammenfanden. Niemand schrieb die Fortschritte, die in den letzten vierzehn Tagen sich gezeigt hatten, ganz allein der täglichen Behandlung des Doktors Sylvester zu, der mit Massage und Elektrizität morgens und abends die Lähmung der linken Körperseite zu bekämpfen suchte.

Vielmehr waren alle überzeugt, daß die Wiederkehr des Sohnes und die Versöhnung mit ihm den Willen zum Leben in dem alten Herrn neu geweckt habe. Daß zwischen Vater und Sohn nicht alles in Ordnung gewesen sein konnte, hatte man fühlen müssen, als der Sohn nicht an das Krankenbett des Vaters kam.

»Man sieht es wieder,« sagte Professor Rößler, »je intelligenter, nervöser und leidenschaftlicher ein Kranker ist, desto weniger hängt, unter gewissen Umständen, seine Genesung von der Wissenschaft, desto mehr aber von den Dingen ab, über die wir keine Gewalt haben.«

Und die Herren reisten wieder ab, in der Hoffnung, daß sich vielleicht noch eine leidliche Bewegbarkeit der linken Körperhälfte allmählich werde erzielen lassen; und mit der Gewißheit, daß Schlaf, Appetit und Stimmung des Patienten sich auffallend gebessert hatten. Leupold, dessen Auskünfte den Ärzten immer die maßgebendsten waren, konnte sagen, daß der Geheimrat die Dienerschaft nicht mehr in ungewöhnlicher Frühe herausklingle, sondern, auch wenn er wache, geduldig bis halb sieben liege. Und das war immer seine Stunde gewesen. Geduldig – das war gewiß ein Symptom! In dem Ablauf all der kleinen Lebensumstände, die mit der Uhr zusammenhängen, in seinem Verhältnis zu den Dingen der häuslichen Umwelt war ja der Geheimrat von der bedrohlichsten Ungeduld. Geduld kannte er nur in den großen Aufgaben der Arbeit. Wie besänftigt mußten also sein Gemüt, wie angenehm seine Gedanken sein, wenn er still wachend liegen mochte.

»Die wissen viel, was mir neuen Mut gebracht hat!« dachte der Geheimrat spöttisch hinter ihnen her.

In den vergangenen Monaten hatte er geglaubt, sein Leben und sein Werk brächen zusammen. Nun blühten neue Hoffnungen vor ihm auf.

Wie einfach.

Aber die ganz großen Wendungen im Dasein haben ja immer etwas wunderbar Einfaches. –

Am Tage nach der Abreise der Ärzte troff der Regen herab, kalt und trostlos. Über dem Hochofenwerk ballte sich das Dunstgewölk, und zerdrückte Rauchschlangen schlichen sich, niedergepreßt von Wind und Regen, seitwärts weg. Drüben vor der kleinen Stadt um den aufrechten Kirchturm auf hohem Sandufer strichen die Tropfenlinien nieder, so daß es aussah, als stehe eine gerillte Glasscheibe vor dem Bilde. Das fernere Gelände verschwamm im Grau. Auf dem Fluß zog ein Dampfer vorbei; seine hochgestapelte Bretterladung sah ganz ockerfarben aus von all der Nässe. Die schwedische Flagge hing als durchfeuchteter Lappen hinten am Heck. Er ließ aus seiner Sirene einen jammervoll aufheulenden Ton entweichen, als er an den Schiffen vorbeikam, die tief unter den weitausreichenden Skelettarmen der eisernen Entladebrücken ankerten. Dieser

Schrei, der wie eine Klage durch die Luft schnitt, war der höfliche Gruß des Schweden an seine Kameraden.

Das ganze Bild zeigte Düsterheit. Aber das konnte die Stimmung des alten Herrn nicht in Unmut auflösen. Dazu war sie zu fest von frohem Glauben getragen.

Er saß in seinem Erker und schrieb. Den Bogen konnte er sich gut auf eine Unterlage mit Reiszwecken befestigen. Dann lag das Papier glatt und fest vor ihm, und er konnte es beschreiben. Denn so weit vermochte er die Linke noch nicht zu erheben, um mit ihr den Briefbogen niederzuhalten.

Ihm war zumute, als schreibe er den wichtigsten und beglückendsten Brief seines ganzen Lebens.

An Klara war er gerichtet, und er redete sie an:

»Mein teures Kind!

Es ist mir seit Ihrer frühen Jugend eine liebe Angewohnheit gewesen, Sie so zu nennen. Aber nun könnte wohl aus der Angewohnheit ein Recht werden, wenn Sie die Frage bejahen, die mein Sohn heute nachmittag an Sie richten wird. Er hat mir die Erlaubnis gegeben, Sie, meine liebe Klara, darauf vorzubereiten, daß er zu Ihnen kommen wird. Heute, weil es Mittwoch ist, brauchen Sie nicht zum zweitenmal zur Schule. Wynfried darf also darauf rechnen, Sie zu Hause zu finden.

Ich selbst habe Ihnen, ehe Wynfried Sie spricht, noch etwas zu sagen, und das ist, noch mehr als der Wunsch Sie vorzubereiten, der Grund, weshalb ich schreibe.

Nur ein ganz kurzes Wort! Dieses: daß Dankbarkeit Sie nicht bestimmen darf, sich für Wynfried zu entscheiden! Ganz gewiß erraten Sie mit Ihrem Herzen, daß es für mich eine große Freude sein würde, Sie als Tochter umarmen zu können. Und Sie rufen sich vielleicht ins Gedächtnis in dieser Stunde, daß ich es war, der die bitterste Not des Lebens von Ihnen und Ihrer Mutter ablenken durfte ...

Mein teures Kind, Sie wissen es: ich habe Ihre Mutter geliebt! Ich durfte sie nicht besitzen und sie nicht die Meine nennen. Wenn Liebe so um ihr heiligstes Recht betrogen wird, bleibt ihr nur eine Art von Linderung und Erlösung: für den geliebten Menschen und das, was ihm teuer ist, ein wenig sorgen zu dürfen. Das war das bescheidene stille Glück, das ich mir gönnen konnte.

Sehen Sie es so, und Sie sehen es richtig. Und dann verstehen Sie auch: Sie stehen nicht in meiner Schuld!

Wo das Wort Liebe ausgesprochen wird, löscht es alle anderen Worte aus.

Glauben Sie das einem alten Mann, dessen Leben rauh war und voll Haß. Und dem es vielleicht niemand zutraut, daß er immer tief in seinem Gemüt einen großen Schmerz, einen sehr glücklichen Schmerz mit sich herumtrug.

Selbst wenn Sie sich gegen meine Hoffnungen entscheiden – nichts, gar nichts kann mich hindern, zu bleiben

Ihr väterlicher Freund
Severin Lohmann.«

Er war sehr bewegt, und als ihm das Wort von dem glücklichen Schmerz in die Feder kam, feuchtete sich sein Auge.

Er dachte: sind nicht vielleicht unsere Schmerzen mehr unser köstlicher Besitz als unser Glück?

Seine Zuversicht war groß. Er bezweifelte im Grunde

nicht, daß Klara seinen Sohn mit Freuden annehmen werde. Sie war seit jenem Sonntag so verändert! In ihrer Stimme bebte ein Nebenklang mit – sie war wie von zärtlicher Ergebenheit gefärbt und umschmeichelte den Hörer wie Liebkosung. Ihr Wesen zeigte eine neue Art von Demut und Hingebung – ihre Hand schien noch pflegsamer, leiser geworden, und der gemessene Ernst, der ihr schon im Schatten ihrer Kindheit angeflogen war, wich einer Weichheit, die sich in Blick und Bewegung deutlich verriet.

Gerade von dem Tag an, wo sie seinen Sohn kennen gelernt hatte.

Und obschon der alte Herr sich ganz gewiß nicht für einen Frauenkenner hielt, glaubte er doch so viel von einem Mädchenherzen vermuten zu dürfen, daß es in aufwallendem Gefühl dem Vater sich nähere, – weil es dem Sohn aus holder Scheu sich nicht verraten wolle ... Welche Glückseligkeit dieser Gedanke! Und er sah auch so viel Gerechtigkeit darin, wenn Tochter und Sohn zweier Entsagenden sich finden würden.

Wie machte dieser Wahn ihm auch den Weg zum Sohne leicht!

Er hatte keine Achtung vor ihm haben können. Und das zu verbergen, war seiner Natur in all ihrer Wahrhaftigkeit und Offenheit sehr schwer gewesen, obschon er begriff, daß seine Verachtung den Sohn vollends zerstören mußte.

Nun fühlte er: wenn dieses Mädchen ihn lieben konnte oder im Begriff war, ihn lieben zu lernen, dann gab es noch Werte in seinem Sohn. –

Sein Verkehr mit ihm wurde milder und gleichmäßiger.

Und als Wynfried ihm gestern erklärt hatte, daß er bereit sei, um Klara zu werben, hielt er lange stumm die Hand des

Sohnes in der seinen. Wynfried sagte, daß der Wunsch des Vaters und die Leere und Zwecklosigkeit seines Lebens ihn bestimme; die Liebe freilich, die ein Mädchen zu erwarten pflege und die es verlangen könne, die könne er nicht vorheucheln. Sie sei ihm sympathisch. Das sei alles.

»Darüber sprecht euch nur unter vier Augen aus,« hatte der Vater geantwortet. »Wenn nur einer liebt, ist es genug. Denn das weckt auch nach und nach die Liebe des anderen. Und sie liebt dich. Sie ist auf das rührendste verändert, seit du hier bist.«

Das glaubte Wynfried. Er war es so gewohnt, daß die Frauen ihn liebten. Aber er hatte keine, auch nicht die leiseste Regung von Eitelkeit dabei, er stand so unberührbar fern von diesen Dingen – sein Herz war tot.

Und nun war dieser vorbereitende Brief geschrieben. Leupold sollte ihn in das Schulhaus tragen, genau um zwölf Uhr sollte er ihn, nach der letzten Unterrichtsstunde, überreichen ... Dann las sie ihn, kehrte heim – konnte in Ruhe nachdenken – sich vielleicht, wenn sie wollte, mit der Pflegemutter aussprechen – war gefaßt und klar in ihrem Entschluß, wenn Wynfried um drei hinüberführe. Wohldurchdacht war alles.

Jetzt freilich hatte die Uhr von der Zimmertiefe her noch nicht acht Schläge herklingen lassen. –

Und die, an die der wichtige Brief gerichtet war, verließ erst gerade ihre Wohnung, um ihrem Beruf nachzugehen.

Klara erschrak beinahe vor dem Wetter. Oft war's ja draußen viel erträglicher, als es von drinnen schien. Heute zeigte es sich umgekehrt. Die schönen Frühlingstage hatten die Haut schon an Wärme und Sonne gewöhnt. Nun schlug der unnatürlich kalte Regen ihr ins Gesicht. Der Schirm nützte wenig. Aber Klara war wettersicher

78

angezogen. Auf dem braunen Haar saß eine Art Sportmütze von pastellblauer Wolle. Und ihre Gestalt war ganz und gar in einen dunklen Regenpaletot eingeknöpft.

Wie trübselig die Linden um die roten Kirchenmauern standen; aller Frühlingsglanz war aus ihren Wipfeln herausgespült. Die Blechrinnen, die am langen Dachsaum des Kirchenschiffes zu beiden Seiten hinzogen, waren so übervoll, daß allerwärts Tropfenfälle ihre Linien begleiteten; ihre Abflüsse, die grauen Drachenköpfe aus Zink, spieen einen dicken Strahl von Wasser hinab. Es rauschte und plätscherte überall. – Keine fröhliche Morgenfrühe. –

Klara bemerkte, daß der Hauptmann von Likowski mit einem Kameraden vor ihr herging – die Herren schienen ebenfalls den Weg zur Fähre hinab zu nehmen. Sie hatten hohe Stiefel an und braune Handschuhe. Ihre Mützen waren wie bestäubt von Regentropfen.

Den Hauptmann kannte sie sehr gut, wohnte er doch mit ihr unter einem Dach. Und die engen Verhältnisse sowie die übereifrige Dienstwilligkeit der alten Doktorin Lamprecht für ihren Mieter brachten es mit sich, daß Likowski oft im Erdgeschoß vorsprach.

Es hieß, er sei ganz wohlhabend. Aber er führte das einfache, regelmäßige Dasein des preußischen Offiziers, der sich für seine scharfe Arbeit frisch zu halten hat.

Er war ziemlich groß, etwas steif von Haltung, und in seinem rötlichen Gesicht stand der weißblonde Schnurrbart aufgebürstet über einem Mund mit vorstrebenden Lippen und entschlossenem Ausdruck. Auch seine hellblauen Augen blickten unternehmend. Haltung und Miene eines künftigen Divisionärs – zum mindesten! Doch neckten ihn die Kameraden mehr wohlwollend als spöttisch mit seinem Feldherrnwesen.

Richtig – die Herren blieben dicht vor ihr. Nun ging's die Fahrstraße hinab. Sie war so steil, daß es dem Abwärtsschreitenden immer schien, als schubse ihn etwas vorwärts. Und ihr Pflaster war grob. Denn die Hufe der Pferde wären ohne den Halt, den ihnen die kräftigen Kopfsteine gaben, beim Hinauf- und Hinabfahren schwerer Lastwagen oft ausgeglitten. Die Straße mündete an der Anlegebrücke, die dem Ufer des Eisenhüttenwerkes schräg gegenüber in den Fluß hineingebaut war. Sie bezeichnete auch gewissermaßen einen Abschnitt in der Linie seines Laufes. Von seiner Quelle an war die liebliche Anmut wiesenreichen Binnenlandes seine Begleitung; dann zog er an der uralten Hansestadt vorbei und spiegelte deren rote Giebel und zahlreichen hohen Kirchtürme wider. Von da ab hatte Wasserbaukunst ihm viele Windungen abgeschnitten und ihm gerade Richtung aufgezwungen, ohne sein idyllisches Wesen merklich verändern zu können. Aber in dieser Gegend häufte die Industrie ihre grauen und toten Farben auf das Grün der Ufer. Und unmittelbar hinter dem Punkt, wo das Städtchen auf ragendem Ufer lag, weitete er sich zu einer gerundeten Bucht, die, östlich von größeren Waldungen begrenzt, schon durch den Geruch ihres Wassers die Nähe des Meeres ahnen ließ. Es war Salzatem darin. Im Volksmunde hieß der Fluß auch von da ab, wie ihn schon die alten Geschichtsbücher nannten: die Salzentrave.

Und die Navigationszeichen, die schweren Bündel der mächtigen eingerammten Stämme, der Duc d'Alben, wie auch die ziegelroten Markierungsstangen, die den Schiffen den Fahrweg durch das Wasser der Bucht zeigten, gab ihr einen großartigen, an die freie, weite See erinnernden Charakter.

Scharf wehte der Wind über die vom Regen bestrichene und gegen den Strom aufgewühlte Wasserfläche daher.

Klara fühlte ihn im Gesicht, als strichen ihr kalte, nasse Hände über die Haut.

Vom Punkt aus, wo die Fahrstraße auf die Anlegebrücke stieß, mußte man noch ein Streckchen am Fuß des Abhangs, dicht am Wasser, uferaufwärts gehen, um an die kleine Fährstelle zu kommen. An ihr ragte ein geteerter Pfahl mit einer Glocke und einer weißen Inschrifttafel. Und hier mußte nun Klara auf den Hauptmann von Likowski und seinen Kameraden treffen.

Sie warteten; gerade kam der Fährmann heran und hielt mit starken Fäusten sich und damit den Kahn an der Eisenkette fest, die auf dem Brückchen aus einem Ringe heraus lief. Er stand ein wenig gebückt, sein Südwester war blank vom Regen, sein Rock von Wachsleinwand glänzte naß.

Der Hauptmann stieg zuerst ein – es bedurfte dazu nur des einen Schrittes hinab auf den flachen Boden des Kahnes. Er wollte Klara aufmerksam die Hand reichen. Aber sie, mit Büchern und Schirm beladen, tat schon selbständig diesen einen tüchtigen Schritt hinab. Ihr folgte der andere Offizier.

»Guten Morgen, Fräulein Hildebrandt.«

Klara nickte – sie schloß gerade ihren Schirm.

»Mit dem aufgespannten Schirm – im Winde – das ist mehr Hindernis als Schutz,« sagte sie.

»Immer tapfer in jedem Wetter in den Morgen hinaus!« sprach er wohlwollend.

»Man muß! Ich weiß auch längst, daß das sehr gesund ist. Sie können sich für Ihren Dienst ja auch nicht nur Schönwetter aussuchen,« meinte sie.

»Bitte –« sagte jetzt der Kamerad.

Und Herr von Likowski stellte vor: »Freiherr von Marning – Fräulein Hildebrandt ...«, und er setzte auch gleich erläuternd hinzu: »Das gnädige Fräulein ist die Pflegetochter meiner fürsorglichen Hauseigentümerin.«

Gerade schrie der schwedische Dampfer seinen Kameraden, die unter den Entladebrücken drüben ankerten, seinen klagenden Sirenengruß zu. Und der Fährmann wartete im Kahn. Es war geraten, den Dampfer erst vorbei zu lassen, denn die Fährstelle lag ja noch im schmalen Flußlauf.

Klara sah den Offizier mit unbefangener Freundlichkeit an. Und sie war sogleich eingenommen von diesem bartlosen Gesicht. Beinah erstaunt, als sei es ihr kein neues, fremdes! Den Farben nach war es das eines dunkelhaarigen. Die Züge hatten festen männlichen Schnitt. Die braunen Augen fielen besonders auf. Eine seltsam eindringliche Leuchtkraft war in ihnen; aber es waren doch keine Schwärmeraugen. Vielmehr hatte man sogleich das Gefühl, aus ihnen blicke ein sicherer Wille. Diese ganze Erscheinung gefiel ihr – sie wirkte auch förmlich kriegerisch, in dem feldmarschmäßigen, betropften Anzug, an dessen hohen Stiefeln schon die Spuren schlammiger Wege klebten.

So stand er vor ihr. –

Und das ganze, weite, vom Wetter umdüsterte Bild um ihn her war wie ein Rahmen – voll Bedeutung.

Der Nachen schaukelte mehr und mehr. Obgleich der Fährmann, gebückt, mit angespannten Muskeln, gewaltsam die eiserne Kette umklammert hielt. Strom und Wind zerrten am Fahrzeug. Und nun zog in vorsichtiger Ruhe der Dampfer vorbei, in der hier gebotenen, verminderten Geschwindigkeit.

Drüben rauchte und rumorte das Hochofenwerk; da und

dort glühte feuriger Schein zwischen seinen Bauten.

Der ungeheure Himmelsraum war grau, und dunkle Wolken jagten in der Höhe.

»Gnädiges Fräulein haben keine Furcht, bei solchem Wetter sich übersetzen zu lassen?« fragte der Freiherr von Marning.

»Ich fahre oft bei viel größerem Unwetter. Drüben habe ich ein Amt. Ich bin Lehrerin. Unterrichte an der Schule von Severinshof. Wenn ich da wohnen wollte, müßte ich die alte Dame verlassen, bei der ich seit meinem zehnten Jahr lebe. Das täte ihr zu weh,« sagte Klara einfach.

Nun stieß der Kahn ab, und Likowski und Marning hielten sich lachend aneinander fest – denn beinahe hätten sie im ersten Anstoß das Gleichgewicht verloren.

Klara saß schon auf der umlaufenden Bank, und die Herren folgten ihrem Beispiel.

Schwer ging die Fahrt, und die vom Dampfer aufgewühlten Wasser wellten hoch.

Marning sah die schlanke Gestalt an, die sich da so sicher und ungezwungen ihm gegenüber hielt, als wiege man nicht im peitschenden Regen über einen Fluß, sondern säße irgendwo voll Behagen.

»Das ist viel gefordert von einer jungen Dame,« sprach er.

Likowski hatte ein unklares Gefühl, als müsse er das junge Mädchen in Marnings Augen gewissermaßen gesellschaftlich noch heben. Er erzählte: »Fräulein Hildebrandt ist nicht nur die Pflegetochter der Doktorin Lamprecht, sondern auch die des Geheimrats.«

Und Marning merkte auch unwillkürlich auf. Was mit

dem Geheimrat zusammenhing, seine Gunst besaß, war allen Menschen der Gegend gleich interessanter.

Für Klaras Feingefühl hatte diese Erklärung aber irgend etwas Kleinliches, ihr nicht Zusagendes, und auch eigentlich zu Likowski nicht Passendes. Ganz abwehrend klang ihr Ton, als sie sofort eilig hinzufügte: »Ich schulde Herrn Geheimrat viel Dank, er ist sehr gütig. Pflegetochter – das ist zu viel gesagt.«

Und sie sprach gleich weiter und sah den Freiherrn gerade an. »Der Geheimrat kennt Sie. Er hat mir von Ihnen erzählt. Sie waren einigemal bei Verwandten von Ihnen zusammen zur Jagd eingeladen ...«

»Wie ist das viel, daß ein solcher Mann sich an den bescheidenen Leutnant erinnert. Ich kann Ihnen beipflichten: er ist sehr gütig – er war es zu mir und würdigte mich manchen Gespräches, das mir so lehrreich war. Nun ist das Jagen wohl für immer vorbei?«

»Oh,« sagte Klara gläubig, und ihre Augen bekamen feuchten Glanz, »ich hoffe, daß er noch einmal ganz der frühere wird – die linke Hand kann er schon wieder bewegen. Und das Bewußtsein war ja damals sofort wieder klar – das ist das große Glück ...«

»Pu–r–r–r,« machte Likowski mit den Lippen, um Nässe- und Kälteschauer auszudrücken. »Angelangt – na, nu hopp!«

Und mit einem Schritt stand er auf der Brücke unterhalb der Sandsteintreppe. Er nahm die Stufen hinauf mit einer strammen Gleichmäßigkeit des Schrittes. Hinter ihm folgten Klara und der Oberleutnant.

»Darf ich Sie bitten – Fräulein Hildebrandt? – nicht wahr? – Herrn Geheimrat Lohmann meine verehrungsvollsten

Grüße und Wünsche auszurichten.«

»Gern. Er hat einmal ausdrücklich gesagt, wie es ihm leid sei, Sie noch nicht gesehen zu haben. Aber Gäste kann er noch nicht empfangen – darf noch nicht.«

Dann geleiteten die Herren, da sie vorerst den gleichen Weg hatten, Klara noch auf der Landstraße an den Anlagen vorbei. Sie sah zum Erker hinauf, der in der Mitte des ersten Stockwerks aus der Front des Herrenhauses hervorsprang. Und sie sah: da beugte sich das grauhaarige Haupt aus den Lehnen des mächtigen Stuhles heraus – so, als sei es vorwärts über ein Buch oder eine Schrift geneigt. Daß er nicht aufpaßte, um sie zu begrüßen, war ein selten vorkommendes, auffallendes Ereignis.

Da mußte er schon mit etwas sehr Wichtigem beschäftigt sein.

Likowski erzählte: seine Kerle unter der väterlichen Führung von »Baby« Hornmarck seien schon über die Hochbrücke marschiert, um sich im Grabenausheben und Schanzenaufwerfen zu üben. Er habe den Bauern Vietig bewogen, seine Brachkoppel dazu herzugeben.

Nun schritten sie an dem mit Eisenspitzen bewehrten Palisadenzaun des Werkes hin – nun kamen sie an den stattlichen Verwaltungsgebäuden vorbei, die mit ihren Fassaden den Zaun unterbrachen. Und da war das mächtige Tor, über dem auf breitem grauen Blechschild in schwarzen Lettern zu lesen stand: Eisenhütte Severin Lohmann.

Gerade stand der Portier vor seinem Häuschen, das sich drinnen an den Torpfosten drängte, und sah einen ausfahrenden Wagen untersuchend durch. Die schweren vlämischen Pferde standen halb schon zum Torbogen hinaus, und ihre Nüstern dampften.

Diesem Tore gegenüber mündete ein Landweg, von Knicken eingefaßt, in die Straße, die an Severinshof vorbei und weiter hinaus ging.

Und hier mußten die Herren sich verabschieden. Likowski konnte es nicht, ohne noch eine von seinen bitter-humoristischen Betrachtungen anzustellen.

»Wissen Sie, Fräulein Hildebrandt – im Grunde – nee wirklich – tun wir ja ziemlich was Ähnliches. Nämlich: vorbereiten! Sie schuften, um aus den rotznasigen Bengels unterrichtete, manierliche Jünglinge zu machen. Wir schuften, damit diese Jünglinge fixe Kerls werden, die nich mit der Wimper zucken, wenn's endlich ans Dreinschlagen geht. Na, und danken tut uns das keiner – Ihnen nich – uns nich – is auch egal! In der stillen Schufterei is doch was drinn – das erhebt. – Na, also: empfehl' mich gehorsamst ...«

Er verbeugte sich und legte die Finger an den Mützenrand. Und so tat auch Marning.

»Ja,« sagte Klara, »wenn man es so nehmen will –«

Sie neigte, ein wenig lächelnd, ihr Gesicht – das war ein abschiednehmender Gruß voll Anmut und doch voll Zurückhaltung.

Die beiden Herren stapften in den lehmigen Knickweg hinein. Das dicht verschrankte Gezweig und Gerank der Knicke, das Laub der Hainbuchen und der Schlehdorne, die kletternden Jelängerjelieberstengel, die grünen Zweige der wilden Rosen bildeten nasse Mauern. Und in den Spuren der Räder floß gelbes Wasser.

»Was für eine Stellung nimmt dies Fräulein Hildebrandt ein?« fragte Marning.

»Klara Hildebrandt? Stellung? Gar keine. Oder 'ne schiefe

– man weiß nie recht. Wohin gehörtse nu eigentlich? Und haben tutse nischt. – Kann einen dauern. 'n Mächen *I a!* Viele sagen: natürliche Tochter vom alten Lohmann. Aber meine olle Lamprecht sagt: Quatsch! Das Wurm sei an die zwei Jahr alt gewesen, als die Eltern es mit herbrachten und der Geheimrat ihre Mutter überhaupt erst kennen lernte.«

»Wenn sie die Tochter vom Geheimrat wäre, würde er sie legitimieren und sie nicht so hart für ihr Brot arbeiten lassen,« meinte der Freiherr.

»Das erstere allemal – der ist nicht der Mann, was zu verstecken. Das zweite sagen Sie nich – vielleicht erst recht. Na – aber Fräulein Hildebrandt würd' mich schön 'runterputzen, wenn sie wüßte, ich bedauerte sie. Wissen Sie, Marning – wenn ich mir das Heiraten nich abgeschworen hätte: die könnt' einen wankend machen. Mein Vermögen langt ja. Und n' Dispens kriegte man woll durch den Geheimrat – der hat Beziehungen – Verbindungen bis ganz oben ruff ... Nee –«

»So ehefeindlich?« fragte der Kamerad lächelnd.

»Nich aus Weiberfeindschaft! Ih wo! Aber sehen Sie: mal muß es ja doch endlich losgehen – wir lassen uns ja rein auf der Nase 'rum spielen, das kann ja nich dauern. Na, und denn will ich kein weinendes Weib und keine schreienden Kinder zurücklassen, und mein Herz soll keinen Zwiespalt haben.«

»Es gibt auch tapfere Frauen. Wir haben eben eine gesehen.«

»Ach Gott – das is ja nu ganz was anderes, untern bißchen mühseligen Umständen dem Broterwerb nachgehen als 'n geliebten Mann in 'n Krieg ziehen lassen. In der Liebe verändern sich die Weiber völlig.«

Marning dachte an das schöne, etwas strenge Gesicht unter den braunen Haaren, auf denen die pastellblaue Wollmütze saß. Er war sich nicht klar, woher der Ausdruck von Strenge kam. Plötzlich begriff er: diese seltsam geraden Brauen – die gaben diesen Zug.

Likowski sagte jetzt: »Hören Sie mal – Sie müssen aber Besuche machen. Wenn Sie sehr gesellig veranlagt sind, können Sie 'rauf nach Lübeck fahren. Da is viel los – gastfreie Menschen die ollen Hanseaten. – Ich komm' nich oft hin – unterhalt' bloß kameradschaftliche Fühlung mit dem Regiment da – fahr' kaum mal ins Theater. Das nimmt Zeit. Tags kann man nich zum Studieren kommen. Sie wissen ja: ich beschäftige mich immerlos mit Strategie, auch der älteren, hab' mir grade Willisen und Jomini angeschafft – man lernt ja immer noch zu. Das kommt einem doch zustatten, wenn's los geht. Und das tut es doch mal – muß es mal! ...«

»Nein,« sagte Marning. »Ich bin nicht übermäßig gesellig. Nur grade, was sein muß –«

»Na – freilich. Ganz abschließen kann man sich nich. Verkehr ist Pflicht. Man lernt auch hie und da. Bloß nich Kommiß werden! Mit Scheuklappen. Nee. Also denn hier 'rum. Allzuviel is es nich. Um Überblick zu geben: da is der Großindustrielle Stuhr – der mit der Sensenfabrik – entzückende Krabbe von Tochter – nächstes Jahr geht sie aus. Denn die paar Honoratioren – drüben der Generaldirektor Thürauf – wohnt dicht bei der Kolonie Severinshof – kluger Mann, feine, hübsche Frau – drei prosaische Töchter – semmelblond – gute Diners und gemütlich. Ein paar Güter. Vor allem Schloß Lammen! Gott, über die verwitwete Baronin Hegemeister reden sich die Leute ja auch die Zunge wund und fuselig: soll 'n dolles Mädchen gewesen sein – die Eltern, reiche Parvenüs, hatten alle Ursache, sich's zwei Millionen kosten zu lassen, damit sie unter Dach und Fach kam. Der alte, verschuldete Hegemeister hatte keine Vorurteile, soll sich nich daran gestoßen haben, daß das Mächen schon 'n Hufeisen verloren hatte. – Wer weiß, ob's wahr is. Kein Mensch kann's jetzt anders sagen: einwandsfrei hält sie sich, die schöne Agathe. Sieht nur beste Gesellschaft bei sich. Auch der Geheimrat verkehrte bei ihr, mit Frau – und die Geheimrätin sei 'ne scharfe Dame gewesen, sagen alle – als ich herkam war sie schon dot. – Na, vielleicht möcht' die schöne Agathe wieder heiraten, was ja an sich kein sündhafter Wunsch ist. Und auch kein unerfüllbarer. Vorausgesetzt, daß sie ihn nich auf meine Wenigkeit fixiert.«

Jetzt öffnete sich rechts im Erdwall, der die überregnete, dicht ineinanderverflochtene Mauer der frischgrünen Gebüsche trug, eine breite Einfahrt. Ihr primitives, niedriges Tor aus Latten war nach der Koppel zu zurückgeschlagen.

»Da wären wir. Und nu wollen wir mal sehen, wie unser ›Baby‹ die Leute angestellt hat – fixer kleiner Kerl, der Hornmarck – hat 'n Schneid – na, ein Trost – man erlebt immer noch famosen Nachwuchs. – Wir werden uns mal den Helden von Siebenzig ebenbürtig zeigen. – Haben Sie gelesen, Marning – die letzten Depeschen – höllisch brenzlich! Passen Sie auf – in diesem Sommer erleben wir's ...«

Unterdessen begann Klara ihren Unterricht. Im freundlichen Schulhaus und seinen großen Zimmern, die durch beste Einrichtungen gelüftet und durch sehr große Fenster erhellt waren, konnte man fast das Wetter vergessen, obgleich der Regen eiligst an den Scheiben draußen niederrann, als sei es sein Geschäft, sie gründlich abzuspülen.

Die Kinderschar, Knaben und Mädchen, saßen in Reihen,

und lauter aufmerksame Gesichter waren der jungen Lehrerin zugewandt, die neben einem großen farbigen Bild an der Wand stand. Das war eine topographische Karte, und Klara lehrte die Kinder die nächste Umgebung kennen und wußte durch allerlei historische Rückblicke, knapp und einfach vorgetragen, diese eingezeichneten Wälder, Felder und Dörfer zu beleben. Jedes einzelne Gewese war auf der Karte eingetragen. Und Klaras Augen sahen, wie infolge einer inneren Nötigung, immer wieder auf die Koppel des Bauern Vietig. Da übte jetzt die Kompanie des Hauptmanns von Likowski Grabenausheben und Schanzenaufwerfen – und der Oberleutnant Freiherr von Marning war auch dabei. –

Plötzlich fiel es Klara ein: Stephan heißt er! Der Geheimrat nannte einmal den Namen.

Und ganz unwillig über diese Störung ihrer Gedanken wehrte sie das von sich: dieser Mann geht mich ja gar nichts an. –

Er sah sehr schön aus – männlich und vornehm, und Augen von seltener Ausdruckskraft hatte er auch. –

Aber wirklich – er ging sie nichts an. – Wie töricht, daß sie diese Augen so deutlich vor sich sah. – Und sie sammelte sich fest und klar auf ihren Vortrag und all die Fragen der aufmerksamen Kinder und überwand dieses unbegreifliche Zurückdenken an eine im Grunde so gleichgültige Begegnung. –

Die Stunde lief ab, und andere folgten ihr – noch drei – sie schwanden schnell dahin. Und als Klara, hinter dem Rücken der letzten sich hinausdrängenden Kinder, nach ihrem Mantel griff, der am Zeugreck im Flur, neben der Tür nach dem Spielplatz hing, kam Leupold und hatte einen Brief und sagte, auf Antwort solle er nicht warten. Sie warf den

Mantel über den Arm und öffnete sofort den Brief.

Des Geheimrats eigene Handschrift! Konnte es etwas Wichtigeres geben! Vielleicht bat er sie, im Herrenhause zu essen – es war heute Mittwoch – –

Und sie las ...

Sie mußte sich an den Pfosten des breiten Zeugrecks lehnen – betäubt – fassungslos – –

Nun kamen ihre männlichen Kollegen – Herr Magers wollte, ehe er zu seiner Frau hinauf in das obere Stockwerk ging, ihr noch sagen, daß der kleine Rohrdantz wieder gelogen habe und daß sie doch einmal zu der Mutter des Jungen gehen möge – aus Frauenmund Warnungen zu hören, käme die Mutter sicher leichter an. – Und Herr Kehl strich sich durch seine blonden Haare und wartete, bis der Vorgesetzte treppan gestiegen war, und sah Klara über den Rand seiner Stahlbrille weg unsicher und zärtlich an. Sogar die Kinder der oberen Klasse hatten es schon heraus: »Herr Kehl ist in Fräulein Hildebrandt verschossen.« Nun bat er, verlegen über diese seine Nebentätigkeit, von der er doch einen wunderbaren Umschwung seiner Existenz erwartete, ob er ihr das Manuskript einer schon dreimal von ihm umgearbeiteten Novelle geben dürfe, ihr Urteil sei ihm ihm –

»Morgen,« sagte Klara, »morgen –«

Und sie zerrte sich ihren Mantel um, drückte sich die Mütze auf den Kopf und lief hinaus.

»Fräulein Hildebrandt – Ihr Schirm!«

Sie hörte nicht – sie fühlte ihren Körper nicht – nicht Regen – nicht Sturm – Sie lief – und lief –

Sie dachte nicht, daß Vater oder Sohn sie von den Fenstern des Herrenhauses vielleicht sehen könnten.

Fort, nur fort – in die Einsamkeit. Nachdenken über das Ungeheure, das an sie herantrat.

Wynfried wollte kommen und um sie anhalten.

Die Frau eines Mannes sollte sie werden, den sie nicht liebte.

Was Reichtum – was Rang! »Ich liebe ihn nicht!« schrie alles in ihr.

Treppab, auf den Fluß zu ging es, wie auf der Flucht. Unten war kein Fährmann – drüben saß er, unterm Schirm hockend und das dampfende Essen aus dem Henkeltopf löffelnd, den seine verwachsene Tochter ihm gebracht. Ganz gnomenhaft sah das aus – wie ein Bild aus einem Märchenbuch.

Und der Wind brauste –

Klara kam ja zehn Minuten früher als sonst – sie läutete heftig, als sei Gefahr, an der Glocke. Blechern und doch schrill klang das dringliche Gebimmel hinüber ans andere Ufer, sich vom Chor des gleichmäßig rumorenden Lärms, der vom Hochofenwerk her scholl, als ängstliche Solostimme abhebend.

Es hieß warten. Und wie sie dastand, heftig atmend vom Lauf, von der unerhörten Erregung, ebbte ihr Blut langsam zurück.

Sie wurde bleich, sehr bleich.

Sie begriff, daß sie sich fassen, daß sie nachdenken mußte.

»Er liebt mich nicht!« Das wußte sie durch ihr Frauengefühl.

Sie hatte noch nicht geliebt. Frei und leicht schlug ihr Herz, von keinerlei Erfahrung und Enttäuschung beschwert. Und dennoch wußte sie! Aus jenem Gefühl heraus, das keines Wissens bedarf, um die tiefste Weisheit zu erkennen.

»Er liebt mich nicht!«

Weshalb wollte er sie denn zu seiner Frau machen?

»Sein Vater hat es gewünscht!«

Dies stand ihr über jedem Zweifel.

Und damit kamen ihre Gedanken in eine andere Richtung.

Ihr war, als frage eine zürnende Stimme sie: »Von opferfreudiger Begeisterung standest du wie in Flammen – dein Leben wolltest du hingeben, um ihm zu danken. – Und nun dein Leben wirklich gefordert wird, erschrickst du?«

Klara starrte wie hypnotisiert auf den Fährkahn, der vom jenseitigen Ufer her herangewiegt kam, von starkem Ruderschlag getrieben.

Die Stelle des Briefes stand ihr vor Augen: »Dankbarkeit darf Sie nicht bestimmen!«

Gewiß nicht – nicht für das, was er allein an ihr getan. Denn sie fühlte, daß dies eine heilige Wahrheit sei: daß es noch ein leises Glück bedeutete, für die Tochter der Geliebten sorgen zu können. Und sie begriff ahnungsvoll die Tiefe jener anderen Stelle: »Wo das Wort Liebe ausgesprochen wird, löscht es alle anderen Worte aus.«

»Was er an mir getan hat, war ihm Freude – das verstehe ich wohl – es muß ihm immer gewesen sein, als sähe meine Mutter ihn zärtlich an dabei – – Aber das andere! ...«

Der Treubruch, die Unlauterkeit ihres Vaters – die großen Summen, die er dem Werk entzogen – dieser schmachvolle Tod. – Und der grandiose Edelmut, der verzieh und alles verbergen half – damit über ihrer Mutter Leben nicht noch der Schimpf komme. –

»Er darf nie wissen, daß ich weiß ...«

Klara hatte versprochen, zu schweigen. Aber sie dachte: auch ohne das! Mein Wissen muß ich ihm verbergen – immer – wie er mir seine Großtaten verbarg. Es gibt eben Dinge, die so außerhalb des Lebens stehen, so hoch, daß es unkeusch ist, ihnen mit Worten zu danken.

»Nein,« sprach da wieder eine Stimme in ihr, »man dankt nicht mit Worten – aber mit der Tat! –«

»Fräulein,« sagte der Fährmann, als sie dann einsteigen konnte, »Sie haben Ihre Mütze verloren.«

»So?« antwortete sie mechanisch.

Stumm und als sei ihr ganzer Körper schwer von Blei und alles in ihr gekettet und unbeweglich, saß sie und wollte denken.

Ein qualvoller Druck legte sich über ihr Gemüt. Eine dumpfe Empfindung: das Schicksal hatte so viele gütige Gaben für sie gehabt – das Schicksal schenkt nicht, ohne eines Tages die Gegengabe zu fordern. –

Sie sagte sich: »Ich muß!«

Mit mühsamen Schritten stieg sie hinauf, schleppte sich durch die regennassen Straßen und kam nach Haus.

Da war die Doktorin Lamprecht, mit vielen eiligen, unerschöpflichen Gesprächen und voll Ausrufen: wie sah Klara aus! Und ohne Schirm! Ohne Mütze! Und leichenblaß! Klara hatte Ausreden. –

Bei Tisch kehrten ihre Farben wieder. »Na gottlob!« sagte die alte Frau, von rasch emporgekommenen Sorgen ebenso flink befreit, und nötigte Klara noch mehr warme Suppe auf.

Sie verstand sich plötzlich selbst nicht – diese wahnwitzige Aufregung ... wie konnte sie das so umwerfen ...

Ihr wurde wohler; das Gefühl der Ohnmacht schwand. Sie konnte klar nachdenken und sich sogar beherrscht die Maske der Alltagsstimmung vornehmen, bis sie allein in ihrem Zimmer war.

Ihr Kleid war feucht. Sie wechselte es. Ihr Haar war zerzaust. Sie ordnete es.

Und sie dachte nun endlich auch an den Mann – stellte ihn förmlich vor sich hin.

Weshalb wollte er sie heiraten? Sein Vater war doch kein Tyrann, trotz seines Herrscherwesens. Wenn Wynfried seinem Wunsch ein kräftiges »Nein« entgegengesetzt hätte, würde dieser Wunsch verstummt sein.

Klara hatte eine dunkle Erkenntnis davon, daß Wynfried zu matt zu einem starken Nein sein mochte.

Vielleicht dachte er, wie sein Vater: daß eine Heirat nun für ihn Trost, Neuland, Lebenszweck bedeute.

Der alte Herr hatte in den letzten beiden Wochen wiederholt dergleichen ausgesprochen. Erst jetzt fiel es Klara auf, daß er sie immer voll Bedeutung dabei angesehen. Sie war so arglos gewesen. – Wie hatte sie eine so schwindelerregende Schicksalswendung für sich erahnen können!

Sie fragte sich, immer ruhiger werdend: »Ist er mir unangenehm?«

Nein! Gewiß nicht. Nichts an seiner Erscheinung konnte

ästhetisch abstoßen. Sein Vater hatte manchmal grimmig gesagt: die Weiber sind zu toll hinter ihm hergewesen. Vielleicht war er sehr geliebt und umworben gewesen. –

Aber er hatte Schlimmes erfahren. Ein Weib, dem er jahrelang in rasender Leidenschaft angehangen, hatte ihn verraten.

Mehr wußte Klara nicht. Das stimmte sie vom ersten Augenblick an mitleidig – machte ihn ihr ein wenig interessant, wie es für jede Frau der Mann ist, von dem sie weiß: er hat geliebt und gelitten.

Vielleicht konnte sie seinem Leben wieder Frische und allmählich wieder Freudigkeit bringen. – Sie konnte das Ihre tun, in ihm die Liebe zum Werk, das Verständnis für seines Vaters Lebensarbeit zu erwecken – Sie sah wohl: noch war das alles tot in ihm. –

Welche Aufgabe!

Sie ahnte, was der alte Mann von ihr hoffte: sie sollte ihm den Sohn zu seinem Sohn machen helfen. –

Am Fenster saß sie, draußen rann der Regen auf den Hof und schüttete Wasser auf den zu schlanken Lindenbaum mit dem schmalbrüstigen Wipfel. Ihre Hände hatte sie ums Knie gefaltet. Und sie erhob das Gesicht zum Bilde ihrer Mutter. Es war voll von wunderbarem Leben, denn ein großer Künstler hatte es damals gemalt, als Geld im Hause Hildebrandt keine Rolle spielte. Die ganze Persönlichkeit der Toten sprach aus diesem Bilde. Hell stand die Gestalt vor einem tiefgrünen Hintergrunde. Die edlen Züge zeigten den Ausdruck eines wehmütig lächelnden Ernstes.

Und Klara – sich an diese Züge mit förmlicher Inbrunst des Blickes hängend, fühlte wieder: »Ich muß!«

War es denn wirklich ein solches Opfer?

Klara hatte sich niemals in der himmelblauen Sentimentalität anderer Mädchen ausgedacht, wie »Er« aussehen müsse.

Und sich in Phantastereien nie verschworen, daß sie unter keinen Umständen einen anderen nähme als den, der einem Idealbilde gleiche. – Ihre Lage brachte es nicht mit sich, ans Heiraten zu denken. Sie war ganz arm. Sie lernte kaum Männer kennen, die ihr überhaupt auch nur flüchtig die Idee erwecken konnten: der paßte für mich. Weder ein Hauptmann von Likowski einerseits, noch ein Herr Kehl anderseits regten dergleichen bei ihr an – was bei allen obwaltenden Umständen ja auch auf der Hand lag ...

Und nun wollte ein Mann sie zu seiner Frau machen, der sie auf einen solchen Platz stellte – –

Was würde sie für einen Wirkungskreis bekommen!

Das große Haus mit seinem ganzen, auf reichliche Art eingewöhnten wirtschaftlichen Betrieb. Die Kolonie Severinshof – denn da gab es noch viel zu tun – gerade für eine Frau. In viele Familien ließ sich noch mehr Segen tragen, als die Wohlfahrtseinrichtungen möglich machten. Und diese selbst noch zu erweitern und zu verbessern, war auch eine schöne Aufgabe. In der sozialen Fürsorge kann eine Frau mit begabterem Blick das Nötige und vor allen Dingen das seelisch Feinere herausfinden, als es der wohlmeinendste Mann vermag. Ja, da könnte man schaffen, sich rühren, nützlich sein. – Und als Herrin! Mit großen Mitteln, und durch Einfluß auf den alten Herrn.

War es nicht ein Unrecht gegen viele, wenn sie es ausschlug, diese Aufgaben zu übernehmen? Sie wußte aus Erzählungen, daß Wynfrieds Mutter gar keine Teilnahme gehabt und gar nicht anerkannte, daß sie Pflichten habe.

97

Aber sie – oh, sie würde mit heißem Willen nach Pflichten suchen.

Ihr Herz klopfte rascher – eine stolze Vorfreude wallte in ihr auf.

Und dann vor allem: den großartigen alten Mann pflegen –

Wirklich seine Tochter sein! Damit zugleich auch dem Andenken ihrer heiligen Mutter leben – viel von dem erfüllen, was deren Liebe nie gedurft ...

War das nicht herrlicher Inhalt für ein Leben?

Man sagte: die Liebe kommt oder geht in der Ehe. Erst die Heirat ist der rechte Prüfstein für sie.

Klara dachte: vielleicht lerne ich ihn lieben, wenn er erst mein Mann ist ... Aber dieser Gedanke entglitt ihr – verschwamm in Träumereien. Es war, als mache ihr Seelenleben eine Pause – hülle sich in Dunkel – –

Sie fuhr zusammen – erwachte. Und wußte mit wunderbarer Klarheit: »Ich werde ihn niemals lieben ...«

Freundlich, herzlich, mit allen Vorsätzen, ihn zu verstehen – ja, so konnte sie ihn wohl lieb haben.

Aber nicht mit jener Liebe, die stark ist wie der Tod.

Vielleicht war es auch nicht dies Gewaltige, das für eine segensvolle, friedliche Ehe nottat.

Konnte nicht aus Freundschaft und dem heiligen Willen zu nützlicher Gemeinsamkeit auch ein Glück erwachsen?

Klara wußte, was das war: heiraten.

Ihr Mann hatte alles von ihr zu fordern. Sie durfte in einer Ehe, die sie mit Bewußtsein schloß, nichts verweigern ...

Und weiter wußte sie: gerade in dieser Ehe mußte unter allen Gelöbnissen das zur Treue am höchsten stehen!

Wie oft stürzen sich zwei zusammen in ein rasch verflackerndes Liebesfeuer und können sich nachher voreinander entschuldigen: wir ahnten nicht, daß es so rasch verglühen würde.

Hier war kein Wahn, keine Flamme.

Hier warteten nur sittliche Pflichten.

Klara stand auf. Ihr ganzes Wesen war voll von Entschlossenheit.

Sie begriff ihre erste sinnlose Erregung nicht mehr.

Dem alten Mann, dessen Tochter sie nun werden sollte, hatte sie in heißer Dankbarkeit ihr Leben opfern wollen. Sie war bereit – –

Die alte Vossen riß die Tür auf, und ihre breite Gestalt mit der blauen Aufwaschschürze vor der Leibesfülle blieb in der breiten Spalte. Ihr kupfriges Gesicht hatte einen hilflosen und wichtigen Ausdruck.

»Da is der junge Herr Lohmann ... mits Auto is er gekommen ...« sagte sie verdutzt.

»Bitte,« sagte Klara.

Wynfried kam auf sie zu und küßte ihr die Hand.

Er wurde rot – es schien, als übernehme ihn plötzlich eine Verlegenheit ohnegleichen. Mit einer laschen Gefügigkeit war er hergekommen. Alle Gespräche und die Gedanken waren Theorie gewesen. Jetzt überstürzte ihn die Wirklichkeit.

»Mein Vater hat Ihnen geschrieben?« begann er.

Klara fühlte eine wunderbare, liebevolle Ruhe in sich. Unbewußt etwas Mütterliches.

»Ja. Ich war sehr, sehr überrascht. Aber es war richtig und herzlich von Ihrem Vater, daß er mich vorbereitete.«

Sie schob an dem Tisch – als wolle sie das Sofa freimachen. – Tat, als sei dies ein alltäglicher Besuch – war fast unbefangen –

»Und auf welche Antwort darf ich gefaßt sein?« fragte er.

Klara sah ihn gerade an. Ihre grauen Augen waren so klar – so voll Güte.

»Sie haben mir nichts zu sagen?« fragte sie leise.

Er setzte sich aus Nervosität – unwillkürlich – legte den Hut auf den Tisch – strich sich mit den Fingerspitzen über die Stirn – wie sein Vater pflegte, wenn der sich fassen wollte ... Klara dachte es. Und diese kleine Bewegung war ihr deshalb seltsam wohltuend. Und immer ruhte ihr warmer, sicherer Blick auf seinen Zügen. Er begegnete diesem Blick.

Er begriff: ja – er mußte viel sagen – das hatte sie zu verlangen. Bitten. Zärtlichkeiten, schöne Worte. – Er konnte nicht. Alles in ihm wehrte sich.

»Sie erwarten nun mit Recht eine Liebeserklärung – es ist das, was der Augenblick mit sich bringen sollte. – Ich – – liebes Fräulein – Klara – ich habe ... Schweres liegt hinter mir – was soll ich sagen – wie Ihnen begründen ... Ich bitte Sie, meine Frau zu werden – ja, das tue ich aus vollster Sympathie, ich habe ...«

Er brach ab. Bitterkeit kam plötzlich in ihm hoch – vielleicht Zorn gegen seinen Vater, der es verstanden hatte, ihn herzuzwingen – in langsamer Überredung, in leidenschaftlichen Wünschen.

»Nein!« sprach Klara ihn unterbrechend. »Ich weiß ein wenig von Ihnen – Ihr Vater sagte es mir: Sie haben eine harte Erfahrung gemacht – – Nein. Ich erwarte keine Liebeserklärung. Sie haben gelitten und leiden vielleicht noch.«

Er öffnete die Lippen – wie vor Überraschung. Er tat einen tiefen Atemzug ...

»So darf ich wahr sein?«

»Kann es zwischen uns eine ernstere Pflicht geben als die Wahrheit?« fragte Klara entgegen.

Es war so viel Würde in ihrer Art, daß es ihm wohltat – o wie wohl!

»Ich komme zu Ihnen, weil mein Leben von entsetzlicher Leere ist, weil mein Vater glaubt, daß ich durch eine Ehe, durch eine Ehe mit Ihnen ein neues Dasein finden würde.«

Er dachte: »Nun sagt sie Nein!«

Er wußte nicht: war das Erleichterung oder tat sich die Leere nur noch trostloser auf?

»Und Sie selbst?« fragte Klara weiter. »Haben Sie selbst das Vertrauen, daß ich Ihnen helfen könne?«

Wie sie ihn immer ansah! So fest und klar, wie er noch keinen Blick in keinem Auge gesehen hatte. Das zwang ihn »Ja« zu sagen.

Irgend eine unklare Empfindung trieb ihn, sich zu erheben – er stand vor ihr, in der Haltung eines Respektvollen.

»Ja.« Und er glaubte an sein Ja.

»Ich danke Ihnen. Das ist viel. – Wie alles liegt, muß es mir – – genug sein,« sagte sie langsam.

»Sie willigen ein – liebe Klara?«

Er nahm etwas scheu ihre Rechte.

»Große Aufgaben liegen vor uns. Und ich darf Ihrem Vater nun wirklich Tochter sein. Sie fühlen wohl: er ist mir der teuerste, der wichtigste Mensch auf der Welt.«

Wynfried wollte fragen: so ist es seinetwegen?

Aber ein unbestimmtes Gefühl verschloß ihm den Mund.

Nicht fragen! Ob sie um des Vaters willen und aus Dankbarkeit so bereit war? – Ob sie ihn, wie sein Vater meinte, liebe? – Nicht fragen ...

Sie hatte von ihm keine Lüge verlangt – welche Erleichterung! Dafür war er ihr dankbar. Was er ihr brachte, wußte sie, ahnte sie. – Was sie ihm brachte, wollte er lieber nicht wissen.

Wenn sein Vater Recht hatte! Wenn sie ihn liebte! Gestern noch war es ihm gleichgültig oder gar lästig gewesen, das zu hören. Heute war der Gedanke, daß sie ihn liebe und er das nicht erwidern könne, beunruhigend, beschämend – Nein, nicht fragen – –

Nun nahm er ihr Gesicht zwischen seine Hände. Er dachte: ich muß sie doch küssen. Er wußte: diese Lippen waren unberührt. Das blitzte so durch ihn hin; eine flüchtige Aufwallung von etwas Reizvollem überkam ihn. Er küßte sie.

Klara nahm den kurzen Kuß mit verständiger Freundlichkeit an.

»Wir wollen recht und von ganzem Herzen versuchen, uns zu verstehen,« sagte sie warm.

Sie sprachen noch über allerlei äußere Fragen, und Wynfried nannte sie Du. Alles war plötzlich ganz einfach und so selbstverständlich. – Es tat ihm sehr wohl, ganz ohne Aufwand von erlogenen Worten und Gesten auszukommen.

Er wollte sie gleich mit zu seinem Vater nehmen. Der wartete voll Ungeduld.

»Nein,« sagte Klara, »wie werde ich so davonfahren! Zwölf Jahre hat die alte Frau treu und eifrig versucht, mütterlich für mich zu sein! Sie hat ein Recht darauf, daß ich mich in diesem Augenblick als Tochter betrage – ich möchte noch allein mit ihr sprechen.«

Das gefiel ihm. Er fühlte: sie hat Herzenstakt. Von ihrer sanften, ernsten und doch so unbegreiflich sichern Art wirkte etwas auf ihn herüber, das ihn beruhigte und zugleich zu einer gewissen Aufmerksamkeit zwang.

Dies war die erste Stunde ohne Qual und ohne Leere, die er seit vielen Monaten gehabt hatte.

Er reichte ihr die Hand zum Abschied. Irgend etwas trieb ihn, ihr besondere Wärme zu zeigen – aus Dankbarkeit, weil sie eben keine besondere Wärme zu beanspruchen schien; deshalb nahm er ihre Hand zwischen seine beiden Hände.

Dabei schob sich die goldene Kette vor, die um sein linkes Handgelenk geschmiedet war ...

Klara sah sie – zufällig war sie ihr noch nicht aufgefallen – sie sah unwillkürlich genau hin.

Da zog er hastig die Hand zurück – es war ihm unangenehm, daß ihr sein Armband so offenbar auffiel.

»Also in einer Stunde.«

Klara stand und sah noch auf die Tür, die sich hinter ihm geschlossen hatte.

»Es wird – es soll gut gehen!« sagte sie sich fest.

Nun also zur alten Frau – ihrer Überraschung, Rührung, Neugier, aber auch ihren verzeihlichen kleinen Naivitäten und ahnungslosen Plumpheiten standhalten ...

Die Tür von Klaras Zimmer nach den beiden Vorderzimmern war durch einen großen Schrank verstellt, um der für die Schulpflichten Arbeitenden mehr Ungestörtheit zu sichern. Klara mußte also über den Flur.

Da stieß sie auf einen fremden Offiziersburschen. Der riß die Mütze ab und sagte dienstbeflissen: »Dies soll ich hier abgeben – es ist wohl recht?«

Ein weißes Paketchen, mit der Aufschrift: »Fräulein Klara Hildebrandt, hier.«

Verwundert nahm sie es und trug es in ihr Zimmer. Ein unerklärliches Gefühl beriet sie – nötigte sie, in ihre Ungestörtheit zurückzukehren.

Sie öffnete.

Ihre pastellblaue, gehäkelte Wollmütze ...

Und dabei eine Visitenkarte. Unter dem Namen ein Strich, der ihn mit der Schrift auf der Rückseite der Karte verbinden sollte:

»Stephan Freiherr von Marning, Oberleutnant im Infanterieregiment Großherzog Paul, erlaubt sich, das Beifolgende, von ihm Gefundene, der Eigentümerin mit respektvollem Gruß zurückzustellen.«

Klara nahm die Mütze, die Visitenkarte – wickelte beides mit raschen, unsicheren Händen wieder fest, fest in das Papier – riß die Schublade ihrer Kommode auf und stopfte eiligst das weiße Bündelchen tief hinein ...

Ohne sich auch nur noch eine Sekunde aufzuhalten, lief sie nach vorn, fiel der alten Frau um den Hals und sagte: »Oh – höre ...«

4

Die Baronin Hegemeister auf Lammen gab Ende August
und bevor die Offiziere ins Manöver und nach ihm teilweise
auf Urlaub gingen, noch ein kleines Fest. Es sollte ländlich
sein und auf den Genuß der schönen Natur gestellt.

Schöne Natur hatte man ja bis zum Verzweifeln genossen.
Den ewig langen Sommer hindurch. Aber die Umstände
ergaben es eben, daß man aus der Langenweile eine Poesie
und aus dem Zwang eine Freiheit machte.

Auf ihre Bitte waren der Hauptmann von Likowski und
der Oberleutnant von Marning schon zum Frühstück
gekommen, um ihr beizustehen und die Einteilung der
Stunden sowie die Tischordnung mit ihr durchzusprechen.
Was sie alles sehr wohl allein hätte bestimmen können. Aber
sie sei zu faul dazu, schrieb sie ihrem Freunde Likowski.
Und dieser hatte unterwegs, als sie im Krümperwagen nach
Lammen fuhren, gesagt: »Bloß Vorwand, uns länger und
allein zu haben – das zielt auf Sie, Marning – man müßte ja
Idiot sein, wenn man's nicht merkte – da könnense nu Ihr
Glück machen, wennse wolln.« Worauf Marning nur ein
schwaches Lächeln hatte, sozusagen ein Gefälligkeitslächeln,
um dem Sprechenden zu zeigen: ich habe zugehört.

Jetzt saßen sie zu viert um den Tisch, von dem die
orangefarben und weiß gestreifte Markise den
Mittagssonnenschein abhielt. Von der Terrasse sah man in
die »schöne Natur« hinaus, an deren Herrlichkeit die arme
Agathe beinahe einging. Denn leider war sie keine
Wandeldekoration und stand ein für allemal fest. Höchstens,
daß die Beleuchtung verschieden war – oft sogar zu rasch

und unberechenbar verschieden. Wer wußte, ob sie sich nicht auch heute noch so zeigen werde, – denn das Gewölk, das da so hartnäckig tief am nordöstlichen Himmel stand? ...

Das Schlößchen Lammen hatten Hegemeisters sich bald nach ihrer Heirat erbaut; gerade hier, auf der kleinen Klitsche, die als letzter Überrest großen Familienbesitzes verblieben war. Es gewährte dem Baron eine Art Genugtuung, an dieser selben Stelle nun als großer Herr zu leben, wo er vordem sich vor Gläubigern versteckt gehabt. Und er war zu sehr Realist, um den weiten Rundblick auf die Gegend, die einst zum großen Teil Hegemeisterscher Boden gewesen war, wehmütig zu finden.

Nun erhob sich, wo einst ein schlecht gehaltenes kleines Gutshaus gestanden, auf einem der höchsten Uferpunkte am Wyk, das weiße Schloß. Von seinen Fenstern sah man hinaus über das Wyk, dessen salzige Fluten nur durch eine flache, sandige Halbinsel von der offenen Meeresbucht geschieden waren. Als schmaler Landstrich lag die Halbinsel zwischen den Wassern. Nur an ihrer Spitze verbreitete sie sich erheblich, um Sportplätzen und einer kleinen, umgrünten Siedlung Raum zu gewähren. Über sie hinweg ging frei der Blick auf die Ostsee und die blaugrauen, erhöhten mecklenburgischen Waldufer, die drüben die Bucht eine Strecke einsäumten, bis dahin, wo Meer und Himmel ungestört aufeinanderzustoßen schienen.

Man konnte vielleicht glauben, der Fluß habe sich schon in den weiten Wassern des großen Wyk verloren; aber die Spitze der Halbinsel drängte seinen Lauf noch einmal zusammen, ehe er, an Travemünde vorbei, sich dann ins Meer ergoß.

Travemünde lag da wie ein holländisches Bild. Entzückend fein und lieblich an den Uferrand hingebaut und vom malerischen alten Kirchturm bevatert. Man sah, fern und klein, die gestutzten Linden, die mit Biedermeierwürde vor den Häuserfronten steif einherstanden; man sah die weißen, schmalen Leiber der Segeljachten im Fluß ankern und über den roten und schwarzen Navigationszeichen die silberhellen Möwen flattern. Blau war das Wasser, blau der Himmel – nur dies bedrohliche eine Gewölk da unten, in der Richtung, wo Fehmarn lag.

Es hatte sich gut speisen lassen im Schatten der gestreiften Leinwand, auf der Terrasse, die solchen Blick in die großartige, farbenprächtige und linienkühne Ferne freiließ. Und die Nähe gab ein Gefühl von Üppigkeit und Sommerhöhe.

Die Terrasse hatte kein Geländer. In kurzen Zwischenräumen standen an ihrem Rande weiße, viereckige Kübel mit gelb bemalten Faßbändern, darin dunkle ausländische Kugelgewächse grünten. Vor ihr breitete sich ein Blumengarten, in dem alles duftete und bunt sich aneinander drängte, was nur im Hochsommer blühen mag. Doch herrschten die Rosen vor, und Hochstämme edler Sorten zogen sich auch an allen Wegen entlang. Ein Rosenfreund war der verstorbene Baron gewesen, und sich in Züchtung verschiedener Arten als Gärtnerdilettant zu versuchen, seine Liebhaberei. Agathe hatte keine Liebhabereien – die machen immer Mühe und oft Ärger, sagte sie.

Nun war sie die alleinige Herrscherin in diesem Besitz. Sie klagte oft darüber, daß sie ihn als Last empfinde. Aber was sollte sie machen. Es war nun einmal viel von ihrem Gelde hineingesteckt worden; ihn zu verkaufen, hielt wohl schwer. Und in Berlin oder in einem Vorort zwischen Fabrikschloten und klappernden Maschinen lebten noch die Eltern – und die Eltern fanden durchaus, daß Agathe

Lammen zu behalten habe, teils um Verlust zu vermeiden, teils weil es ihnen am passendsten schien.

Als sie das einmal dem Freiherrn von Marning erzählte, hatte er den Eindruck gehabt, daß die schöne Frau ein wenig in Schock vor ihren Eltern und nicht in sehr inniger Liebe mit ihnen verbunden sei.

Wenn man sie so ansah und beobachtete, war man sehr geneigt, die Schuld an einem etwaigen Mißverhältnisse den Eltern zuzuschreiben.

»Nicht wahr?« sagte Likowski einmal, »gänzlich blonde, mollige, fügsame Weiblichkeit – so eine von den heißen Trägen.«

Stephan Marning war sehr überrascht gewesen, als er die Baronin Agathe kennen lernte. Er hatte sich nach den Andeutungen ein temperamentvolles, rot- oder schwarzhaariges Wesen mit einem Stich ins Pikante oder gar Dämonische vorgestellt. Und er fand eine behagliche Blondine, die nur ein wenig mit dem zu stillen Lauf ihrer Tage unzufrieden schien, vielleicht aus dem gesunden Instinkt heraus, daß ihr Gefahr drohe, zu üppig und schläfrig dabei zu werden.

Er kam ganz gern hierher und wurde sehr oft eingeladen. Die Neckereien Likowskis hielt er für grundlos, nur eben der Neigung des Hauptmanns, zu hänseln, entsprungen. Der kameradschaftlich bequeme Ton war nun einmal Art der Frau. –

Das Frühstück war beendet, der Kaffee und die Zigaretten wurden am Tische genommen, denn nun fing ja das an, was Agathe die »Arbeit« nannte. Sie ließ abräumen – man war von zwei Bedienten umsorgt worden, die etwas zu aufdringlich hellblau und silbern glänzten. Vor ihr lagen nun weiße Kärtchen; ihre wunderhübschen, weichen Hände spielten damit, und die Brillanten an den Ringen blitzten. Die etwas volle, aber sehr wohlgewachsene Gestalt der noch jungen Frau war in ein höchst kunstreiches weißes Kleid gepreßt. Es hatte vorn einen sehr tiefen Ausschnitt; die feinen, dünnen Tüllfalten, die ihn straff umgaben, trafen unter einer vorgesteckten Rose zusammen, höchstens eine Hand breit oberhalb des Gürtels. Der Spitzenstoff, der Schultern und Oberarme bedeckte, war mit keinerlei verhüllendem Gewebe unterlegt. So zeigte Agathe mit reichlicher Unbefangenheit, daß sie eine prachtvolle weiße Haut und untadelige Formen habe. Merkwürdigerweise wirkte diese Enthüllung bei ihr wie etwas Selbstverständliches. Die Farben ihres Gesichts waren auffallend – rein der Teint, rosig die Wangen, fast wie bei einem Wachskopf. Sie war stolz auf diese Schönheit. Die Züge, so weich sie schienen, so unbeschrieben von Gedanken oder Leidenschaften, wirkten aber doch nicht tot. Der rote, schwellende Mund und die Augen konnten den erfahrenen Beobachter wohl beschäftigen. Sehr hellblau, groß und schwimmend waren die Augen. Und das blonde Haar, mehr matt als goldig in der Farbe, hatte eine erstaunliche und wohlgeordnete Fülle. –

Nun brachte der eine Silberblaue auch noch ein Tintenfaß. Agathe schob es der Dame hin, die ihr gegenüber saß.

»Liebstes Fräulein,« sagte sie bittend, »Sie schreiben die Namen auf die Karten?«

»Aber sehr gern.«

Fräulein von Gerwald tat alles »sehr gern«. War ja überhaupt froh, wenn sie einmal in Anspruch genommen wurde.

Ihre Überflüssigkeit hier war ihre ewige Angst. Zehn

Jahre war sie von Stellung zu Stellung gestoßen worden, hatte oft genug keine gehabt. Alle Damen wollten immer so schrecklich viel, was man doch beim besten Willen nicht leisten konnte, weil man es nicht gelernt hatte und sich nicht aneignen konnte.

Diese ihre Dame wollte fast nie etwas. Brauchte sie nur, um Klagen, Fragen, Sehnsucht, Toilettensorgen laut vor ihr zu bedenken. Und als Schatten, den sie auf Reisen und bei der Geselligkeit im Hause neben sich haben mußte.

Und wie gut man hier aß und trank! Wie sorglos das Geld unterwegs und daheim ausgegeben wurde! Das tat wohl – an allem durfte man teilnehmen. Die Baronin schien es nicht übers Herz bringen zu können, einen Menschen zu demütigen. Fräulein von Gerwald schwärmte für ihre Herrin, sprach ihr immer nach dem Munde und war schon in den ersten Tagen entschlossen gewesen, sich hier zu behaupten, und sollte sie auch die Augen gefällig verschließen müssen ... Nun war sie schon zwei Jahre hier, aber es hatte sich niemals die Gelegenheit zum Blind- und Taubtun gezeigt. Was der sehr befestigten und nie bestürmten Moral des häßlichen alten Mädchens doch eine wohltuende Beruhigung war.

Nun saß sie mit der Feder in der Hand, das Gesicht von beflissener Aufmerksamkeit gespannt, um flink jeden Namen zu schreiben, der bei Feststellung der Tischordnung genannt werden würde.

»Mich muß natürlich Lohmann führen – er ist zum erstenmal hier,« sagte die Baronin Agathe. Sie lag bequem in dem Rohrsessel, dessen naturfarbenes Geflecht mit buntseidenen Kissen fast verdeckt war. Und sie fragte: »Haben Sie das junge Ehepaar schon gesehen, Likowski? Sie wohnen ja doch bei der alten Lamprecht.«

111

»Doch. Die junge Frau; sie besucht treulichst ab und an die frühere Pflegemutter.«

»Sehr verändert?« fragte Agathe weiter.

»Ih wo. Keine Spur. Einfach und natürlich, wie sonst.«

»Aber glückstrahlend?«

Likowski erwog – prüfte nach – machte eine Kopfbewegung.

»Glückstrahlend? Das ist nu so 'n Wort. Nee. Klara Hildebrandt hat man nie angemerkt, ob ihr strahlend oder bekümmert zumute war. Immer beherrscht.«

»Sie wird schon glücklich sein, wie sollte sie nicht!« sagte Fräulein von Gerwald. »Eine Volksschullehrerin, die einen Millionär bekommt! Es ist beinahe phantastisch!« Und sie seufzte.

»Gott,« sprach Agathe, »sie hat sich verkauft! Es gibt ja viele Ehen, die 'n Handel sind – so 'rum oder so 'rum.« Und sie seufzte auch.

Alle wußten, sie dachte jetzt an ihre eigene Ehe.

»Die einen werden verkauft, die anderen verkaufen sich,« fügte sie ganz elegisch hinzu.

Stephan Marning dachte: »Ja ... verkauft – sie hat sich verkauft ...« Und er hatte ein Gefühl von Ablehnung, fast von Erbitterung.

Likowskis Ritterlichkeit wallte auf.

»Nein,« behauptete er, »was auch die Leute klatschen – der Vater soll ihn gezwungen haben, damit er in Ordnung käme – hätt's zur Bedingung gemacht für Bezahlung der Schulden – soll Klara Hildebrandt eine Million geschenkt haben, damit sie den Sohn nimmt – Klara soll ihn hassen – der Wynfried soll ein ganz verbrauchter, verseuchter Mensch sein. – Ist ja alles Quatsch. Immer wird drauf losgered't, ohne daß eine Seele genau die Motive kennt. Ich bind' doch auch nich aller Welt auf die Nase, warum ich dies und das tue und lasse. Als ob der Geheimrat so 'n Schuft wäre und ein Mächen an einen verseuchten Mann

113

verkuppelte! Als ob die Klara Hildebrandt 'n Mächen wäre, das sich so schlankweg kaufen läßt! Nee, so 'n simpler, ekelhafter Handel is das nu nich gewesen. An den Reichtum hat sie nich gedacht. Vom Geld ist bei der ganzen Verloberei nich ein Ton gesprochen, sagt die alte Lamprecht. Und sie sagt, vor der Klara müsse man den Hut abnehmen.«

»Sie haben da ja neulich gegessen,« fragte Agathe, »was für 'n Eindruck machte das Paar denn? Und die ganze Sache?«

Marning war es nicht angenehm, von diesem Mittag zu sprechen.

»Ich war der Gast des alten Herrn, der zu meinen Verwandten vieljährige, nahe Beziehungen hat; sie empfahlen mich sehr warm an ihn. Er war mehrere Monate zu leidend, mich einzuladen. Dann kam die Verlobung und die rasche Heirat – das war auch keine Zeit, in der man Gäste bittet. Kaum aber war das Ehepaar von der Hochzeitsreise zurück, da lud der Geheimrat mich am ersten Sonntag zu Tisch. Und weil der alte Herr und das junge Paar zusammen einen Hausstand führen, war das Essen gemeinschaftlich.«

Er machte eine ganz kurze Pause und fuhr dann in einem kühleren Ton fort: »Die überragende Persönlichkeit des Geheimrats nahm so völlig all mein Interesse in Anspruch, daß ich mit den jungen Herrschaften mich nicht eingehend genug unterhalten habe, um irgend ein Urteil abgeben zu können.«

»Ich hab' immer das Gefühl, daß Sie zu schroff über dieses Paar denken,« meinte Likowski.

»Es geht mich so wenig an, daß ich gar nichts darüber denke,« sagte er kalt.

»Fabelhaft der alte Herr! Ist es wahr, daß er den Gebrauch der linken Hand wieder erlangt hat?«

»Ja. Nur das linke Bein ist noch sehr lahm. Aber sein Geist, seine Stimmung ist von einer Frische ...« erzählte Marning.

»Die Freude! Das Glück! Er soll seine Schwiegertochter vergöttern!«

»Ach, Likowski, Sie haben immer 'n Faible für das Mädchen gehabt,« neckte Agathe.

»Meine teuerste Freundin,« sprach er voll Haltung, »so 'n rauher Kriegsmann ich auch bin: für Frauenwürde und Tugend hab' ich das Gefühl nich verloren. Und wenn's, wie ich dringlich hoffe, demnächst endlich losgeht, sag' ich nich nur: mit Gott für König und Vaterland, sondern auch: und zum Schutz der deutschen Frau.«

»Oh!« rief Fräulein von Gerwald, »wie herrlich empfunden! ...«

»Ich bin rasend gespannt auf Wynfried Lohmann,« sagte Agathe laut vor sich hin träumend. »Vor sechs Jahren hab' ich ihn mal erlebt – sein Vater gab das erste große Diner nach dem Trauerjahr für die Frau – Wynfried war gerade zum Besuch – ich hatte ihn neben mir bei Tisch – Gott, wir waren beide noch so jung – die Jüngsten in der ganzen Gesellschaft – wir verstanden uns himmlisch. – Er war schön wie 'n junger Gott damals – hoch, schlank, blond – und so viel Verständnis für die Frau – ach, es war ein Abend ...«

Und in ihrer Stimme klang irgend etwas Schwüles mit – etwas Sehnsuchtsvolles. – In ihre Augen kam ein feuchter Glanz – sie verlor sich in träumerische Gedanken.

115

»Auf diese Weise kommen wir mit unserer Festordnung nicht weiter,« erlaubte Marning sich zu sagen.

Agathe stand auf, reckte sich lässig – die ganze üppige Gestalt schien sich in wohligem Behagen zu dehnen ... Freilich trat dabei auch hervor, daß der Oberkörper eigentlich ein wenig zu groß sei ...

»Ach was,« sagte sie, »wir überlassen es Fräulein von Gerwald. Sie machen das – nicht wahr?«

»Aber sehr gerne!«

»Halten Sie nur fest: Herr Lohmann führt mich – alles andere ist weiter keine Etikettenfrage, alle Gäste kennen sich und passen zueinander.«

Die junge Frau Lohmann war im Augenblick ihrem Gedächtnis völlig entglitten.

»Ich ziehe mich zurück, meine Herren, um frisch zu sein zu dem Zauberfest. Tun Sie desgleichen – Sie wissen ja – das grüne Fremdenzimmer ... Um fünf Uhr Tee, allmähliche Anfahrt der Gäste – Begeisterung über die schöne Aussicht – Promenaden – Gruppenbildungen. Halb acht Diner. Nachher Mondscheinwasserfahrt. – ›Nur für Natur‹ ...« schloß sie, falsch singend und sich ein wenig im Walzertakt wiegend.

Likowski suchte das grüne Fremdenzimmer auf, denn er wußte: da stand auch ein Kistchen mit den schweren Importen, die die schöne Hausfrau in ihrer Gegenwart nicht geraucht haben mochte.

Fräulein von Gerwald, im soliden hell- und dunkelgestreiften grauen Seidenkleid, auf dessen undurchdringlich unterfüttertem Spitzeneinsatz sie eine Bernsteinbrosche trug, zog sich mit ihrem Material in einen kleinen Raum neben dem Eßsaal zurück. Durch die offene Tür sah sie manchmal sinnend zu, wie die Blausilbernen und zwei Mädchen, in hellen, knisternden Kattunkleidern, mit Tüllmützchen auf dem Kopf, die Tafel deckten. Und dann wieder paarte sie mit emsiger Feder Männlein und Weiblein zur Tischgenossenschaft. Der jungen Frau, geborenen Hildebrandt, gab sie den Freiherrn Stephan von Marning. Das kam ihr sehr angebracht vor. Vielleicht waren Likowski und Marning ja die einzigen Herren, die die junge Frau kannte oder genauer kannte. Es mußte für die arme kleine Person, der Fräulein von Gerwald vorweg rasendes Lampenfieber und heimliche gesellschaftliche Ungewandtheit zutraute, doch eine Erleichterung sein, sich auf einen Bekannten stützen zu können. Und Likowski – den teilte sie sich selbst zu. – Welch ein Mann! Einer von den wenigen wirklich noch edeldenkenden Männern ... Wie er mit blitzenden Augen von Frauenwürde und Tugend sprach! ... »Tugend« – das war für Fräulein von Gerwald: wenn man nie das Mindeste mit einem Mann zu tun gehabt hat. Sie durfte von sich sagen, daß sie eine Überfülle von Tugend besaß ... Und Likowski wußte das zu schätzen! Er war auch in finanzieller Hinsicht nicht gebunden. – Ach, man konnte nicht wissen. – Sie wollte ihm bei Tisch noch innig für seine ritterlichen Worte danken ...

Stephan Marning aber mochte sich nicht oben im Fremdenzimmer von Likowski einräuchern lassen. Er ging in den Garten. Der war stilisiert und ganz auf Blumenzucht und dekorative Wirkungen angelegt. Bänke und Sitzgelegenheiten waren der Anlage reichlich eingeordnet. An diesen Garten, der eine Fläche auf der Uferhöhe vor dem Schloß einnahm, grenzte eine schräg zum Wasser hinuntersteigende Baumpflanzung – eine Art Wäldchen, von Serpentinen- und Treppenwegen durchzogen. Unten war ein geräumiges Bootshaus in das Wasser des Wyks hineingebaut. Da lagen ein Motorboot und ein großes Ruderboot. Zwei Leute hantierten darin herum und hängten Lampions an Drähte, die kunstreich vom Heck zum Bug und rund um die Schiffsränder gespannt waren.

Braungoldener Schatten lag unter dem niederen Dach, das Wasser im Bootshaus hatte den dunklen Schimmer von Rauchtopas. Man sah durch den Bau wie durch einen Tunnel. Seine Öffnung nach dem Wyk zu war voll Sonnenglanz und funkelnder Wellenunruhe.

Er schaute eine Weile zu, wie die Männer in den schaukelnden Booten faltige Formen auseinanderbogen, daß sie zu bunten Ballons wurden.

Aber seine Gedanken waren anderswo als seine Blicke ...

»Was geht es mich an, ob sich diese junge Frau verkauft hat oder nicht?«

Er dachte auch an seine Schwester Martha. Sechs Wochen nach ihrer Hochzeit war er mit ihr und ihrem Manne, dem Hauptmann von Strenglin, zusammengetroffen. Und man hatte wohl gespürt, daß die beiden, die in Armut und Treue lange aufeinander gewartet, kaum ihr seliges Liebesglück vor den Augen anderer recht zu verstecken wußten ...

Von solchem elementar sich verratenden, heimlichen Glück hatte er neulich nichts gespürt, als er mit dem Ehepaar zusammen am Tische des alten Herrn saß ...

Aber freilich: auch nichts von Unfrieden, feindseliger Kälte, gelangweilter Höflichkeit ...

Ihm schien: freundlich und herzlich war die junge Frau gewesen. – Er auch, der junge Ehemann auch.

Nach krassem Unglück sah das nicht aus. Und der alte Herr sprach davon, wie seine letzten Jahre nun gesegnet seien, und nahm zärtlich die Hand der Schwiegertochter ...

Und welche Ergebenheit, welche liebevolle Art hatte sie – wenn sie den alten Herrn bediente ...

»Was geht das alles mich an? ...«

Er stieg langsam wieder hinauf, durch die noch so wenig imposante Anpflanzung.

»Ein junges Stückchen Wald – halbwüchsiges Baumgedränge hat keine Schönheit,« dachte er. »Merkwürdig ... wie bei manchen Menschen und manchen Schicksalen: sie brauchen Reife, um ihre Schönheit zu offenbaren.«

Oben glühte die Nachmittagssonne. Er ging zwischen Wänden von weißen, quadratisch geordneten Holzstäben hin. Sie waren anmutig berankt und durchflochten von allerlei Kletterpflanzen, die er nicht kannte. Wie ein Korridor war dieser Weg, und er endete an der fernsten Seitengrenze des Gartens in einem Rundell.

Dies war umgeben von dicht übersponnenen Gitterwänden; der noch blühende rote *Crimson rambler* bedeckte sie ganz. Vor ihnen, in gefälligen Abständen voneinander, bildeten schneeweiße Bänke einen Kreis. In der Mitte trug ein Beet eine gedrängte Fülle von niederen Rosenbüschen; in allen Farben blühten sie jetzt zum zweitenmal.

Stephan setzte sich. Er fühlte sich von einer unbegreiflichen Traurigkeit übernommen. Er dachte: »Was tue ich hier eigentlich?« Und sagte sich dann: »Nun, man muß gesellig sein – das Leben, der Stand bringen das so mit sich – –«

Und woher und warum so niedergeschlagen – fast mutlos

119

und überdrüssig?

Er liebte seinen Beruf mit Inbrunst. Seine schmale Zulage hatte ihn nie bedrückt. Es war sein Stolz, mit ihr sich einzurichten – wie das, gottlob, der Stolz von Tausenden von Offizieren war. Unter Entbehrungen, in der Stille arbeiten, damit alles bereit sei, wenn einmal die ernste, große Stunde käme ...

Heiß war die Luft, sie bebte in Wellen über den Rosen, man sah sie zittern. Und die Rosen atmeten ihren Duft hinein, die Hitze nahm ihm die Keuschheit, mischte ihm etwas Fades und zugleich Berauschendes bei.

Man wurde schläfrig davon – und doch so seltsam erregt ...

Es war dem jungen Manne, als sei ihm die ganze Brust voll von Wünschen – und er hätte dennoch keinen beim Namen nennen können. Eine unklare Begierde kam über ihn, nach irgend einem Glück – einem großen, seligen Glück ...

Die Üppigkeit der Stunde voll Rosenduft, Sonnenglanz und feierlich-froher Stille übernahm ihn ganz. Wie Arme beim Anblick reicher Lebensführung sich in ihrer Zufriedenheit erschüttert fühlen, so wühlte das Prangen dieser Hochsommerschwüle in seiner Seele Sehnsucht auf.

Er erschrak und fuhr aus seinem Hinträumen auf – irgend ein Laut hatte das Gespinst zerrissen. Er horchte: fern der Heulton eines Dampfers, der vielleicht flußauf fuhr ... Nein, das hatte ihn nicht gestört. – Nun wußte er es: Schritte ... Auf lockerem Silberkies von Gartenwegen kann auch der kleinste Frauenfuß nicht unhörbar gehen.

Und da war auch schon die Herrin dieses durchglühten, durchdufteten und weltfernen Gartens.

Er wollte aufspringen – war sehr überrascht.

»Nein, ich setze mich zu Ihnen.«

»Ich dachte, Baronin, Sie wollten ruhen.«

»Will ich auch – aber erst eine Stunde nach Tisch – ich möchte nicht dick werden – lieber kastei' ich mich.«

»Was Frauen nicht alles für ihre Schönheit opfern können.«

»Na – sie ist immerhin keine ganz nebensächliche Angelegenheit. Obgleich es ja gerade für mich ganz egal ist, ob ich hübsch oder häßlich aussehe,« sagte sie.

Sehr dicht saß sie neben ihm, seitwärts und ihm zugewendet. Sie hatte den Ellbogen auf die Rücklehne der Bank gestützt, und der runde, weiße Arm zeigte sich in seiner ganzen Schönheit.

»Warum gerade für Sie?« fragte er erstaunt.

»Ach,« sprach sie mit einer gewissen gelassenen Bekümmertheit, »wer sieht mich denn wirklich an? Mit Freude oder Interesse, meine ich. Denken Sie denn, daß es von Wert ist, wenn die gute dumme Gerwald sagt: Frau Baronin sehen heute wunderbar aus. Oder wenn Likowski mal schwört, ich hätte meinen *beau jour*. Oder wenn sonst einer der Herren mir 'n Kompliment sagt – halb versteckt, damit ihre Frauen nicht eifersüchtig werden. – Ja, man hat eben keinen Menschen, dem man die Hauptperson in der Welt ist ...«

Stephan war ein wenig betroffen, er liebte solche Ergüsse nicht – aber doch, sie hatte im Grunde Recht. Ihr Leben war, trotz allen Reichtums und aller Vergnügungen, eigentlich einsam – vielleicht gar innerlich arm.

Wie schwer, darauf zu antworten.

»Ich habe immer gedacht, das Bewußtsein ihrer Schönheit beglücke eine Frau – denn Schönheit ist immer Ausnahme, Auszeichnung,« sagte er.

»Aber sie braucht Anerkennung – Verständnis – ich sage nicht: Publikum! Das meine ich nicht. Die Anerkennung der Gesellschaft nicht. Ein Wort, ein Blick der Bewunderung von einem geliebten Menschen ... ach, dafür gibt eine Frau alle Triumphe der Welt hin. – Und das hab' ich nicht – hatt' ich nie ...«

Das klang aus ihrem Munde nicht geschmacklos – wurde alles mit einer Art von Kindlichkeit oder Natürlichkeit vorgebracht.

Er wurde fast verlegen. Hieraufhin konnte er doch unmöglich, um sie zu trösten, ihre Ohren mit Schmeicheleien füllen.

»Ihr Gatte wird nicht blind gewesen sein,« sprach er.

»Es war ihm angenehm, daß man mich nicht häßlich fand. Das war alles. Sie wissen es doch – warum soll ich ein Hehl daraus machen: man hatte mich in die Ehe mit diesem alten Mann gezwungen. Meine Eltern fühlten sich nicht disponiert, eine erwachsene Tochter zu bewachen. Papa mit seiner rasenden Arbeit – ähnlich wie der Geheimrat, aber in Textilindustrie – und Mama mit ihren zahllosen Vorstandspflichten – Mama ist eine Vereinsdame – Mama hatte auch eine Schwäche für Adel – ein Baron sollte es sein –«

»Ich bitte Sie, Baronin, Sie erwarten Gäste, Sie wollen froh sein – lassen Sie die schweren Lebensumstände heute unbesprochen – es erregt Sie.«

»Sehen Sie, sehen Sie,« sagte sie mit klagendem Ton. »Niemand hat Interesse für mich – nicht einmal meine Freunde – ich dachte, Sie wären mein Freund geworden. Wenn ich einmal von mir sprechen will, ermahnt man mich gleich, zu schweigen.«

Sie hat ja Recht, dachte er. Es war undankbar und ungerecht, sie niemals zur rechten Aussprache kommen zu lassen.

Merkwürdig, wie viel diese volle, weiche, schöne Frau von einem unverantwortlichen Kind hatte – zum Schutz, zum Bevormunden herausforderte.

»Sie sollen mir ein andermal so viel von Ihrem Leben erzählen, als Sie mir nur immer anvertrauen mögen – ich erbitte es als besondere Gunst,« sagte er sehr herzlich.

Durch seine Gedanken huschte die Erinnerung an den Klatsch über ihre Mädchenjahre – wer wußte etwas Sicheres? Sicher war dagegen, daß er selbst viele Züge der Gutherzigkeit, der freundlichsten Gefälligkeit an ihr hatte beobachten können ... Und was pries die Gerwald immer? Ihre Dame sei gar nicht imstande, ihr eine Demütigung zuzufügen. Welche Seltenheit – eine Frau, die eine gebildete Untergebene immer zu schonen versteht – –

Man kann so rasch denken. – Das alles war ihm gegenwärtig, während er sprach, und färbte seinen Ton noch viel herzlicher, als er wußte.

Und sie hörte noch mehr hinein ...

»Ach ja – ja,« flüsterte sie, »ja – ein anderes Mal – aber bald – nicht wahr? Bald?«

Sie griff nach seiner Hand, und das zwang ihn, die ihre zu küssen.

Eine angenehme, träumerische Befangenheit machte ihn still.

Wie diese Frau hineinpaßte in die prangende Hochsommerfülle und Glut – als verkörpere sich die heiße Stunde in ihren weißen, vollen Gliedern.

Er fühlte immer stärker eine Versuchung in sich aufsteigen – sie drängte ihn zu diesem roten Mund. Der war ein wenig verzerrt vor Begehrlichkeit. Und ihre schwimmenden Augen hatten weichen Glanz – schlossen sich halb – zwischen den Lidern hervor brach ein Strahl von Hingegebenheit ... von glühendem Verlangen ... daß sein Herz zu klopfen begann ...

Mit einem Male begriff er: sie wollte ihn! Er fühlte, wenn er jetzt der Versuchung erlag, entschied es über sein Leben. Ein Kuß auf diese lechzenden Lippen, und er war gebunden ...

Er riß sich zusammen – mannhaft und überlegen. – Nicht in Abwehr. Aber in Besonnenheit.

Er küßte noch einmal ihre Hand ... Das ihr angeborene, wunderlich zutreffende Verständnis für die Annäherung und den vorsichtigen Rückzug eines Mannes blitzte in ihr auf ... Dieser Handkuß – das war eine Abschlagszahlung – ein Vertrösten – keine Zurückweisung. – Aber doch: es war quälend, in diesem Augenblick, wo sie ihr Leben darum gegeben hätte, sich satt zu küssen.

Sie stand auf – reckte sich wieder. – Das war immer wie ein Schauspiel und ein unbewußtes Sichdarbieten – lachte ein wenig gezwungen, und doch war zärtliches Gurren in der Stimme.

»Ja – an einem ruhigen Tage – dann kommen Sie – Sie allein – und ich erzähle Ihnen mein Leben. – Und jetzt will ich wirklich ruhen ...«

Sie ging, und zwischen den Gitterwänden, wo grünes Gerank all die zahllosen Quadrate durchflocht, wandte sie sich noch einmal um, winkte mit ihrer weißen Hand, an der die Brillanten blitzten ...

Er blieb ein wenig betäubt zurück. Kein Zweifel mehr: sie war in ihn verliebt, und er konnte sie haben. – Da war also ein Glück! Er hatte sich doch schweren Herzens vorhin nach einem Glück gesehnt. Eine Frau von üppiger Schönheit. – »Sie hat so irgend etwas an sich, als müßte sie in einen Harem passen,« dachte er. – Eine Frau mit großem Vermögen und Erbaussichten auf noch viel mehr. Eine Frau von gutherzigem Wesen. »Sie weinte neulich beinahe, weil ein Landstraßenköter ihren Foxterrier gebissen hatte – – sie ist außerstande, sich etwas Schönes zu kaufen, ohne gleichzeitig die Gerwald zu beschenken, damit der das Zusehen nicht sauer wird.«

Was wollte er, als bescheidener Oberleutnant eines Linieninfanterieregiments, noch mehr erwarten?

Es war sozusagen das große Los.

Er sah wieder den roten Mund, die feuchten Augen, den runden Arm, die weiße Haut ... Sein Blut wallte auf ... Und wenn sie jetzt noch hier gewesen wäre ... Aber nein! Besonnen bleiben! Sie prüfen – nichts überstürzen –

Nachher fand man sich wieder zusammen, war auf der Terrasse, im Salon, der sich mit zwei Türen auf die Terrasse zu öffnete, in der Diele, die wiederum an den Salon stieß, so daß der ganze mittlere Teil des Erdgeschosses für gesellige Zwecke sich wie ein einziger sehr großer Raum benutzen ließ. Likowski stellte fest, daß eine derartige Beweglichkeit und der Hang, alle paar Minuten den Platz zu wechseln, ihm etwas Neues an der allergnädigsten Hausfrau sei.

Ferner stellte er fest, daß sie eine andere Toilette trug, die er »unerlaubt« schön nannte, weil die armen Männer schwach wie Adam bei solchem Anblick werden mußten. Und bei sich dachte er: sie hat jawoll noch weniger an als vorher ... Aber dies zarte Lila, dieser hauchdünne Chiffon kleideten sie köstlich.

Agathe lachte etwas nervös und meinte, das Erwarten der Gäste, die viel zu spät kämen, spanne ab.

Und ihr Blick – den Likowski sah und höchst vielsagend fand – glitt hinüber zu Stephan Marning. Und – wahrhaftig: erwiderte der Oberleutnant den Blick nicht? Unbefangen sah er nicht aus – das konnte man bei schärferem Beobachten merken. War die Geschichte spruchreif? Hatte sein Oberleutnant begriffen und zugegriffen? Er, Likowski, gab seinen Segen. Von Herzen. Vorausgesetzt, daß Marning nicht den Abschied nähme, um in Wohlleben zu versumpfen. Aber da war ja wohl keine Gefahr. Marning zog des Königs Rock um kein Weib, kein Gold und keine Vorteile aus! Er wußte, was jetzt mehr als je die Pflicht des deutschen Soldaten war: das Schwert blank halten. – Die Stunde kam bald doch mal, wo ... Ja, der Stephan Marning – ein ganzer Kerl – man konnte ihn heiraten lassen ... Es interessierte Likowski fabelhaft ... Er dachte: kein kleines, aber vielleicht auch ein ziemlich anstrengendes Pläsier, der Erlöser Agathens zu sein ...

Und dann kamen die Gäste in rascher Reihenfolge. Etwa fünfundzwanzig an der Zahl. Da war der Großindustrielle Herr Detlev Stuhr mit seiner bemerkenswerten Tochter Edith, die heute zum erstenmal in der Gesellschaft erschien, weil ein Sommerfest, wie ihr Vater sagte, nicht für voll rechne. Fräulein Edith war von der bezauberndsten Häßlichkeit, sehr rothaarig, sommersprossig, mit einem kecken Näschen und hellbraunen Augen, aus denen allerlei lustige und zündende Farben sprühten. Ihr Kopf saß fein auf sehr schlankem Halse, und ihre Gestalt konnte man sich ebensogut in Jünglingskleidung denken wie in diesem blassen Blau dünner Stoffe. Und das zu rote Haar war mit einer so malerischen Berechnung geordnet, daß eine Schauspielerin hätte davon lernen können. Likowski verkehrte im Ton väterlicher Dreistigkeit mit ihr. Der eigene Vater, ein hastiger Mann mit scharfklugen Zügen, kokettierte damit, daß er zu schwach sei gegenüber der Tochter, und klagte über sie in Wendungen, die im Grunde lauter Lob und Preis dieses einzig dastehenden Wesens waren.

Dann sah man das kurzbeinige Ehepaar Herrn und Frau von Pankow. Er setzte sich gleich in einen der Rohrlehnsessel auf der Terrasse, mit auseinandergestellten Knien, wie Männer mit erheblichen Bäuchen tun, sprach den Erfrischungen und den Sandwichs eilig zu und hielt dabei einen kleinen Vortrag, dem der Generaldirektor Thürauf, die Finger um ein Glas Gießhübler geklammert, in kühler Ruhe zuhörte.

»Wär' ja Selbstmord ... 'ne Verfassung?! Seit 1755 haben wir uns famos bei der bisherigen befunden ... bin meinem Großherzog loyal ergeben – das versteht sich – aber 'ne Verfassung? Da kriegt er die Ritterschaft nich zu – nie! Mecklenburg wäre ja nich mehr Mecklenburg – nein.«

Und sein breiter Dialekt, aus dem die eu- und oi-Laute wuchtig aufklangen, gab seiner obotritisch-ritterschaftlichen Ansicht erst die rechte Färbung. – Sein rundes Gesicht war rot von der Hitze der überstandenen Fahrt. Aber sein bißchen blondes Scheitelhaar befand sich in glänzender Ordnung. Der Alte-Kaiser-Bart hatte noch kein weißes Härchen.

Frau von Pankow, auch kaum mittelgroß und ebenso

127

rundlich, sprach etwas leutselig mit Fräulein von Gerwald, der sie sich immerhin näher als mancher anderen Anwesenden fühlte, weil die Gerwalds eben doch sehr alter Adel waren.

Beide Gatten, in mangelnder Kritik, gefielen sich in Stoffen, wie sie für Körperfülle gar nicht ungeeigneter sein konnten. Seinen Spitzbauch umglänzte eine weiße Weste. Und ihren Busen, ihre Hüften umprallte hellgrauer Atlas.

»Wie viel Glanzlichter auf wie viel Rundungen,« sagte Fräulein Edith zum jungen Leutnant Hornmarck. Und sie lachten.

Likowski warf einen Blick hinüber. Sein kleiner Hornmarck, an dem er wie ein alter Bruder herumerzog, ging ihm zu hitzig mit der frechen Krabbe um – alle Woche zweimal spielte man Tennis zusammen – es kamen Freundinnen aus Lübeck – Referendare – allerhand halbwüchsiges Volk, das sich aber natürlich für voll und lebensreif hielt. – Und Hornmarck hatte sich verliebt. – Na, das war ja selbstverständlich. – Aber es hieß aufpassen: tüchtige Entwicklungen nicht durchqueren lassen von zu frühen Gedanken an Verloberei. Likowski kannte das: mit zwanzig denkt man intensiver ans Heiraten als um die dreißig herum. – Und denn diese Edith! Zu amüsant! Amüsante Frauen sind was Zweischneidiges ...

Die blonden, ruhigen Töchter des Generaldirektors Thürauf sprachen vernünftig mit zwei Offizieren und dem Freiherrn von Brelow, der als Administrator eines der großen mecklenburgischen Rittergüter verwaltete, die sich mit fetten Wiesen, weiten Feldern und ruhevollen Wäldern an der Küste hinzogen. Er war nicht mehr ganz jung; ein etwas stiller, stattlicher Mann, mit einem schmerzlichen Zug im Gesicht, den Sorge hineingeschrieben.

»Wissen Sie,« sagte Herr von Pankow vertraulich, »das wär' der Mann für Ihre Älteste. Er ist tüchtig und hat Charakter. Ich wollt's ihm gönnen, daß er wieder auf eigene Scholle zu sitzen käme und sich wenigstens das kleine, eigentliche Stammgut der Brelows zurückkaufen könnte – sein Vater war 'ne Jeuratte – der Sohn is nich belastet – rührt keine Karte an – nee, kann ich beschwören – tut er nich.«

»Das dürfte ein zu kostspieliger Schwiegersohn für mich sein, Herr von Pankow. Ich habe drei Töchter – drei!« sagte der Generaldirektor lächelnd.

Pankow stieß mit dem Zeigefinger scherzend ein Loch in die Luft, auf sein Gegenüber zu.

»Soll ich Ihnen zehn Mark vorstrecken?! Seit fünfzehn Jahren Generaldirektor mit 'n Ministergehalt und Tantieme auf Severin Lohmann! Wenn das nicht flutscht ...«

»Die Herren Agrarier denken immer, daß wir Großindustriellen uns nur so auf Goldsäcken herumwälzen.«

In einer anderen Gruppe sprach die hübsche, dunkelhaarige Frau Thürauf mit der Baronin Bratt und dem Oberleutnant von Marning.

»Ja, darüber wundern sich immer alle Menschen, wie sehr meine Töchter meinem Mann ähneln. Von mir keinen Zug.«

Die Hausfrau kam hinzu. Es war immer, sowie sie Neuankommende begrüßt hatte, als zöge es sie magnetisch dahin, wo Stephan Marning stand. Und sie ahnte nicht, daß die ganze Gesellschaft es bemerkte. Sie trug eben ihre Verliebtheit vor sich her wie ein Licht – vom Betrachten und Bewachen der Flamme wird der Blick blind für alles ringsum.

»Lohmanns kommen aber sehr spät,« sagte sie. »Und ich bin so gespannt! Als sie bei mir Besuch machen wollten, war ich in Berlin – Papas Geburtstag. – Und als ich bei Lohmanns vorfuhr, waren sie aus.«

»Ich glaube,« sagte die alte Baronin, deren Gesicht von Wind und Wetter braun war wie das eines Mannes, »das junge Paar macht sich nicht viel daraus, zu verkehren. Der Geheimrat hielt ja immer drauf – er sah ja auch in der Geselligkeit so 'ne Art volkswirtschaftliche Pflicht – fand es auch menschlich freundlich, mit den Gütern weit hinaus Beziehungen zu unterhalten. – Neulich, als ich mal zu ihm fuhr – ich verdanke ihm ja manches – als ich Witwe wurde und mein Niehaus allein bewirtschaften mußte. – Na, das gehört nicht hierher. – Neulich hielt er mir einen kleinen Vortrag über diese Sachen. Auf seinen Wunsch haben die Kinder dann Besuch gemacht – bei mir waren sie mal nachmittags, zur Kaffeezeit. Ich hatte auch Vorurteile – wer hat sie nicht! – die Heirat war so überraschend. Für den jungen Lohmann war es wohl das Beste. Ich kann aber nicht anders sagen: die junge Frau hat mir gut gefallen. Mir ist auch des Geheimrats Urteil maßgebend. Und er stellt sie hoch.«

Da fiel ihr ein, daß es taktvoller sei, mit der Gattin des Generaldirektors von Severin Lohmann nicht über die Schwiegertochter des alten Herrn zu sprechen. Aber gerade sagte noch Frau Thürauf: »Wissen Sie, Baronin, es war recht eigen – gerade für mich! Das kann man sich wohl denken. Ich hatte manchmal mit Fräulein Hildebrandt zu tun gehabt – solange keine Frau im Herrenhaus war, kümmerte ich mich, ohne Mandat sozusagen, manchmal um Severinshof – in solcher Arbeiterkolonie kann man immer mal helfend einspringen – auch im Schulhause sprach ich wohl vor – und da Fräulein Hildebrandt doch die Tochter des Vorgängers meines Mannes war, tat mir's immer extra leid, daß ihr Leben so anders lief, als es wohl einst zu erwarten war. Ich hatte auch ohne das viel Sympathie für sie, die ich sie merken ließ. So was fühlt sich gegenseitig. Und mit einem Male ist sie die Schwiegertochter unseres Chefs ... Aber welch ein Takt! Wissen Sie, ihr erstes war, mir noch zu danken für die Sympathie, die ich ihr früher gezeigt, und die Hoffnung auszusprechen, daß das eine gute Vorbedeutung gewesen sein möge für unser weiteres Verstehen. – Es berührte angenehm. Keine Spur von Auftrumpfen ...«

»Wie alle diese Frau loben!« dachte Stephan. Es reizte ihn. Warum die Nachsicht? Immer wieder sollte man es hart und laut sagen: »Sie hat sich doch verkauft.«

»Da sind sie,« sagte die Baronin Bratt unwillkürlich halblaut, obgleich das Ehepaar Lohmann fern in der Diele erschien, während sie selbst in der Tür zwischen Salon und Terrasse stand.

Agathe eilte ihnen entgegen. Über die ganze Gesellschaft legte sich plötzlich Schweigen; aber da jeder einzelne das sofort spürte und als taktlos empfand, dauerte es keine zweite Sekunde, bis die Stimmen mit erhöhter Lebhaftigkeit sich erhoben.

Das Wiedersehen enttäuschte Agathe. Damals war der junge Wynfried schön wie ein Apoll gewesen – eine Erscheinung, wie man sie unter der männlichen Jugend der englischen Aristokratie zuweilen trifft. – Er war gealtert – der Jünglingszauber war davon – stattlich sah er zwar aus; aber gar nicht mehr auffallend – so auf der Stelle bezaubernd.

Agathe fand auch die junge Frau nicht schön. Ihr Schönheitsideal waren natürlich blonde, üppige Frauen mit herrlichem Teint. Und diese Klara Lohmann schien ihr zu

131

schlank, die Züge zu streng, die Farben zu matt. Höchstens konnte man gelten lassen, daß die Augen groß und ernst waren und sogleich fesselten.

Nun konnte Fräulein von Gerwald erkennen, daß ihre Voraussetzungen unzutreffend gewesen waren. Die junge Frau Lohmann nahm die Vorstellungen mit einer schlichten Freundlichkeit, gänzlich unbefangen entgegen; die ihr schon Bekannten – und es waren schließlich die meisten – bekamen ein besonders helles Lächeln. Auch der junge Ehemann zeigte eine ruhige Verbindlichkeit.

Likowski betonte sich als alter Freund und Hausgenosse. Der Freiherr Stephan von Marning wechselte mit dem Ehemann einen flüchtigen Händedruck und verneigte sich fremd vor der jungen Frau.

»Wissen Sie,« sagte die rothaarige Edith zu ihrem Ritter, dem Leutnant Hornmarck, »dies Ehepaar interessiert mich fabelhaft. Sie machen so 'n gänzlich unverheirateten Eindruck.«

»Den näher erläutert zu bekommen, wäre interessant,« meinte der kleine Leutnant.

»Ach, wer da so 'reingucken könnte!« sagte Edith mit einer wahrhaft gierigen Teilnahme an dieser vielbesprochenen Ehe.

Der Nachmittag ging rasch hin. Die junge Welt trödelte im Garten umher und war genügsam des Beisammenseins froh, das ja durch mancherlei kleine Schwingungen, verborgene Wünsche und Elektrizitäten vielerlei Reize hatte.

Agathe versäumte oft ihre Hausfrauenpflichten und tröstete sich damit, daß Fräulein von Gerwald beflissen um die älteren Damen besorgt sei. – Es zog sie – es trieb sie – sie mußte, mußte immer wieder Stephans Nähe haben. Sie beobachtete zweimal, daß Edith Stuhr, dies Mädchen, dem man einfach alles zutrauen konnte, mit ihrem Pierrotlachen ihn ansprach. Ihr Fraueninstinkt wußte: diese eben dem Backfischtum entronnenen Mädchen sind die Todfeindinnen der reifen Frauen – halten eine Achtundzwanzigjährige schon für alt. Eifersucht quälte sie ...

Es war Ende August, und die Dämmerung füllte schon früh den schwülduftenden Garten. Seine hohe Lage gab den Blick frei nicht nur auf die weite Ferne und Wyk und Meer, sondern auch auf einen ungeheuren Himmelsraum, dessen Blau nun langsam erlosch, um sich in eine feine Farblosigkeit zu verwandeln.

Da kam Fräulein von Gerwald eiligst herangerauscht, suchte ihre Herrin und gab die empfangene Meldung weiter, daß man zu Tisch gehen könne. Und da erst fiel es Agathe ein, daß man die junge Frau Lohmann gar nicht im Garten gesehen habe. »Sitzt bei der Baronin Bratt, Hauptmann von Likowski und Frau von Pankow.« Das erinnerte an so viel Würde. – Mein Gott, ja, sie war nun immerhin die Gattin von Wynfried Severin Lohmann. – »Was haben Sie ihr für einen Tischherrn gegeben?« fragte Agathe, als sie mit ihrer Gesellschaftsdame auf die Terrasse zuging.

»Den Freiherrn von Marning.«

Es war Agathe im Grunde sehr, sehr recht. Ungefährlicher konnte der geliebte Mann ja nicht untergebracht sein. – Aber doch: Frau Klara Lohmann würde sicher erwarten, daß Herr von Pankow sie führe. Entschieden – so war es nicht ganz taktvoll ... Eine Änderung aber im letzten Augenblick unmöglich.

Es zeigte sich auch weiterhin, daß Fräulein von Gerwald keine glückliche Hand gehabt hatte. Ihre Gutherzigkeit wollte fördern, wo sie zwei auf dem Wege zueinander witterte. So gesellte sie Edith und den Leutnant Hornmarck, und darüber waren Ediths Vater und Likowski ärgerlich; sie setzte Brelow neben die älteste Thürauf, und das beunruhigte den Generaldirektor und seine Frau und raubte ihnen die Stimmung. Hinwieder ließ sie die Baronin Bratt von Herrn von Pankow führen, der dafür bekannt war, daß er gern was Hübsches, Junges zur Seite hatte und obendrein als Grenznachbar des Brattschen Gutes in vielerlei kleinen Ärgernissen mit der ihm zu autoritativen Baronin lebte.

Aber Agathe merkte nichts davon, daß ein Teil ihrer Gäste nicht sehr munter schien. Sie war ganz und gar beschäftigt. Mit glücklichem Gefühl beobachtete sie, daß Stephan sich mit der jungen Frau Lohmann steif und höflich unterhielt – natürlich mochte er sie nicht leiden – daneben versäumte sie nicht, in Wynfried Lohmann die Erinnerungen an jenen schönen Abend von damals wachzurufen.

Er lächelte.

»Ich bin gewiß sehr unbescheiden gewesen! Was man so als junger Dachs alles wagt! Und nach sechs Jahren darf ich es wohl gestehen: ich war an jenem Abend rasend in Sie verliebt.«

»Ach, wie entzückend, das noch nachträglich zu hören. Ja – jetzt sind Sie nicht mehr so ganz flammender Schwärmer. – Ein würdiger Mann. – Schrecklich ernsthaft verheiratet. – Teilhaber an Severin Lohmann. – Und machen es wie Ihr Vater und arbeiten von früh bis spät?«

»Meinen Vater kann niemand erreichen. Die Natur gab ihm zu seinen Geistesgaben auch noch die Hünenkraft – sie ist ja noch fast ungebrochen. – Wenn die linksseitige Lähmung nicht wäre. – Aber ich versuche mich einzuarbeiten. – Das große Interesse, das meine Frau hat, ist dabei nicht unwichtig. – Teilhaber werde ich offiziell am 1.

September.«

»Ich will versuchen, mich mit Ihrer Frau zu befreunden,« sagte Agathe in plötzlichem Entschluß. Der von ihr geliebte Mann verkehrte doch bei den Lohmanns. – Grund genug zum Wunsch, aus der förmlichen Beziehung eine nähere werden zu lassen.

»Es würde mich freuen, wenn Ihnen das gelänge, Baronin. Meine Frau hat eine sehr ernste Jugend gehabt. So ist sie ein verschlossener Mensch geworden. Ein wenig Fröhlichkeit könnte unserem Hause nicht schaden.«

Der arme Mann darbt gewiß an allen Ecken und Enden, dachte Agathe.

Und er dachte, daß es immerhin unterhaltend sein könnte, dieses wundervolle Weib öfter zu sehen. Zuweilen ging es ja wie ein Erwachen durch ihn hin – ein leiser, noch nicht bestimmter Wunsch wollte aufwallen, daß ihm das Dasein wieder genießenswerter werden möge.

Und diese Frau, wenn man sich zufällig einmal näher zu ihr neigen mußte, hatte einen Duft an sich – einen ganz bestimmten Duft, süß und zart, den Wynfried kannte. Und dieser feine, eindringliche Wohlgeruch störte Erinnerungen aus dem Schlaf auf.

Er fragte endlich leise: »Was haben Sie für ein Parfüm – verzeihen Sie die Frage, Baronin – aber Sie wissen: was weckt mehr Erinnerung als ein Duft!«

Und sie nannte die Mischung und das Pariser Haus als Bezugsquelle. – Worte, die ihm ins Ohr klangen wie ein Nachhall aus verrauschten Tagen ... Der bittere Zug kam in seinen Mundwinkel. – Er sah zu seiner Frau hinüber. Zufällig trafen sich ihre Blicke.

135

Da lächelte er freundlich ...

Das war sein redlicher, gütiger Kamerad, an dessen Hand er wieder emporkam ... Und im Trotz gegen diesen Duft nickte er ihr zu.

Klara dachte, daß das Tafeln niemals ein Ende nähme.

Wie förmlich der Freiherr von Marning neben ihr saß. Nein, mehr noch: gezwungen, konnte sie denken. – Und sie wußte nicht, was für Gespräche sie versuchen sollte – jedes starb gleich ab. Auf das qualvollste fühlte sie sich befangen – und es war geradezu lächerlich, wie ihr eine ganz kleine Sache immer auf der Zunge lag und wie sie sich doch nicht zu entschließen vermochte, davon zu sprechen. Sie war nie dazu gekommen, ihm für die arme kleine pastellblaue Wollmütze zu danken, die er damals gefunden und ihr zugesandt hatte. In ihrer kurzen Brautzeit war sie ihm einmal begegnet, mit Likowski, der sie ansprach. Bei dieser Begegnung gratulierte er ihr mit so viel Zurückhaltung, daß es ihr weh tat.

Sie ahnte: er sei einer von denen, die dachten, sie habe sich an einen reichen Mann verkauft.

Das verschloß ihr den Mund.

Auch neulich, als er bei ihnen zu Gast gewesen, fühlte sie sich außerstande, von der kleinen blauen Mütze zu sprechen – als sei das wunder was gewesen, ein Erlebnis, daran man nicht rühren dürfe ... Und nun rang sie mit dem Wunsch, doch davon anzufangen. Es war aber unmöglich.

Einmal fragte sie: »Wo standen Sie früher?«

»In Köln, gnädige Frau. Zuletzt war ich in Berlin – zur Turnanstalt kommandiert.«

»Da ist freilich eine andere Welt gewesen. Wird es Ihnen

nicht schwer auf dem Lande, in der kleinen Stadt? Das Leben ist so anders.«

»Wo ein so gewaltiges industrielles Unternehmen wie die Severin Lohmann die Gegend beherrscht, ist weder Kleinstadt noch Landstille. Man hat immer das Gefühl, als wohne man nebenan bei einem Riesen, der von Funken umsprüht dasteht und der Welt zuruft: arbeite!«

»Wie freut es mich, daß Sie es so empfinden,« sagte Klara lebhaft. »Mir ist oft, als sähe ich die ganze wunderbare Arbeit der Natur, die uns sonst geheimnisvoll verborgen bleibt, sich in einem geschlossenen, durchsichtigen Prozeß vor unseren Augen abspielen. In so einem Hüttenwerk mit all seinen Nebenprodukten lernt man in die Wirtschaft unserer Mutter Erde hineinsehen. Die Chemie hat ihr ihre Misch- und Kochkünste abgelauscht und wiederholt sie oben im Licht, auf sicherere und positivere Art.«

»Gnädige Frau haben Verständnis und Interesse für das Lebenswerk Ihres Herrn Schwiegervaters.«

Das war nun wieder eine abschließende Bemerkung. Aber Klara fragte: »Haben Sie das Hüttenwerk schon besucht?«

»Nein; ich fand noch keine Gelegenheit, darum zu bitten.«

»Wir wollen es Ihnen zeigen – Wynfried und ich – oder mein Mann allein,« setzte sie rasch hinzu. »Wenn er mich nicht dabei haben mag ...« dachte sie.

»Ich nehme es mit Dank gelegentlich an,« sagte er unbestimmt.

Sie suchte nach einem anderen Thema.

»Sind Sie aus eigenem Wunsch oder in einer Familientradition Offizier geworden?« fragte sie.

»Aus Wunsch und Tradition, gnädige Frau.«

»Es ist jetzt nicht leicht, Offizier zu sein,« sagte sie, »der lange Friede – und das mehr und mehr entschwindende Verständnis für die Größe Ihres Berufs ...«

Er sah sie überrascht an. Ihre Blicke trafen sich.

»Ganz gewiß, gnädige Frau. Man hat manchmal zu tun, Bitterkeit von sich abzuwehren, daß sie einem den frohen Mut nicht verdirbt. Die Gage ist schmal – die Zulage klein – Offizier sein, heißt von tausend Fällen neunhundertmal: mit stiller Würde entsagen können und auf alle sorglos reichlichen Lebensformen verzichten. Man hat sich dem Vaterlande gelobt und ist mit dem guten Bewußtsein zufrieden, das volle Hingabe immer gibt. Aber wenn man denn so spürt, daß diese Hingabe von breiten Volksschichten gar nicht verstanden und gewürdigt wird – das tut weh. Es ist auch kein erhebendes Gefühl, wenn man todmüde vom Dienst kommt und dann als Erfrischung ein Witzblatt in die Hand kriegt, wo alles, was Uniform trägt, als Troddel dargestellt wird. Naß bis auf die Haut ist man vielleicht, tat in Wind und Kälte seit Morgengrauen Dienst – vielleicht nach halbdurchwachter Nacht bei kriegswissenschaftlicher Arbeit. Und dann liest man, noch nicht mal bloß in sozialdemokratischen Blättern, Urteile, Schilderungen über uns, deren Böswilligkeit oder Unverständnis einfach grotesk ist. Die Hoffnung, endlich einmal zeigen zu können, wozu wir da sind, was wir gearbeitet haben – ja, die wird schon fast Ungeduld. Wenn auch nicht alle so viel davon sprechen wie Likowski. Und doch – während man so ungeduldig ist, muß man zugleich aus tiefstem Herzen wünschen, daß dem Volke das Grauen eines Krieges erspart bleibt. – Ja, er ist nicht ganz einfach, unser Beruf ... Konflikte ... keine leichten ...«

»Es gehört stilles Heldentum dazu,« sprach Klara. »In

dieser Zeit, wo gewisse Schichten das Wort ›Vaterland‹ nicht hören können, ohne von Hurrapatriotismus und Sentimentalität zu höhnen.« Und nach einer kleinen Pause sagte sie langsam vor sich hin, was ihr von allen seinen Worten am stärksten gewesen war: »Und man ist mit dem guten Bewußtsein zufrieden, das volle Hingabe immer gibt.«

Er fühlte, daß sie diesen Ausspruch auch für sich annahm – so deutlich fühlte er es, als habe sie es ihm erklärt.

Er versank in Nachdenken. Das seltsame Gefühl der Vorsicht, das ihn zwang, sich fern und feindlich von ihr zu halten, war ihm entglitten. Er dachte: »Wir verstehen einander – sie und ich ...«

Aber sie hatte sich ja doch verkauft – und das war gegen seine Einschätzung von Frauenwürde. Er sagte es sich noch einmal nachdrücklich.

Als man nach Tisch hinauskam, stand die stille, dunkle Hochsommernacht so mächtig da, daß alle Leute sich von etwas rätselvoll Großem wie gebändigt fühlten und alle einfachen Herzen in Andacht schwiegen. Der hinschwindende Mond war nur noch eine schmale, orangenfarbene Sichel ohne Leuchtkraft. Die Sterne schienen ferner als sonst noch – zu kleinen Pünktchen geworden, in unermeßbarer Höhe, kaum erkennbar. Und die eine Seite des Himmels rabenschwarz. Drüben unten blinkerten die Lichter von Travemünde. Daß der Leuchtturm, dessen Lampen man von hier nicht sah, wachsam seine Arbeit tat, erriet man aus dem gespenstigen Schein, der nach regelmäßigen Pausen über die grenzenlose Dunkelheit hinhuschte, von der man wußte: sie ist das Meer ...

Stephan Marning schrak aus verträumtem Hinsinnen auf. Ohne daß er darauf achtgegeben, hatte Agathe sich ihm genähert. Sie flüsterte, als sei schon geheimes Einverständnis zwischen ihnen: »Richten Sie es so ein, daß wir zusammen ins Ruderboot kommen.«

Der heiße Ton der dringlichen Mahnung berührte ihn, als wolle eine Frauenhand ihn streicheln, die er um keine Liebkosung gebeten hatte ... Er nahm sich zusammen. – Sie nicht verletzen – klug sein. – Heute nachmittag, in durchdufteter Sonnenglut hätte er doch beinah die roten Lippen geküßt ... Sie war ihm also doch kein reizloses Weib ...

»Wenn es unauffällig geschehen kann ...« flüsterte er zurück.

Nun zog die Gesellschaft zum Ufer hinab, um die Fahrt in den geschmückten Booten auf dem nächtlichen Wasser des Wyk zu machen. Nur ein paar ältere Herren und die Baronin Bratt blieben zurück.

»Es wetterleuchtet!« schrie Fräulein Edith.

»Keine Spur. Das ist das Blinkfeuer des Leuchtturms,« sagte jemand.

Fräulein von Gerwald hatte auch gesehen, daß es sehr starkes Wetterleuchten gewesen war. Aber sie schwieg. Sie wollte ihrer Herrin nicht das Programm verderben. Und würgte lieber die jäh aufsteigende, schlotternde Angst hinunter.

Dieser Menschentrupp, von einer teils künstlichen, teils echten Lustigkeit wie besessen, hatte für Stephan etwas merkwürdig Törichtes.

Im unsicheren Licht, das die an den abwärtsführenden Wegen aufgehängten bunten Laternen hergaben, sah er dicht vor sich Frau Klara Lohmann. Zuweilen konnte er ganz deutlich den schlanken Hals mit dem feinen Haaransatz erkennen und den braunen Haarknoten. Jetzt erst, in diesem Dämmerlicht fiel ihm auf, wie einfach sie gekleidet war ... Sonderbar. Sie hatte doch reich werden wollen ...

Unten am Bootshaus war ein Gedränge und Gelächter.

Edith tat, als sei sie beständig in Gefahr, ins Wasser zu fallen, und war recht laut. Sie wollte auch durchaus selbst ein Ruder haben, und deshalb stieg sie in das Ruderboot, wo die blonde Hausfrau, ein wenig schwer atmend, schon saß und sich von Wynfried Lohmann einen Schal umlegen ließ. Das Boot füllte sich so rasch, daß es Stephan keine Mühe kostete, sich auszuschließen.

Frau Agathe rief: »Aber Herr von Marning sollte doch mit hier herein ...«

Und andere Stimmen riefen dagegen: »Kein Platz mehr.«

»O Gott, es wetterleuchtet wirklich!« sagte ein Fräulein Thürauf.

»Das kommt nich!« beruhigte der Bootsmann.

Stephan saß dann im Motorboot, vorn auf der kleinen Querbank, neben der jungen Frau Lohmann. Und die Maschine fing an, eilig und mit kleinen, dunklen Tönen zu puckern. Man hörte ein paar aufgestörte wilde Enten mit rauschendem Flügelschlag davonstieben. –

»Wie schade,« sagte Klara.

»Was?«

»Daß wir die Sommernacht entweihen.«

Er hatte dasselbe gefühlt.

Fräulein Thürauf II und III waren musikalisch, hatten hübsche Stimmen und fingen an zu singen. Es klang sentimental. In den Gesang hinein schrie wieder jemand: »Es wetterleuchtet aber fix.«

Wie schwarz das Wasser und die Nacht. Ohne die Laternen an Bord hätte man vielleicht den metallischen Blauglanz der Hochsommernacht erkannt. Die roten, durchleuchteten Papierkugeln töteten den Zauber.

»Zu solchen gewaltsamen Vergnügungen muß man bei frischer Laune sein,« dachte Stephan und konnte selbst nicht begreifen, weshalb ihm dies alles so überflüssig und geschmacklos schien.

Jetzt war es gar kein Zweifel mehr, daß das Wetterleuchten immer rascher trübrot die Gewölkwand am nordöstlichen Himmel zerriß. Es schien aber niemand im Boot ein Gefühl für die wilde Schönheit der zuckenden Scheine zu haben. Vielmehr stritten alle, ob man umkehren oder weiterfahren solle. Aber die behielten noch die Vormacht beim Entscheid, die auftrumpften: »Das Ruderboot denkt nicht an umkehren – seht! Es schießt flott weiter hinaus. – Und da ist doch die Baronin selbst an Bord – und sie ist doch so ängstlich ... Und Likowski ist dabei – bloß keine unnütze Angst, meine Herrschaften.«

Das Wasser gluckerte vorn am Bug, und es klang, als plauderten liebliche Stimmen unbekümmert vor sich hin. Laue Luft wehte den Fahrenden entgegen, wie das Boot so mit raschem Lauf durch die Flut rauschte. Einige Minuten lang schwiegen die Insassen.

Mit einem Male zuckte am westlichen und gleich darauf auch am nördlichen Himmel ein Blitz. – Niemand hatte gemerkt, daß rundherum Wolken heraufgezogen waren. – Eine Frauenstimme stieß einen gellenden Schrei aus.

Und von diesem Augenblick an wurde die Szene grotesk.

Die Blitze sausten zackig von dem schwarzen Himmel nieder, Donner schütterte durch die Luft, das Wasser gärte in Unruhe. Aber man hätte dieses große Schauspiel ohne Angst ansehen können, denn der Mann an der Maschine lenkte, auf einen Zuruf des Oberleutnants von Marning hin, ruhevoll das Steuer uferwärts. In acht, in zehn Minuten konnte man wieder sicher unter das Dach des Bootshauses eingeglitten sein. Höchstens konnte etwa bald einsetzender Regen für die Damen unangenehm werden.

Aber die Frauen wurden von jenem unerklärlichen weiblichen Bedürfnis gefaßt, sich in Gefahr und Angst hineinzusteigern. Die instinktive Begier nach Schrecknissen und die Bereitschaft zum Abenteuerlichen packte sie ... Sie wurden wie Kinder, die im dunklen Zimmer schreien, weil sie den schwarzen Mann und andere unbekannte Bedrohlichkeiten fürchten.

Die Offiziere baten – beschworen – wurden streng. – Umsonst. Das leiseste Schaukeln ließ die Sinnlosen von der einen Seite des Bootes sich auf die andere hinüberstürzen. Es schwankte so sehr, daß es zweimal in Gefahr geriet, umzuschlagen.

Und diese wahnwitzige, überflüssige Angst war so ansteckend wie alle nervösen Anfälle, die aus Zeugen oft genug Mitleidende machen. Selbst die vernünftigen beiden Fräulein Thürauf weinten – und die eine schrie: »Wir wollen an Land schwimmen.« Sie mußte gehalten werden, um sich nicht ins Wasser zu stürzen.

Stephan saß neben der jungen Frau. – Er faßte beruhigend nach ihrer Hand. – Klara saß ganz still. Sie schien sehr bleich zu sein. Mit großen Augen sah sie dem angstzuckenden Gebaren zu – es hörte ja auf, lächerlich zu sein, weil es eine ernste Gefahr für das Boot und alle Insassen war.

Ein nächster Augenblick – ein Ungefähr konnte das Unglück herbeiführen – es brauchte nur ein Blitz greller und näher herabzufahren. Der Donner brauchte nur rascher heranzukrachen, und die Frauen würden völlig den Verstand verlieren.

Klara allein war nicht von dem Taumel der Furcht, von der Besessenheit des Grauens erfaßt worden. Aber sie sah deutlich: diese Tollen beschworen herauf, was ohne Tollheit gar nicht vorhanden gewesen wäre.

Und sie machte sich auf ein furchtbares Ereignis gefaßt ... Da fühlte sie, daß eine starke Hand tröstend die ihre umfaßte. Sie wußte plötzlich: es kann ja nichts geschehen.

Er sah ihre Selbstbeherrschung – wie liebte er gefaßte Haltung, geschmackvolles Betragen an Frauen. Das dieser jungen Frau inmitten all der sinnlos sich Gebärdenden war eine Wohltat. Und er dachte: »Ich habe ihr Unrecht getan!« Diese Frau, in deren Gedanken und Wesen er heute ein wenig, nur ein wenig hatte hineinsehen können – die war keiner niedrigen Handlung fähig.

Warum nicht fortan herzlich und freundlich ihre Freundschaft suchen – warum nicht trachten, sie näher kennen zu lernen?

Ein Schrei zerriß seine Gedanken ... ganz nahe war ein Blitz niedergefahren. – Polternd schien die Luft auseinander zu fallen – als ob ihre Räume zerbarsten, klang es.

Gleichzeitig legte sich, weil die Frauen sich hinüberwarfen, das Boot steuerbord so stark auf die Kante, daß nur das Gegengewicht, das mit Geistesgegenwart von den Offizieren gegeben wurde, es noch einmal rettete. Und im nächsten Augenblick schüttete es jäh vom Himmel nieder – als käme ein Tropenregen herab, so gewaltig und groß prallten die Tropfen auf und in solchen Mengen, als habe einer neben dem anderen keinen Platz.

Und dieser grandiose Regen goß die alberne Angst aus.

Die fürchterliche und prickelnde Aufregung vor Tod in Wasserfluten, die Begierde auf Rettung durch starke Männerarme, die Schwelgerei weiblicher Schutzbedürftigkeit in Gefahr – alles erlosch. Und nur noch der eine Gedanke hatte Leben, stärkstes Leben: »O Gott, mein Kleid!«

Die Papierlaternen waren feuchte erloschene Fetzen. Die Spitzen und Tülle der Kleider nur noch anklebende Lappen.

Stephan begann seinen Überrock aufzuknöpfen, und die junge Frau erriet auf der Stelle, daß er ihn ausziehen und ihr umlegen wolle.

»Lassen Sie, bitte. Wir sind in einer Minute da.«

Auch das Ruderboot kam rasch heran – an seinem Borde schien kein Kampf der Furcht sich abgespielt zu haben.

Im Bootshause, auf den innen umlaufenden Stegen war ein Gedränge halb komischer, halb tragischer Art. Man lachte, weinte, trumpfte auf, schämte sich.

Die schöne Hausfrau ertrug es mit Humor, daß ihr blaßlila Chiffonkleid nur noch ein unzulänglicher Badeanzug war, und sie fing schon gleich an, ihr blondes Haar auseinander zu lösen – alle konnten so seine Fülle sehen – das machte ihr Spaß. –

Am Ufer warteten die zurückgebliebenen Väter und Gatten neben den Blausilbernen, die ihren Glanz in Gummimäntel gehüllt hatten. So viel Regenschirme es im Schloß Lammen nur gab, waren zur Stelle.

Aber was halfen nun noch Schirme.

»Wir sind wie gebadete Katzen,« schrie Fräulein Edith, vor Vergnügen außer sich.

Stephan sah, daß Wynfried Lohmann sich in herzlicher Besorgnis seiner Frau zuwendete.

»Vielleicht,« dachte er, »vielleicht ist das Unwahrscheinliche wahr, und sie lieben sich.«

So endete das Sommerfest auf Lammen, und Agathe hatte wohl Recht, als sie nachher noch sagte: »Diese gräßlich schöne Natur. – Verlaß ist nie darauf.«

5

Klara dachte über die vergangenen Monate nach.

Der Tag lud sie förmlich dazu ein. Es war ihr Geburtstag, und ihr dreiundzwanzigstes Lebensjahr begann.

Sie saß in ihrem Zimmer. Es nahm die Ecke des Erdgeschosses ein und hatte ein Fenster nach dem Hüttenwerk, eines nach den Anlagen und dem Fluß zu. Aber auch von diesem Fenster, an dem die junge Frau ihren gewohnten Sitzplatz sich hergerichtet, hatte man den schrägen Blick hinüber auf die rauchende, flammende und rumorende Welt der Arbeit.

Die schönen Sachen von Klaras Mutter möblierten das Zimmer. Sie waren völlig unbeschädigt erhalten gewesen, und man hatte nur ihrem Mahagoniglanz nachgeholfen. Das weite, tiefe Sofa mit dem graublauen Seidendamast stand an der Hauptwand. Darüber hing das Bild der Mutter. Das Angesicht, das dem der jungen Frau so sehr glich, leuchtete fein und hell vor dem grünen Hintergrund im dunkelgoldenen Rahmen. Und auf dem halbhohen Teeschrank an der Wand gegenüber ging zwischen den kleinen Alabastersäulen die gelbbronzene Pendelscheibe hin und her; oberhalb des Zifferblattes, auf der alabasternen Brücke, schritt der kleine, fiedelnde Amor. Nichts war hier neu als der Teppich, der zu der Einrichtung passend beschafft worden war, die Spitzenvorhänge an den Fenstern und die elektrischen Lampen. Wenn die junge Frau nicht durch häusliche Pflichten oder durch ihren Schwiegervater in Anspruch genommen war, saß sie am liebsten hier, wo sie den weiten Blick hatte über den Fluß, das wellige Gelände, die kleine Stadt, die freundlich und rotbunt mit all den vielen Fischräuchereien drüben sich um den Kirchturm drängte. Sie sah auch die Schornsteine und die Spitzen der wunderlich phantastischen Bauten des Hüttenwerks. An den Hochöfen, die sich nach oben zu in gebrochenen Linien verjüngten, konnte sie all die sie umgebenden Rohrwülste und umlaufenden Galerien erkennen. Sie verfolgte, wie an den Schrägaufzügen die kleinen Erzwagen hochklommen, und wußte, daß die dann oben ihren Inhalt in die Beschickungsöffnungen hineinschütteten.

Der Novemberwind nahm den Schornsteinen den Rauch schon vom Rande weg und zerjagte ihn ostwärts in der Luft. Ein fahler Sonnenschein bekam manchmal die Wege frei, wenn die grauen Wolken nicht gerade an der hellblanken Scheibe im Himmelsraum vorbeisausten. Das Wasser des Flusses und der Bucht, zu der er sich gleich hinterm hohen Ufer des Städtchens erweiterte, wechselte die Farbe mit der unruhigen Belichtung. Bald gleißte es in einem beizenden Spiegelglanz, bald sah es stumpf aus, wie trübes Zinn. Und die Möwen flogen, mit weißem Flügelschlag im Schatten, mit silbrigem Blitzen in der Sonne.

Im Vordergrund, an den Büschen und Bäumen der Anlagen hing hie und da noch rostfarbenes Laub. Von den meisten Ästen und Zweigen aber hatten Nebel, Regen und Sturm es längst fortgerissen.

Zwischen der Front des Hauses und dem hohen Gitter, das die Landstraße von der Besitzung schied, arbeitete der Gärtner, um die Rosen niederzulegen und allerlei niedrige Ziersträucher, die den Vorgarten schmückten, für den Winter mit Tannendecken zu schützen.

Aber die junge Frau war keineswegs von Herbstmelancholien niedergedrückt. Voll guten Mutes und in Dankbarkeit dachte sie über den Weg nach, den ihr Leben in den letzten Monaten zurückgelegt.

Auf das allermerkwürdigste war dabei die große Veränderung in allen äußerlichen Daseinsbedingungen kaum ein Gegenstand ihrer Betrachtungen. Eigentlich hatte sie sich von heute auf morgen hineingefunden, in einem reichen Hause zu leben. Vielleicht, weil doch in ihr noch Erinnerungen genug wach waren an die Üppigkeit, die ihre erste Jugend umgab; vielleicht auch, weil sie in diesem Raum eine ganz gewohnte Umgebung behalten hatte; und endlich vielleicht auch, weil sie den Sturz vom Reichtum zur Sorge miterlebt hatte und sich der Tränen ihrer Mutter entsann. Menschen, die den Wechsel irdischen Glanzes an sich erfuhren, tragen als Gewinn all des Jammers Unabhängigkeit davon. Klara wunderte sich selbst oft, wie unabhängig sie von dem Bewußtsein der Millionen dieses Hauses war. Sie sagte auch ganz nüchtern und einfach, wenn etwa ihre Pflegemutter wie trunken und staunend von dem Reichtum sprach: es ist ja gar nicht meiner! – Sie war keinen Augenblick berauscht von dem Wissen, daß ihr nun aller Luxus freistehe. Ganz sicher fühlte sie sich in der neuen Lage und hatte vor allen Dingen die eine bestimmte Erkenntnis, daß es von ihr nicht geschmackvoll sein würde, Aufwand für ihre Person zu verlangen oder zu treiben.

»Darum habe ich Wynfried nicht geheiratet,« sagte sie, wenn die alte Doktorin Lamprecht immer wieder ihre einfache Kleidung besprach und meinte: »An deiner Stelle würde ich ...« Ja, was nicht alles? Sich mit Schmuck behängen? Und von Samt und Gold starren?

Klara wußte, was sie getan hatte. Ihrer Tat treu zu bleiben, war ihr einziger Wunsch, ihre einzige Pflicht.

Was sie auf sich genommen hatte, um eine riesengroße Dankesschuld abzutragen, bestimmte all ihr Tun und

Lassen.

Nun saß sie an diesem Novembermorgen, der für sie wie ein Auftakt zu einem festlichen Tage war, und dachte nach, wie weit sie denn eigentlich gekommen sei und ob alles schwer oder leicht gewesen.

Mit dem alten Herrn? Oh, wie leicht, wie beglückend! Von jenem ersten Augenblick an, wo sie als Braut seines Sohnes neben seinem Sessel niederkniete und die Hand küßte, die den Schimpf vom Grabe ihres Vaters und die Not von den Tagen ihrer Mutter fern gehalten ...

Wynfried stand dabei, und der alte Mann und das junge Mädchen konnten nicht von dem sprechen, was sie zumeist bewegte. Er konnte nicht bitten: rette meinen Sohn! Sie konnte nicht schwören: mein Leben für ihn – damit er dir recht leben kann!

Aber sie verstanden sich auch ohne Worte auf das wunderbarste, und wie sie sich damals mit langen, tiefen Blicken alles gesagt, so war es bis auf den heutigen Tag geblieben: ein Lächeln, ein andeutendes Wort, ein rascher Blick – und sie wußten voneinander, was sie dachten. In großen Fragen und in kleinsten Alltagsdingen. Und der alte Herr sagte manchmal: »Kind, ich muß mir's immer mit Gewalt vergegenwärtigen, daß du nicht von meinem Blute bist.« Und er sprach auch von dem Geheimnis seelischer Übertragungen. »Deine Mutter hat mich geliebt und hat mich verstanden. – Das hat hinübergewirkt auf dein Wesen – vielleicht ohne daß sie es wußte, hat sie aus dir mein Kind geformt.«

Klara fühlte auch, wie der tägliche Umgang mit ihm sie reich machte und wie viel Interesse er in ihr weckte, wie er ihr Wissen erweiterte. Ihr geistiges Leben, so dachte sie oft, begann in der Zeit, als sie den Kranken jeden Sonntag hatte besuchen dürfen.

Jeder Tag brachte ihr in immer neuer Befriedigung das Gefühl: ich habe recht getan. –

Die Gesundheit des alten Herrn besserte sich so sehr, wie kein Arzt es für möglich gehalten; seine Stimmung war so gleichmäßig und milde, wie man es noch nie an ihm beobachtet hatte.

Und der Generaldirektor Thürauf, der ihm mit bewundernder Treue ergeben war, sagte der jungen Frau: »So kommt der große Arbeiter, der nie für sein privates Leben viel Wärme gehabt hat, doch noch zu einem schönen Abend.«

Ja, diese Gedanken waren hell, mit keinerlei Zweifelsfragen behangen.

Und sonst? Die Aufgaben im Hause und die der Stellung?

Da war's nicht so leicht gewesen und auch zur Stunde noch nicht immer einfach. Die Dienerschaft zwar, das erriet Klara bald, hatte von vornherein die Annahme: Die junge Frau regiert den alten Herrn, also heißt es bei ihr in Gunst und Gnaden stehen. An Beflissenheit fehlte es demnach nicht. Da aber Klara nicht im mindesten auf die Führung eines so großen Hausstandes vorbereitet war, mußte sie all ihre rasche Intelligenz zusammennehmen, um in die Aufgabe hineinzuwachsen. Die gute alte Doktorin Lamprecht konnte ihr, aus dem engen kleinen Rahmen ihres wirtschaftlichen Lebens heraus, auch keinen Rat geben. Aber sie entdeckte in sich überraschenderweise die Begabung für diese Dinge, die vielleicht nur selten einer echten Frau fehlt. Das machte ihr Mut, und sie arbeitete sich freudig in den Betrieb hinein. Als ihr Schwiegervater einmal schalt, daß sie zu viel umherlaufe und sich mit der Organisation der Rechnungsablage, mit der Kontrolle der

151

Wäschevorräte und der Kellerei und anderer Zweige des Haushaltes plage, sagte sie: »Ach, Vater – das meinst du gar nicht wirklich. Es sind doch Werte! Wenn es auch vielleicht für deine Einkünfte gleichgültig ist, ob ein paar Tausend im Jahr mehr verbraucht werden – für deine Leute ist es nicht gleichgültig. Ich denke manchmal, wenn Dienstboten in großen Häusern allzu flott wirtschaften dürfen, können sie nachher keine guten Haushalter werden in ihrer eigenen, oft so sorgenvollen kleinen Selbständigkeit.«

Dazu hatte er dann genickt. Es war ja ganz in seinem Sinne.

Er lebte seit vielen Jahren als großer Herr. Seine unerhörte Arbeitsleistung konnte sich ungehemmter entfalten, wenn viele und rasche Bedienung, jede Erleichterung des Verkehrs, alle Bequemlichkeiten ihm die Mechanik des Alltagslebens unspürbar machten. Außer dieser Notwendigkeit, sich nie durch geringe Umstände und den Ablauf der Nebendinge gestört zu sehen, bestimmte ihn noch ein anderer Grund zu reicher Lebensführung. »Wer in bedeutendem Maße Geld verdient,« sagte er zu Klara, »soll es auch in Umlauf bringen; aber Verschwendung ist mir verhaßt. Sie ist von Grund aus unsittlich. Und du tust recht, nicht nur zur Erziehung der Leute, sondern auch um unsertwillen, Aufsicht zu führen.«

So verstanden sie sich auch hierin. Um Klaras Kleidung kümmerte er sich nicht. Sie merkte wohl: er sah gar nicht, daß sie bei möglichster Einfachheit blieb, und sie lächelte oft gerührt in sich hinein, wenn sie spürte, wie er sie bewunderte. – Sie dachte dann immer: es ist ja eigentlich meine Mutter, der er huldigt.

Es gab aber auch eine peinliche Schwierigkeit. Die hatte einen Namen und hieß Leupold. Ein Diener, der sich in fünfundzwanzig Jahren so in die Art seines Herrn eingelebt hat, daß er sie immer versteht und sich ihr immer anpaßt, der in so langer Zeit nie unredlich Vorteile gesucht, der in schweren Nächten treu gewacht und an mühselig-langen Tagen Essen und Trinken vergaß, um nur ja nicht einen Wink des Leidenden zu versäumen – ein solcher Mann verdient alle Rücksichten und alle Hochachtung. Mit der stattlichen Entlohnung und der schönen Ziffer im Testament war es nicht getan.

Leupold hatte der jungen Volksschullehrerin sehr wohl gewollt. Das wußte Klara noch. Er hatte sogar einen ganz leisen Protektor- oder Gönnerton gehabt, wenn sie kam und ging. Denn sie brachte seinem Herrn ein bißchen Zerstreuung. – Von den Betrachtungen, die er früher still bei sich angestellt über seines Herrn Vorliebe für Fräulein Hildebrandt, wußte Klara natürlich nichts.

Sie spürte aber, daß er die Schwiegertochter seines Herrn nicht mit Wohlwollen, sondern durchaus mit Eifersucht ansah. Vielleicht, so dachte sie mit feinem Spürsinn für die Gemütsvorgänge in Halbgebildeten, vielleicht fand Leupold auch die Heirat des jungen Herrn nicht standesgemäß. Und ganz gewiß dachte er, die Pflege der Schwiegertochter sei dem alten Herrn angenehmer als die Handreichungen des Dieners. Sie las ihm förmlich die bitteren Gedanken von der Stirn: »So lange hab' doch ich's am besten verstanden ...« Nun mußte sie ihm gewissermaßen den Hof machen, rief ihn oft zur Hilfe, wenn es gar nicht nötig gewesen wäre und wenn der Geheimrat auch sagte: »Wozu erst Leupold rufen?«

Und es war schwer, hier die rechte Grenze zu finden: sich nichts vergeben durch zu große und verkehrte Rücksichtnahme und dennoch immer dem Manne zeigen, daß auch sie dankbar seine Verdienste schätze.

Wie störend. Nur ein Nebenumstand – nicht mehr. Aber

doch. – Mit den großen Sachen, die man deutlich sieht und fest fassen kann, wird man immer bald fertig. Aber die Dinge, von denen man sich immer wieder sagt: es ist ja nicht der Mühe wert, darüber so viel nachzudenken – das sind die rechten Störenfriede.

Ihre Wirksamkeit in der Kolonie Severinshof ließ sich auch nicht rasch in die klare Form und zu der segensreichen Ausdehnung bringen, wie sie sich gedacht gehabt.

So manche Mutter, mit der sie früher aus eigenem herzlichen Antrieb oder auf Wunsch ihres damaligen Vorgesetzten, des Herrn Magers, über die Fehler ihrer Kinder gesprochen oder über die Wünschbarkeit besserer Pflege für die schwächliche Gesundheit der Kleinen, kam nun vertraulich mit drängenden und unerfüllbaren Ansprüchen. Es schien gerade, als hätten Mütter und Kinder von der Schicksalswendung der Lehrerin für sich auch goldene Berge erwartet. Jeder und jede, denen Klara früher in besonderer Freundlichkeit Anteilnahme bewiesen, erhob nun Forderungen.

Aber diese Dinge konnte sie mit ihrem Schwiegervater besprechen und von ihm tröstend vernehmen, daß die Ungleichheit und die Bedürftigkeit doch nie aus der Welt zu schaffen sei, und wenn alle Milliardäre und Millionäre ihr Gold zur Verteilung brächten.

Das Neinsagen ist bitter, wenn man am gut besetzten Tisch speist, fand Klara. Und sie erkannte schon sehr rasch, wie das Bitten und Betteln gerade dem Mildherzigen seine sorglose Lage vergällt.

Noch ehe ihr überhaupt auch nur einmal das Gefühl gekommen war, sie sei selbst eine reiche Frau geworden, fing sie schon an, die Lasten und Verantwortungen des Reichtums zu spüren.

Auch eine halb verlegene, halb humoristische kleine Episode hatte es gegeben. Ihr früherer Kollege, dessen glühende Verehrung für sie den vergnügten Spott der Schuljugend gefunden hatte, weil eben der arme Herr Kehl seine seelische Abhängigkeit von Fräulein Hildebrandt nicht zu verbergen vermochte, der kam und brachte ihr seine zum achten Male umgearbeitete Novelle. In zitternder Scheuheit stand er vor ihr, und ihre unveränderte freundliche Güte ergriff ihn und steigerte sichtlich seine Begeisterung. Er erbat von Klara Prüfung seiner Novelle und die Besorgung eines Verlegers oder die Herausgabe auf ihre Kosten und vor allen Dingen ihr Urteil. Klara dachte sich wohl, daß er von ihr ging mit dem Gefühl: nun durch ihre mächtige Hand eins, zwei, drei zu Ruhm und Gold zu kommen. Aber sie hatte ja gar keine mächtige Hand und genau ebenso wenig Beziehungen zu Verlegern oder großen Redaktionen wie Herr Kehl selbst. Und obendrein war die Novelle von überwältigender Komik und spielte in der Gesellschaft des Hochadels, von der er fabelhafte Vorstellungen hatte. Als Klara ihm schrieb, daß er vielleicht besser tue, die Welt, die er kenne, zu schildern, und andeutete, daß sie seine Arbeit nicht für druckreif halte, fürchtete sie schon, daß sie sich einen Feind mache. Als sie ihm dann einmal begegnete, grüßte er kaum und mit gehässigem Blick. Und von Herrn Magers hörte sie dann, daß man den Kehl entlassen müsse. Er spreche bei jeder Gelegenheit in den Stunden davon, daß Reichtum den Charakter verderbe, und Herrn Magers' kluges Töchterlein hatte gesagt: »Papa, es klingt, als wenn er Fräulein Hildebrandt meint.« – Für die Kinder war sie noch immer »Fräulein Hildebrandt«. –

Auch vielleicht kaum der Mühe wert, über die Episode Kehl nachzudenken! Und doch, wie war es wunderlich, daß das eigene Leben in keine Bewegung kommen kann, ohne, gleichwie in sich fortpflanzenden Wellen, auch anderer

Leben in Bewegung zu setzen.

Ihr Schwiegervater überwies ihr bald eine bestimmte Summe, die ihr in monatlichen Raten ausbezahlt wurde. Damit sollte sie dann nach eigener Erkenntnis helfen, wo es ihr gerecht schien. Es würde nicht ohne schmerzende Erfahrungen abgehen, meinte er. Aber auch auf diesem Gebiet heiße es: Lehrgeld bezahlen. Er besprach auch mit ihr die vorhandenen Wohlfahrtseinrichtungen, davon ein Krankenhaus und die Schule die hauptsächlichsten waren. Das beschäftigte sie auf erhebende Art. Sie wollte trachten, sich in diese wichtigen Dinge besonnen einzuarbeiten.

Alles zusammengenommen: ihr Leben war nicht leer.

Und im letzten Grunde reizten ja auch die Schwierigkeiten und machten fühlbar, daß man mit sich und anderen vorwärts kam.

Die wichtigste aller Fragen aber war natürlich diese: Wie weit war sie mit ihrem Mann gekommen?

Beinahe hätte sie sich rasch geantwortet: sehr weit – überraschend weit!

Aber wenn sie es ganz genau bedachte, mußte sie sich sagen: ich weiß es nicht!

Was für ein ganz anders geartetes Menschentum ist doch im Manne, dachte sie.

Davon natürlich hatte sie vorher nichts wissen können. Und sie grübelte dem Rätsel »Mann« nach.

Sie wußte nun schon, daß Mann und Weib zwei verschiedene Welten in sich tragen und daß nur die Liebe die große Kluft überbrücken kann, die zwischen beiden sich dehnt. Überbrücken – nie ganz ausfüllen ...

Welches Wunder: einsam steht der eine hüben, die andere drüben!

Und jeder und jede denkt über den anderen Teil wie über etwas nie ganz Ergründliches nach.

Das hatte ganz gewiß irgend einen geheimnisvollen Zweck und Grund – war keine Laune der Natur. –

Von ganzem Herzen, mit einem gewissen freudigen Eifer war sie in die Ehe gekommen, in der Hoffnung: in ihr lerne ich meinen Mann lieben! Sie wollte, sie mußte ihn lieben lernen. Damit nicht gar eines Tages die klugen Augen des Vaters doch durchschauten, daß sie ein Opfer gebracht hatte – ein Dankopfer ... Und auch aus einem eigenen, kräftigen Lebensgefühl heraus: sie wünschte sich das Glück! Wer wünscht es sich nicht? –

Aber bis zu dieser Stunde war die Liebe – jene, die sie ersehnte – immer noch nicht erwacht. Sie meinte es mit keinem Menschen auf der Welt besser als mit Wynfried. Voll Zartheit, immer nur in Sorge, ihr heimliches Wirken zu umschleiern, suchte sie ihn zu halten, zu fesseln, zu beeinflussen, anzuregen.

Es würde sie erschöpft haben, ihre Nerven hätten überreizt davon werden können, wenn nicht der Erfolg gewesen wäre.

Sie sah es: er kam zum gesunden Dasein zurück – er begann Reiz an der Arbeit, Interesse für das Werk zu gewinnen. Er wurde ein anderer ...

War es nicht genug Glück, das zu sehen?

Gab es nicht sehr wahrscheinlich Tausende von Ehen, wo diese ruhige Freundlichkeit des Gemütes und die große Pflicht zur Arbeit als voller Inhalt genügte?

Daß es solchem Inhalt an Sittlichkeit fehle, konnte man gewiß nicht sagen ...

Allmählich kam dann vielleicht noch die Gewohnheit hinzu – all die tausend kleinen Dinge des Lebens sind ja wie Ringe und bilden zuletzt eine Kette von nicht mehr übersehbaren Gliedern – und die umschlingt dann zwei Menschen und macht ihr Schicksal zu einem ...

Ihr erster Erfolg hatte sie ganz betroffen gemacht – es war nur eine lächerliche Kleinlichkeit gewesen. – Und doch: wie hob es sie gleich.

Am Tage nach ihrer Verlobung achtete sie auf sein linkes Handgelenk – ob da wohl wieder das fatale Armband zum Vorschein käme, das ihr gestern so unangenehm aufgefallen war – sie merkte: es war fort!

Vielleicht war es eine Erinnerung an jene schlimme Frau gewesen, um deretwillen er so viel Jugendjahre vergeudet. – Es tat Klara wohl, daß er es nicht mehr trug.

Wenn man keine heiße Liebe zueinander hat, fühlte sie oft, muß immer wachsame Rücksicht die Zartheiten der Liebe ersetzen.

Mit sich selbst und ihrem ganzen Verhältnis zu ihrem Manne war sie völlig im klaren: wenn sie auch keine Leidenschaft für ihn empfand, wenn auch niemals ihre Wärme für ihn, über die herzliche schwesterliche Teilnahme hinaus, in beseligte Hingabe sich wandeln konnte – so mußte dennoch er und nur er der Mittelpunkt ihres Lebens sein und bleiben. Sie wollte, sie durfte niemals einen anderen lieben! Ihrem Manne irgend etwas zu verweigern, was innerhalb der Ehe sein Recht zu fordern war, durfte ihr nie beikommen. Sie mußte und wollte ihr Dasein daran setzen, damit das seine ihm nützlich und hell werde.

Das war alles sehr ernst, es war mit voller Einsicht übernommen worden, und sehr klar.

Ganz unklar aber war ihr noch sein Verhältnis zu ihr. Da fingen lauter Rätsel an.

Das erste und größte war dies gewesen: ein Mann konnte, ohne von glühender, ausschließlicher, heiliger Liebe für eine Frau erfüllt zu sein, dennoch in gewissen Stunden und Stimmungen von einem Rausch hingerissen werden, der der Liebe gleich sah, der ihre Gebärden, ihre Mienen, ihre bedrängende Hingebung annahm. Und vermochte in solchem Rausch, was nur Liebe können sollte ...

Klara ahnte wohl, da lagen die tiefsten Gründe der Verschiedenheit zwischen Mann und Weib.

Sie wußte so wenig vom Wesen des Mannes, daß sie keinen Begriff davon hatte, wie der erste und alleinige Besitz eines schönen jungen Weibes auch für einen nicht Liebenden voll Reiz sein kann.

Sie würde sich nicht im mindesten gewundert haben, wenn Wynfried als ihr anspruchsloser Freund neben ihr dahingelebt hätte, ohne jemals ihre Schlafzimmertür zu öffnen.

Sie ertrug die letzte, geheimste Gemeinsamkeit der Ehe, das Anrecht des Mannes an ihren körperlichen Besitz mit einer tapferen Selbstverständlichkeit, die ihr geadelt wurde durch den Gedanken an alles, was sie in diese Ehe hineingezwungen.

Aber schon nach einigen Wochen fing sie an, das, was ihr ein peinliches Rätsel gewesen war, als tiefe Weisheit der Natur anzustaunen.

Klara wußte: sie würde im Frühling Mutter werden.

Und nun dachte sie immer und immer: dann komme doch noch die große Liebe.

In den Wundern der Mutterschaft mußte sie ihr erblühen, für den Vater ihres Kindes.

Sie bemühte sich, wie sie hier saß und voll Andacht an die Zukunft dachte und an all das Glück, das dann vielleicht über sie käme, immer dringlicher, sich ihres Mannes angenehme Eigenschaften zu vergegenwärtigen.

Er war ritterlich. Das erleichterte alles.

Klara hatte wohl eine sorgenvolle Ahnung davon, daß ihre Gespräche nicht so eigentlich seine Interessen trafen.

Von seinem früheren Leben erzählte er sehr wenig. Höchstens einmal, wenn Klara davon sprach, wie herrlich es in Tirol gewesen sei, wohin sie ihre Hochzeitsreise gemacht hatten, und wie schön es werden würde, wenn sie nach und nach mehr von der Welt kennen lerne. Denn Vater sagte: er bestehe darauf, daß die Kinder jedes Jahr eine große Reise machen sollten. Dann beschrieb Wynfried Paris oder London oder die Plätze, wo er Wintersport getrieben, und den Nil, auf dem er mit »Freunden« eine mehrwöchentliche Reise in einer Dahabije gemacht habe. Aber von den »Freunden« sprach er nicht genauer. Und wenn Klara einmal fragte, so lehnte er mit einem Lächeln ab und sagte: in sein jetziges Leben paßten die nicht mehr. Und der bittere Zug erschien in seinem Mundwinkel, der in ihr dies etwas kindliche und etwas törichte rührende Mitleid auslöste, das unerfahrene Frauen haben können, wenn sie sich denken: ein Mann leidet, weil ein Weib ihn verriet.

Ein herdenmäßiges Gemeinsamkeitsgefühl regte sich dann ziemlich stark, wenn auch unbewußt in ihr: der Hang des Weibes, zu trösten und das gut zu machen, was eine Geschlechtsgenossin verbrach.

Klara war klug, war vielleicht bestimmt, sich zu einem bedeutenden Menschen zu entwickeln. Aber ihre Phantasie war nicht genährt durch Wissen vom wirklichen Kampf zwischen Mann und Weib. Und von den Dunkelheiten auf diesem Gebiet wußte sie gar nichts.

So wirkten diese Schleier, die er um sein Vorleben zu hüllen wußte, nur interessant, und es war, als sehe man unter ihnen undeutlich Gluten schimmern und wilde Szenen von Zorn und Klage.

Das gab seiner Person einen Schimmer von Poesie und Romantik.

Sehr gefiel ihr vom ersten Augenblick an seine Haltung in der Hauptsache. – Die »Hauptsache« war für Klara ja nicht ihre Ehe und seine Stellung zu ihr selbst, sondern seine Beziehung zum Werk.

Sie war dabei gewesen, wie Wynfried mit dem Generaldirektor Thürauf zum erstenmal über künftige Tätigkeit sprach. Klara hatte einen fast etwas furchtsamen Respekt vor Thürauf, und sie war recht unruhig gewesen, wie diese Aussprache verlaufen werde. Man konnte dem schlanken, noch merkwürdig jugendlich wirkenden Mann mit den immer beherrschten Zügen und den klaren, scharf blickenden Augen eigentlich nie anmerken, in was für einer Stimmung er war. Der Geheimrat sagte von ihm, sein Generaldirektor sei der objektivste Mensch, den er kenne. – Nun, kaltes Blut und fester Blick war wohl für seine Aufgaben nötig. Was gehörte dazu, solchem Mann zu sagen: »Ich werde fortan mit dir arbeiten – als künftiger Besitzer – als Teilhaber.« Aber Wynfried hatte den Geschmack, das nicht zu sagen.

Er streckte dem Mitarbeiter seines Vaters die Hand entgegen und sagte, mit mehr Lebhaftigkeit als sonst: »Ich bitte Sie, mir zu helfen. Es wird viel kosten, bis ich mich eingearbeitet habe. Ohne Sie, Ihren Rat, Ihre Offenheit, Ihre Warnungen kann ich's nie! Und vor allen Dingen: stehen Sie mir bei, daß ich mir keine Blößen gebe – vor den Abteilungsvorständen. Sie wissen wohl, das kann man auf zweierlei Art – nicht nur durch Hineinsprechen, was man denn vielleicht nicht recht zu begründen versteht – auch durch Zurückhaltung kann man's, die schon von fern nach Unsicherheit aussieht.«

Soweit Klara sich schon traute, Männer wie den Generaldirektor zu beurteilen, schien ihr, daß ihm das wohlgefallen habe.

Jedenfalls war das Verhältnis das beste, und da die ersten Monate doch die schwersten waren, durfte man hoffen, es bleibe gut.

Natürlich waren Wynfrieds Stimmungen sehr ungleich.

Von seinen Knabentagen an hatte niemand und nichts ihn zur Regelmäßigkeit gezwungen. Er hatte auch nicht die gesunde Schulung der Militärzeit durchgemacht. Um irgend einer Kleinigkeit willen war er davon freigekommen, als Einjähriger zu dienen. Das Wort »Pflicht« klang nur ganz von fern an seine Ohren – wie es so viele Worte tun, die doch Unentrinnbarkeiten benennen, aber mit denen man sich erst in unbestimmter Zukunft näher zu befassen hat.

Es gab Tage, wo er es einfach nicht über sich gewann, ins Büro zu gehen, sich auf dem Hüttenwerk auch nur zu zeigen.

Und da Klara nicht in die unleidliche Rolle der schulmeisternden und antreibenden Frau fallen wollte, waren ihr solche Tage schwer. Dann brütete er vor sich hin. Zuweilen ritt er stundenlang und kam erschöpft heim. Er war unfreundlich, und alles schien ihn zu langweilen.

Ihr gutes Glück hatte Klara geleitet, daß sie ihre Sorge dann verbarg und mit keiner Frage, keiner Bemerkung zeigte, wie bekümmerlich oder wie auffallend sie sein Verhalten finde. Sie blieb freundlich und schien nichts Besonderes zu bemerken.

»Verzeih,« sagte er das eine und andere Mal dann von selbst, »ich bin heute unleidlich ...«

Nach solchen Tagen voll Unruhe und Verstimmung kam meist ein Anfall von Eifer – von erhöhter Liebenswürdigkeit.

Dann erzählte er bei Tisch, offensichtlich seiner Frau zu gefallen, von den Ereignissen drüben auf dem Werk: er hatte den ganzen Morgen in der Einkaufsabteilung gearbeitet. Gerade traf der Dampfer »Severin« wieder aus Spanien ein, hatte aus Katalonien eine Ladung Roteisenstein geholt – was für 'n humorvoller, frischer Mann der Kap'tän Fehrs. – Oder: ein neuer Dampfer sei seit kurzem bestellt, er lag schon auf den Hellingen, und sobald die Lübecker Schiffswerft ihn von Stapel laufen lassen konnte, mußte Klara ihn taufen – »Klara Lohmann« sollte er heißen und nicht anders. Ein andermal: er hatte an der Beratung teilgenommen, zu welcher sich der Generaldirektor, der Chemiker Doktor Thomas und der Ingenieur Dröscher um den Stuhl des alten Herrn versammelt gehabt. Es handelte sich darum, daß aus der Schlacke die Kalkteile herausgeschieden werden sollten, um zur Zementfabrikation verwendet zu werden. Und er, Wynfried, hatte auch seine Meinung sagen sollen, denn er habe doch als Volontär auf dem Hüttenwerk Häphestos im Rheinland gearbeitet, wo man bekanntlich den Kalkgehalt der Schlacke so verwerte. Er berichtete ganz ehrlich, daß er seinem Vater und den Herren offen habe eingestehen müssen, daß er während seiner Zeit auf Häphestos nicht das allergeringste Interesse für diese Dinge gehabt habe.

Da war Klara ganz erschreckt gewesen.

»Was sagte Vater?« fragte sie rasch. »Es war ihm sicher peinlich, daß du solche Antwort geben mußtest. Was hast du denn getan damals auf Häphestos?«

»Vater schwieg,« antwortete er nur.

»Bist du auf Häphestos nicht nach und nach in allen Abteilungen beschäftigt worden?« fragte sie und sah ihn in lebhaftem Interesse an.

»Ich – nein – ich mußte damals oft in Paris sein – ein – Freund dort bedurfte meiner.«

Dann, in plötzlichem Entschluß, als sichere er ihren fragenden Blicken etwas zu, sprach er: »Alles läßt sich nachholen – Klara – du sollst noch Respekt vor mir bekommen.«

Und nach diesem Gespräch schien er eine Aufwallung von frischer Lebensfreude zu haben – war so liebevoll mit seiner Frau. Klara wurde von einem Gefühl der Beklommenheit ganz verwirrt – ja – so sah es aus, als fange er an, sie sehr, von ganzem Herzen zu lieben. Als sei sie ihm sein Halt, sein Stolz. Da spürte sie noch etwas ganz anderes als jenen Rausch, den sie nicht verstand und der ein Wunder war und ein Rätsel und vielleicht sehr abscheulich oder vielleicht ein großer Naturzweck – –

Ob sie wohl je dahin kommen würde, das wechselnde Wesen ihres Mannes zu verstehen? Und die tiefsten Gründe seiner Unausgeglichenheit aufzuspüren?

Unbegreiflich war ihr auch gewesen, in welcher Art er es aufnahm, daß ihre Zweisamkeit sich im Frühling zur Familie erweitern würde.

»Schon Vater werden? – Wie alt kommt man sich vor. – Ja, das ist dann wieder eine neue Lebensepoche – man wird immer mehr Philister ...«

Sie sah ihn an – starr – staunend – vor peinlicher Überraschung stumm. Doch ehe es dazu kam, daß diese ihre Überraschung sich in Schmerz auflösen konnte, erfaßte Wynfried schon ihre beiden Hände. Küßte ihr die Rechte – küßte ihr die Linke und sagte: »Welche erhebende Aussicht ...« Und ließ sie allein – als treibe ihn Verlegenheit fort.

Von da an kamen immer häufiger die Augenblicke, wo Klara sich fragen mußte: liebt er mich doch? Es machte sie glücklich und ängstlich zugleich – –

Und sie steigerte sich in die Hoffnung hinein: ich werde ihn auch lieben – einmal – dann ... ja dann ...

Es wurde sehr stark an die Tür geklopft. Das machte ihrem Nachsinnen ein Ende. Sie wußte, wer kam und wer so klopfen ließ. Sonst war ihr erster Weg jeden Morgen hinauf zu ihrem Schwiegervater, aber er hatte gestern gesagt: »Du sollst dir deinen Glückwunsch von mir nicht holen. Ich bring’ ihn dir. So viel Höflichkeit steckt doch noch in mir altem brüchigen Mann.«

Er machte sonst die Fahrt mit dem Lift, die ihm ärgerlich war, nur einmal am Tage, wenn er zum Essen herunterkam.

Nun schob Leupold den Fahrstuhl herein. Dieses Gefährt kleidete gewissermaßen den alten Herrn nicht so gut – im mächtigen Ledersessel thronte er. Hier sah man so deutlich, daß ein Gelähmter darin saß. Vielleicht hatte er selbst ein dunkles Gefühl davon, denn er konnte sich mit seinem Fahrstuhl nicht vertragen. Voll Ungeduld entdeckte er täglich neue Ärgernisse an seiner Konstruktion und bestritt, daß sie von der möglichsten Vollkommenheit sei.

Klara eilte ihm entgegen und umarmte ihn. Er war sehr in Anspruch genommen von dem Geschenk, das er brachte. Leupold nahm es dem blonden Georg ab, der in militärischer Haltung dem Zuge folgte und einen Damenpelz über dem Arm trug. Eine förmliche Prozession, und die junge Frau lachte. Erst als der zweite Diener sich zurückgezogen hatte, hob der alte Herr ihr den Pelz entgegen, den man ihm auf die Knie gebreitet. Eine Mütze war auch dabei. –

»Ja, lach mich nur aus. Auf einmal soll man und will man galant sein. Hab' seit vielen, vielen Jahren weder Ursache noch Gelegenheit gehabt, für junge Damen was einzukaufen.«

»O wie schön. – Prachtvoll, Vater – wie danke ich dir –« Und sie dachte: »Was soll ich nur damit?!«

»Hab' Wynfried um Rat gefragt. Der versteht ja von Damentoiletten mehr als vorderhand vom Eisenguß –«

»Wynfried?« fragte sie.

Ihre erstaunte Frage war ihm unangenehm – er begriff: das war eine überflüssige Bemerkung gewesen ...

»Na – das kam mir vielleicht auch nur so vor – er war sehr erpicht darauf, daß ich dir was Statiöses schenke – Klara ist zu uninteressant angezogen ... sagte er.«

»Ich?« fragte sie wieder dazwischen; »kann man denn ›interessante‹ Kleider haben?«

»Muß man ja woll. Kind, ich meine, du bist immer gerade recht gekleidet,« sagte er mit Nachdruck. »Aber für Wynfrieds Geschmack muß es Nerz und Hermelin sein – sieh dir das mal an – Leupold, laß mich da – hol mich in einer Stunde wieder – du weißt, der Kommerzienrat Kreyser hat sich angemeldet. – Na, mein Kind, was staunst du denn den Pelz an –«

»Vater, mir ahnt, das ist was sehr Kostbares.«

»Ziemlich. Aber sieh mal: wenn Wynfried dich doch gern in solchem Dings sehen mag ...«

Klara dachte an ihre alte dicke Winterjacke und die pastellblaue Wollmütze.

Der bittende Ton des alten Herrn rührte sie. Mit Vorsicht breitete sie den Pelz auf den graublauen Sofa hin und sprach: »Wir müssen ihm schon den Gefallen tun – denn, nicht wahr, Vater? er tut sein Bestes, vor dir nach und nach zu bestehen.«

»Vor mir? Kind, vor dir! Du bist es und der Respekt vor dir, der ihn aufweckt! Man kann nicht alles auf einmal verlangen. Das Gleichmaß fehlt noch – noch die Ausdauer – aber es kommt! – Alle Begabungen sind da – Thürauf ist oft ganz glücklich. – Du kannst dir woll denken, daß Thürauf und ich unter vier Augen keine schönen Redensarten über wichtige Dinge machen, sondern klipp und klar Wahrheiten sagen. Ja, Klara – das bist allein du! Meine Hoffnungen erfüllen sich. Ich kann kein Dankeswort sagen ... Du weißt von selbst, was ich fühle ...«

Er sah sich um. Immer sprach dieser Raum zu ihm. Stimmen aus vergangenen, schweren und doch erhebend schönen Zeiten füllten ihn. Von der Wand sah das lieblich-ernste Angesicht der heiligen Toten ...

»Nicht nur dich hast du ins Haus gebracht – mit all dem Segen, der du uns bist – nein, auch diesen Tempel des Gedächtnisses – –«

Er sah nach der Uhr, wo in melancholischer Lebendigkeit

die kleine gelbe Pendelscheibe zwischen den Alabastersäulen hin und her und her und hin ging – er sah den fiedelnden Amor an – –

»Klara,« sagte er, »wir machen ja nicht viel Worte zusammen, du und ich verstehen uns so. Aber heut ist so 'n Tag – dein erster Geburtstag als Frau Klara Lohmann – da muß ich dir doch mal aussprechen, wie glücklich es mich macht, daß du den Namen trägst, den ich deiner Mutter nicht geben durfte. Und wie es mich mit der tiefsten Ruhe erfüllt, daß du meinem Einzigen hilfst, ein werktätiger Mann zu werden. Was er sonst ist oder wird, als dein Gatte, wie er dir deine Hingabe, deine Liebe lohnt – das macht zwischen euch zweien aus. Aber, gottlob – mir scheint, du bist glücklich! Anders zerfräß' es mir auch das Herz. – Ich kann in Frieden weggehen – du weißt, wenn der Dunkle, der neben mir wartet, nochmal mit der Sense ausholt ...«

Klara bückte sich zu dem Sitzenden und umarmte ihn mit Leidenschaft.

»Nicht so – o nein, Vater – du bleibst noch Jahrzehnte bei uns –«

Er lächelte resigniert – aber doch in jener Resignation, die Starke sich selbst vorheucheln. Starke, die sich nicht vorstellen können, wie ihr Werk ohne sie sich ausnehmen wird.

»Um was ich dich damals bat, als du seine Braut geworden warst: hilf ihm ein Mann der Arbeit zu werden, denn seine Mutter hat ihn zu einem Luxusmenschen erzogen, und er kam nachher in üble Hände. – Ja, das hast du erfüllt. – Er wird einmal mein Werk als ein Berufener weiterführen. Das sehe ich schon. – Wie herrlich, diese Beruhigung. – Heut kommt Kreyser – ein alter Freund. – Weißt du, was er will? Mit mir die Umwandlung seiner

Betriebe in eine Aktiengesellschaft beraten. – Wahrscheinlich werden wir uns so stark beteiligen, daß wir die Dinge da in die Hand bekommen. – Die Kreyserschen Fabriken sind schon seit vielen Jahren Abnehmer unseres Roheisens. – Kreyser hat kein Interesse mehr an seinem Werk. – Hatte einst auch gedacht: er arbeitet für Söhne. Und nun? Einer im Duell gefallen – üble Sache – man spricht besser nicht davon. Der andere, toll vor Lebensgier, hat sich irgendwo Tuberkeln geholt – fristet sich im Süden hin und soll nach Australien, was ja als das Heilkräftigste gilt. – Früher sagte Kreyser woll mal: Na, Sie haben ja auch Not mit dem Ihren! Nun wird er sehen: keine Not mehr – wachsende Zuversicht. – Höre, Klara, es ist dir doch angenehm? Ich muß ihn bitten, daß er zu Tisch bleibt. – Ihr habt so wie so Gäste?«

»Wynfried hat Agathe Hegemeister und zwei Herren von drüben zum Frühstück eingeladen – Likowski und seinen Oberleutnant,« sagte Klara zerstreut.

»Ist die pummelige Baronin dir wirklich so flink 'ne Busenfreundin geworden? Daß Wynfried gerade Likowski und Marning so heranzieht, freut mich. Beide haben meine starke Sympathie.«

»Ach – Agathe? – Sie kommt sehr oft – sie ist so wenig mit ihrem Leben zufrieden – ich glaube, sie hat sich nur an mich gehängt, um irgend etwas Neues zu haben.«

»Kind, du sprichst mit mir. Wo sind aber deine Gedanken? Anderswo!«

Klara lächelte.

»Es ist unheimlich, wie du mich kennst.«

»Wo also waren sie? Ich nehme an, daß du keine Heimlichkeiten vor mir hast,« sagte er scherzhaft.

»Doch! Ich habe sogar Wynfried gebeten, sie mir zu lassen – bis heute ...«

Sie kniete neben ihm nieder – wie das oft geschah – dem Gelähmten schien sie dann am nächsten, konnte am besten zu ihm emporsehen – oben in seinem Zimmer hatte sie ihr niedriges Stühlchen neben seinem Thron.

Sie faltete ihre Hände um seine Rechte. Die schlanken, weißen Finger preßten förmlich diese große Männerhand ...

»Vater,« sagte sie leise, »ich glaube, dein Haus wird weiterblühen. Und du mußt durchaus leben, damit du siehst, daß ich dein Enkelkind in deinem Sinne erziehe.«

»Klara? ...«

»Ja,« sprach sie, »im April.«

Sie hatte ihre Blicke zu ihm emporgewandt und schaute voll in das große Auge ...

Darin blitzte ein Strahl heißer Freude auf ... Und gleich wurden sie von feuchtem Glanz verschleiert ... Klara sah zum erstenmal eine Träne in diesen gebieterischen Augen. –

Sie schwiegen vollkommen. Es war eine feierliche Andacht zwischen ihnen, die keiner Worte bedurfte. Vergangenes und Zukünftiges zog durch die Gedanken des alten Mannes. In dieser ernsten, holden jungen Frau wurde ihm beides zur Gegenwart. Dafür dankte sein Herz ihr inbrünstig. Und er begriff es vollends, daß die Liebe zu ihr das Glück seines Alters war. –

Um halb eins fanden sich die Gäste zum festlichen Frühstück ein. Die Baronin Hegemeister kam ohne ihren Schatten. Gerwaldchen sei in Berlin, da feiere ihre alte Mutter in ihrer sogenannten Gartenwohnung drei Treppen hoch ihren Fünfundsiebenzigsten – ach, in so mageren

Lebensumständen – Gerwaldchen habe mit einer Träne davon gesprochen, und so was könne man doch nicht mitansehen. – Und da habe sie ihr das Reisegeld geschenkt und sonst noch dies und das mitgegeben, so daß die alte Dame ein kleines Weilchen in Wohlleben sich guttun könne.

Das erzählte Agathe verschämt, weil sie halb und halb dachte, ihre Gutmütigkeit werde ausgenutzt, und sie doch nun einmal nicht anders konnte. Nein sagen konnte sie nicht. Durchaus nicht. Am wenigsten auf Bitten, die man mehr erriet, als geradezu hörte. Und diese widerstandsunfähige Gutherzigkeit, so schuldbewußt gebeichtet, war sehr liebenswürdig.

Auch die Doktorin Lamprecht fehlte. Sie hatte einen furchtbaren Husten. Und Likowski berichtete, daß die alte Dame vor Ärger ganz krank sei, weil sie hier heute fehlen müsse, denn offenbar habe sie in irgend welchen ganz unlogischen Gedanken die Ansicht, sie gehöre verdienstvoll hierher.

Der alte Herr brachte den Kommerzienrat Kreyser mit und machte ihn bekannt. Da dieser Name einen hallenden Klang hatte für alle, die ungefähr von den »Kapitänen der Industrie« etwas wußten, nahm man die Vorstellung mit einem großen Respekt auf. Das bartlose, große, fleischige Gesicht des stämmigen Mannes zeigte eine Freundlichkeit, die nur wie ein allzu durchsichtiger Schleier über der schweren Stimmung lag, die ihn eigentlich beherrschte. Er saß neben der jungen Hausfrau, deren nächste Pflicht es nun war, sich diesem sehr wichtigen Geschäftsfreund des Werkes und persönlichen Freund ihres Schwiegervaters zu widmen. An ihrer anderen Seite hatte sie den alten Herrn, der in seinem Fahrstuhl stets, als an dem für ihn bequemsten Platz, zu Häupten des Tisches präsidierte.

Auf diese Weise war Klara fast wie von dem jugendlichen

Teil des kleinen Kreises geschieden. Denn ihr Gegenüber, der Hauptmann von Likowski, gab sich immer väterlich und war heute in erbittertem und gespanntem Zustand. Er politisierte mit den beiden alten Herren und verschwor sich: »Ich politisiere nie! Ein Soldat hat zu schweigen, bereit zu sein und dreinzuschlagen, wenn's befohlen wird. Aber man hat ja noch seinen gesunden Menschenverstand. Und der sagt mir denn doch: wir lassen uns ja rein alles gefallen ... Aber ich hoffe auf übernächstes Jahr ... Sie sollen mal sehen – das ist das Schicksalsjahr. – Dann geht's los! – Nun, wir sind fertig! – Es muß mal kommen ...«

Klara mußte sich Mühe geben, zuzuhören. – In ihr war eine stille und doch eine so starke Freude gewesen, als wenn diese kleine Feier ihres Geburtstags ein Erlebnis werden würde. – So war ihr manchmal zumut, wenn Gäste kommen sollten. – Dieselben Gäste – aber immer kam eine Art von Trauer oder Schwere über sie, gleich einer grenzenlosen Enttäuschung.

Die blonde Baronin war desto munterer, und Klara sah, wie leicht und lebhaft sich ihr Mann in den neckischen Ton fand. Agathe konnte auf eine so durchsichtige und naive Weise klagen, um sich die Vorteile eines faustdicken Kompliments oder eines Versprechens zu gemeinsamen Vergnügungsfahrten zu erringen. Sie nahm es aber nicht im mindesten übel, wenn man sie mit ihrer Methode neckte. Klara glaubte auch zu beobachten, daß Stephan von Marning wenig sprach. – Sie wußte längst: Agathe hoffte auf ihn. Man hätte blind sein müssen, das nicht zu erkennen. Und sie fragte sich wieder: wird er sich herbeilassen ...?

Denn dies war das Merkwürdige an dem Fall, den alle Menschen dieses geselligen Kreises beobachteten: niemand sagte: »Welches Glück für den unbemittelten jungen

Offizier,« sondern jeder fragte: »Ob er sie wohl nimmt?«

»Nein,« dachte Klara, »nein – das ist nicht die Frau, die ich ihm wünsche –«

Ihre Vorstellungskraft versagte, wenn sie sich diese beiden als Paar vorstellte.

Wynfried hatte einmal gesagt: ein schönes Paar – er groß, schlank, dunkel – sie so blond, üppig, ganz weiche Weiblichkeit und so entzückend gepflegt –

Da hatte Klara betroffen geschwiegen. Sah denn Wynfried nicht, daß das doch einfach unmöglich war ...

Der Kommerzienrat Kreyser war lange nicht hier gewesen; seither hatte sich der Betrieb um einen Hochofen vermehrt, auch war die Fabrikation von Ammoniak und Benzol als Nebenprodukten aufgenommen worden, und Kreyser sprach den Wunsch aus, nachher einen Rundgang machen zu dürfen. Marning hörte es und erbat die Erlaubnis, sich anzuschließen. Sogleich sagte Agathe, daß sie darauf seit langem erpicht sei, einmal das Werk sehen zu dürfen, sie habe es nur nicht sagen mögen. Also gleich nach dem Kaffee und der Zigarre. – Zum Genuß dieser ließen die beiden Damen die Herren eine halbe Stunde allein.

Agathe war sehr damit beschäftigt, ob ihr Haar auch noch ordentlich sitze und wie Klara die dunkelgrüne Toilette finde. Der Seidenstoff sei ihr ein wenig, ein Spürchen zu glänzend ausgefallen; für sie seien stumpfe Stoffe kleidsamer. Sie stand vor dem Spiegel und prüfte ihr Bild und war beinahe gerührt über all die Schönheit, der der eine immer noch widerstand ...

Plötzlich wallte ein schrecklicher Jammer in ihr auf, und sie warf sich Klara an den Hals – mit beiden runden Armen umschlang sie sie und preßte sie heftig an sich.

173

»Klara,« sagte sie, »liebste, beste Klara – schenken Sie mir das Du – laß uns Freundinnen sein – Du? nicht wahr. Du?!«

Klara war betroffen. Es lag nicht in ihrer Natur, sich so schnell an einen Menschen nahe anzuschließen. Und wenn ihr Agathe auch nicht unsympathisch war – wie konnte dies gutherzige Naturkind es irgend einem Menschen sein? – so schien ihr doch, als gebe die Gewährung des »Du« einem anderen Wesen ein überraschendes, ja geradezu unbequemes Anrecht auf ihre Nähe. Und ihr war, als möge sie lieber allein bleiben.

Eine Ablehnung schien unmöglich. Agathe erwartete eine solche auch keinen Augenblick, küßte Klara heftig ab und sagte: »Ich muß dir gleich was anvertrauen! Ich muß. Sonst ersticke ich daran. Denke dir: ich liebe ihn! Rasend. Zum Sterben. Ich werde ... ja – ich mag nicht mehr leben – ich will nicht mehr leben, wenn er mich nicht liebt.«

Sie begann zu weinen.

»Ihn?« fragte Klara in dem schwachen Versuch, zu tun, als wisse sie nicht ...

»Gott – du fragst?! Wen denn als Stephan Marning – kann man anders? – Und ich warte und warte – im Sommer schien es – ich hoffte – damals im August. – Dann kam gleich das Manöver – dann hatte er vier Wochen Urlaub und war bei seinen Verwandten – damals dachte ich: er will erst seine Sippe fragen, fand's natürlich – aber die haben ihm ganz, ganz gewiß nicht abgeraten – ich weiß es durch die Gerwald, die da Beziehungen hat – sein Onkel wünscht ja bloß, daß er reich heiratet. – Dann kam er wieder – ist seitdem noch nie allein auf Lammen gewesen – bringt immer Likowski mit – ach nein – umgekehrt: läßt sich von ihm mitnehmen – als wolle er ausweichen und doch nicht brechen ... Klara – ich muß die Wahrheit wissen! ... Zeige mir gleich deine Freundschaft. – Weihe unser Bündnis ein, durch eine Tat – sprich mit ihm – klopfe auf den Busch – nein, frage geradezu – sage ihm, daß ich Selbstmord begehe, wenn er nicht ...«

Ihr Schluchzen nahm ihr die Fähigkeit, auch nur noch ein Wort herauszubringen. Klara schob sie förmlich bis zur Chaiselongue, die quer am Fußende von ihrem Bett stand. Da sank die vor Unglück zum Tode Bereite schwer auf all die Kissen herab und weinte wie ein Kind – vor Liebesverlangen.

»Ich kann nicht leben ohne ihn,« jammerte sie.

Und dann wieder: »Wenn ich nur wüßte, warum? Bin ich nicht ganz hübsch – ich hab' Geld – ich lieb' ihn – so hat noch nie ein Weib geliebt – so liebt ihn keine wieder – nein – ich will sterben ...«

Klara sah den Riß, der zwischen dem Gefühl dieser Frau und ihrem Gebaren mitten hindurchging, sehr wohl. Dennoch ergriff sie alles auf das heftigste.

Sie schritt auf und ab. Sie war sehr blaß. Diese Szene war ihr ganz und gar zuwider, obgleich ein starkes Mitleid ihr Herz klopfen machte ...

Das war Liebe! Die große Liebe, die lieber sterben als entsagen will – – –

Es mußte berauschend, vernichtend, herrlich sein, das fühlen zu können – –

»Aber solche Liebe laut einer Freundin zuschreien – o Gott – nein – das könnte ich nicht,« dachte sie.

Ihr schien, als nähmen so laute Klagen einer Leidenschaft Würde und Größe.

175

Und es wurde von ihr verlangt, daß sie – sie! – unkeusch zum Manne – zu diesem Manne, als Vermittlerin davon sprechen sollte? Unmöglicher Gedanke ...

»Nein,« sprach sie, »das kann ich nicht. Das tue ich nicht. In diese heiligsten Dinge von Mensch zu Mensch sich einmischen? Mit Worten an Geheimnisse rühren, die zu zart sind, als daß man sie laut ausgesprochen haben möchte – nein, das kann ich nicht! Verzeih mir. Aber ich denke: was hülfe es auch. Wenn er dich liebt, bedarf es der Vermittlung nicht, und er wird schon eines Tags sprechen; – wenn er dich nicht liebt, ist es eine Demütigung für dich, daß ich sprach – – O nein! – Du mußt die Haltung finden, gefaßt abzuwarten.«

»Du hast gut von Haltung reden,« sagte Agathe und drückte sich ihr geballtes Taschentuch gegen die Augen, behauchte es und tupfte wieder, »wenn man einen solchen Mann hat – der sich so auf Frauen versteht – ja – du kannst lachen –«

Ihr Jammer ward stiller. Die Furcht, verweint auszusehen, besiegte ihn für den Augenblick.

»Aber du gibst mir recht oft Gelegenheit ...«

»Gern. Ich will es wohl bei Wynfried anregen, daß er sich immer den Freiherrn von Marning einlädt, wenn du kommst. Und du wirst gewiß oft kommen ...«

»Das ist doch etwas!« seufzte Agathe, und ihr weiches Herz, das der Freude so bedürftig war, hoffte aufs neue.

Wieder stand sie vor dem Spiegel. Da waren nun die Tränenspuren auf der zarten Haut und ließen sich mit allem Tupfen doch nicht so rasch verjagen. Aber es kam wie eine Eingebung über die blonde Frau. Mochte er es nur sehen, daß sie in Tränen und Gram verging ...

Nun hatte sie große Eile, wieder zu den Herren zu kommen, die gewiß schon im Salon seien.

Sie trat ein. – Sie fühlte auf der Stelle: alle Herren sahen sie an und sahen, daß sie geweint hatte.

Ihre schwimmenden blauen Augen schmachteten und bettelten zu dem Geliebten hinüber, und in ihrem Gesicht stand beinah lesbar der Ausdruck: »Ja – sieh mich nur an! Um dich leide ich! Um dich – Grausamer ...«

Und Klara sah es wohl: über das Angesicht des Mannes flog ein leiser, vielleicht nur von ihr erratener Ausdruck von Pein – ihr kam auch vor, als werde seine Haltung noch stolzer ... Wie wunderlich wohl ihr das tat ...

Man wollte nun hinüber zu dem Werk gehen. Es gab ein Durcheinander. Da war Leupold, der seinen Herrn wieder nach oben transportieren wollte. Und es hieß, Klara müsse den neuen Pelz tragen – der Spender solle sie noch darin bewundern. Agathe bestand darauf in ihrer plötzlichen, erregten Lebhaftigkeit und Lustigkeit.

Ihr Mann selbst gab Klara den Pelz um. – Wie schwer ihr das kostbare Stück auf den Schultern lag – als fiele eine Last auf sie. Und da war auch die Mütze: er setzte sie ihr sorgsam auf, mit einem erstaunlich geschickten Handgriff gerade die kleidsamste Art des Sitzes treffend. – Und es schien, daß Wynfried von ihrem Aussehen entzückt sei – er lächelte zufrieden – nein, mehr: zärtlich!

Und Klara wurde rot. Sie wußte nicht warum – sie hätte es nicht zu sagen vermocht, keinem Menschen und nicht sich selbst.

Nun stand sie da, kostbar angetan, auf dem braunen Haar das breite Barett von Nerzpelz, daran ein Büschel von Hermelinschwänzen schwarz und weiß kokett über dem

177

linken Ohr befestigt war ... Zu ihrem schönen Gesicht mit den geraden, strengen Brauen über den sprechenden Augen gab das einen merkwürdigen Glanz von Pracht und Würde. Sie schien nicht etwa in eine elegante Modedame verwandelt, sondern sogleich in eine Fürstin.

Und ihr fiel wieder ihre schwarze Winterjacke ein und die pastellblaue Wollmütze ...

Der Geheimrat sah seine Schwiegertochter prüfend an. Er lächelte wohlgefällig. Aber er sagte doch: »Schön! Sehr prachtvoll! Wynfrieds Geschmack. Aber – Klara – weißt du noch – deine pastellblaue Wollmütze? Damit mocht' ich dich auch gern leiden ...«

Blitzschnell traf sich ihr Blick mit dem Stephans – und entwich ihm wieder ...

Ja, die arme kleine Wollmütze ... Und Klara hatte eine Erinnerung – sah sich deutlich, sehr deutlich, wie sie eilig und heimlich ein weißes Paketchen tief in das Schubfach ihrer Kommode hineinstopfte ...

»Aber wir wollen doch gehen,« sagte sie matt. Sie fühlte sich plötzlich so freudlos und wünschte, neben dem alten Mann bleiben zu können – da war ja ihr Platz – der sicherste und friedvollste, den es auf der Welt für sie gab ...

»Ja, vorwärts!« ermahnte Likowski. »Mir ist es eine Erhebung – immer, wenn ich da mal 'rumgehen darf ... Der Gott, der Eisen wachsen ließ – der wollte keine Knechte ... Eisen verführt mich mehr als die köstlichen Brillanten, mit denen unsere teure Baronin uns heute die Augen verblenden möchte.«

»Ihre nicht!« lachte Agathe.

Man brach auf. Alle nahmen vom Geheimrat Abschied,

der noch Sorge trug, daß an Thürauf telephoniert werde. Der Generaldirektor werde Wert darauf legen, Kreyser die Honneurs des Werkes zu machen.

Man schritt in munteren Gesprächen die Straße entlang, und schon kam ihnen auch der Generaldirektor entgegen. Von dieser Begegnung an waren die beiden Herren für die übrige Gesellschaft verloren. Sie vertieften sich in fachmännische Gespräche und gingen weit voran.

Ihnen folgte Agathe zwischen Wynfried und dem Freiherrn von Marning, den sie mit einer Frage gleich an ihre Seite zu nötigen gewußt hatte.

»Wir werden nicht für ernsthaft genommen,« sagte Agathe. »Und ich brenne doch vor Lernbegier.«

»Ich erkläre Ihnen das alles auf populäre Art,« versprach Wynfried. »Seien Sie sicher, all die chemischen Formeln und Zahlen, in denen die zwei reden, hätten Sie doch nicht verstanden.«

»Es will absolut nicht in meinen Kopf, daß Sie was von solchen schrecklich wissenschaftlichen Sachen verstehen.«

»Hallo! Das ist aber stark ...«

»Na ja – gottlob – ich hab' immer das Gefühl ... wie soll ich das sagen – na – als gäben Sie ein Gastspiel, wenn Sie arbeiten ... Doch noch mal ein Mann, der Sinn und Zeit für uns armen Frauen hätte! ... Denk' ich so ... Aber nein. Selbst Ihnen kommt es bei, und Sie sklaven sich ab ...«

»Glauben Sie es mir – ich entdecke da ganz neue Genüsse. Man ist manchmal geradezu gepackt – sehr ähnlich wie beim Sport. Und man hat ein frisches Gefühl dabei – kommt sich als fixer Kerl vor.«

»Ach so – Sie wissen doch, wie's heißt: Ich spürte das

kleine, dumme Vergnügen, was abzumachen, was fertig zu kriegen.«

»Genau! Ja, so ist einem manchmal zumut –« gab Wynfried eifrig zu.

»Ohne dies Pläsier am Bewältigen geschähe vieles nicht,« sagte Stephan Marning, und er dachte: »Das heißt doch aus der Arbeit nur ein Spiel der Kräfte machen, ohne Erkenntnis ihres sittlichen Wertes.«

Er fragte sich – nicht zum erstenmal – was für eine Art von Mann denn wohl Lohmann der Sohn sei ...

Klara ging mit dem Hauptmann von Likowski, ihrem alten Freunde, hinterdrein. Sie schwiegen. Die junge Frau hörte zu. Sie hatte immer eine leise Verwunderung, wenn sie ihren Mann mit Agathe zusammen sah. Wie anders war dann sein ganzes Wesen. Selbst der Klang seiner Stimme schien heller. Und seine Rede schien so leicht, so nur obenhin – er ließ sich necken und neckte wieder. – Vielleicht nahm er Agathe nicht ernst. – Das war die einzige Erklärung, die sie sich zu geben wußte ...

Es kam ihr mühsam vor, daß sie jetzt mit Menschen zusammen sein müsse. Eine grenzenlose Traurigkeit drückte sie nieder. Sie mußte sich zusammennehmen, um nicht zu weinen – sie – die nicht weinerlich veranlagt war.

Sie seufzte nicht, sie atmete nicht schwer – und dennoch ging von ihrem Schweigen etwas aus, das den warmherzigen, treugesinnten Mann an ihrer Seite ahnen ließ, mit ihrer Stimmung sei es nicht in Ordnung.

»Sie fühlen sich von all den Geburtstagsfreuden erschöpft, gnädige Frau?« fragte er.

Klara fuhr auf.

»Ich? Nein –«

Und sie wußte, daß sie sich aufzuraffen hatte.

Da waren sie nun am Tor, über dem mit großen schwarzen Buchstaben auf grauem Schilde stand: Eisenhütte Severin Lohmann.

Und mit Rädern und Fußstapfen waren von drinnen her Kohlenspuren gekommen. Der sandige Grund der Erde war schon viele Schritte vor dem Tor geströmt von dunklen Tönen. Das wirkte, als fließe die Düsterheit des Bodens einem entgegen. Einem schwärzlichen Estrich glich er drinnen, in den zahllose Tritte die Kohlenteilchen und den Niederschlag des Rauches fest eingetreten hatten. Und der Dunst von Teer und Gasen durchbeizte dichter und spürbarer die Luft, als man das Tor nun passierte.

»Aufgepaßt!« mahnte Wynfried, denn Agathe stolperte über einen Schienenstrang. Und sie fiel schwer gegen Marning, so daß er sie halten mußte.

Sie hob den blauen, schwimmenden Blick zu ihm empor.

»Ich bin wirklich gestolpert,« sagte sie – so wie sie als Kind vielleicht gesagt hatte: »ich habe wirklich nicht gelogen,« wenn man sie bezweifelte.

Er mußte doch, entwaffnet, lächeln.

Sie gingen an allerlei kleinen Gebäuden vorbei, bogen um ein retortenartiges Bauwerk, aus dessen Poren Teer zu schwitzen schien – Likowski sagte wenigstens, es komme ihm so vor. – Und dann standen sie vor einer Riesenwand, die sich aus hundertundfünfzig hart aneinandergepreßten Öfen zusammensetzte. Hoch über ihr zogen sich schwarze, gewaltige Rohre hin, andere kamen quer von weitem herab – mächtige Verbindungen waren diese, in denen stumm und selbsttätig und rastlos die gepulverten und gewaschenen Kohlen heranglitten, in die Öfen hineinsanken, um da in rasender Hitze zu Koks gebrannt zu werden; und Wege waren sie, in denen das noch ungereinigte Gas, aus den Gluten kommend, seinen flüchtigen Weg nahm zu den geheimnisvollen Werkstätten hin, wo ihm in wunderbaren Destillationen, Kühlungen und Prozessen seine Bestandteile an Benzol und Ammoniak entzogen wurden.

Vor dieser Wand von Öfen streckte sich eine erhöhte eiserne Plattform hin. Auf sie hinaus schob sich gerade jetzt der Inhalt eines. Eine der schmalen Türen öffnete sich. In höllischer Majestät bewegte sich ruhevoll ein fast weißglühendes Stück Mauer heraus. Und eine Gespensterhand drängte es weiter und weiter vor, eine gewaltige, schwarze, eiserne Hand, steif im Gelenk nach oben eingeknickt. Männer, mit Schläuchen bewehrt, warteten und sahen der sich langsam vorwärtsbewegenden Glutmauer entgegen. Nun stand sie. Und das an eine Hand erinnernde Eisenstück, das sie gehoben hatte, zog sich gelassen in die Tiefe des Ofens zurück, der seine Tür wieder schloß. Zugleich zischten aus den Schläuchen Wasserstrahlen und begossen das Ungetüm von Form gewordenem Feuer. Weißer Dampf quoll auf, wurde rasch ein graues, dann ein schwarzes Gewölk. Was glühende Mauer gewesen, lief dunkel an, ward schwarz und fiel nach zwei Minuten als Koks prasselnd auseinander, durchstochen und gestoßen von den langen Eisenstäben der verräucherten Arbeiter. Und es hatte etwas Phantastisches, zu denken, daß dieser Vorgang sich alle paar Minuten wiederholte und daß von diesen hundertundfünfzig schmalen Türen bald die eine, bald die andere sich öffne, um solche aufrechte Glutmauer in grandioser Sicherheit zu entlassen.

Vor dem Plateau standen Loren bereit, den Koks zu den

Öfen zu bringen.

Und auf einem anderen Schienenstrang standen diese offenen, kastenartigen Eisenbahnwagen, voll von gleichmäßigen, länglichen Stücken, gleich großen Holzscheiten – nur daß sie grau waren und rauh ihre Oberfläche. Das seien »Gänze«, sagte Wynfried, das heißt: das Roheisen in der Form, wie das Werk es hauptsächlich produzierte.

Agathe hustete und ängstigte sich und hatte gedacht, alles könne auf sie herabfallen. Aber sie verriet nichts von ihrer Angst. Denn sie sah, daß der geliebte Mann dem Schauspiel mit leuchtenden Augen zusah. Sie konnte sich seinetwegen zu allerlei Heldentum zusammenfassen. – »Wenn ich liebe, kann ich alles!« dachte sie.

Wynfried erklärte. Er führte die Gesellschaft zu dem trichterförmigen Bassin, in das die kleinen Wagen der Drahtseilbahn, von den Ladebrücken kommend, die gepulverte Kohle hineinschütteten, während an der Wand dieses Bassins in stumpfer Unaufhörlichkeit ein Becherwerk das Kohlenpulver aufschöpfte und in die Rohre goß, die man oberhalb der Öfen gesehen.

Man kam an den Erzlagern vorbei, und gerade schwebten die Förderwagen einer nach dem anderen anmutig heran, kippten und warfen mit Gepolter grauen, schimmernden Magnetstein auf einen Hügel dieses Erzes. Nebeneinander lagerten sie, die Berge von Erzen, die durch ihre Farben schon verrieten, daß sie verschieden an Gehalt waren. – Und es schien, als trage jedes den Charakter seiner Heimat, als sei sein Gewand kein Zufall. Sprach nicht der silbergraue Magneteisenstein von den stillen Himmeln und beschatteten Bergseen Schwedens? In starken satten Farben glühte noch im Roteisenstein ein Nachglanz der Wärme spanischen Bodens. Und aus den Tiefen lothringischer Gruben kam dieses braune Eisenerz. Wie wunderbar sprechend – weißlich, durstig-trocken lag der Kalkstein gehäuft, und man stellte sich die staubigen Wege Griechenlands vor, von wo er kam, und sah unwillkürlich die weißüberpuderten Zypressen an den dürren Rainen trauern. –

Über den Köpfen der Schauenden zogen sich die dunklen Eisenlinien der verschiedenen Drahtseilbahnen und Rohrleitungen hin. Wasser tropfte herab – irgend woher kam roter Feuerschein. Dort drüben stand, gleich einer dünnen Säule ein Rohr. Aus seinem Munde brannte frei eine Flammensäule von Gas. Der Wind fuhr hinein und zerfaserte sie zu Gebilden von unbeschreiblicher Feinheit, in ständig wechselndem Spiel. Ihr Geleucht im schon leise verblassenden Tageslicht war unruhig. Es wurde manchmal ganz von der Luft zerfetzt, und Flämmchen schwebten sekundenschnell zusammenhanglos und wurden sogleich wieder von der großen Flamme herangerissen.

»Oh!« sagte Agathe bewundernd, »wie in der Walküre.«

Klara begann allmählich zuzuhören, was ihr Mann sagte – wie er es sagte. Und sie wurde teilnehmender. Sie vermochte wohl zu beurteilen, daß er klar und sicher vortrug. – Daß Stephan Marning und Likowski voll Sammlung zuhörten und Fragen aufwarfen, war ihr eine lobende Kritik. Das tat ihr wohl – es kam ihr vor, als weiche diese schwere Traurigkeit, dies lähmende Gefühl von Leere allmählich von ihr. Woher war es gekommen? Sie verstand es nicht. Sie hatte nur eine dumpfe, beängstigte Empfindung davon, daß es etwas Furchtbares, Bedrohliches sei.

Vom Wasser her kamen Windstöße, die Wolken jagten am Himmel; fern im bläulichen feinen Dunst des beginnenden Nebels stand am Horizont etwas Unbegreifliches. Eine lilarote Masse, die zu zerfließen schien, von blaugrauen Streifen quer überschnitten – kein Ball mehr – kein Rund – nein, ein ungeheuerlicher Feuerfleck, der schnell immer tiefer sank. Sonnenuntergang im Novemberabendnebel.

Überall auf dem Werk blitzten schon die Lichter auf. Denn hier gab es keine Dämmerung und keine Zwischenspiele. Hier gab es nur Tag. Den Tag der Sonne und den Tag der elektrischen Lichter – und immer den der Arbeit.

Wie liebte Klara diese Stunde, wo alles ringsum blau schien, im Kampf des natürlichen Lichtes mit dem künstlichen.

Nun hieß es: in eines der Maschinenhäuser! Denn, nicht wahr? Baronin Agathe mußte begreifen: all die zauberhafte selbsttätige Bewegung der Förderungen, die in der Luft zwischen Drahtseilen herumglitten; all dies Aufsaugen von Gas aus den Öfen in die Rohre und das Hinüberleiten des Gases in die Eisentürme, die »Winderhitzer« hießen und eigentlich nur übermenschlich große Blasebälge seien; all das Wasser, das in Unmengen aus der Trave heraufgepumpt werde; alles, alles – jeder Betrieb hier mußte von Maschinen getrieben werden.

Agathe sagte, das verstehe sie, und machte ein reizendes, wichtiges Gesicht.

Sie traten ein in einen Riesensaal, wo die wunderreichsten Geschöpfe aus Metall bebten und zitterten, klopften und schwangen.

»Hier ist es aber sauber!« rief Agathe beglückt aus. Der Belag des Estrichs von braungebrannten Ton war wie

Porzellan so glatt und rein. Und Agathe litt, wenn sie nur auf einen unsauberen Boden treten mußte. Sie war so peinlich ...

»Ja,« sagte Wynfried, »ein Maschinenhaus ist immer wie ein Asyl der Sauberkeit mitten im Betriebe. – Maschinen sind wie schöne Frauen – sie wollen geputzt und – geschmiert werden, mit dem Öl der Schmeichelei ...«

Agathe schlug mit ihrem Muff nach ihm.

Aus dem glasierten Estrich erhoben sich seltsam gestaltete Formen, die ihre untere Hälfte in der Tiefe verbargen; gleich gerundeten dunklen Tierrücken, über die hellere Hautstreifen liefen, waren sie. Riesenräder, aufrecht, halb über, halb unter dem Boden, drehten sich rasend; immer wieder verschwanden Speichen und tauchten auf.

Einige Maschinen plauderten leise, wie Frauen tun, die das emsige Geräusch ihrer Stricknadeln mit endlos hinfließendem Geschwätz begleiten.

Andere klappten mit Eisenzähnen, wie Riesen im Märchen, die für ihre leeren Kiefer nach Nahrung schnappen.

Und wenn man dieser sinnvollen, glatten, nie rastenden Bewegung zusah, bekam man zuletzt das unheimliche Gefühl, zwischen lauter Lebewesen zu sein, die aus einer anderen Welt stammten, nur eine andere Körperlichkeit hatten als die Menschen dieser Erde – aber ein pulsierendes Dasein wie sie – –

»Wer ist der Erfinder all dieser Maschinen?« fragte Stephan.

»Keinen Schimmer!« sagte Wynfried achselzuckend. Und er wußte nur, daß die und jene Maschine aus der und der

Fabrik aus Mühlheim-Ruhr stamme und daß die zwei da drüben aus dem Kreyser-Werk in Gelsenkirchen gekommen. – Der Ingenieur, der sie zuerst erfunden, die anderen, die sie vervollkommnet hätten, arbeiteten ja für das Werk, in dem sie engagiert waren – ihre Namen wußte man nicht.

»O,« sagte Likowski, »ist es tragisch? Ist es groß? Ungerecht? Wundervoll? Was wäre Deutschland, was die Kultur ohne all die stillen Helden der Arbeit, der täglichen, selbstlosen Hingabe an unsägliche Mühen. – Und kein Ruhm – kein Heldenlied preist ihre Namen ... Unsere auch nicht – wir arbeiten und schuften ohne zulänglichen Lohn, ohne Anerkennung, noch umfeindet – damit das hier geschützt ist – damit solche Dinge blühen – uns groß machen. – Ich hab' so'n Gefühl: wir stehen ja Schulter an Schulter mit all diesem hier –«

Er drückte seinem lieben Kameraden und Freund die Hand. – Stephan gab stark, gleichsam tröstend, den Druck zurück. Er wußte ja, wie der Hauptmann sich quälte. –

Und er dachte: »Es gibt noch viel mehr stilles Heldentum – nicht nur das der Arbeit – auch das des Gefühls – schweigend sich bezwingen – ja – wer das muß ...«

Seine Gedanken verloren sich ins Unbestimmte.

Agathe fing an zu klagen: es werde ein bißchen mühsam. Sie hatte doch nur ganz dünne Schuhe an mit so hohen Hacken – es ging sich schlecht damit.

»Nur noch zu den Hochöfen,« sagte Klara, »das ist doch die Hauptsache.«

Sie gelangten an die erste der ragenden Burgen, die aus dem breiten Massiv, dem eigentlichen Herde, aufstiegen und deren mit gemischten Erzen und Kalk gefüllte Schachträume mit einem Panzer von Steinen und Eisen umgeben waren.

Dieser hochgetürmte, nach oben zu sich verjüngende Umbau gab den ragenden Hochöfen den burgenartigen Charakter. Galerien liefen um diesen Panzer, in dem man fest vernietete Türen bemerkte. Und um den ganzen untern Körper des Ofens rannen mit Rauschen und Plätschern unaufhörlich kühlende Wasser.

Hinten an den Ofen stieß die Gießhalle; man mußte eine primitive Treppe emporsteigen. Agathe als Vorletzte, hinter ihr Wynfried.

Agathe fühlte sich elend vor Angst. So entsetzlich nah war man dem Ungetüm, in dem eine Höllenhitze von zweitausend Grad Celsius wütete! Sie konnte sich nichts bei dieser Zahl denken – das ging natürlich über menschliche Vorstellung. Es jagte aber doch eine Furcht ein, die halb interessant, halb schauerlich war.

»Kann das bersten?« fragte sie zu Wynfried zurück.

»Doch – es kommt vor – trotz des besten Materials, das für den Umbau verwendet wird. – Wenn es Verstopfungen im Nachsacken der Beschickung gibt. – Gase sich entwickeln –«

»O Gott!« sagte Agathe, raffte ihre Röcke noch höher und enger zusammen und blieb stehen. Der Mann hinter ihr sah die seidenen Strümpfe und die koketten Schuhe. Er faßte Agathe recht kräftig um die Taille, von hinten her, und schob sie so vorwärts, Stufe um Stufe. Und als sie oben angekommen waren, wandte sie sich etwas zu ihm, und sie lachten sich mit den Augen an, wie zwei tun, die es mit dem Wagnis und dem Verzeihen einer Dreistigkeit nicht schwer nehmen.

Oben traf die Gesellschaft auf Kreyser und Thürauf, und Agathe hatte das Bedürfnis, dem Generaldirektor sozusagen ein Kompliment über das Werk zu machen.

»Wie ist es malerisch!« schwärmte sie.

»Eine andere Art malerische Schönheit als ein See im Mondschein zwischen Waldbergen,« sprach Stephan von Marning. »Wie viel mehr sagt diese uns heutigen Menschen.«

»Ja, das ist die Romantik der Industrie,« bestätigte der Generaldirektor.

Aber er war auch umsichtig bedacht, die Gäste an sicheren Platz zu stellen, denn gleich sollte der Abstich beginnen. Er verwies sie auf einen balkonartigen Ausbau neben dem Ofenrund, von wo aus sie dann einen trefflichen Überblick hatten auf die schräge Ebene der Gießhalle, die eigentlich ein Schuppen ohne Wände war, deren Dach auf Pfeilern ruhte. Diese Ebene war mit Sand bedeckt, und in ihn hinein hatten die Arbeiter lauter kurze Rinnen getieft – die Formen für den Guß der »Gänze«. In unübersehbarer Zahl und Regelmäßigkeit zogen sie sich hin, in ihrer Mitte von einem Laufgraben durchfurcht, den entlang das fließende Eisen strömen sollte, um sich dann in all diese Rinnen zu verteilen.

Überall standen Leute bereit, Schaufeln und Stangen waren zurechtgelegt – wachsam hieß es den feurigen Fluß lenken und fördern, falls er sich irgendwo sollte stauen wollen.

Nun sammelten sich ihrer ein Dutzend und umklammerten – als seien sie die sieben Schwaben, die gemeinsam ihren Riesenspieß wagerecht durch die Lande schleppten – eine wuchtige Eisenstange. Und mit ihr gingen sie zum Stoß gegen das von gebranntem Ton luftdicht verschlossene Gießloch vor. Hallende Töne zitterten über das Rauschen der Wasser hin – wieder und wieder stießen die Männer mit den von nassen Tüchern umwickelten

189

Händen den Eisenstab gegen den Verschluß – berannten die Festung des Feuers. – Und da krachte es – Funken schossen hervor – Garben von Sprühpünktchen – und weißgolden, von leichten Trübungen da und dort überhaucht, floß das glühende Eisen.

Düstere Glut warf einen rötlichen Schein in den Raum der Gießhalle, wo die sich bückenden und von Sandwall zu Sandwall hinübertretenden Gestalten der Arbeiter zu schwarzen Silhouetten wurden. Und in der schiefen Ebene füllte sich langsam Rinne um Rinne mit dem fließenden Eisen – das sah aus, als hätten sich lauter Goldstreifen hingelegt – eine Reihe von kurzen, blanken Linien auf dunklem Grunde.

Und vom Vorherde, unten am Ofen, floß auch schon die Schlacke ab – ein Brunnenstrahl von Feuer. In kurzem Bogen schoß er hernieder in das mit Wasser halbgefüllte Wagengefäß, das die Masse nachher zur Schlackenhalde rollen sollte.

Die Luft selbst schien wie verbrannt, trocken und voll Hitze war sie. – Rauch wölkte. – Die schwarzen Gestalten hantierten in Hast. – Draußen, zwischen dem Gestänge und Gedränge umqualmter Eisenlinien, sah man den blauen Abendhimmel.

Welch ein Stück Leben! Welche Welt voll Größe und erschütternder Schönheit!

Die junge Frau fühlte sich erhoben und befreit.

Was sind die Anwandlungen von Unklarheit und wunderlich quälender Unruhe? Was die unbedeutenden Rätselfragen in einem einzelnen, kleinen Menschenleben? Was vor dem Geist und der Tat, die die Natur bezwingen! –

Sie kam sich klein vor und in ihrer Kleinheit beruhigt.

Und zugleich war ihr, als sei sie mit all diesen Dingen unlöslich verbunden – als sei in dieser Welt der gewaltigen, machtvollen Arbeit ihre unverlierbare Heimat und Sicherheit – es würde, es sollte auch einst die Welt ihres Kindes werden ...

Ihre Seele ward wieder froh ...

Und irgend eine Empfindung nötigte sie, die dunklen Augen zu suchen, denen sie vorhin so unbegreiflich erschreckt ausgewichen war.

Vielleicht hatte der Mann die gleiche Empfindung. Denn wieder begegneten sich ihre Blicke.

Freudig und stolz sagten sich ihre Augen, daß ihre Seelen in der gleichen Andacht erhoben seien.

6

Das war ein Tag, eine Nacht gewesen! Der alte Herr hatte sie in seinem Sessel verbracht. Keine Bitten des treuen Leupold vermochten etwas. In dem greisen Riesen kochte die einstige Ungeduld. Er wünschte ein Gott zu sein, um der Natur befehlen zu können. Seine wartende Aufregung setzte sich in Zorn um – nicht gegen irgend einen Menschen – nein, in diesen unbestimmten Zorn über menschliche Ohnmacht. Und er mußte sich doch fassen. –

Sein Sohn war verreist. Unglücklicherweise! In diesen furchtbaren Stunden hätte er neben seiner Frau sein sollen. Das Schicksal gefiel sich wahrlich darin, Wynfried immer fern zu halten, wenn mit großen Mahnungen Tod oder Leben an dies Haus klopften ...

Damals freilich, als es schien, sein Vater werde erliegen, hielten ihn unwürdige Dinge ab, die ihn seiner Besinnung beraubt hatten.

Jetzt war es ein ernster, anständiger Grund, der ihn fortzwang.

Die Sitzung, in welcher die Kreyser-Werke definitiv in eine Aktiengesellschaft umgewandelt werden sollten, war auf den siebzehnten April anberaumt worden. Der Generaldirektor Thürauf hätte die Vertretung des Geheimrats übernehmen können – wie so oft, seit dieser an seinen Krankheitsthron angeschmiedet war. Aber es war seit Monaten bestimmt gewesen, daß bei dieser wichtigen Gelegenheit, die doch auch Wynfrieds Vermögen anging, der Sohn zum erstenmal als Teilhaber des Hauses Severin Lohmann draußen zwischen anderen Magnaten der Kohle und Kapitänen der

Industrie für das Haus eintreten solle.

Der Geheimrat wußte ja auch: sein Sohn hatte sich erst Ansehen zu verschaffen – noch besaß er es kaum. Er mußte Vertrauen zu sich erwecken – wie sollte man es ihm schon schenken! Denn die Welt hatte wahrscheinlich mehr von dem früheren Lebejüngling gewußt als der Vater selbst. Es galt, sich einen neuen Ruf zu erobern. Das ist schwerer, als wenn man unbekannt und unbeschrien in einen Kreis tritt. Aber der Geheimrat wußte auch: die bloße Tatsache, daß er zu dieser Sitzung nicht Thürauf, sondern seinen Sohn entsandte, ließ die Herren aufmerken, erweckte die wohlwollendsten Gedanken.

Das alles hatte er oft mit Klara besprochen. Erst sollte die Sitzung Anfang März stattfinden, ward verschoben und dann zu einem Termin anberaumt, der einen Konflikt heraufbeschwor.

Es schien dem Geheimrat unmöglich, daß der junge Ehemann jetzt seine Frau verlasse. Andererseits schien es eine Unmöglichkeit, plötzlich anstatt Wynfrieds den Generaldirektor zu entsenden. Man würde denken, er habe im letzten Augenblick Wynfried doch nicht recht Vertrauen geschenkt.

Wynfried verhielt sich ziemlich passiv in der Frage. Die Geschichte interessierte ihn immerhin ein wenig. Außerdem: jedesmal wenn er hinaus konnte – wenn er nur im Abteil der Eisenbahn oder im Auto saß – nach Berlin – nach Hamburg – dann wachte etwas in ihm auf ... Als wenn er wieder jünger werde ... Als wenn ihm irgend was tröstend sage: na, die Welt wartet ja noch auf dich. –

Aber das mochte er nicht zeigen, besonders jetzt nicht. Denn seine Frau, diese großartige, famose Frau hatte doch am Ende Ansprüche zu erheben ...

Klara entschied. Wie konnte sie es anders als so, daß sie bat, Wynfried möge unbekümmert reisen. Niemand konnte wissen, ob das erwartete Ereignis denn auch gerade in den Tagen seiner Abwesenheit einträte. Und wie, wenn er umsonst die Teilnahme an der Sitzung aufgegeben hätte! ...

Sie war, wie immer, auch in dieser Frage ihrer Tat treu. Es hing so viel daran, daß Wynfried sich erprobte, in der Welt der großen Herren der Industrie sich Zutrauen erwarb.

Aber der Schnellzug, der ihren Mann nach Köln zur Vorbesprechung und Sitzung brachte, war vielleicht eben aus dem Bremer Bahnhof hinausgeglitten und raste auf die Heide zu, als Klara nach dem Arzt schicken mußte. Sie verbot eine Rückberufung und daß man Wynfried depeschiere.

Sie mochte es sich kaum in ihren Gedanken gestehen: es war ihr lieb, ihn fern zu wissen. – Sie mußte sich ganz mühsam immer wieder klar machen, wie wichtig doch das Ereignis auch für ihn sei. – Er hatte so wenig Teil daran genommen ... Das kann ein Mann vielleicht auch nicht ... Rücksichtsvoll war er immer – und manchmal so zärtlich, als seien sie wirklich miteinander in der großen Liebe verbunden, auf die Klara noch immer wartete. –

Solchen Tag und solche Nacht hatte das Haus noch nicht erlebt. Die Doktorin Lamprecht, die nicht vom Platze wich und einigemal von der zornigen Ungeduld des alten Herrn angefahren wurde – die wußte noch: als Wynfried das Licht der Welt erblickte, hatte der selige Lamprecht chloroformieren müssen, denn die gnädige Frau lehnte es ab, auch nur den leisesten Schmerz zu ertragen, wenn die Wissenschaft ihr den ersparen könne. So war die damals im Schlaf zur Mutterwürde gelangt.

Klara wollte bestehen, was die Natur von ihr verlangte.

Es waren heilige Leiden. Sie mußten tapfer durchlitten werden. Und am siebzehnten April erhob sich aus feinstem Dunst ein Morgen voll erquickender Herbheit. Hyazinthenduft atmete von den Beeten vorm Hause auf. Der alte Herr hatte die Fenster seines Erkers öffnen lassen und belebte sich an dem zarten Frühlingszauber der Luft. Drüben überm weiten Gelände lag die Poesie der Frühe.

Gerade hinauf stieg aus den Schloten des Werkes der Rauch, wie ein Morgenopfer zur Unendlichkeit empordampft.

Feierliche Würde war in diesem jungen Tag.

Da kam Leupold wieder einmal herein – bleich, verwacht auch er.

»Ich darf Herrn Geheimrat in den Fahrstuhl helfen?«

»Was soll das? – Was willst du mit mir ...«

»Die gnädige Frau lassen bitten ...« Und er hatte ein seltsam verstocktes Gesicht.

»Meine Tochter? ... Meine Tochter?« murmelte der alte Herr verstört ... irgend ein unbestimmter Schreck wollte ihn packen, obgleich man ihm wohl an die zwanzigmal zugeschworen hatte: es steht sehr gut – keine Sorge – nein gar keine. –

Er zitterte ...

Und Leupold dachte: er wird alt! Auch in ihm war Zorn. Solche Aufregungen waren nicht für seinen Herrn – und Nächte durchwachen, wenn man streng und vorsichtig nach Regeln zu leben hat, um überhaupt zu leben ... Alles verkehrt – dieser ganze Zustand jetzt, mit einer zweiten, jungen Wirtschaft unten im Haus ... Ehedem war alles im Gleichmaß hergegangen ...

Unter solchen Gedanken half er der mächtigen Gestalt in den Fahrstuhl und schob ihn rasch zum Lift.

Der alte Herr wagte nicht zu fragen. Wenn Leupold gewußt hätte, warum Klara nach ihm rief, würde er es gesagt haben ...

Unten riß schon der hellfarbige Georg mit dem gestriegelten Blondhaar und gewaschenem Gesicht die Tür des Lift auf.

Da war auch Dienerschaft am Wege zu Klaras Zimmer ... Das Küchenpersonal, die Stubenmädchen – fast als bildeten sie eine Gasse ... Und im großen Zimmer, wo das Bild der teuren Toten lieblich ernst von der Wand herabsah, standen wieder Menschen: die alte Lamprecht, klein, grau, gebückt und selig lächelnd; und mit verdienstvollem Gesicht der dunkelblonde Doktor Sylvester mit dem Kneifer vor den hellen Augen und dem Schmiß vom Mundwinkel bis zur Wangenhälfte, der ihm einen Ausdruck gab, als sei er immer voll Verachtung. Und noch zwei unbekannte Weibswesen.

Sie ließen ihn durch ihre Reihen fahren ... Und ihm wurde immer beklommener zumute ... Sein Herz klopfte.

Die Tür zum Schlafzimmer tat sich auf. –

Da lag, im feinen, hellen Licht der Frühe, bleich ein Haupt auf weißen Kissen ... Und da lag ein Bündel, auch weiß, und aus ihm sah ein dunkles Fellchen hervor, ein ganz kleines Stück nur ...

Leupold schob ihn an das Bett. –

Aus dem bleichen Gesicht auf dem Kissen leuchteten dunkle Augen in heißem Glanz höchsten Glücks ... und die geraden, strengen Brauen waren ein wenig zusammengerückt – als seien die Nerven nach dem Krampf der Schmerzen noch nicht ganz gelöst ...

Und die junge Frau hob mit schwachem Arm ein wenig das Bündel – und nun sah man: das Fellchen war dunkles Haar.

»Der kleine Severin Lohmann,« sagte sie.

Und ihre Stimme bebte vor Seligkeit ...

Er schluchzte auf. – Dem alten Mann, der stark geblieben war in jedem Kampf und in jeder Not, zerbrach die Fassung.

Und das kleine, dunkle Fellchen in den Kissen des Bündels war ihm der wunderbarste Anblick, den das Leben ihm gegönnt ...

Die große Männerhand streckte sich aus – tastete scheu nach diesem Köpfchen, von dem man so wenig sah. Und zog sich erschreckt zurück, als habe sie Heiligstes berührt – so überfein und unfaßlich zart war das, was seine Fingerspitzen verspürten.

Dann umgriff er der jungen Mutter Hand, hob sie zu sich heran – er mußte sich mühsam vorneigen, um sie mit seinen Lippen zu erreichen ... Und er küßte sie – immer wieder – von Dankgefühl übermannt – wortlos. –

Bis Doktor Sylvester mit einem von den fremden und in geplätteter Kleider- und Schürzensauberkeit knitternden Weibswesen hereinkam und Leupold kurzerhand den Fahrstuhl rückwärts und zum Zimmer hinauszog ...

Ja, das war ein Tag! Der Geheimrat wollte durchaus schlafen, denn nun lag ihm erst recht am Leben. Aber die Aufregung ließ ihn nicht dazu kommen. Und Doktor Sylvester tröstete Leupold: es schade nicht. Man wisse ja, wie Freude für den alten Herrn bekömmlich sei.

An den beiden Torpfeilern, rechts und links von der Inschrift »Eisenhütte Severin Lohmann«, wehten Flaggen; von den Häusern der Beamten und der Villa des Generaldirektors wallten die rot und weißen und die schwarz-weiß-roten Tuchstreifen, im frischen Wind zu schönen Wellenbewegungen immer wieder neu entfaltet.

Auf die Depesche nach Köln hin kamen drei Antworten. Wynfried sagte durch den Draht seiner Frau: »Freudig bewegt sende tausend Grüße und Wünsche, am zwanzigsten bin ich wieder dort. Innigst Wynfried.«

Und seinem Vater: »Mit dir stolz und froh. Bitte täglich zwei- oder dreimal um Telegramm über Befinden. Wynfried.«

»Gottlob,« dachte der Geheimrat, von einer beglückenden Ruhe ganz erfüllt, »nun liegt die Zukunft klar und sicher da.«

Das dritte Telegramm machte ihm Spaß. Mehr noch: er schmunzelte, und ein Ausdruck freudigen Stolzes ging über sein Gesicht.

»Es lebe der vierte Severin Lohmann. Möge er des Großvaters würdiger Enkel werden. Mutter und Kind wünschen wir alles Gute. Dem hochverehrten Großvater bringen wir Glückwünsche und Gruß.«

Diese Kundgebung war von elf Namen unterzeichnet, mit dem Kreysers an der Spitze. Und jeder hatte Klang, der über die Ozeane hallte. Großfürsten der Industrie und des Handels – sie nahmen freudig teil am Dasein des winzigen kleinen Kerlchens im weißen Bündel. Sie waren stolz, daß eine der Dynastien in ihren Reihen weiterblühen sollte ...

Das wollte der Geheimrat aufheben; wenn der Junge erst lesen konnte, sollte er selbst die Depesche sehen – sie sollte ihm einst sagen: Du bist in große Verantwortungen hinein geboren. Viele Augen sehen darauf, ob du ein tüchtiger Mann wirst ...

Alle, die sein Arm nur erreichen konnte, sollten Freude haben heute.

Er bat den Generaldirektor Thürauf, als der mit seiner Frau zum Gratulieren vor dem gewaltigen Ledersessel stand, daß die sofortige Verteilung einer großen Summe an die Arbeiterschaft bewerkstelligt werde. Über eine sehr erhebliche Stiftung nützlicher Art für die Kinder der Arbeiter wolle er noch mit seiner Schwiegertochter sich beraten und ihr die Freude gönnen, am Tauftage des Kindes der Arbeiterschaft davon Mitteilung zu machen. Die wunderhübsche dunkeläugige Frau Thürauf bat er, den Schulkindern eine festliche Nachmittagsbewirtung veranstalten zu lassen, und sie, die immer von der anmutigsten Gefälligkeit war, versprach, mit ihren drei Töchtern selbst Schokolade und Kuchen in befriedigenden Mengen anzubieten.

Likowski und Marning kamen, als die von den drüben garnisonierenden Herren dem Hause nächst Befreundeten, und der Geheimrat nahm ihren Besuch an. Er hatte ja ein unersättliches Bedürfnis, Klara zu preisen, seine eigene Freude auszusprechen. Sein ganzes Wesen war verwandelt. Er war nicht mehr der große Beherrscher, der den Kopf voll von Sorgen hat. Nur ein ganz einfach glücklicher Mann war er, voll Ehrerbietung vor der Würde einer jungen Frau, voll seligen Glückes, einen Enkel zu haben.

Als die beiden Herren fortgingen, sagte draußen Stephan Marning: »Ja, dies Kind hat sich eine bevorzugte Statt ausgesucht – solche Mutter – und solche Zukunft!«

Likowski verbreitete sich über Frau Klara Lohmann. Marning solle sich gefälligst erinnern, was er, der

Hauptmann, schon für ein Urteil über Fräulein Klara Hildebrandt gehabt habe! Die Frage bleibe für ihn nur: Hatte der Gatte eine Ahnung, wer die Frau an seiner Seite sei?

Alles in Stephan wehrte sich dagegen, mit seinem Kameraden diese junge Frau und ihre Ehe zu besprechen. Er sagte nur: »O – man hat doch stets den Eindruck eines angenehmen Verhältnisses ...«

»Angenehm – angenehm!« schalt Likowski. »Den Kuckuck auch – soll er wohl gar unangenehm sein? Ich weiß nich – ich trau' ihm nich – nee – wo das mal drinn steckt – so 'ne Männer sind gerade wie die Gäule früher von der Kavallerie, als die noch Signale blasen ließ – wenn ein ausrangierter noch nach Jahr und Tag wieder das Signal ›Marsch‹ hörte, brannte er durch ... Warten wir's ab ...«

»Lieber Likowski – Sie sind ein Pessimist – in allen Dingen –« sprach er.

»Kunststück – erlebt man was anderes als Enttäuschungen? ... Die sind mein tägliches Brot ... Haben Sie die Morgenblätter schon gelesen? Hab' ich nich gleich gesagt – damals im Februar – dieser auffallende Besuch von Haldane – und dann die Pressekampagne hinterher – passen Sie auf, wir werden wieder eingeseift – na – uns, grad' uns kommt's ja zu, zu schweigen – warten – aufrecht bleiben –«

»Ich denke,« sagte Stephan Marning, um nur keinenfalls des Freundes Gedanken zu der jungen Frau und ihrer Ehe zurückkehren zu lassen, »wir haben noch Zeit – lassen Sie uns einen Rundgang durch das Werk machen – ich habe mir von Thürauf vor einiger Zeit die Erlaubnis erwirkt, nach Belieben hinein zu dürfen, und bin oft da – es regt mich unersättlich an ...«

»Fabelhaft – Ihr Interesse! ... Thürauf und der alte Herr

sagen schon: der kommt noch zu uns herüber ... Marning, das tun Sie mir nich an – nee – daß Sie um schnöden Mammon unseren Rock ausziehen ...«

»Darum? Nie!« sprach Marning ernst. »Aber denken Sie denn, daß all die Herren, die bei Krupp und sonst da und dort in die Industrie oder die Schiffahrtsgesellschaften eintraten, das immer um des Mammons willen taten? Haben Sie damals, als wir – wissen Sie noch, es war am Geburtstag der jungen Frau – als wir zuerst auf dem Werk waren – mir eine neue Welt – ja, da haben Sie selbst gesagt: wir stehen doch Schulter an Schulter ... Sie können ruhig sein, Likowski, mich wird schon kein Krupp, kein Erhardt, kein Thyssen berufen und mich vom Regiment weglocken. Ich bin ein gänzlich unbekannter armer Oberleutnant ohne großmächtige Beziehungen. Aber das ist wahr: wär' ich nicht Offizier, möcht' ich auf solchem Werk mitarbeiten – sei's gegen noch so bescheidenen Lohn ...«

»Gottlob,« sagte Likowski zufrieden, »daß Krupp und Konsorten keinen Schimmer von Ihrer Nebenliebe haben ...«

Unterdessen kehrte bei dem alten Herrn eine Art von körperlicher Mattigkeit ein, die, weil durch seelische Beruhigung hervorgerufen, sehr wohltätig war. Früh schon wagte Leupold den Vorschlag, ob Herr Geheimrat nicht zu Bett gehen und seine Abendmahlzeit in bequemster Lage nehmen wolle.

Es schien auch, als wirke die feierliche Ruhe, die unten im Hause herrschte, durch Balken und Decken bis oben hinauf und besänftige alle Nerven.

Viel eher schon als sonst wohl erloschen alle Lichter im Herrenhaus. Leupold, der seit dem Schlaganfall des Geheimrats vor fünfviertel Jahren neben dessen Schlafzimmer seine Stube hatte, zog gerade seinen dunkelblauen Rock aus, als die elektrische Glocke noch einmal schrillte.

Dieser grelle, durchdringende Ton bedeutete zu unerwarteter Zeit immer Schreck. Heute aber begann ihm das Herz vollends rasend zu klopfen.

Denn eben hatte er mit einem abergläubischen Gedanken an die bevorstehende Nacht gedacht. Was konnte sich in ihr ereignen! Man hatte es manchmal erfahren, daß Leben und Tod am gleichen Tage in einem Hause einkehrten ... Und die unsäglichen Aufregungen, die der alte Herr durchlitten ...

Mit einem Schritt war Leupold an der Tür und öffnete.

Dunkelheit? ... Kein Laut? ... Angst befiel ihn ... seine Hand tastete nach dem kleinen Knebel neben der Tür – das Licht an der großen Lampe, die grün umhangen vom Plafond herabkam, blitzte auf.

Er sah gleich: ganz ruhig lag der Geheimrat, wie immer fast sitzend, so viel Kissen stützten ihm den Kopf. Nur die Augen sahen in heller Wachsamkeit groß und blitzend ihm entgegen.

Er neigte sich ein wenig herab – doch noch in Besorgnis, wollte fragen ...

Da packte die große Hand ihn um das Gelenk seiner Rechten. Und der alte Herr sprach: »Leupold – du weißt es seit damals – ich muß immer gerüstet sein. – Ich wollte dir nur sagen: Die junge Frau und das kleine Kind – das ist nun das Heiligste, was das Haus Lohmann hat ... Und versprich mir: so lange du hier deine Gerechtigkeit findest – überhaupt noch dienen magst – verlaß sie nicht! Das mußt du einsehen: Deine Treue für mich ist keine ganze Treue, wenn du sie nicht auch der jungen Frau und meinem Enkel gibst ...«

»Hat die gnädige Frau über mich geklagt?« fragte Leupold mit blassen Lippen.

»Nie!« sagte der Geheimrat stark. »Aber ich hab' so allerlei 'rausgefühlt ...«

Leupold stand beschämt, daß sein Herr ihn durchschaut habe. Und er sah wieder die junge Mutter auf dem weißen Kissen und das Bündelchen in ihrem Arm. Er war ja immer Zeuge vom Leben seines Herrn, und so schnell er sich auch heute morgen zurückgezogen hatte – den von Glück bebenden Ton vernahm er doch noch, mit welchem die junge Mutter sprach: »Der kleine Severin Lohmann.« – Da war doch auch über sein etwas vertrocknetes Junggesellenherz eine weiche Welle hingegangen – fast wie Rührung.

Er sprach in einer wunderlichen Mischung von Verstocktheit und Ergriffenheit: »Die gnädige Frau und der kleine gnädige Herr sollen sich auf mich verlassen ...«

Der Geheimrat war von einem beklemmenden Aberglauben befallen gewesen. – Man hat es zuweilen erfahren, daß Leben und Tod ein Haus am gleichen Tage suchen ... Deshalb konnte er sich nicht der Dunkelheit und der Nacht geduldig und vertrauensvoll ergeben. – Er mußte der geliebten Tochter und dem Kinde noch einen Treuen werben.

Nun aber löste sich alles in einem frohen Auflachen.

»Der kleine gnädige Herr! Schafskopf – wir sind keine Fürsten. Denkst so ungefähr: Seine Hoheit der Erbprinz haben geruht, seine Windeln voll zu – – – na ... Wie ich meine Tochter taxier', lehrt sie den Jungen feste erst mal gehorchen – auch dir! ... Der kleine ›gnädige Herr‹ ...«

Er hatte einen großen Spaß und sah im Geist das dunkle

Stück Fell in den Kissen.

So trennten sich Herr und Diener mit einem glücklichen, humorvollen Lächeln. –

Am zwanzigsten kam Wynfried von Köln zurück. Einige Minuten nach sechs Uhr abends traf der Zug in Lübeck ein; das Auto war am Bahnhof; um sieben raste es auf das Hüttenwerk zu und hielt vor dem Herrenhause.

Klara hörte den Ruf der Hupe – hohl und dunkel.

Sie wartete sehr auf ihren Mann. In einer Art von Neugier – in Angst – in Enttäuschung. – Niemals hätte sie genau sagen können, in was für Empfindungen. Bald sprach die eine stark und bald die andere.

Von der Mutterschaft hatte sie eine ganze Umwandlung ihres seelischen Daseins erwartet.

»Über gar nichts im menschlichen Leben werden so viel überspannte, hochgeschraubte Phrasen geschrieben wie über das Wunder der Mutterschaft,« dachte Klara. »Das tun wohl Männer, die sich nur konstruieren können, was wir innerlich erleben – und Frauen tun es, die selber niemals ein Kind hatten.«

Sie war ganz dieselbe geblieben, die sie vorher gewesen. Nur eine verzehrende unendliche Liebe zu dem winzigen Geschöpfchen war in ihrem Herzen und erweiterte es gleichsam – als sei ihm ein Stück hinzugewachsen ...

Sonst hatte sich nichts verändert ...

Und sie war so getragen gewesen von dem Glauben, daß das Kind in ihr eine heiße Dankbarkeit für den Vater, eine neue, nun wirklich leidenschaftliche Neigung zu dem Vater mitbringen werde – wie ein Geschenk aus den dunklen Untergründen des Daseins.

Nichts davon ... Alles war wie bisher. – Eine kleine Neugier war hinzugekommen, was Wynfried sage, wie er sich in die neue Würde schicken könne – die ihm vielleicht – Klara ahnte es – nicht so ganz zusagte ...

Aber wenn sie ihn nur erst sähe! An dieser Schwelle eines neuen Lebensabschnittes voller Pflichten mußten sie sich von Auge zu Auge verstehen – ein Blick war mehr als alles Begrübeln ...

Nun schrie die Hupe zweimal auf –

Klara wurde erregt. Das sah die Wärterin und mahnte mit der bevormundenden Familiarität solcher Frauen in solcher Lage. »Sie wissen so viel mehr als die jungen Mütter, die ihre Schülerinnen werden, und das neue kleine Leben ist ihnen anbefohlen – da werden sie naiv überheblich,« dachte Klara oft.

Die alte Doktorin Lamprecht, die sich dem Wahn hingab, sie pflege Klara mit, und sich nur wichtig in allen Räumen des Hauses zeigte, kam herein. Wynfried meine, nach sieben Uhr werde er hier wohl nicht vorgelassen ... Die gute Alte trug das in einem neckischen, zärtlichen Ton vor, der Klara wehtat, als sei er voll verborgener Taktlosigkeiten. – Klara sah an ihr: greise Menschen haben, wohl aus Bedürfnis zum Frieden, so leicht rosige Phantasien und ein so kurzes Gedächtnis ... Und die alte Frau tat längst schäker- und schäferhaft, wenn sie von Klaras Ehe sprach – deren Grund sie doch kannte ...

Die geraden Brauen über den dunklen Augen rückten näher zusammen – Klara sah nervös aus – als schmerze sie etwas –

»Ich möchte meinen Mann sofort sehen,« sprach sie etwas kurz.

Und dann trat er ein. Niemand war zugegen. Die Vorhänge hatte man zurückgezogen, da die Sonne schon zu tief im Westen stand und ihre Strahlen diese Fenster nicht mehr erreichten. Es war hell.

Und wie durch eine Eingebung erriet die junge Frau, daß der Mann mehr unsicher, mehr verlegen war als gerührt und erhoben ...

Er kam mit raschen Schritten auf das Bett zu – neigte sich herab und küßte Klara –

Sie sah ihn an – tief – tief. – Er lächelte dem Blick zu, der ihm doch fast unbehaglich war ...

Er fragte alles, was sich nur bei diesem Wiedersehen aus dem Ereignis ergeben konnte. Und er küßte Klara zwischendurch wohl viermal die Hand und streichelte leise ihre Wangen –

Seine Herzlichkeit, seine Freundlichkeit war voller Rücksicht – wie sie es immer gewesen war, und nicht anders ...

Nein – nicht anders ...

Auch in ihm hatten sich keinerlei Wunder begeben –

»Willst du ihn nicht sehen?«

Gehorsam stand Wynfried auf und ging an das Bettchen, nahm mit vorsichtigen Fingern ein wenig den blauen Seidenstoff und die Spitzenüberhänge auseinander, atmete einen Dunst von neuem Flanell und lauer Wärme ein, der ihm gräßlich war, sah ein Stückchen Schädel mit dunklem Haar, schloß die Falten wieder zusammen und sprach: »Entzückend – hoffentlich sieht er dir ähnlich – ja – so'n Baby – das ist nun mehr was für Frauen –«

Und dann: »Aber ich darf nur fünf Minuten hier bleiben –
die Lamprächtige hat es so befohlen …«

Er küßte ihr die Stirn.

»Ich bin rasend stolz, daß es ein Junge ist – und Vater ist
ja wohl außer sich …«

»Ja,« sagte Klara, »Vater freut sich …«

Ganz einfach sprach sie das – jedes große Wort, jede
Aufwallung und Erschütterung blieb aus. –

Es war sehr alltäglich …

Und die junge Frau war wieder allein. Sie schloß die
Augen und drehte den Kopf zur Seite – sie heuchelte
Schlummer, um nachzudenken.

Und sie konnte doch eigentlich gar nichts denken.

Wenn auf Monate abergläubischen Hoffens fünf
nüchtern-nette Minuten kommen …

Das macht das Herz still –

Alles war dasselbe geblieben –

Klara wußte nun, daß sie ihre Tat der Dankbarkeit unter
Verzicht auf jedes wahre Herzensglück durchführen
mußte …

Nun ging das Leben bald wieder in den Alltag hinein,
und nach einigen Wochen war man es schon gewohnt, daß
eine neue Hauptperson vorhanden war, die meist schlief und
zuweilen überaus kräftig schrie. Auch eine pompöse Amme
in Mecklenburg-Strelitzer Tracht, in schwarzem Mieder mit
buntem Brusttuch und weißen Hemdärmeln, mit rotbuntem
Rande um den schwarzen Rock, sowie einer goldenen
Haube, daraus weiße Tüllteile sich künstlich gesichtswärts

bogen, hatte die Zahl der Hausbewohner vermehrt.

Denn Wynfried bestand sogleich darauf, daß man ein solches Wesen suche. Er erklärte dem Doktor Sylvester und seiner Frau, daß es ihm einfach gegen sein ästhetisches Gefühl gehe, wenn Klara den Jungen selbst nähren wolle. Er kümmerte sich sonst um nichts. Aber in diesem Punkte war er fest. Doktor Sylvester stritt energisch für das Natürliche. Aber über Klara kam auf der Stelle eine ihrem Wesen sonst fremde Mattigkeit. Sie konnte nicht kämpfen.

Sie hatte nur ein dumpfes Gefühl von einer unüberbrückbaren Verschiedenheit in großen Dingen. –

Sie mußte den stillen Mut haben, ein Opfer zu bringen. Über Wynfrieds Wünsche durfte man nicht hinweggehen – sie nicht, deren Aufgabe es war, einen Mann aus ihm zu machen – und sie spürte: hier war es ihm ein Bedürfnis, sich als Gebieter zu fühlen.

Er kümmerte sich sowieso wenig um das Kind. Ärgerlichkeiten sollten in ihm nicht aufkommen.

Bald bemerkte Klara, daß ihr Mann entweder die Veränderung im Familienleben als einen Abschnitt ansah, der ihm mehr Freiheit zurückgebe, oder daß er die letzten Nervositäten abschüttelte, die ihm noch angehaftet.

Er zeigte allerlei neue Interessen und eine frischere Stimmung von der erfreulichsten Ausgeglichenheit.

Unfern der Anlegebrücke, zu der die von Hainbuchenhecken geleitete Sandsteintreppe hinabführte, ankerten nun ein Motorboot und eine seegehende Schonerjacht. Hart an der Brücke schaukelte an seiner eisernen Kette das kleine Beiboot, mit dem man in ein paar Ruderschlägen zu den beiden Fahrzeugen kommen konnte.

Das Motorboot war viel größer und eleganter als das der Baronin Agathe Hegemeister. Es hatte in der Mitte eine Salonkajüte, aus deren rotgrauen Samtsofas man leicht Bettstatten schaffen konnte. Eine Kombüse und ein kleiner Toilettenraum schlossen sich an. Größere Ausflüge, mit Übernachten an Bord, ließen sich nötigenfalls im Motorboot ausführen. Es hieß dem Kinde zu Ehren »Severin«, während die Jacht den Namen »Klara« trug.

Die war schneeweiß und wirkte neben dem von Benzin getriebenen Mahagonigefährten südlich-kokett. Ihr Deck, von schmalen Pitschpinebohlen, strahlte von Glätte und Sauberkeit. Sie besaß im Raum eine Hauptkajüte, eine Damenkajüte, wo drei Damen es nicht allzu eng haben würden, Kombüse und große Mannschaftskojen, war also zu größeren Küstenreisen durchaus eingerichtet und seetüchtig, auch in den Sunden und Belten der holsteinischen und dänischen Gewässer zu kreuzen.

Ihre Mannschaft trug krebsrote Sweater zu weißen Hosen und krebsrote Zipfelmützen. In dieser munteren Tracht sah man sie wie Spring- und Kletterwesen an den Masten und mit den bleichgelblichen Seidensegeln flink hantieren. Sie wurden von einem »Schiffer« kommandiert, der einen marineblauen Jackenanzug mit Goldknöpfen trug und um seine Schirmmütze ein goldenes Band hatte.

Daß Wynfried plötzlich auf diesen Sport verfallen war, sagte dem Geheimrat in mancher Hinsicht wohl zu. Er sah es: nach einem Jahr des gesunden Lebens neben einer Frau, die ihm Achtung abforderte, in immer regelmäßiger werdender Arbeit, war seinem Sohne ganz einfach das zurückgekommen, was er in tollen Jahren verloren gehabt hatte: die gesunde Jugendkraft.

Und wenn sie sich im Sport betätigen wollte, konnte ihr hier, in der Nähe von Travemünde und dem berühmten

Segelwasser der Lübecker Bucht, keiner verlockender scheinen als dieser.

Er freilich hatte dergleichen nie gebraucht, um sich zu erholen.

Diese seine Randbemerkung fand Klara etwas ungerecht und zu sehr: einst gegen jetzt.

»Solche Arbeitsgenies wie du sind auch selten. Außerdem: alles liegt anders jetzt. Der Mann von heute wird ja durch seine Arbeitsstunden so gepeitscht, daß er Ausgleich für seine Nerven haben muß, wenn er sich nicht zu früh verbrauchen soll. Du, Vater, und all die deiner Generation – ihr seid so nach und nach in das Hetzen hineingewachsen. Heut fängt's ja schon für die Kinder mit dem Telephon an. Ich meine: Gottlob, daß Wynfried die Erholung im Sport sucht.«

»Ja – gottlob,« dachte der Geheimrat. »Wenn er alle Augenblick nach Berlin oder Hamburg führe, um sich zu erholen ...«

Sicherlich, das hätte sein Vaterherz geängstigt – obgleich – Nein! Nein – solche Frau – und einen Sohn in der Wiege – da war wohl keine Gefahr mehr.

Klara fuhr fort: »Du hast mir einmal erzählt, daß seine Mutter sehr vergnügungssüchtig gewesen sei, und es hier nie lange aushielt. Sieh – es rumort doch gewiß auch etwas vom Blut seiner Mutter in ihm und will durch Abwechslung und Freude beruhigt werden. Wollen wir nicht dankbar sein, daß er sie in der Natur sucht?«

»Nimm ihn nur in Schutz,« sagte der alte Herr weich. Lieberes konnte er gar nicht hören. – –

Die Taufe wurde mit einem großen Mittagessen gefeiert, zu

dem von allen Seiten her, aus dem Mecklenburgischen und Lübeckischen, die Freunde des Hauses gefahren kamen.

Tags zuvor sprach Agathe Hegemeister endlich wieder vor. Sie war solange fortgewesen. Nun kam wie eine Erlösung diese Tauffestlichkeit. Agathe hatte ihren Eltern klar machen können, daß sie dabei nicht fehlen dürfe, ohne ihre intimste Freundin Klara schwer zu kränken. Und Agathe war beinahe schon umgekommen in dem Berliner Vorort. Man hatte den Eindruck, daß die Eltern der blonden Baronin sehr darauf bestanden, ihre Tochter jeden Frühling acht Wochen bei sich zu haben, weil sie wünschten, der Welt ein inniges Verhältnis mit ihr vorzuführen. Agathe konnte mit ihrer treuen Gerwald so oft nach Berlin hineinfahren, wie sie wollte, und dort nach Gefallen einkaufen und Geld vertun. Aber es sei dennoch immer eine versteckte Gefangenschaft, klagte sie der Freundin vor.

Ganz abgesehen von der beständigen Sehnsucht nach dem Einen, Bewußten, wegen dessen Kälte sie noch vor Gram sterbe. Klara werde es nicht glauben: keinmal, kein einziges Mal habe er geschrieben – sie habe keine Hoffnung mehr.

»Aber der Gram und die Hoffnungslosigkeit sind dir glänzend bekommen,« meinte Klara.

»Ich bin eine von den unglücklichen Konstitutionen, denen man ihren geheimen Jammer nie glaubt,« sagte Agathe bekümmert.

Aber dann raffte sie sich wieder auf und schwor, den Undankbaren mit Kälte zu strafen.

Als sie wieder fort war, dachte Klara sehr verwundert, daß ihre »intimste Freundin« nicht einmal nach dem Kind gefragt habe – nicht einmal verlangt, es zu sehen – merkwürdig!

Aber Klara nahm es nicht übel. Ebenso gut hätte man einer Rose Vorwurf daraus machen können, daß sie nur Schönheit und Duft habe und sonst zu gar nichts nötig sei.

Am anderen Tag freilich – es mochte diese Unterlassungssünde Agathen selbst schwer auf die Seele gefallen sein – fand sie den Täufling süß und reizend und kokettierte auf das unschuldigste und stärkste über das festliche Steckbett in den Armen der Amme hinweg mit dem Vater, ihm zuschwörend, daß Severin der Vierte ihm fabelhaft ähnlich sehe.

Wynfried verbat es sich lachend und meinte: etwas jünger und hübscher glaube er denn doch auszusehen als sein acht Wochen alter Sohn, und mehr Haar habe er denn doch auch noch.

Das dunkle Fellchen war schon verschwunden, und ein kahler, unverhältnismäßig großer Kinderschädel ist nie schön.

Aber Klara, die gerade dabei stand, dachte doch, etwas peinlich berührt, ja beleidigt: »Sehen sie denn nicht die Augen – nicht diese Wundertiefen darin? ...«

Niemand blieb bei der Taufhandlung ungerührt, als Klara selbst ihr kleines Kind auf die Knie des Großvaters legte, der es mit scheuen Händen festhielt.

Durch manches Herz zog eine Ahnung von dem, was der gebändigte alte Riese wohl in diesem Augenblick empfinden möge.

Feierliches Schweigen aller Anwesenden trug die pastorale Stimme des einen, der hier zu sprechen hatte.

Die Sonne schien herein, über eine ganze Wand von Grün und Blumen kamen die goldenen Strahlen und umglänzten den Pastor und den Alten im Fahrstuhl mit dem kleinen Kind auf dem Schoß, von dem feine Stoff- und Spitzenfalten gleich einer Schleppe niederhingen.

Auch auf die braunen Haare des geneigten jungen Frauenkopfes fiel noch der leuchtende Schein.

Stephan Marning stand irgendwo in den gedrängten Reihen der Taufgäste. Er hatte aber den Blick frei auf diese umstrahlte Gruppe vor dem improvisierten Altar.

Sein Herz klopfte – er wurde selbst davon überrascht, so jäh begann dies schnelle Schlagen.

Dies junge Weib! Wie es ihn bezwang, wenn er sie sah ...

»Warum hatte sie ihn geheiratet?« fragte er sich zum unendlichsten Mal.

Er wußte: Der Geheimrat hatte sie unterstützt nach dem Tode ihrer Eltern. Für einen so reichen Mann gegen die Waise eines einstigen Beamten eine brave, aber keine so große Tat, daß die Empfängerin der Wohltat sich dafür hinopferte ...

Sein Blick ließ nicht von diesem braunen Haar, nicht von diesem edlen Gesicht mit den dunklen Augen, über denen die geraden Brauen etwas zusammengerückt waren wie in einem geheimen, unendlichen Schmerz.

Und die Kraft seines Blickes drang in die Seele der jungen Frau. Sie hob, als rufe sie wer, ein wenig das Haupt, sah auf – und sah in das große, sprechende Auge des Mannes.

Sie erblaßten beide.

Klara senkte die Lider – ein leises Schwanken schien durch ihre Gestalt zu gehen.

Ihn überfiel ein seltsamer Zustand. Es war eigentlich kein

Entsetzen, kein Sturm fassungsloser Aufregung.

Nichts war deutliches Denken oder eingestandene Erkenntnis.

Endlich klärte sich die dumpfe Verwirrtheit zu dem Gefühl: »Ich muß fort ...«

Ja, fort – sich versetzen lassen – an die russische oder französische Grenze – wo man fern von allen Erinnerungen, aller Kultur ist, wo man nichts hat als das wachsame und lauernde Warten auf den Krieg ...

Nachher, bei Tisch, fand er Agathe neben sich, die der Hausherr in einer Art von spöttischer Gelegenheitsmacherei an seine linke Seite gesetzt hatte. Und Agathe blühte in ihrer üppigen Schönheit lockender als je. Aber sie mußte einsehen, daß ihre Liebe verschwendet sei. Heute lösten sich auch die letzten Illusionen in einen trüben Nebel auf – und der hieß: Entsagung.

Ihr ganzes Gemüt war voll von Tränen, die sich hier nur nicht laut herausschluchzen ließen.

Aber Zorn war nicht in ihr. Sie dachte, voll Rührung über sich und ihre weiche Natur: »Hassen kann ich ihn nicht ...«

Nein – das lag ihr nicht.

Und ihr war gewissermaßen so zumut, als könne sie ihn, abschiednehmend, segnen. Wobei vielleicht im Unterbewußtsein doch noch ein unsterbliches Fünkchen Hoffnung glomm, daß ihre demütige Weiblichkeit ihn dennoch bezaubern werde.

Nach Tisch war man im Garten, der hinterm Hause schon mehr Park genannt werden konnte mit seinen weiten Rasenflächen und seinen großen Baum- und Gebüschgruppen.

Es war die Zeit der langen Tage, an die sich helle, kurze Nächte schlossen. Von dämmerigem Frühlingsabendzauber konnte man deshalb nicht sprechen, und zur Sentimentalität lud das blaue Licht nicht ein. Zwischen den Wipfeln und über den Büschen sah man die Schornsteine und die Burgen der Hochöfen herüberragen, und vor dem Abendhimmel stand der Dunst, der die Welt des Feuers und des Eisens immer überschwebte. Glühender Schein glänzte geheimnisvoll auf.

Vom Fluß herauf schrie die Sirene eines Dampfers, man sah auch eine Schlange von Rauch in der Luft liegen, die langsam weiter und meerwärts gezogen wurde.

Das alles sprach zu der jungen Frau und tat ihr wohl und schien ihr beruhigend zu sagen: Dein Bereich ist nicht von einem Erdbeben zerstört, und du selbst stehst fest noch mitten darin.

Nur nicht wieder diesen großen, sprechenden Blick sehen. Nie wieder – darin war etwas gewesen – was? Großer Gott – was denn?

Entsetzte sie sich nicht vor einem Phantom?

Und als sie einmal sah, daß ihr Mann mit Agathe, Likowski, Marning und der rothaarigen, nicht mehr so völlig entzückend häßlichen Edith Stuhr zusammenstand, ging sie mit sicheren Schritten auf die Gruppe zu. Wynfried verabredete gerade Segelpartien, zur Vorbereitung auf die Travemünder Woche. Denn wenn auch die »Klara« sich mit den Jachten ihrer Klasse, des Kaisers »Meteor« und der Kruppschen »Germania«, noch nicht in einen Wettkampf einlassen konnte, weil Schiffer, Mannschaft und Besitzer sie noch zu wenig kannten, so wollte man doch bemerkt werden und als neue Erscheinung einen sehr guten Eindruck machen. In allen Sportzeitungen war es schon in freundlichen Notizen begrüßt worden, daß Herr Wynfried Severin Lohmann die auf der Germaniawerft erbaute Jacht erworben habe.

Fräulein Edith, deren Häßlichkeit schärfere Linien bekommen hatte, tanzte vor Begeisterung. Sie war zu allem bereit – wollte eine Art freiwilliger Schiffsjunge werden, und weder Sturm noch Gefahr sollten sie erschrecken. Papa würde einfach nicht gefragt, damit ihm nicht etwa beikäme, es zu verbieten. Auch Agathe klatschte in die Hände: Ja, ja! Das konnte sehr lustig werden.

»Was? Die gräßliche Natur! Das langweilige Meer! Plötzliche Geschmacksänderung?« spottete Likowski.

»Ach – Sie! So 'n rauher Kriegsmann versteht nichts von den Wandlungen einer Frauenseele.«

»Na, es freut mich immerhin. Natur – das ist doch wenigstens kein schlechter Geschmack!«

»Das sagt er mir! Als hätte ich je solchen!« rief Agathe empört.

Likowski lehnte für seine Person ab, an den Fahrten teilzunehmen, und sagte auch gleich – weil er wußte, er half damit dem Kameraden – daß es Marning wohl ebenso ergehe. Denn wie lagen die Dinge? Sie lagen so, daß es noch in diesem Sommer zu etwas kommen werde! Sein Vetter, der Kapitänleutnant, war der gleichen Ansicht. Vor dem Herbst! Denn im Spätherbst lassen sich die Engländer auf nichts mehr ein. Wir sind ihnen mit unseren Torpedobooten überlegen, und deren erfolgreichstes Feld ist: dunkle Herbstnächte. Das wissen sie da überm Kanal. Nein, in solchen Zeiten und wo alle Nerven vor gespannter Erwartung bebten, da hatte er keinen Sinn für Sport.

»Ach Unsinn, es geht nie los,« sagte Edith, zog höchst

vertraulich Wynfried am Arm etwas beiseite und flüsterte: »Laden Sie nicht Hornmarck ein, lieber Lohmann. Nein – nicht? Ich will auch schrecklich nett gegen Sie sein sein – aber lassen Sie Hornmarck weg. Ich bin so bange, daß er anhält ... Das wär' zu peinlich – wo man sich hier doch immer gegenseitig auf der Pelle sitzt. Er will ja woll nich begreifen: Das war doch bloß so 'n Backfischstadium.«

Alle hörten es.

»Nee,« sprach Likowski. »Keine Bange nich, Fräulein Edith. Hornmarck hat mir noch gestern gesagt, er heirat' bloß, wenn er 'ne sehr gediegene, weibliche, schöne Frau kriegt – –«

»Na,« lachte Edith, »also grad' so 'n Mädchen, wie ich bin.«

Und alle lachten mit.

Klara hatte ein Gefühl: wie tut das wohl, all diese Banalitäten – es schien so zu beweisen, daß nichts aus den Fugen sei. Und sie sagte, daß sie gelegentlich auch mitsegeln werde, in der Regel freilich sei sie durch ihr Kind und ihren Schwiegervater gebunden. Und sie horchte dem Klang ihrer Stimme nach, und er war ihr wie ein fremder Ton.

Sie fühlte: das große, sprechende Auge sah an ihr vorbei. Und sie hätte nicht gewagt, seinen Blick zu suchen.

Welche qualvolle Unerklärlichkeit – was stand denn zwischen ihr und ihm? Sprach sie nicht oft heiteren Gemütes mit ihrem Schwiegervater von diesem Mann – gerade ihn vor allen preisend und glücklich dem Lobe horchend, das der alte Herr für ihn hatte?

Und wenn sie dann mit ihm zusammen war, brannte in ihrer Brust diese nervöse Angst? Der Entschluß wallte in ihr auf: ihn nicht mehr sehen ...

Und ihr war, als müsse sie schon jetzt auf der Stelle fliehen.

Sie sprach etwas undeutlich davon, daß es die Zeit sei, wo sie dem Schwiegervater Gute Nacht sagen müsse ... er zog sich ja immer früh zurück ... Sie lief, als peitsche sie wer. Und kam atemlos im Hause an und fuhr hinauf.

Der alte Herr war still. Nicht müde – aber als sei er satt vom Tage. Er mochte gern noch einsam bedenken, wie reich er nun geworden.

Da kam die junge Frau.

»Kind,« schalt er, »so außer Atem ... Und so elend siehst du aus – was ist denn das? Ich dachte schon immer bei Tische: was hat denn Klara?«

Sie legte ihre Wange sacht auf seinen Scheitel und ihren Arm um seine Schulter.

»Es war wohl ein bißchen viel,« sagte sie leise, »ich hätt' die Feier lieber im kleinen Kreis gehabt.«

»Ich auch, aber das ist Wynfried. Man muß ihm zu Willen sein.«

»O ja – immer – immer,« sprach Klara.

Ganz unbeweglich, auf das Haupt des Alten geneigt, stand sie – lange – lange.

Wie tat das wohl – gab solchen Frieden.

———

An diesem Abend verlobte sich das älteste Fräulein Thürauf doch noch mit Herrn von Brelow. Er bat den Generaldirektor und seine Gattin um ein Gespräch. Und auf einem etwas melancholisch von einer Traueresche überhangenen Sitzplatz, im nüchternen Schatten, wurde die Angelegenheit verhandelt. Der Freier in seiner schönen, aristokratischen Erscheinung, mit den schon angegrauten Schläfen und dem sorgenvollen Ausdruck, sprach: »Ihre Luise, meine gnädige Frau, und ich, wir haben uns lieb. Ich weiß, daß Luise auf keine Mitgift zu rechnen hat. Sie sprachen es so oft aus, Herr Generaldirektor, und auch Luise hat es mir so ausdrücklich bestätigt, daß wir von vorneherein wissen: wir müssen mit dem bescheidenen Los zufrieden sein, das ich ihr bieten kann. Und da Ihre Tochter in ihrer prachtvollen Charakterfestigkeit und anspruchslosen Art mir gesagt hat, sie könne ohne Luxus leben und bewerte eine herzlich-friedliche Ehe höher als Glanz, so hoffe ich, daß Sie, Herr Generaldirektor, und Sie, gnädige Frau, uns Ihre Einwilligung nicht vorenthalten werden.«

Die wunderhübsche Frau drückte sogleich gerührt mit der Linken ihr Spitzentüchlein gegen die Augen, während sie mit ausdrucksvoller Geste ihre Rechte Herrn von Brelow entgegenstreckte, die er verehrungsvoll küßte.

Der Generaldirektor besah seine Hände, schien zwei Sekunden nachzudenken, schlug plötzlich die kühlen Augen auf und hatte ein leises, ironisches Lächeln.

»Darf ich als Vater ein wenig präzisere Angaben über dies bescheidene Los erbitten?«

Herr von Brelow errötete. Er war aus stolzem Hause. Sein Vater hatte es herabgewirtschaftet. Dies war kein kleiner

Augenblick für ihn. Als Mann von Herz und Ritterlichkeit hätte er lieber erklärt: »Ich biete Ihrer Tochter eine große Stellung.«

Und er mußte sagen: »Der junge Graf Prank ist erst dreiundzwanzig Jahre alt, von robuster Gesundheit, unheilbarer Idiot. Das wissen Sie. Ich darf hinzusetzen: Vormünder und Agnaten sind mit meiner Administration so zufrieden, daß ich meine Stellung als lebenslänglich ansehen darf. Sie wissen auch, daß Schloß Prankenhorst verschlossen dasteht und daß ich das Kavalierhaus als Wohnung habe. Es ist geräumig und würde, völlig eingerichtet, meiner Familie eine durchaus standesgemäße Häuslichkeit bieten. Ich habe frei: ein Reitpferd und zwei Wagenpferde. Ferner alle Erträgnisse des sehr großen Gemüsegartens und für die Hauswirtschaft ein natürlich abgegrenztes Quantum von allem, was der Stall, die Meierei und die Scholle tragen und die Jagd bringt. Was ich dazu an barem Gehalt habe, ist freilich so bescheiden, daß ich die Ziffer vor einem Mann, wie Sie es sind, nicht aussprechen mag. Aber Luise kennt sie und meint, wir würden uns durchaus damit einrichten – sie will gern sparen.«

Das ironische Lächeln auf dem klugen Gesicht des Zuhörers war noch deutlicher geworden. Aber es war nicht von jener Art Ironie, die verletzt – Frau Thürauf kannte dies Lächeln. Und es weckte auf ihrem Gesicht den Reflex strahlender Vorfreude.

»Sie sind Idealist, Herr von Brelow,« begann er. »Aber glauben Sie nicht, daß wir Männer der Großindustrie und der Naturwissenschaft dafür kein Verständnis hätten – wir brauchen selbst einen starken Posten Idealismus – ohne den kann kein Sterblicher schaffen. Aber immerhin! An Ihrer Stelle würde ich doch eine große Mitgift, eine wohlhabende Heirat gesucht haben. Natürlich, ich bin kein armer Mann –

aber Luise hat zu viel Herz, und Sie, taxier' ich, zu viel Vornehmheit, um auf eine Erbschaft zu rechnen, die noch zwanzig Jahre und länger ausbleiben kann.«

»Ich sagte schon: wir haben uns lieb, Luise und ich,« antwortete Brelow kurz, ja schroff.

»Also denn ja – und von ganzem Herzen. Und ich sehe: meine Frau brauche ich nicht zu fragen, ob sie auch einverstanden ist!«

Er stand auf. Denn er sah zwischen dem Gebüsch, das den Weg zu diesem tristen Winkel geleitete, die Gestalt seiner Ältesten herankommen. Brelow erhob sich auf der Stelle auch.

»Da kommt Luise. Und noch etwas, Herr von Brelow – halten Sie mich nicht für 'n Schauspieler oder Poseur. Meine Frau und ich waren eins darin: die Kinder bescheiden erziehen! – Zu große Gewohnheiten haben noch keinem Menschen das Leben erleichtert – und die Gefahr lag zu nah: daß mal Mitgiftjäger sich 'ranmachen könnten. Meine Mädels taugen was! Das darf ich sagen! Sie sollen aus Liebe geheiratet werden – nicht als Eisenprinzessinnen auf 'n Heiratsmarkt kommen. – Na – und ich seh' ja nun – Sie und Luise – Sie wollen zufrieden sein mit den Früchten des Feldes ... Schön, sehr schön! – Aber ich möchte denn doch, daß es die Früchte der eigenen Felder meines Schwiegersohnes wären. Ich denke, wir lassen mal durch 'n geschickten Mittelsmann anklopfen, ob der Herr Kommerzienrat Silberling, der jetzt Ihr Stammgut hat, mit sich reden läßt ...«

Da war auch schon Luise und hing an ihres Vaters Hals, und Brelow stand bleich vor freudigem Schreck.

»Bitte, bitte,« wehrte der Generaldirektor lächelnd ab, »es ist keine Mitgift! – Ich bin und bleibe ein Mann von Wort –

schon allein, um dem dicken Pankow nicht den Triumph zu gönnen – durchaus: keine Mitgift! – Bloß Hochzeitsgeschenk.«

Aber als nachher das Brautpaar etwas steif und von der neuen Lage innerlich sehr glücklich bedrängt, jedoch äußerlich verlegen die Glückwünsche der Gesellschaft empfing, hatte Herr von Pankow doch sein Pläsier.

Er stieß mit dem Zeigefinger mehrere Löcher in die Luft, in der Richtung auf des Generaldirektors Weste zu, und lachte: »Was diese Eisenbarone kokett sind! – Ich wollte unserem Freunde Thürauf schon 'n Platz im Pankower Männerarmenhaus reservieren ... Na und nu hat es sich doch so zusammengeläppert, daß Fräulein Luise 'n kleines Rittergut zur Hochzeit kriegt. Hören Se mal, Thürauf: nehmen Se mir Pankow ab und geben Se mir Ihren Posten.«

Und still bei sich dachte der dicke, joviale Mann: »Brelow hat's natürlich gewußt, daß es Schwindel war mit dem Gerede von: keine Mitgift und so ...«

Klara umarmte die vor Glück ganz unsichere Braut. Und dachte immerfort: »Sie lieben sich – sie lieben sich! ...«

Und es schien ihr ein Wunder, daß zwei aus Liebe sich zusammenfinden durften. – –

Von nun an sah man jeden Nachmittag die weiße Jacht mit den gelbbleichen Seidensegeln und der flinken Mannschaft in den krebsroten Sweatern die Trave hinabkreuzen, durchs Wyk, an Travemünde vorbei, hinaus in die freie Bucht, wo am Horizont sich Himmel und Meer trafen. Bei Flaute schleppte das Motorboot seinen koketten Bojennachbarn weit hinaus.

Der Geheimrat sah es mit Staunen, daß der Juniorchef Wynfried Severin Lohmann jeden Nachmittag die Zeit dazu hatte ... Und er sah auch, daß sein Sohn in der frischen Seeluft, dem köstlichen Sport, geradezu in erneuter Mannesschönheit aufblühte.

Er sprach mit Thürauf. Und der Generaldirektor gestand, daß Wynfried mit einer genialen Leichtigkeit und Raschheit arbeite, die denn doch das väterliche Erbe sei. Ja, es gehe ihm alles noch flotter von der Hand – als schüttle er es nur so aus dem Ärmel. Bei Beratungen traf er rasch den Kern der Dinge, auf die es ankam.

Was konnte sein Vaterherz mehr erfreuen! Und dennoch – ihm schien, als halte Thürauf irgend etwas zurück – das war sonst nicht seine Art.

Er sprach auch mit Wynfried selbst.

Der lachte.

»Vater, du bist doch kein Programmensch. Auch die Art des Arbeitens ist was Individuelles. Weißt du, mir hat immer der große Gelehrte imponiert – Robert Koch soll's gewesen sein – der sich sein Leben so einteilte: acht Stunden Arbeit, acht Stunden Schlaf, acht Stunden Vergnügen. Kann man seine vierundzwanzig Stunden klüger einteilen?«

»Gewiß nicht,« gab der Geheimrat zu; und mahnte sich in Gedanken: »Gerecht bleiben!«

Weil sein eigenes Leben das eines Stiers im Joche gewesen war, brauchte seines Sohnes Dasein nicht ein ebenso brutales, unaufhörliches Ringen mit der Arbeit zu sein. Und sein Sohn hatte ja auch eine liebe, holde Frau – ein Glück in der Ehe – das hatte er doch?

Dem alten Mann war seit einiger Zeit der Ausdruck in den strengen Zügen dieser jungen Frau so rätselhaft.

Was am Tauftage ihm zuerst so bänglich aufgefallen,

dieser Zug von Abspannung, der fast nach verborgenem Leid aussah, der schien so tief eingezeichnet, daß er nie mehr wich.

So sieht das Glück nicht aus ...

Er nahm sich zusammen, hörte zu, was sein Sohn in fröhlich flottem Ton weitersprach.

»Ich kann wohl sagen, es macht Spaß, wenn man da so auf dem Werk sich abhetzt – rasche Entschlüsse fassen muß – das prickelt – – Spannung und Wagnis ist dabei – grad' wie beim Segeln – man sieht die Böe kommen – es heißt Umlegen – ja, da kommt es auf die Sekunde an – Geistesgegenwart ist alles. In den Fingerspitzen muß man's haben, wann das Tau locker zu geben ist – und hart an der Gefahr des Kenterns vorbei – dann hat man so recht ein Gefühl von Lebensfülle.«

Plötzlich wußte der Geheimrat, was Thürauf in seinen Äußerungen nicht mit vorgebracht hatte.

Das Sportgefühl, mit dem Wynfried der Arbeit gegenüberstand! ... Sie war ihm keine heilige Sache. War nebensächlich.

»Nun,« sagte er, vorsichtig die Worte suchend, »es ist doch wohl ein Unterschied. Arbeit ist kein Sport.«

»Ich meine doch beinah – wenigstens für uns, die wir's eigentlich nicht nötig haben.«

»Eines Sports kann man überdrüssig werden. Der großen Aufgabe nicht.«

»Keine Angst, Vater,« sagte er leichthin; »ich hoffe doch, sie bleibt mir immer interessant. Nur – ich will daneben noch was vom Leben haben.«

»Ich bin der letzte, dir das zu mißgönnen,« versicherte der Vater.

Wynfried streichelte Klara das Haar.

Und in einem jähen Gefühl fand der alte Herr: auch nebensächlich ...

»Ja, das Interesse an Severin Lohmann hat meine famose, großartige Frau in mir geweckt.«

Klara lächelte freundlich.

Im Ohr des alten Herrn weckte dies Lob einen Nachhall. Hatte er es nicht schon oft und oft gehört? Immer dies Rühmen der »famosen, großartigen« Frau? Hatte seines Sohnes Empfindung keine Auswahl an Worten?

Fort – fort – Gespenster – Grübeleien – fort ...

Klara war sacht hinausgegangen und kam nun mit dem Kinde zurück.

»Na, du kleines Kerlchen,« sagte Wynfried und sah, auch aus Gefälligkeit gegen Klara, das Kind an. Es entwickelte sich so kräftig, es war so wundervoll gepflegt, daß man sich daran freuen mußte. Und es gewährte Wynfried auch Genugtuung, daß alle Menschen, die es sahen, es bewunderten.

Der alte Mann fuhr beinahe zusammen – da war wieder ein Nachhall – aber er kam von weit her – aus Zeitfernen.

War das nicht eben die Stimme oder doch der Tonfall seiner Frau gewesen? Sagte sie nicht geradeso »na, du kleines Kerlchen«, wenn die Wärterin ihr einmal den kleinen Wynfried zeigte?

O, dieser Tonfall – durch den alles zur oberflächlichsten Nichtigkeit zu werden schien – in dem kein Klang von tiefem Gefühl mitschwang.

In seinem Gemüt gärten die neu erwachenden Sorgen so schwer, daß er sie nicht ganz vor seinem Kinde verhehlen konnte. »Sein Kind« – das war ja die junge Frau. –

Es war gegen Abend, und er saß schon wieder oben in seinem mächtigen Stuhl, als er sagte: »Ich muß dich fragen ...«

Klara kniete sogleich neben ihm hin – denn das war ja die Stellung, in der sie ihm am besten in die Augen und zu ihm empor sehen konnte. Er legte seine schwere Hand auf ihr Haar, und seine Augen blitzten sie an.

»Hast du Kummer?«

»Nein, Vater.«

»Du bist verändert.«

Sie erblaßte.

»Wie sollte ich es sein?«

»Hast du über Wynfried zu klagen?«

»Nicht. Gar nicht. Er ist immer sehr herzlich und rücksichtsvoll.«

Er wollte weiter fragen: bist du glücklich? Er wagte es nicht.

Er hörte die beruhigenden Antworten. Aber er hatte auch gesehen, wie sie erblaßte.

Und was unbestimmt in seinem Gemüt gärte, verdichtete sich zu dem Angstgefühl, daß seinem Hause Unheil nahe ...

»Klara,« sagte er, »hab Geduld mit ihm.«

»Das brauch' ich ja gar nicht. Ich habe ja über nichts zu

klagen,« sprach sie matt.

»Aber wenn ... je ...«

Da raffte sie sich auf.

»Vater!« sprach sie fest. »Was ich vor Gott geschworen habe, halt' ich! Sonst wär' ich nicht wert, dein Kind zu sein.«

7

Klara stand mit Wynfried auf der Brücke, und sie sahen dem Fährboot entgegen, das vom jenseitigen Ufer Fräulein Edith heranbrachte. Schlank, im engen schneeweißen Sportkostüm, einen langen hellblauen Mantel überm Arm, stand sie und winkte schon von weitem.

Es war ein herrlicher Tag. Alles glänzte fröhlich: der wolkenlose Himmel, die besonnte Welt der Felder und Wiesen, die leuchtendrote kleine Stadt drüben auf der sandigen Höhe, der sich im Winde schuppende Fluß. Und die schwarzen Bauten, die düsteren Eisengerippe des Hüttenwerks standen in all der Helle bedrohlich und fremd. Aus den ragenden Schornsteinen quoll der Rauch schwarz und eilig – das wirkte beinahe wie Hochmut, der allen Sommersonnenschein ablehnt und ausdrücklich betonen will, daß die wichtige und finstere Arbeit der Kohle und des Feuers sich nicht an so etwas Veränderliches wie das schöne Wetter kehre. –

Die Jacht war klar. Sie sollte hinausgeschleppt werden. Im Wyk wollte man die Baronin Hegemeister mit ihrem Schatten, dem Fräulein von Gerwald, aufnehmen und dann in der Lübecker Bucht den von Kiel kommenden Jachten entgegenkreuzen. Die Kieler Woche war zu Ende, sie schloß wie immer mit einer Wettfahrt nach Travemünde, wo dann noch unter Gegenwart und Teilnahme des Kaisers die beiden rauschenden und glanzvollen Tage mit Wettsegeln, Frühstücken, Diners und Tänzen abgehalten wurden.

Nun war Edith angekommen und sprang aus dem Fährboot. Klara erschrak beinah. Was hatte das Mädchen

229

denn nur mit sich gemacht? Die dicken, brandroten Haare in zwei Zöpfen als Schnecken über die Ohren gelegt! Und das Gesicht mit der kecken Nase, dem großen Mund und den bernsteinfarbenen Augen unter roten Brauen wirkte dazwischen noch häßlicher.

»Ich bin wütend,« sagte sie gleich, »ich kann nur bis Travemünde mit! Da muß ich meine Tante Aline erwarten. Sie kommt mit dem Abendzug von Hannover und will drei Tage in Travemünde bleiben. Ich muß ihr Gesellschaft leisten. Gegen Tante Aline kämpfen Götter selbst vergebens. Sogar Papa hat aufgetrumpft: daß du dich nicht unterstehst – – na – und so weiter. Wie Väter auftrumpfen, die man sonst um 'n Finger wickelt. Er hat ja ihr Vermögen im Geschäft, und ich soll es mal erben – ich bitt' um stilles Beileid ...«

»Aber mein Mann hat wirklich Pech heute,« sagte Klara, »ich kann ihn auch nicht begleiten.«

»Sie sind leidend,« sprach Edith, mehr feststellend als fragend.

»Meine Frau? Leidend?« fragte aber Wynfried erstaunt. »Keine Spur. Der Kleine hat, glaub' ich, einmal gehustet – da bringt niemand und nichts meine Frau von ihm weg.«

Edith lachte.

»O Gott ja – diese fanatischen jungen Mütter ...«

Klara mochte es nicht haben, wenn man sie mit ihrer Liebe zu ihrem Kinde neckte. War's nicht, als würde man sie necken, weil sie atme?

»Fanatisch – das ist das Wort,« stimmte Wynfried wohlgelaunt zu. »Als ich neulich mit meiner Frau acht Tage in Berlin war, merkte ich bald: sie kam beinah um vor

Heimweh nach unserem Jungen und vor Sorge um ihn – als wenn nicht, meinen Vater an der Spitze, ein Heer von Aufsehern da sei.«

Klaras Augen wurden dunkler ... Sie dachte an die schweren Tage in Berlin. Sie hatte es sich gelobt, so viel, als sie es irgend einrichten konnte, in ihres Mannes Gesellschaft zu sein – mit ganzer Inbrunst täglich von neuem zu versuchen, sich an ihn heranzufühlen – ihm Herzlichkeit und Ergebenheit zu zeigen. Abend für Abend ging sie mit in die Theater. Wynfried wählte immer das, wo man sich am meisten Augenweide und Lustigkeit versprechen konnte. Und diese Tage im rauschenden, rollenden Lärm und der benzindurchhauchten Staubluft – dem nie abreißenden Hintereinander der Gefährte – wie waren sie mühsam gewesen. Gewiß, auch durch das quälende Heimweh nach ihrem Kinde. – Das Kind war doch der Zweck ihres Daseins – dies Kind gab in einem besonderen Sinn ihrer Ehe und ihrem Dankesopfer Recht. Aber sie spürte wohl, sie würde ihre Sehnsucht bezwungen haben – sie war ja nicht nur Mutter und mit der Mutterschaft nicht aller anderen Aufgaben ledig. Sie hatte auch die, sich selbst noch weiterzubilden. Aber aus ihres Mannes Geist und Art kam kein Ton zu ihr herüber, der sie belebt und beschäftigt hätte – sie hörte auch kaum ein Wort, das ihre Gedanken auf neue Wege geleitet hätte. Und dann – diese Unruhe in ihr, dies unbestimmte und doch furchtbare Gefühl, wie von etwas Vernichtendem bedroht zu sein – das war nur still, wenn sie bei ihrem Kinde sein konnte.

Und deshalb drang die grandiose Sprache der Weltstadt nicht zu ihr – deshalb spürte sie nichts von der Wucht der Eindrücke.

»Aber nun fix!« mahnte Wynfried.

Edith verabschiedete sich von der jungen Frau und sah

ihr dreist ins Gesicht.

»Sie sehen aber wirklich noch immer 'n bißchen matt aus – ich fand es schon damals auf der Taufe. – Da sollten Sie grad' mitsegeln.«

»Ich tue es oft,« sagte Klara, »nur heute ... Der Kleine ist wirklich etwas unruhig, und dann ist Vater fast noch besorgter als ich.«

»Schad',« meinte Wynfried, »es ist so großartiges Wetter. Likowski und Marning haben auch abgesagt.«

»Was – die auch?« rief Edith. Für sie konnten es, bei solcher Gelegenheit, nie genug Herren sein, denn dann war sie doch einer ununterbrochenen, plänkelnden Unterhaltung sicherer.

»Ja. Obschon ich noch an Marning extra telephonierte, daß Sie, Baronin Agathe und meine Frau mitsegeln würden.«

»Ach Marning! – Ich glaub', der retiriert vor Baronin Agathe,« meinte das rothaarige Mädchen.

»Wie ist sie unzart ...« dachte Klara.

»Na – nu los. Und ängstige dich nicht – wenn gegen Abend Flaute kommt – es kann spät werden ...«

Er und Edith saßen im Beiboot, und er trieb es mit ein paar sicheren Ruderschlägen bordseit der »Klara«. Die hatte schon ihr Fallreep mit den drei Stufen herabgelassen, und eins, zwei, drei waren die beiden an Deck der Jacht, wo die flinken Kerls in den krebsroten Sweatern und den weißen Hosen in Reih und Glied standen und ihren Herrn militärisch salutierten.

Das Motorboot stieß einen grellen Pfiff aus, und seine

Maschine begann zu stoßen und zu klopfen. Der leichte, braune Mahagonileib glitt stromab. Die Trossen strafften sich, und wie ein großer Sohn der kleinen Mutter, so folgte die weiße Jacht der Führung. Großsegel und Schunersegel waren noch gerefft.

Wynfried und Edith standen am Großmast und winkten Grüße hinüber, bis Klara langsam wieder treppan und zum Hause emporstieg.

»Ihre Frau hat sich aber wirklich verändert,« sagte Edith.

»Kann ich nicht finden. Höchstens vielleicht, daß sie oft ermüdet aussieht – sowie der Junge nachts sich rührt, steht sie ja auf – die Amme sei nicht verläßlich.«

»O Gott – und der Schlummer Ihrer Nächte!« sagte Edith mit komischem Pathos.

»Hab' mich einstweilen aus diesem Bereich zurückgezogen und mein altes Quartier oben genommen – bin sehr stolz auf meinen Sohn – auf sein nächtliches Geschrei leg' ich aber keinen Wert.«

Sie machten es sich nun gemütlich. Hinter dem Eingang zur Kajüte, der in üblicher Weise schräg überdacht war, hatte das Deck eine bassinartige, ovale kleine Vertiefung, in die man über zwei Stufen hineintrat. Ein breites Sitzbrett lief rund um und war mit Kissen belegt. Sie waren von Leder. Aber Klara hatte noch eine ganze Menge lose liegender, rotseidener gearbeitet, die man sich in den Rücken stopfen konnte oder unter den Kopf legen. Hier blieb man auch von der Mannschaft, solange glatte Fahrt war, ungesehen und ungehört, und nur bei irgend welchen Segelmanövern tauchten die weißroten Matrosen auf.

Wynfried und das rothaarige Mädchen saßen in träger Stellung einander gegenüber. Er hatte die Hände zwischen den Knien gefaltet und schaute aufmerksam in Ediths Gesicht. Tausend Teufel funkelten allezeit in ihren dreisten Augen. Und was ihren großen Mund betraf, dessen schön geschwungene, volle Lippen sich über sehr blendenden Zähnen leise öffneten, so dachte Wynfried: »Derart lüstern, daß es einen Mann irritieren könnte –«

»Nun, was sehen Sie mich so an?« fragte er.

»Ach – ich denk' so: Sie haben ja viel zu früh geheiratet ...«

»Ich?«

»Na ja – wenn man so von nächtlichem Kindergeschrei hört ...«

»Meine Frau ist eine famose, großartige Frau. Jeder Mann hat Ursache, mich zu beneiden,« bemerkte er etwas ablehnend.

»Will nichts gegen sie sagen – nicht von fern – ich verehre Ihre Frau kolossal,« versicherte Edith sofort. Sie hatte irgend eine unbestimmte Empfindung gehabt, daß man über seine Ehe so mit ihm sprechen könne – aber sie spürte: das schien doch nicht geraten ...

Seit einiger Zeit fand sie, daß Wynfried Lohmann der schönste Mann sei, den sie je gesehen. Ziemlich groß, wundervoll gewachsen – die Augen blau und manchmal so rätselvoll im Ausdruck. – Die Züge vornehm – und das lockere Sporthemd ließ zuweilen, wenn er seine Jacke abwarf und selbst zugriff, weiße Arme und einen herrlichen Nacken sehen.

Und Edith hatte Stunden, wo sie wütend war – ja, dieser Mann wäre in jeder Hinsicht für sie gewesen. – Geld, Stellung – und seine Schönheit lud noch dazu ein, sich rasend in ihn zu verlieben ... Und was der Mann wohl von Frauen alles wußte und verstand! Hunderttausende sollte ihn ihr Studium gekostet haben. – Ach ja, er war weit und breit der einzige interessante Mann ... Und gerade dieser hatte sich mit einer so langweiligen Person verheiraten müssen.

»Daß man meine Frau kolossal verehrt, will ich mir auch von jedermann ausgebeten haben,« sagte Wynfried würdevoll.

Aber es war eben ein bißchen mehr Würde, als der Augenblick gerade erfordert hätte. Und mit ihrer Intelligenz und ihrem sechsten Sinn, der überraschend scharf war, fühlte sie das gleich.

Ihre Augen funkelten ihn wieder lustiger an ...

Aber sie sprach sehr vernünftig-nüchterne Dinge.

»Ist es wahr, daß Thürauf Teilhaber wird?«

»Ja. Die Kontrakte sind unterzeichnet.«

»Papa zerbricht sich den Kopf, ob Sie oder Ihr Vater das gewollt haben.«

»Vater regte es an; ich war durchaus einverstanden. Denken Sie mal: wie wäre ich gebunden gewesen, wenn Vater mal davonginge, denn von seinem Krankheitsthron aus spricht er ja völlig geistesfrisch noch immer das gewichtigste Wort. Und wenn vielleicht Thürauf uns verlassen hätte, um anderswo als Kompagnon einzutreten. – Nun bin ich nach Wunsch freier Mann – denn Thürauf hat ja bloß eine Leidenschaft: arbeiten.«

»Papa sagt: Thürauf kann lachen. Und die Bedingungen seien fabelhaft.«

»Sie sind durchaus normal.«

»Papa sagt, es würden Thürauf nur vier Prozent abgerechnet für all das Lohmannsche Kapital. – Es wären acht Millionen sagt Papa, was Ihr Vater ins Werk gesteckt hat. – Bei der Teilung des verbleibenden Gewinstes stehe sich Thürauf immer noch auf mehr als zweimalhunderttausend Mark Einkünfte. O Gott – und wenn man bedenkt, daß Ihrem Vater auch noch die Kreyser-Werke zu zwei Drittel gehören ... Ja, Papa sagt, wenn's mit den Unternehmungen erst über einen gewissen Umfang hinaus ist, arbeiten sie sozusagen von selbst weiter.«

»Wie genau Ihr Papa Bescheid weiß,« sagte Wynfried mokant; »und wie Sie das alles behalten haben! So viel Zahlen im Munde eines so jungen Mädchens.«

Edith zuckte die Achseln.

»Das ist so wie mit Malerskindern, die von klein an von Farben sprechen hören, oder wie mit Kunstreiterkindern, die alles von Pferden verstehen. So 'n Industrieprinzeßchen wie ich wächst von selbst ins Verständnis für Geld und Geschäfte hinein. – Papa wundert sich aber doch. Wo alle Welt weiß, daß Ihr Vater den rasenden Stolz auf sein Werk hat und diese große Liebe! – ›Severin Lohmann‹ sollte rein Lohmannsch bleiben, hat man immer gedacht.«

»Soll es auch. Wenn Thürauf Söhne hätte, würde Vater es nicht getan haben. – Es steht auch ausdrücklich im Kontrakt, daß die Teilhaberschaft nicht auf Thüraufsche Schwiegersöhne oder Enkel übertragbar sein soll.«

Was ihr Papa sonst noch gesagt hatte, verschwieg Edith. Er hatte gemeint: der Geheimrat traue seinem Sohn doch wohl noch nicht ganz ... und wolle dem Werk den bedeutenden Mitarbeiter sichern. – Und bis der zähe Thürauf mal alt und arbeitsunfähig werde, sei Wynfried auch ein alternder und ganz eingearbeiteter Mann. –

»Na, wenn Hornmarck denn das gute Finchen Thürauf erobert, macht er ja 'n blendendes Geschäft,« sagte Edith voll Verachtung. »Seit Luisens Verlobung mit Brelow weiß man doch, was die Thüraufs mitkriegen. Seitdem ist Hornmarck wie hypnotisiert von Finchens häuslichen Tugenden.«

»So?« fragte Wynfried ungläubig.

»Was ich Ihnen sage! Als Papa und ich Sonntag früh unseren Ritt machten – Sie wissen ja, Papa ist in jedem Sinne Sonntagsreiter, und ich genier' mich immer, wenn uns sachverständige Herren begegnen – na, wen treffen wir am Waldesrand bei den Wiesen? Die zwei unverlobten Thüraufs, nebst Hornmarck in Zivil mit noch zwei Jüngelingen. Die Räder lehnten an dem berasten Erdwall, etwas weiterhin saß man und ließ die Beine hängen und aß im Schatten Butterbrote. Seien Sie sicher, die waren mit Wurst belegt – das wäre so in der Situation gewesen. – Und was tat Hornmarck? Er band Vergißmeinnicht zusammen. Ich schwöre Ihnen: Vergißmeinnicht!«

Wynfried lachte.

»Wissen Sie, was ich tat?«

»Bin gespannt.«

»Ich lenkte mein Pferd 'ran – ich salutierte Hornmarck mit meinem Reitstock und improvisierte:

> Ein Leutnant saß an dem Rain,
> Er sammelte Vergißnichtmein
> Und fügte sie zum Kranze;
> Wie rührend war das Ganze.

Und denn los und davon. – Sie wissen, ich kann reiten! Papa, als Karikatur eines Sportsman, ängstlich hinterher.«

Sie freute sich noch über ihr tolles Davonstieben.

»Und wen haben Sie zum Nachfolger Hornmarcks in Ihren Diensten ernannt?« fragte er.

»Der Posten ist vakant. Ich habe keine Eile. Muß fortan auch wählerisch sein. Vorigen Sommer galt man noch nicht für voll. Das ist nun anders. Als Papas Einzige weiß ich, daß ich ihm nur einen Schwiegersohn *I a* bringen darf. – Er macht Ansprüche! Wo seine Fabrik sich in so enormem Aufschwung befindet ...« sprach sie in lässiger Prahlerei.

Wynfried wußte, daß das Gegenteil der Fall sei. Und wahrscheinlich wußte sie selbst es auch.

Sie räkelte ihren schlanken Körper auf all den Kissen ganz zurück und faltete ihre Hände über ihrem Hinterkopf, wo von der weißen Linie des Scheitels die roten Haare straff nach vorn zu den Zöpfen hingenommen waren.

»Ja,« meinte sie im gemütlichen Ton – aber um ihren großen Mund ging ein besonderes Lächeln. »Der eine, der mich vielleicht hätte reizen können – der ist ja *hors de concours* ...«

Und ihre Augen sprühten Funken – zu ihm hinüber. – Daß sie ihn meinte, war zu fühlen.

Er sah sie an, lächelnd – vielsagend – sie konnte nach Belieben alle Huldigungen daraus lesen, die ihr Bedürfnis waren.

Und eigentlich regte sich in ihm die Begier, diesem lüsternen Mädchen, das mit all seiner Häßlichkeit höchst lockend war, einen ausführlichen Kuß auf den animalischen Mund zu pressen. – Aber das ging natürlich nicht an ...

Sie machte ihm aber Spaß – in ihrem Gemisch von praktischem Verstand und keckster Herausforderung.

Seine Stellung zur Frau war nun einmal so. Er mochte mit pikanten Worten umworben werden; es unterhielt ihn, wenn sich ein weibliches Wesen um ihn bemühte. Das war ihm ein Bedürfnis geworden, von seinen Anfängen her, wo er als schöner, reicher Jüngling in allzufröhliche Kreise geraten war.

Von Klara durfte er natürlich solch Umwerben und irgend ein kokettes Spiel im Wechsel von Lockungen und Versagen nicht erwarten.

In der Ehe war überhaupt alles anders. »Ehe« – die hatte so wenig mit dem übrigen Mannesempfinden zu tun wie etwa die Arbeit auf dem Werk.

Eine Sache gänzlich für sich – –

Und nach all dem bekömmlichen Gleichmaß seines letzten Lebensjahres fühlte er immer öfter so etwas wie eine leise Sehnsucht nach stärkerer Bewegung in sich aufsteigen ...

Die Stille zwischen den beiden wurde ein wenig schwül. Zum Glück zerriß der Pfiff des Motorboots sie.

Es lenkte, mit der geschleppten Jacht hinter sich, aus der durch die roten und schwarzen Duc d'Alben bezeichneten Fahrstraße ein wenig in das Wyk hinein und ließ unaufhörlich gelle Pfiffe in die Sommerluft hineinsausen. Sie sollten der Herrin des weißen Schlößchens, das aus dem Grün des hohen Ufers lachend herausschaute, melden: Die »Klara« ist zur Stelle und erwartet ihre Gäste.

»Ach – wie pünktlich!« rief Edith, »sehen Sie – die Baronin muß schon im Bootshaus gewartet haben.«

Vom Ufer unterhalb Schloß Lammen löste sich ein Ruderboot. Mit starken Schlägen trieb es der als Theatermatrose gekleidete Knecht in rascher Fahrt heran.

Edith, die genau wußte, daß sie das Feuerwerk ihrer kecken Blicke und Reden nur unter vier Augen gegen eine Männerbrust abbrennen konnte, fand für ihr Bedürfnis, sich geistig zu betätigen, nun ein unverfängliches Ziel.

Sie fand üppige Frauen gräßlich und nannte alle, die über eine gewisse Schmächtigkeit hinaus rundere Linien zeigten, sofort »dick«.

»Passen Sie auf! Es ist kein kleiner Anblick. – Agathe Hegemeister im Futteral eines Sportkleides – sie hat keine Ahnung von ihrer Fülle. Keine Spur von Selbstkritik.«

»Da bin ich nun anderer Ansicht,« sagte Wynfried eifrig. »Baronin Agathe ist von allen Damen unseres Kreises am ausgesuchtesten und kleidsamsten angezogen. Und ihre leise Fülle ist wundervoll – noch nicht mal Rubens ...«

»Ja,« sprach Edith geringschätzig, »Männer haben eben einen total anderen Geschmack als wir ...«

Agathe schwang im herannahenden Boot einen weißen Chiffonschleier.

Richtig: Agathe Hegemeister hatte ein weißes Leinenkleid an. Und was war denn das? Schwarze Knöpfe an der knappen Bluse? Edith sah nachher, zu ihrem verzehrenden Neid, daß es veilchenblaue, rundgeschliffene Amethyste waren, in Gold gefaßt, die als Knöpfe dienten. Und einen Matrosenhut – wie Edith gehofft hatte – trug sie auch nicht; der hätte auf der Fülle des schöngeordneten Blondhaares nur lächerlich wirken können, sondern einen sehr feinen florentiner Strohhut von äußerst kleidsamer Form, um den ein weißer Chiffonschleier geschlungen und links unterm Ohr in eine große Schleife gebunden war.

Wynfried dachte: entzückend. – Wie ein Mädchen. Und so weiblich weich in jedem Blick, jeder Bewegung.

Nun waren die Damen an Bord. Fräulein von Gerwald in Dunkelblau mit einem steifen, blanken, schwarzen Matrosenhut, den Edith wie eine Rarität unbefangen genau anstarrte.

»Was?« sagte Agathe, »meine liebe, süße Klara fährt nicht mit? Aber das verleidet mir ja den ganzen Tag! Und ich weiß nicht – paßt sich denn das überhaupt? – Ich allein mit dem Gatten einer anderen?«

»Erstens ist es der Ehemann Ihrer besten Freundin – und Klara läßt Sie vielmals grüßen. Zweitens haben Sie Ihre Ehrendame, unser allverehrtes Fräulein von Gerwald neben sich. Und drittens ist es wenig schmeichelhaft für mich, daß Ihnen ohne meine Frau der Tag verleidet ist,« sagte Wynfried.

Agathe sah ihre Gerwald an.

»Herr Lohmann hat Recht,« sprach sie in einem um Zustimmung bittenden Ton.

»Aber völlig!« versicherte Fräulein von Gerwald mit Nachdruck.

Bis Travemünde war es ja nicht mehr weit. Es kam auch kein gemütlicher Ton auf. Zwischen der blonden Frau und dem rothaarigen Mädchen herrschte eine versteckte Gereiztheit. Sie wußten selbst nicht, warum. Denn jede dachte in bezug auf die andere: sie kann ja doch nicht mit mir konkurrieren! Und Wynfried, der das durchschaute, hatte so viel Vergnügen daran, daß es ihm eigentlich leid tat, als Edith in Travemünde von Bord ging.

Sie wußte in ihre Abschiedsworte so viel zu legen, daß Agathe Hegemeister gar nicht anders denken konnte, als Wynfried und das abscheuliche Mädchen hätten zu Beginn der Fahrt eine ganz besonders schöne Stunde voll intimer

Gespräche gehabt. Und das war Agathe doch ein leiser, schmerzlicher Stich. –

Edith, die nun ihren langen, hellblauseidenen, engen Mantel angezogen hatte, stand noch eine Weile auf der hohen Brücke, an deren Fuß sie abgesetzt worden war und zu der sie dann auf Treppen emporstieg. Sie winkte nicht und nickte auch nicht. Sie stand nur und sah ... Etwas großartig wirkte es ... Wynfried lüftete noch einmal seine weiße Mütze zu ihr hin.

»Nein, dies Mädchen!« sagte Agathe, »so mager und so häßlich. So eingebildet und dreist.«

»Keine Spur von Weiblichkeit,« erlaubte sich Fräulein von Gerwald hinzuzufügen.

»Naseweis ist sie schon,« gab Wynfried zu, »aber so intelligent und temperamentvoll, daß ihre Häßlichkeit zur Schönheit wird.«

»Ja,« meinte Agathe etwas gekränkt, »Männer haben eben einen ganz anderen Geschmack als wir.«

Nun hieß es erst einmal Tee trinken.

Unten in der Salonkajüte war alles vorbereitet. Auf den Tisch hatte der Kombüsenmaat schon den Teekessel gestellt, von dem die elektrische Schnur zum Steckkontakt ging. Die Jacht führte in einem Akkumulator elektrische Kräfte für die Beleuchtung und die Kombüse.

Sehr hausfraulich goß Fräulein von Gerwald den Tee auf, und Agathe fand mit Rührung die Kuchen vor, die sie liebte. – Dafür hatte Klara gesorgt? Wie liebevoll dachte Klara immer nur an andere.

»Ja,« sagte Wynfried, »sie ist eine famose, großartige Frau – zu gut für mich.«

Als sie dann wieder hinaufkamen, war alles verändert. Fern schon schoß das Motorboot zurück in den Hafen von Travemünde, wo es warten sollte, bis die »Klara« wieder hereinkäme. Und sie selbst brauste nun in stolzer Fahrt über die Wogen dahin.

Großsegel und Schunersegel waren voll entfaltet, der Wind blähte sie prall auf. Er kam von Nordost, und so hieß es, um auf die Höhe von Fehmarn zu kommen, in langen Schlägen kreuzen. Die »Klara« sauste scheinbar geradeswegs auf die grünblaue, hügelige Waldküste des mecklenburgischen Ufers zu. Und im saphirblauen, wunderbar klaren Wasser glitt das Spiegelbild der weißen Jacht als Schatten mit.

Das war ein Tag, eine Weite, ein Bild lachenden Prangens.

Das Meer hatte all seine zornigen, mürrischen oder schläfrigen Stimmungen von sich abgeschüttelt und wogte in einer kraftvollen, fröhlichen Bewegung, sog das Blau des Himmels in sich ein und atmete köstliche Salzluft aus. Es war durchsichtig bis auf den Grund, und die runden, trüben Gallertscheiben der Quallen trieben kreisend einher.

Und die belebte Flut gab ihre schimmernde Oberfläche dem Vergnügen zum Tummelplatz. Segelboote aller Art kreuzten. Stolz und groß lag da die weiße »Hohenzollern«, und der Wind strich die Flaggen aus. Die Standarte des Kaisers wehte aber nicht. Denn Seine Majestät befand sich auf dem »Meteor«, der, mit von Kiel hersegelnd, an der Wettfahrt teilnahm. Grau und schlank und dennoch von einer gewissen kriegerischen Strenge umwittert, ankerte der »Sleipner« in der Nähe des Kaiserschiffes. Leise spielte sein Rauch aus seinem klobigen Schornstein in die Luft. Eben erst waren beide Fahrzeuge auf der Reede angekommen.

Eine Pinaß, der die Flagge der Kriegsmarine am Heck

wehte, zerschnitt in eiligem Lauf die Wogen, daß sie ihr weißschäumend am Bug emporstiegen; und ihr Kielwasser quirlte hinter ihr drein; gleich einer Schlange lag die Spur auf der Flut. Sie nahm Richtung auf den Hafen.

Zwei Dampfer, schwarz von Menschen, umkreisten die »Hohenzollern« und den »Sleipner« im weiten Bogen; man hörte die metallischen Klänge einer patriotischen Musik von dort herschwirren.

Die Richtung aller Segler und aller Dampfer ward aber dann: Fehmarnwärts – entgegen den aufkommenden Jachten.

Und die Sonne umglutete, vom Winde gekühlt, all diese frohe Beweglichkeit, die aus den Wogen einen sicheren, ungefährlichen Estrich zu machen schien, auf dem man, anstatt mit Füßen, mit Schiffen dahingleiten konnte.

»O,« sagte Agathe wirklich begeistert, »wie schön, wie schön!«

Und in ehrlicher Klage bedauerte sie noch einmal, daß ihre geliebte Klara diese Stunden nicht miterlebe.

Das Wasser schwoll immer gegen den Bug – es war kein leises Gluckern und Raunen – es war ein seidiges, großes Rauschen. Wie besänftigte es die Gedanken – es war ein Versinken – in eine himmlische Art von Dummheit – als sei man nur noch ein träges Stück Menschentum und brauche nie mehr etwas anderes, als sich nur immerfort von der Sonne bescheinen zu lassen und dem endlosen Gerausche zuzuhören. Das leise Knarren der Masten war manchmal vernehmbar, wenn der Wind in die Segel bluffte.

Zuweilen ging eine kurze Unruhe über Deck. Die flinken Kerls in den roten Sweatern sprangen – der »Schiffer« am Steuer rief Kommandoworte – die gelblich weißen

Segelfittiche schlenkerten einen Augenblick am Großmast und Fockmast, und dann fuhr wieder der Wind hinein und blähte sie auf. – Und nach dem Manöver des Umlegens schwebte dann immer wieder der Traum von Stille, den das Glurren der Wasser und das Flimmern der Sonne umspann, über der Jacht. So zog sie, umwogt und die Flut rasch durchschneidend, von hüben nach drüben. Die Bucht weitete sich, und im Maße, daß man mehr dem offenen Meer sich näherte, kreuzte man in kürzeren Schlägen.

Die Stunden flogen, und ihr Flügelschlag war so sanft, so unhörbar, daß niemand sich des Entgleitens der Zeit recht bewußt ward.

Sie mochten kaum sprechen.

Agathe empfand die Größe und Weite des Bildes und die Fülle von Lebensbetätigung in all dem Treiben. Daraus erwuchs ihr eine unbestimmte und schmerzliche Sehnsucht. Sie kam vom blauen Himmel vielleicht oder flüsterte zu ihr aus den ruhelosen Wogen herauf, oder die Sonne erhitzte ihr niemals kühles Blut noch mehr ... Sie kam sich wie von allem Glück verlassen, einsam und sehr bemitleidenswert vor. Ihr treues Fräulein von Gerwald, das ihr gar nicht mehr aus Liebedienerei, sondern aus völlig gelungenem Einleben heraus stets nach dem Munde sprach und ihre Stimmung immer erriet, sah bedeutungsvoll und innig zu ihr hinüber. Die Gerwald saß neben Wynfried.

Auch er war versonnen. Die wundervolle Frau ihm gegenüber war ihm ein höchst zusagender Anblick. Und immer, wenn er mit ihr zusammen war, weckte ihr feines, sehr liebkosendes Parfüm allerlei in ihm auf. – –

»Segel, Segel!« schrie Fräulein von Gerwald.

Am Horizont, im blauen Duft der Ferne zwischen Himmel und Meer sah man weiße Striche, die gar keinem

Schiffskörper anzugehören schienen.

»›Meteor‹ und ›Germania‹,« sagte Wynfried.

»Bei dem Wind konnte man denken, daß sie schlank herauf kämen – stick Nordost. – Zurück werden wir auch in gerader Fahrt auf Travemünde zuhalten können.«

»O – schon zurück?«

»Erst wenn Sie wollen. – Für ein kleines Souper ist gesorgt. – Klara hat alles an Bord schaffen lassen. – Hummer – kaltes Geflügel – sonst noch dies und das. – Ich lasse nur in Notfällen vom Kombüsenmaat kochen.«

»Herrlich!« sagte Fräulein von Gerwald. Und Agathe bat: »Ja weit hinaus – bis ganz nach Fehmarn!«

»Mir ist's recht.«

Die weißen Striche am Horizont wurden deutlicher und erwiesen sich bald als Segel – rasch, vom günstigen Winde getrieben kamen die großen Jachten herauf. Sie hatten alles Zeug gesetzt, und mit ihrer hohen Takelage lagen sie stark steuerbord geneigt. So brausten sie heran – kühn und stolz, an ihrem Bugspriet kochte das Meer.

Das war herrlich zu sehen. – Und die »Klara« tippte ihre Flaggen, um die Kaiserliche Jacht zu grüßen.

Immer mehr Segel wurden erkennbar. Ein Schwarm von Riesenschwimmvögeln schien sich aufgemacht zu haben und zog daher, durchschnitt spielend die blauen Fluten. Helle Lichter setzte die Sonne auf weiße Schiffskörper und Segel. Da und dort schwenkte von den Borden jemand eine Mütze – der »Klara« und ihrem Herrn zum Gruß, und Wynfried und die Damen grüßten wieder.

Möwen kreisten über diesem zerstreuten Geschwader von

Rennjachten – kreischende Laute gellten herab, und der Flügelschlag blitzte vor dem blauen Hintergrund des Himmels.

Fülle des Lebens. – Fülle der Freude.

Und Agathe seufzte schwer.

»Nun?« fragte Wynfried.

»Ach,« sprach die blonde Frau klagend, »all diese Schönheit tut mir im Herzen weh.«

»Darf ich die Gründe einer so paradoxen Wirkung erfahren?«

»Von allem bin ich ausgeschlossen, weil ich allein stehe. Ich kann an gar nichts teilnehmen, weil ich keinen Mann neben mir habe. Denn meine Eltern wollen durchaus nicht, daß ich selbständig in solchen Sachen heraustrete. Reisen? Ja. Hier im Kreise, in der Heimat meines verstorbenen Gatten etwas Geselligkeit in meinem Hause haben? Ja. Aber darüber hinaus nichts. Und wenn Sie sich nicht meiner angenommen hätten, sähe ich wieder nichts mehr von den Travemünder Tagen als alle Zuschauer, die da am Strande herumlungern. – Nicht mal mit meinem Motorboot hätt' ich mich herauswagen können – dazu ist es zu klein ...«

»Ihre Eltern sind merkwürdig streng.«

»Ja.« Agathe seufzte wieder. Sie wurde langsam rot. Sie schien sich ganz in peinliche Gedanken zu verlieren. Plötzlich fügte sie hinzu: »Und ich muß wohl artig sein. – Papa verwaltet auch mein Geld, soweit es nicht in Lammen steckt – und das ergibt dann wie von selbst eine Kontrolle. – Und dann – Sie wissen, es gibt so Eltern, vor denen man immer im Schock ist ...«

Das wußte Wynfried noch. Früher – da war er seinem

Vater auch lieber in scheuer Ferne aus dem Weg gegangen.

Und er dachte besonders noch an das Elend der allerersten Zeit nach seiner Heimkehr – und wie nur die Scham und die Angst vor seines Vaters Kritik ihn vom Selbstmord abgehalten hatte.

Wie weit und unbegreiflich lag das zurück.

Frei war sein Gemüt dem Vater gegenüber und sein Umgang mit ihm erst von dem Tage an geworden, wo er ihm Klara als Tochter brachte.

Seltsam eigentlich: Vater liebte die Schwiegertochter mehr als den eigenen Sohn. Wynfried fühlte es genau.

Aber er war nicht eifersüchtig – gar nicht. Es freute ihn im Grunde. Undeutlich lag die Empfindung in ihm, als lenke das seinen Vater von ihm selbst mehr ab – als würde die vollste Liebe dieses gewaltigen Mannes, die völligste Aufmerksamkeit all seiner Gedanken, ganz allein auf ihn, den Sohn, gerichtet, allzu schwer wuchten – würde eine beständige Anforderung sein ... Und wie Aufsicht ... Nein, nein – alles war vortrefflich, wie es war. – Diese ganze häusliche Welt mit Vater, Frau und Kind gab solch ein Gefühl von Sicherheit und war im Grunde immer wie ein Zeugnis – es vernichtete die Vergangenheit. – An die dachte Wynfried jetzt in ruhiger Verachtung und voll Kritik. Er bildete sich ein, daß er heute das alles klüger anfangen und jedes Weib und jede Lage mehr beherrschen würde.

Weil Agathe keine Antwort bekam, fuhr sie klagend fort: »Davon, wie schwer es ist, als junge Frau so einsam dahinzuleben, davon macht sich niemand einen Begriff.«

»Sie sollten wieder heiraten,« riet Wynfried.

»Noch einmal verkauft werden!« rief sie voll Bitterkeit.

»Liebste Baronin – eine Frau wie Sie – so schön – verzeihen Sie, aber diese Ihre Worte geben mir die Pflicht, deutlich zu sprechen – so wundervoll schön – so ganz hingebende Weiblichkeit – so voller Herzensgüte – die muß und wird Liebe finden – keinen ›Käufer‹ – nein, einen leidenschaftlich liebenden Gatten.«

Agathe sah ihn mit ihren schwimmenden Blicken halb beseligt, halb bekümmert an.

»Wenn Sie so sprechen. – Und doch – glauben Sie mir – es scheint, mir ist die Gabe versagt, Herzen zu gewinnen.«

Sie drückte ihre Hand gegen die Augen. Sie wirkte nicht viel anders als ein Backfisch, der in unruhiger Überfülle unklar drängender Empfindungen mehr ausspricht, als geschmackvoll ist.

»Ja, die Weiber!« dachte Wynfried sehr angeregt. Die Siebzehnjährige vorhin hatte ihn von Geschäften und Zahlen und mit Bosheiten unterhalten, und diese reife Frau sprach wie ein sentimentales Mädel.

Aber ein so bekümmertes und verschmachtendes Frauenherz ganz ohne Trost zu lassen, wäre völlig gegen Wynfrieds Art gewesen.

Er nahm sacht die Hand, die weinende Augen verborgen hatte. Er dachte sich wohl, daß dies noch die allerletzten Tränen seien, die dem unerbittlichen Stephan nachflossen. Und er hatte längst herausgefühlt, daß bei Agathe in die abschwindende Liebe sich schon eine neue Verliebtheit mischte – wie der Mond noch, immer mehr verblassend, am Himmel steht, wenn die Morgensonne sich strahlend erhebt.

Er hielt tröstend und innig ihre Hand zwischen seinen beiden.

Er sah ihr tief in die Augen, und seine Blicke sagten ihr, daß sie ganz gewiß die Gabe habe, Herzen zu gewinnen.

Es schien ja eigentlich kein Grund zum Erröten vorzuliegen. – Aber Agathe errötete doch – und ihr Atem fing an, rascher zu gehen.

»O,« rief Fräulein von Gerwald, »Fehmarn!«

Sie stand auf und stieg vom Sitzplatz aus die zwei Stufen empor auf Deck. Ihr Herz klopfte ... Dieser Blick zwischen den beiden ... Gottlob, daß da gerade Fehmarn war ...

Hingebreitet in den blauen Fluten lag die flache Insel, mit ihrem hellen Sandstrand, ihren goldgelben, reifenden Ährenfeldern und dem kleinen Städtchen Burg mit seinen dunklen Dächern unter und zwischen der Ehrwürde uralter Ulmen und behaglicher Obstbaumwipfel. So liebenswürdig pastoral tauchte der Kirchturm aus dem Gehäufe der Ortschaft auf.

Man war nah genug, alles zu erkennen, und doch noch so fern, daß jede etwa störende Kleinigkeit der Uferszenen verschwand. Ein Bild wie von kluger und sehr feiner Kunst hingemalt.

Und zur Rechten das weite, uferlose Meer, im letzten Glanz der Sonne, die hinter der Küste zur Linken unterging. Voraus öffnete sich der schmale Fehmarnsund.

Das alles war sehr schön, und Fräulein von Gerwald, die am Kajüteneingang lehnte und hinaussah, dachte immerfort, von schwersten Zweifeln geplagt, ob es nicht ihre Pflicht sei, ihre Herrin darauf aufmerksam zu machen, oder ob sie klüger handle, sie ungestört mit Herrn Lohmann zu lassen. Und außerdem: war es nicht Zeit, zu Abend zu essen? – unten warteten Hummer! – Und war es nicht Zeit, umzukehren? Wann kam man nach Haus?

Großer Gott – es konnte sehr spät werden. –

Agathe schien jetzt keine Neugierde auf Fehmarn und den reizvollen Anblick der korngelben Insel im Rahmen blauer Wogen zu haben.

»Sie sind immer wie ein wahrer Freund zu mir,« sagte sie halblaut, »dafür bin ich Ihnen so dankbar.«

»Ich wünschte nur, ich sähe eine Möglichkeit, Ihnen Ihr oft so schweres Gemüt zu erhellen.«

»Mag Klara es aber auch haben, wenn Sie so freundschaftlich um mich besorgt sind?« fragte Agathe bedenklich. Sie hatte doch Klara wirklich lieb – teils aus ihrem allgemeinen Bedürfnis zum Lieben, teils weil sie sie neidlos bewunderte – neidlos, aus dem unbewußten Gefühl heraus, daß Klara nichts daran lag, Gefallen zu erwecken.

»Ich bitte Sie!« sprach Wynfried sehr lebhaft. »Klara und einem Menschen etwas nicht gönnen: das gibt es gar nicht. Und noch dazu Ihnen – ihrer Freundin ...«

»Ja, sie ist so selbstlos und gütig,« seufzte Agathe.

»Eine famose, großartige Frau! Ich weiß nicht – Sie sind doch Freundinnen – hat sie sich je über unsere Ehe ausgesprochen?«

»Nie. Klara spricht nie von sich – sie ist so verschlossen. Ich bewundere es.«

Wynfried neigte sich noch näher herüber und sprach, beinahe flüsternd: »Sehen Sie, liebste Freundin – im tiefsten Vertrauen! Man muß meine Ehe mit Klara anders beurteilen – wie wohl sonst Ehen. Wir haben uns gewissermaßen meinem Vater zu Gefallen verheiratet. Wissen Sie – als ich heimkam – Gott, es sind schon dreizehn Monat seitdem, wie ist es möglich! Da hatte ich so viel Schweres durchgemacht –

251

eine Frau hatte mich verraten ...«

Agathe preßte seine Hand.

»Sie! Verraten?! Das konnte ein Weib?«

Und er hörte wohl, daß sie es unfaßlich fände, ihn zu
lassen, wenn man von ihm geliebt sei ...

Er erwiderte dankbar den Händedruck.

»Und damals war ich so angeekelt vom Dasein, daß ich
mich nicht viel wehrte, als Vater in einer raschen Heirat mit
Klara für mich die einzige moralische Rettung sah. – Heut
freilich – heut gelänge es Vater freilich nicht so leicht, mich
einzufangen!« Er lachte leise auf – als spreche er von sehr
drolligen, wenn auch höchst liebenswürdigen Geschichten.
»Ja – und Klara – ich dachte erst, sie sei in mich verliebt –
man neigt als etwas verwöhnter Mann zu arroganten
Einbildungen. – Aber nein – Klara hat eigentlich nur so 'ne
schwesterliche Hingebung für mich. – Geheiratet hat sie
mich wegen Vater – etwas aus Dankbarkeit und besonders,
weil sie ihn vergöttert.«

»O,« sagte Agathe, »das ist ja aber eigentlich tragisch –
oder ... nein ... Ich wollte sagen – es hätte tragisch werden
können ...«

»Keine Spur,« versicherte er mit Nachdruck. »Gerade diese
schöne, ruhige Ehe voll Freundschaft gefällt uns beiden sehr
gut – glauben Sie bitte nicht, daß ich es bereue. – Ich
verdanke Klara viel. Wie klug hat sie das angefangen, meine
Arbeitslust zu wecken ... Und ich habe sozusagen meine
Jugend wiedergefunden ... Und dann: wie mein alter Herr
nun glücklich ist! Er trägt sein Schicksal, gelähmt im Stuhl
zu sitzen, in Frieden. – Wie hätt' er sich sonst daran
verzehrt ...«

»Das ist ja alles sehr schön,« sagte Agathe mit einem Male auf unbestimmte Art ernüchtert.

Aber dies flaue Gefühl wich rasch einer stürmischen Aufwallung. Denn Wynfried sah sie wieder mit vielsagendem Ausdruck an.

»Es beraubt also Klara in keiner Weise, wenn ich nicht blind für den holdesten, weiblichsten Zauber bin ...« sprach er leise und langsam.

Inzwischen hatten die Kämpfe in Fräulein von Gerwalds Brust zu einer Entscheidung gedrängt. Ihre Phantasie sah immer das leckere, von roter, steinharter Schale umpanzerte Hummerfleisch – und diese Zwangsvorstellung entschied.

Sie kam herbei, ein wenig schwankend und balancierend auf der schrägen Ebene des Decks der gerade sehr nach Backbord überliegenden Jacht.

»Es ist schon Abend!« sagte sie in dem erstauntesten Ton von der Welt, als falle ihr diese alltäglich wiederkehrende Tatsache zum ersten Male in ihrem Leben auf.

Agathe erwachte ...

»O – wann kommen wir heim? ...« rief sie geängstigt.

»Wann wir wollen!« beruhigte Wynfried; »ich habe zu Haus darauf vorbereitet, daß es spät in der Nacht werden kann ...«

»Liebste Baronin, Sie müßten aber jetzt etwas genießen,« ermahnte die Gerwald.

Man ging hinab. Vorher sprach Wynfried noch mit dem Schiffer. Der Wind flaute ab, blieb aber Nordnordost und verhieß glatte, wenngleich langsame Rückfahrt.

Dann aß man in einer unbegreiflich übermütigen

Stimmung. Roter, schäumender Romané füllte die Glasbecher. Das rosig verhüllte Licht gab eine Traumbeleuchtung. Aus vier Birnen kam es, die an den getäfelten Wänden, zwischen den Wandschränkchen, angebracht waren. Die Hummerschüssel stand auf Eis, und alle drei Tischgenossen griffen tüchtig zu.

Fräulein von Gerwald hob einmal ihr Glas mit dem prickelnden Burgunder gegen das von Wynfried. – Sogleich rief Agathe: »Wir wollen auf Klaras Wohl trinken!«

Und sie tranken auf die Gesundheit der jungen Frau. –

Die Gesellschafterin fühlte sich wieder einmal ganz beglückt – seit drei Jahren hatte all das Elend der Demütigungen und des ewigen Wechselns von Häuslichkeit zu Häuslichkeit ein Ende. – Rührung erfaßte sie, wenn sie bedachte, wie herrlich nun ihr Leben sei. Und in dieser Stunde war sie wie berauscht – nicht gerade vom leise und fein schäumenden Burgunder – nein, vielmehr noch von der Schwärmerei ihrer Herrin und von der Mannesschönheit Wynfrieds.

Agathe war vor Glückseligkeit wie benommen. – Ach, es lohnte sich ja doch noch, zu leben! – Und war es nicht, als ob Wynfried ein ganz anderes Wesen bekommen hätte – gleichsam als habe eine Zauberhand über sein Gesicht gestrichen und ihm einen neuen, fröhlich unternehmenden, sprühenden Ausdruck gegeben?

Ja – Wynfried fühlte sich wirklich wie verwandelt – nicht verwandelt – vielmehr wie ein Erwachender – wie ein Zurückgekehrter, der lange verbannt war – so dergleichen – er wußte selbst nicht, wie ihn das ankam. – Jedenfalls war es eine Gehobenheit. – Er war ganz durchrieselt von jenen köstlichen, gespannten Empfindungen, die Mann wie Weib in den Anfängen der Liebe überraschen. – Ach, was gab es denn Lebensvolleres als dies Vorahnen möglicher Wonnen, dies sich Einanderentgegendrängen mit Blick und Lächeln und sinnschweren Worten. –

Und dann die Servietten hingeworfen und hinauf ...

Der Abend war gekommen; er hatte sanfte Töne über Himmel, Land und Meer gelegt – dunkelveilchenfarbene, ins Grau hinüberspielende.

Fräulein von Gerwald sagte mit etwas unklarer Stimme, sie wolle es recht mit Andacht genießen, und suchte sich vorn am Bug ein Plätzchen, da wo der Klüverbaum über Bord hinausragte wie ein Spieß ... Dort hockte sie nieder und fand Lehne und Halt.

Wynfried und Agathe setzten sich auf die Kissen des vertieften Sitzplatzes. Dicht nebeneinander – er nahm ihre Hand und küßte sie und legte sie ihr in den Schoß zurück.

»Solche Stunden,« sagte Agathe, »entschädigen für alles, was man gelitten hat.«

»Was haben Sie denn so schwer gelitten, teure Freundin?« sprach Wynfried. »Daß Ihre Ehe kein Vergnügen war, kann ich mir denken. Bitte, erzählen Sie nichts davon – mir ist, als würde ich zu zornig werden. – Es gibt nur eins: vergessen!«

Sie redeten sehr leise miteinander.

»Man kann nicht alles vergessen, es gibt das Wort vom Ewig-Gestrigen. Es ist wahr! Wenn immer wieder zu einem zurückkommt und sich immer neu straft, was man einmal verbrach ...«

»Verbrach?! Sie – Agathe. – Nein, Sie können keine Schuld auf sich geladen haben. – Sie, die Sie nicht imstande sind, einer Fliege weh zu tun.«

»Nein – keine Schuld. – Und doch – aus Unkenntnis – aus Neugier – aus einer schrecklichen Sehnsucht nach – ach, ich weiß selbst nicht, wonach – nach Liebe, oder nach Glück – oder nach Geheimnis – ja, aus Unkenntnis kann man fehlen.«

»Nur das Gesetz ist so grausam, sie nicht als Entschuldigung anzunehmen. Erfahrene Herzen urteilen anders.«

»Dann haben meine Eltern keine erfahrenen Herzen, sie verzeihen mir nie, woran doch auch sie die Schuld trugen.«

»Wollen Sie mir nicht vertrauen – liebe Agathe. – Ich – verstehe alles –«

Er legte ganz sanft, und um sie zu ermutigen, den Arm um ihre Taille.

Und sie neigte den blonden Kopf näher zu ihm – stockend – in immer wachsender Leidenschaftlichkeit sprach sie von ihrer Jugend.

Immer dunkler ward die Sommernacht – die Flut glänzte in der Nähe schwarzblank und war in der Ferne ein Abgrund von Finsternis. Aus den Wogen kam eine gleichmäßige, an- und abschwellende Musik herauf – von der Jacht ging steuerbord ein kleines rotes Strahlenbündel hinaus und backbord ein grünes – die glitten als magischer Schein mit der Fahrt und schwebten über der Tiefe.

»Ich bin als einziges Kind immer sehr allein gewesen,« erzählte Agathe. »Und immer von zwei Gouvernanten bewacht – ich sollte Französisch und Englisch wie Deutsch können. Viel wollten meine Eltern mit mir. Hoch hinaus. – Mama ist eine Vereinsdame, gibt Geld mit vollen Händen, hat große Verbindungen – das war so 'ne Art Vorarbeit, begriff ich später – das sollte mir dann den Eintritt in die allererste Gesellschaft sichern. Und mal 'ne ganz, ganz große Partie! Hochadel oder allererste Finanzaristokratie. Papa wollte dergleichen haben für sein Geld, und Mama für all ihre Schufterei in den Vereinen. Und deshalb wurde an mir herumerzogen – und gar keine lustige Kindheit hatt' ich – und keine Freundin durft' ich haben – damit nicht einmal unerwünschter Anhang da sei. – Mama sagte manchmal: bis man seine gesellschaftliche Position ganz fest begründet hat, ist es vorsichtiger, allein zu bleiben – man muß erst sehen, wohin man gelangen kann.«

»Eine kluge Dame Ihre Mama ...«

»Ja! Und solche Art Liebe und solche Art Voraussorgen war mir bloß erbitternd. Ich wollte lustig sein, eine Freundin zum Liebhaben wollte ich – und da waren nur die steifen Gouvernanten – und sie und ich, wir haßten uns.«

»Armes Kind!« sagte Wynfried leise, obschon er nur flüchtig zuhörte, sondern nachprüfend Agathens Parfüm aufatmete und dachte: ja, es ist das Parfüm.

»So wurde ich sechzehn Jahre. Und wir lebten immer da draußen, zwischen den Fabriken – das Haus war prachtvoll – aber doch in Berlin selbst hätte ich vielleicht mehr Freiheit gehabt – mehr Zerstreuung. Ich sah oft die Herren aus dem Bureau – sie begegneten mir und grüßten – wenn ich mit meinem Nero spielte – ja, ich hatte eigentlich bloß meinen Bernhardiner zum Vergnügen. Und die Ingenieure sah ich auch. Wenn ich Nero in die Spree hinausschwimmen ließ zum Baden – dann mußte ich hinter dem Hause entlang gehen, wo die Herren alle wohnten. Und da ...« sie stockte.

Wynfried fragte: »Und da?« und legte seinen Arm fester um die zitternde Frau ...

»Und da war einer – mit so blanken braunen Augen und einem schwarzen Schnurrbärtchen – so italienisch – bildete

257

ich mir damals ein – Papa sagte später: wie ein Friseurgehilfe ... Ich weiß nicht, wie es kam – wir sahen uns immer so an, und dann, obgleich es dem armen Nero schlecht bekam, dann ging ich immer öfter, um ihn zu baden, und immer um die Zeit, wo ›er‹ an seinem Parterrefenster stand. – Und ich war mit einem Male glücklich und hatte fortwährend an etwas Schönes zu denken. Und dann – einen Tag – es war im Juni – da warf er ein Briefchen heraus, als ich vorbeikam, und drin stand, daß er mich wahnsinnig liebe und sterben werde, wenn er nicht einmal mit mir sprechen könne, und wo es wohl sein könne – und ich solle morgen, wenn ich mit dem Hunde vorbei komme, eine Antwort bringen – einen Zettel in sein Zimmer werfen, er wolle aus Vorsicht nicht am offenen Fenster sein ... Ja, so fing es an.«

Agathe weinte ein wenig. Sie schämte sich noch immer wieder. Und erinnerte sich doch auch zugleich der schaurig-süßen Ängste und Wonnen von damals.

»Wir trafen uns – hinter Zäunen – zwischen den Winkeln von Schuppen und Lagerhäusern – da war keine Poesie – kein Wald – kein Mondschein – keine Nachtigall – alles hatte gleich so was furchtbar Verzweifeltes. – Und er schwor, sich zu erschießen, wenn ich nicht die Seine werde.«

Agathe trocknete ihre Tränen. Stärker als Scham und Gram ward das heiße Erinnern.

»Dann verreisten die Eltern – ich blieb bei den Gouvernanten zu Haus – jede von ihnen hatte vierzehn Tage Urlaub, so daß vier Wochen lang nur eine Tyrannin mich bewachte. – Und Miß Brown war sehr leidend – benutzte diese Zeit ohne Kontrolle seitens der Herrin, um ganz früh schlafen zu gehen – es war ein so schwüler August. Ich starb vor Sehnsucht – litt – o – dachte zu verbrennen – und da geschah es. – Ich wußte ja nicht, was ich tat – ich war nur selig – selig ...«

Sie erschauerte. – Sie flüsterte weiter. – Und es war, als ob ihre raunende Stimme und das schmeichelnde Rauschen des Meeres Töne seien, die aus dem gleichen Urgrunde allen Lebens heraufkämen.

»Ich hab' es nie begriffen – nie – daß das schlecht von mir gewesen sein sollte – so unmenschlich glückselig in Liebe zu sein –«

Sie schwiegen beide lange. – Und Agathens Kopf ruhte sich an seiner Schulter von vergangenen Leiden aus ... Endlich sprach sie weiter.

»Die Eltern kamen zurück. Irgend jemand glaubte sich

verpflichtet, mit ihnen zu sprechen – denn die ganze Fabrik hatte es gewiß schon lange gemerkt – wie hätt' ich daran denken können? – Und dann gab es einen Zustand – o Gott – ein Massenmörder kann nicht härter bestraft werden. – Hinrichtung ist ja milde dagegen. – Und Miß Brown flog hinaus – und ›er‹ schrieb kühn und stark an Papa, daß ich seine Braut sei und daß er mich heiraten wolle – und Papa und Mama schrien, darauf habe er nur spekuliert – Und ich sagte, seine Armut sei mir recht und ich wolle mit ihm hinausziehen und betteln. – Dafür hatte Papa nur ein schreckliches Gelächter. – Wiedergesehen hab' ich ihn nie – nicht einmal Abschied nehmen durfte ich. – Und Papa schickte ihn mit viel Geld nach Amerika – da ist er verdorben und gestorben – das hat Papa erst nach vier, fünf Jahren gehört. – Damals gleich, als all diese Wut auf mich bei Papa und Mama war, wollte ich sterben. – Es ist schwer, zu sterben – man weiß nicht, wie man es machen soll –«

Sie seufzte.

»Ich war noch ganz gebrochen – dann kamen die Eltern und sagten, ich müsse den Baron Hegemeister heiraten, es sei für mich das beste – das einzigste. Sie taten, als weise ganz Berlin mit Fingern auf mich – weil ich einen armen Angestellten sehr lieb gehabt hatte. – Und ich dachte: vielleicht ist die Ehe Freiheit. Sie war ja gewiß ein besseres Leben als das, was ich zu Haus gehabt hätte. – Obgleich ... Bis auf den heutigen Tag zürnen mir die Eltern und tun nur wegen der Welt, als sei alles in Ordnung. Und sie fragen die Gerwald aus, und die gute Gerwald sagt die Wahrheit und erzählt, wie trist ich eigentlich lebe.«

Agathe sprach nun mehr vor sich hin als zu ihm.

»Und um dieser jungen, törichten, heißen Liebe willen, soll mein ganzes Leben verpfuscht sein? O, ich weiß wohl – böse Menschen flüstern noch immer allerlei – und vielleicht hat einer, für den ich ein bißchen schwärmte, gedacht, als Offizier könne er das nicht. – Aber von wie vielen Frauen wird geflüstert ... Und weil ich aus lauter Einsamkeit und Unkenntnis und Sehnsucht einen Menschen mal ein wenig zu lieb gehabt habe – soll ich nie mehr – nie – nie mehr die Glückseligkeit erfahren – geliebt zu sein ...«

Da neigte sich das Gesicht des Mannes über das ihre.

Er flüsterte kein Wort des Trostes, des Werbens, der Verheißung –

Mit einer bezwingenden Selbstverständlichkeit suchten seine Lippen die ihren zu einem verzehrenden Kuß ...

———

Und am Klüverbaum hockte das alte Mädchen und starrte in die Nacht hinaus.

Alles in ihr war Aufruhr. Eigenes Wünschen und Entsagen glomm, wie Feuerreste unter Aschenhaufen, wenn er aufgestöbert wird, noch einmal auf. – Und sie fühlte auch: nun war die seit drei Jahren mit so viel Entschlossenheit und immer vergebens erwartete Stunde da, beide Augen zuzumachen.

Und aus der Sommernacht wehte so viel heran – fast wie Qual des Neides – Rührung, die der gutherzigsten aller Frauen ein wenig Glück gönnte – Sorge vor schrecklichen Kämpfen.

Es war aber schön, hier zu sitzen und zu wachen, und sie kam sich fast wie Brangäne vor.

Märchenhaft – wie so das Schiff durch die schwarzen Wasser dahinglitt – und im ewig gleichen Ton und Rhythmus besangen die Wogen leise den Zauber der Fahrt;

dunkel die Ferne, hoch und voll schwarzer Majestät der Himmel.

Und nun tauchte der stolze Schiffsleib der ›Hohenzollern‹ auf, und aus ihren vielen, vielen Augen glänzte gelbes Licht. – Und drüben Travemünde-Strand – eine Reihe von Lichtperlen nur. – Und das Blinkfeuer des Leuchtturms, das zuckte und verschwand und wieder zuckte.

Und dann trat ein Mann an den Platz heran, wo Fräulein von Gerwald saß, und schreckte sie auf.

Der Mann hielt in seinen hocherhobenen Händen je eine Laterne. – Er schwenkte sie und wiederholte gewisse Bewegungen in mehrfacher Folge. – Er semaphorte der Lootsenstation zu, daß die »Klara« in den Hafen wolle, und die Station solle es dem Motorboot weitergeben, das im Hafen wartete ...

Große Unruhe entstand an Bord.

Die rotweißen Matrosen manöverierten, das Schunersegel rauschte herab, sank in sich zusammen und ward von raschen, vielen Händen zu einer Faltenrolle zusammengebunden. Das Großsegel schlänkerte gelöst. –

Und inmitten all der Unruhe stand mit einem Male der Herr der Jacht da und gab Befehle.

Fräulein von Gerwald suchte Agathe und fand sie wie verzaubert auf dem Sitzplatz – in seligem Lächeln sinnend.

Sie fiel dann ihrer Treuen um den Hals und sprach kein Wort. – Aber die Treue wußte – dies verband sie beide auf immer.

Nach einer weiteren halben Stunde war man im Hafen. Und dort wollte Wynfried mit den Damen auf das Motorboot übersiedeln. Die »Klara« sollte über Nacht in

Travemünde bleiben. Mit dem flinken »Severin« dachte Wynfried erst die Damen an die Lammener Brücke zu bringen und dann nach Haus zu fahren. Es würde wohl lange nach Mitternacht werden ...

In Travemünde am Ufer waren in dieser Festzeit noch Menschen – und zwei Schiffer riefen allerlei von der hohen Brücke herab ...

Was denn? Ja – ganz gewiß. – Der Schlepper ›Primus‹ hatte die Nachricht mitgebracht – gerade als er die Trave abwärts dampfte und schon eine gute Strecke an »Severin Lohmann« vorbei gewesen war, hatte er einen furchtbaren Knall von dorther gehört.

Wie von einer Explosion ...

8

Die junge Frau hatte den Besuch ihrer früheren Pflegemutter gehabt. In allem war die Doktorin Lamprecht ein eifriger Mensch, in Rede wie in Tat. Und so hielt sie auch mit einer gewissen pflichtvollen Emsigkeit darauf, Klaras Einladung zum Nachmittagstee zu folgen. Klara hatte gesagt: komm doch an schönen Sommertagen, so oft du willst, nachmittags herüber. Das war der alten raschen Dame zu unbestimmt gewesen, und sie setzte sich selbst im stillen den Dienstag und den Freitag zu den Gängen nach dem Herrenhaus von »Severin Lohmann« fest. Das hatte Klara natürlich bald gemerkt, und wenn sie einmal an einem dieser Wochentage verhindert war, telephonierte sie ab. Heute war die alte Frau eigentlich darauf gefaßt gewesen, daß man ihr abwinke. – Die jungen Eheleute wollten doch mit ihrer Jacht den Seglern entgegenfahren. – Likowski, der immer einen Augenblick vorsprach, erzählte von der erhaltenen Einladung, der er nicht folgen könne.

Als dann aber kein Abwinken erfolgte, stürzte sich die alte Frau mit ihrer vollen Lebhaftigkeit in Sorgen. War das Kind krank? Oder der Geheimrat? Darüber nachzudenken und sich mit jedermann, der ihr in den Wurf kam, eindringlich zu besprechen, war sehr unterhaltend. Zum Glück erwies sich alles als überflüssige Gedanken- und Zungengymnastik, denn sie fand Mutter und Kind in der völligsten Gesundheit vor, und der Geheimrat war nicht sichtbar. Er arbeitete oben mit seinem Sekretär. Das Kind hatte mittags viel geschrien und war ein wenig mit der Verdauung gestört gewesen – nun lag es prachtvoll anzusehen im offenen Wagen, und die Amme in der malerischen Tracht saß dabei und wehrte den Fliegen. Nicht weit davon hatten die beiden Damen Tee getrunken. Der Platz unter den alten Ulmen war angenehm, man hatte von da einen sehr malerischen Blick auf die Hochöfen, die wie in einem Ausschnitt, vor dem blauen Himmel, von grünen Zweigen umrahmt, ernst dastanden. Die Doktorin Lamprecht erzählte mit unermüdlich dahinrinnenden Worten von allem Kleinkram ihres engen Lebens.

Dann geleitete Klara die flinke kleine graue Alte hinab zur Fähre, wo es noch einen wortreichen Abschied gab, bis Sörensen, der Fährmann, ungeduldig fragte: »Wölt wi nu foahren, oder wölt wie nich foahren?«

Als Klara langsam treppan zwischen den Hainbuchenhecken zurückging, fühlte sie sich von einer unbegreiflichen Zuversicht und Heiterkeit erhoben. Woher ihr die kam – sie wußte es nicht. Das Grundlose ihrer wechselnden Stimmungen, das Gegenstandslose ihrer frohen Sehnsucht und jammervollen Zerdrücktheit, als läge alle Qual der Welt auf ihr – sie vermochte es nicht zu erklären. Alles, was sie konnte, war, eine äußerlich immer beherrschte Haltung zeigen.

Jetzt däuchte ihr, sie sei glücklich, daß das bißchen Unruhe des Kindes nicht die Vorbotin von ernstlichen Störungen gewesen sei. Sie machte sich Vorwürfe, ihren Mann nicht doch begleitet zu haben. Sie wollte ja all seine Interessen und Freuden teilen – das war ihr ernster Vorsatz. Aber dieser freie, friedlich ungezwungene Nachmittag war so schön – fast, als sei es weniger – mühsam. –

Als sie sich dem Platze unter den Ulmen näherte, sah sie, daß die Amme fortgegangen war und daß anstatt ihrer Leupold Wache hielt. In seiner einfachen dunkelblauen Livree stand er da und beugte sich auf den Wagen hinab.

Klara schlich beinahe. Sie wollte ihn überrumpeln, und das gelang ihr auch. Er fuhr auf und wurde rot.

»Kathrin bat mich – ich sollte mal ein paar Minuten aufpassen. – Ich kam her, weil Herr Geheimrat bitten lassen, wenn es der gnädigen Frau recht sei, möchte das Abendessen erst um neun Uhr angesetzt werden.«

Da lag Severin der Kleine in seinem Wagen, luftig zugedeckt, die nackten Ärmchen frei – er fing nun schon an, mit der einen Hand nach der anderen zu greifen, ohne daß es ihm gelang – in diesem allerersten zweckvollen Spiel der Glieder. Er sah so gepflegt und lieblich aus, daß selbst ein unverständiger Beobachter wie der alternde Junggesell Leupold erkennen mußte, es sei ein köstliches Exemplar von einem Kinde.

Klara sah ihn an – irgend etwas in ihrem Blick forderte ihn auf, zu sprechen.

»Ich glaube,« sagte er verlegen, »der Kleine wird mal ganz und gar Herrn Geheimrat ähnlich ...«

Dann setzte er schnell hinzu und wurde wieder rot: »Es ist das schönste Kind, das ich je gesehen habe ...«

Und ging rasch davon. Klara lächelte. Sie fühlte: der eifersüchtige Mann hatte ihr nun endlich verziehen, daß sie die Schwiegertochter und bevorzugte Pflegerin seines Herrn geworden war. Severin der Kleine hatte ihn entwaffnet, und er war vielleicht von ähnlichem Stolz auf den Stammhalter erfüllt wie der Großvater selbst.

Ja, so kleine Händchen können viel.

»Vielleicht,« dachte Klara, von einer plötzlich aufwallenden Hoffnung ganz erregt, »vielleicht doch noch einmal die Herzen seiner Eltern recht zusammenfügen ...«

O Stunde des Glücks, wenn das geschähe! – Und warum nicht? Es gibt doch Gefühlswunder, Wandlungen – man las so viel Schönes davon. Und was die Poesie verherrlicht, muß sie doch im Leben gefunden haben. –

Um neun Uhr kam der alte Herr herunter und saß in seinem Fahrstuhl am Tische. Trotz des wundervollen Sommerabends blieben die Fenster geschlossen. Das Hereinschwirren von Insekten und ihr Tanz und oft genug ihr Tod im Licht war Klara immer widerwärtig. Der Geheimrat teilte ihren Ekel davor.

»Nun hast du heute gar nichts von dem Sommertag gehabt,« schalt Klara.

»Die Arbeit drängte. Ich hatte es mir in den Kopf gesetzt, die Denkschrift, die ich dem schwedischen Handelsminister zustellen lassen will, noch heute zu beenden. Morgen gibt es Störungen die Menge. Direktor Malzan von der Frankfurter Heizkessel- und Röhrenfabrik hat sich angesagt – eine Verbindung, die Wynfried anknüpfte. Die Fabrik will fortan ihr Rohmaterial von uns beziehen. Außerdem ist Mühlmann aus Harburg zu erwarten.«

»Ach der alte Herr, der immer denselben Spaß macht, indem er bedauert, daß er mir von den niedlichen Kleinigkeiten, die er fabriziert, keine Pröbchen zu Füßen legen könne.«

»Du solltest aber mal wirklich die Mühlmann-Werke mit Wynfried zusammen ansehen; wenn ihr mal in Hamburg seid, ist's ja nur ein Katzensprung. Anker für Ozeandampfer und Krane und Ketten von kolossalischen Größen und Gewichten. – Ja, also Malzan und Mühlmann wohl sicher. Vielleicht noch zwei Geschäftsfreunde aus Rußland. Und möglicherweise der junge Marks. Die Reederei Marks in Stettin hat uns, aus einer Konkursmasse, billig einen

Kohlendampfer angestellt. Wenn der Juniorchef selbst kommt, muß er zu Tisch gebeten werden. Aber du weißt: alles ist unsicher.«

Ja, das kannte Klara: an vielen Tagen der Woche Tischgäste: die, auf welche man sich vorbereitet hatte, kamen zu ganz anderen Tageszeiten und konnten nicht zum Speisen dableiben; ein andermal erwartete man niemanden, und eine Stunde vor Tisch hieß es plötzlich, es würden Gäste kommen. Oder man dachte an einen oder zwei Herren, und es wurden ihrer sechs.

Aber die Küche war darauf eingerichtet, und Frau Flüggen, die Herrenköchin, war eine Verbindung von rascher Entschlossenheit und Ruhe, die Klara heimlich bewunderte.

»Und da Thürauf verreist ist,« fuhr der alte Herr fort, »mag ich gern selbst alle sprechen und sehen. – Auf dem Werk macht Wynfried ja sowieso allein die Honneurs, wenn Thürauf fort ist.«

Klara legte ihrem Schwiegervater von dem leichten Ragout aus Kalbsmilchern und Zunge vor, das für ihn besonders bereitet war.

»Du sprachst von einer Denkschrift?« fragte sie.

Er mochte es gern haben, wenn sie unterrichtet sein wollte. So lebendig hatte auch einst ihre Mutter an allem teilgenommen, was ihn beschäftigte. Seit die Tochter der Geliebten seine Tochter geworden war, verschwammen beider Gestalten für ihn auf das merkwürdigste in eins. Er konnte seine Empfindungen für die heilige Tote und diese ihn täglich mit Liebe umsorgende junge Frau nicht mehr auseinanderhalten. Und ihm war auch, als erkenne er jetzt erst den tiefsten Sinn des Schicksals, das ihn zum Entsagen gezwungen. Daß die Vergangenheit rein geblieben war,

268

adelte ihm heute die zärtlichen Vatergefühle. Klara war ihm teurer, als eine Tochter aus eigenem Blute hätte sein können – jene verborgensten, geheimnisvollsten Verwandtschaften sprachen, die jenseits aller Erklärbarkeit liegen.

Wie genoß der alte Herr nach Tagen voll angestrengter Arbeit und in seinem brüchigen Zustand diese Stunden – auch ihm war's im tiefsten Herzen uneingestanden recht, wenn Wynfried am Abendtisch fehlte. Er, der Vater, und sie, die junge Frau, waren sonst immer bemüht, daß Wynfried sich nur behaglich fühle ...

Er sprach zu der eifrig Hörenden.

»Weißt du, es ist auch eine Art Zeitkrankheit: dies Erwachen eines blinden Nationalismus überall – der so oft Forderungen erhebt, die dem eigentlichen volkswirtschaftlichen Interesse des Vaterlandes zuwiderlaufen. – In allen Ländern das gleiche. Nun gibt es in Schweden große Gruppen von Politikern, die es als eine Schädigung der wirtschaftlichen Zukunft ausschreien, wenn Schweden fortfahre, seine Eisenerze auszuführen. Und es wäre beinahe Selbstmord, wenn diese Ausfuhr je verboten werden sollte. Die Eisenerzlager sind ungeheuer groß. – Und Schweden ist so klein – es hat auch keine Kohlen – keine Arbeitskräfte – selbst wenn es all seine Erze selbst verhütten wollte und könnte, fehlte wieder die Feinindustrie, die den Hüttenwerken das Rohmaterial abzunehmen imstande wäre – und sie könnte auch niemals in einem Maße entstehen und sich entwickeln, um all dies gedachte Roheisen zu verarbeiten. – Deutschland ist der nächste, der gegebenste Abnehmer – es trägt für das Erz, das es empfängt, ein Riesenkapital über die Ostsee nach dem befreundeten Land. In Deutschland ist der Eisenverbrauch pro Kopf in den letzten dreißig Jahren um etwa neunzig Kilogramm gestiegen: von vierzig bis auf hundertunddreißig – stell dir das mal vor ...«

Nein, das konnte Klara sich natürlich nicht auf deutliche Art vorstellen, wie ein Mensch hundertdreißig Kilogramm Eisen verbrauchen soll. Sie lächelte glücklich, war voll Freude, daß der Vater immer in dem starken Bedürfnis, sich zu betätigen, geistig so frisch wie nur je sich zeigte, und sie scherzte ein wenig – denn das mochte er haben. Und sie sagte, daß diese Statistiken auch unfreiwilligen Humor besäßen; und Großvater solle es sich doch seinerseits einmal vorstellen, wie Severin der Kleine hundertdreißig Kilogramm Eisen verbrauche ... Er mußte lachen. Und sie lenkte durch wißbegierige Fragen ihn wieder auf seinen Vortrag zurück.

So saßen sie in Frieden, und Klara sprach endlich, etwa um elf Uhr, davon, ob man nicht ans Zubettgehen denken müsse.

»Wenn du sagst ›man‹, meinst du mich,« scherzte der Geheimrat.

»Eingestandenermaßen! Ich möchte noch aufbleiben – auf Wynfried warten – aber nur bis Mitternacht – später könnt's ihm eher bedrückend als erfreuend sein.«

»Klug!« lobte er. »Und Wynfried hat es ja heute wirklich nicht in der Hand – wenn zum Beispiel Flaute eingetreten sein sollte ...«

Klara klingelte zweimal. Das hieß, daß Leupold kommen solle, um seinen Herrn hinaufzuschaffen, und daß Georg oben zur Stelle zu sein habe, um beim Zubettgehen zu helfen.

Sie geleitete den Fahrstuhl noch hinaus – der Lift mündete in der Nähe des Eßzimmers auf die Diele.

Diese war nur schwach erleuchtet. Die Glastür, durch die man in den Hauseingang kam, war geschlossen. Aber die breite Tür, die von der Diele aus auf eine Plattform mit Sitzgelegenheiten führte, stand weit geöffnet, und die Wärme des Sommerabends kam herein.

Der alte Herr atmete sie ein – sie tat ihm wohl.

»Ein paar Minuten,« sagte er, und Leupold fuhr seinen Herrn gehorsam auf die Plattform hinaus. Klara setzte sich auf den nächsten Stuhl, stützte den Ellbogen auf seine Lehne und schaute ruhevoll hinaus in das schwarze Dickicht des Parkes.

Dieser Abend hatte der jungen Frau wohlgetan. Sie fühlte: solange dieser große Mann lebte, war sie, als seine Tochter, reich. Wie mußte er immer und immer an sich gearbeitet haben, bis sein brausender Wille, sein überragender Verstand sich mit Güte und Gerechtigkeit gleich einer Gloriole umgab. Sie ahnte auch, daß er nicht nur aus Neigung zu dem Gesprächsstoff, sondern sehr zweckvoll sie ganz und gar mit dem Werk und seinen tausendfältigen Beziehungen vertraut machte. Sie legte es sich so aus: er wolle, daß sie ihrem Gatten immer mit Verständnis entgegenkommen und sein Interesse, falls es erlahme, neu beflügeln könne.

Man sah von dieser Plattform aus nichts vom Hochofenwerk. An das Rumoren des Betriebes waren ihrer aller Ohren so gewöhnt, daß sie es nicht mehr hörten. Ihnen schien Sommernachtstille entgegenzuströmen, und Friede und ein sanftes Dunkel füllte die Luft, als webe und schwebe in ihr der Geist lieblicher Schlafseligkeit. Alles zwang zum Schweigen. Und diesem beruhigenden Schweigen nachzuhängen, war schön.

So ließen sie die Minuten rinnen. – Da geschah etwas

Furchtbares – grauenvoll Bedrohliches – sie zuckten zusammen – ein dunkler, runder Ton hatte die Luft zerrissen. – Die Gewalt der Erschütterung war so groß, daß ein Zittern durch die Nacht ging.

Der Schreck legte seine kalte Hand auf den Mund der jungen Frau, und sie konnte nicht einmal schreien – –

»Mein Gott!« stieß der alte Mann heraus. – Und er saß und war gefangen ...

Eine Explosion – irgend etwas war geschehen. – Ungewöhnliches – vielleicht Furchtbares.

Sie horchten unwillkürlich dem dunklen, knallenden Ton nach – ein, zwei Sekunden – unter der Wucht des Nachhalls, der ihnen im Ohr lag – in der Lähmung des Schreckens.

»Durchbruch?« sagte der alte Mann. – Als Frage klang das in die jetzt wieder stumm gewordene, dunkle Nacht hinein.

Und seine Hände auf den Lehnen seines Stuhles zitterten.

Nach dem Schreck kam der erste deutliche Gedanke: Leupold sollte hinüberlaufen und fragen. – Aber er hatte keine Zeit, das zu Worten zu formen.

Denn die junge Frau rannte fort – es trieb sie – rief sie.

»Klara!« aber der starke Ruf erreichte sie nicht mehr. Ihre weiße Gestalt war schon um die Hausecke verschwunden.

Und sie lief, wie sonst Knaben laufen, in rasender Eile, mit langen, federnden Schritten.

Sie sah vor sich das Werk – war nicht alles wie sonst? ... Die vielen kleinen Sonnen all der elektrischen Lichter standen als heller Kern in ihrer runden Strahlenglorie.

Malerisch beschienen wälzte sich der Rauch von der Kokerei her langsam in schräger Lage über und durch all das Eisengestänge der Drahtseilbahnen und Rohrleitungen, ehe er sich in die dunkle Luft hinauf verlor und von der Nacht aufgesogen ward. Als hellbeleuchtete Säulen erhoben sich unbeschädigt die Schornsteine. Die weit hinausragenden eisernen Linien der Ausladebrücken waren klar zu erkennen. Das ungeheure Geschöpf mechanischen Lebens, der Selbstgreifer, senkte sich von der ersten Brücke hinab in den Bauch eines Dampfers, um ihm Riesenhände voll gepulverter Kohle zu entreißen und oben in die Wagen zu entleeren.

Klara umfaßte im Laufen dies ganze, ihr so vertraute Bild von Lichtern und Feuerscheinen und überhelltem Gewölk, senkrecht und wagerecht von schwarzen Linien und Gebäudesilhouetten durchschnitten. Wie ein Märchen aus Tausendundeine Nacht, aber gewaltiger und viel phantastischer, stand dies Wunder menschlicher Kraft vor dem schwarzen Himmel, inmitten der dunklen Landschaft.

Ein Blick – in solcher Angst – erfaßt in Sekundenschnelle viel – die nächste Sekunde änderte das Bild.

War dort nicht die Ordnung und das gewohnte Sichüberschneiden der Linien zerstört? Wo war der leiterartige Schrägaufzug, dieser feine, durchsichtige Bau von Eisenstäben, zwischen denen sonst die Förderwagen gleich kleinen Lasttieren hinaufkrochen, um oben in das Beschickungsloch der Hochöfen Erze, Kohlen und Kalkstein zu werfen? Starrten da nicht zerbrochene Rippen in die Luft? Aber noch ehe der Blick dies sicher erkennen konnte, geschah etwas Neues. – Dampf quoll auf, weißer, dickgeballter Dampf kochte in die Höhe und verhüllte alles.

Schon war die junge Frau am Tor – von Severinshof strömten Menschen heran. – Die Männer der abgelösten

273

Belegschaft, die der Knall aus ihrer Ruhe riß – verängstete Frauen.

Der Torwächter gebot diesen Frauen ein Halt. – Aber wie durfte er es der Tochter und Gattin der Herren zurufen?

Klara stürzte vorwärts – sie die einzige Frau unter den Scharen von Männern.

Nun sah sie – da am ersten Hochofen sah sie es – in kurzen Sekunden, wenn der weiße Dampf zischend höher trieb. – Ergoß sich ein Lavastrom aus dem Bauche des Hochofens? Wo kam diese weißglühende, feurige Masse her, die alles Wasser, das gleich einem gläsernen, rinnenden Mantel die Burg der schmelzenden Erze umgab, zum Verdampfen brachte?

Das flüssige Eisen und die kochende Schlacke hatten ihren Panzer durchfressen.

Und indem sie sich, ihren Kerker zersprengend, hinausdrängen wollten, machten sie allen Gasen freie Bahn.

Mit einem Donnerknall war die glühende Luft entwichen, indem sie Steine und Eisen zerbrach – und die Masse geschmolzenen Metalls flutete ihr nach.

Es war ein ungeheuerliches Bild – wie dies Gedärm von fließendem Feuer nun fast ruhevoll herausquoll und sich über den Unterbau, den Herd ergoß.

Und eine unerhörte Aufregung zuckte durch die Menge.

Vor dem Höllenatem der Bruchstelle und ihren Entladungen, vor dem weißkochenden Dampf wich alles weit zurück. – Und doch hieß es eingreifen – größerem Unglück vorbeugen – von all den maschinellen Betrieben des Werkes Störungen abhalten – die vorbeiziehenden Bahnen und Rohre vor der Schmelzglut schützen – die fließende Lava aufhalten. Von der Gießhalle her mußte das Stichloch eingestoßen werden, um den Abfluß auf die sandige schiefe Ebene ihres Bodens zu lenken.

Tapfere Männer, Hände und Arme mit nassen Lappen umwunden, von Schläuchen mit Wasser begossen, drangen mit der Stoßstange vor – berannten das Stichloch – damit sein Tonverschluß zerbreche.

Einer der Ingenieure, die die Arbeit leiteten, näherte sich Klara. – Sie stand, leichenblaß, zitternd, erdrückt von der Majestät der Elemente, die sich der Menschenhand entwinden wollten.

»Gnädige Frau,« bat der Ingenieur höflich, und es hieß: »Gehen Sie.«

»Alle fort – Thürauf – mein Mann –« stammelte sie.

»Was zu tun ist, geschieht,« sagte er ruhig.

»Nein – ich bleibe ...« Sie stand ja sicher.

Dampf und Glut umhüllten das Bild und entschleierten es in jähem Wechsel, wie Wind, Hitze, Luftwirbel spielten.

Die hellen Töne der Eisenstange, die die Männer gegen das Stichloch trieben, klangen durch die Wirrnis.

Da ein Schrei und ein furchtbares Aufheulen.

Im gleichen Augenblick, da das Durchstoßen des Stichloches gelang, sackte von oben im Gehäuse des Ofens die ganze Beschickungssäule, diese schon halb durchschmolzene Masse von Erzen und Kohlen und Kalkstein nach, hinab in den entstandenen Hohlraum, und preßte so auf die herausquellenden Massen, daß sich aus dem Stichloch ein Katarakt, ein Springquell von fließendem Eisen ergoß und auf den Unterkörper des Vordermannes traf.

Das wahnsinnige Aufheulen ließ jeden erbeben, und da war wohl keiner, dem nicht ein Frösteln über die Haut lief und ein Gefühl von Übelkeit emporstieg.

Auch die junge Frau schrie auf – sie drängte sich durch die Männer – sie lief und lief und merkte kaum, daß ein paar Atemlose mit ihr fast Schritt hielten. Zwischen starren Eisenträgern und Mauern vorbei ging der Weg – durch Qualm und gasige Dünste – und da war das kleine Rettungshaus. – Da war die Tragbahre – in Glasschränken alles, was einem Verunglückten wohltun kann.

Und da war auch schon Doktor Sylvester, der für alle Fälle herbeigeeilt kam, als er über den Knall erschrak.

Und zehn Minuten nachher lag auf der Tragbahre, die mitten auf dem braunblanken Tonestrich des kleinen Raumes stand, der Mann – gefallen auf dem Felde der Arbeit – ein stiller Held, der in ruhigem Mut sich dahin stellte, wo seine Pflicht ihm das Leben kosten konnte.

Sein Jammern erfüllte die Luft und machte der jungen Frau den Herzschlag fliegen.

Sie weinte und wußte nicht einmal, daß ihr die Tränen aus den Augen liefen und daß sie sich zuweilen mechanisch mit dem Handrücken abwischte, um klarer zu sehen.

Mit raschen, gehorsamen Händen folgte sie den Anweisungen Sylvesters – ihr Frauengefühl, die sanfte Sicherheit ihrer Bewegungen waren gute Dienerinnen. Und Sylvester, mit dem Schmiß über die Wange bis zum Mundwinkel hinein, sah verächtlicher und grollender aus als je – seine Stirn war gefaltet – seine Finger zart, wie die eines schonenden Weibes.

Und sie schnitten dem Verunglückten die Kleider vom Leibe, und von dem nackten berußten Körper stieg der furchtbare Geruch verbrannten Fleisches auf. –

Dann kniete Klara neben der Bahre – und als der Arzt begann, mit lindernden Mitteln, antiseptischen Watten und schleierdünnen Bandagen die Beine und Schenkel zu behandeln, umfaßten die beiden feinen Frauenhände manchmal die zwei krampfhaft geballten schwarzen Arbeiterfäuste.

Das heisere, brüllende Schreien des Mannes wurde matter – er mochte die Wohltat des Verbandes spüren – und vielleicht kam die Schwäche – jene Grenze der äußersten Leiden war erreicht, wo die Nerven schon leiseste Milderung erlösend empfinden.

Sein Blick – sein furchtbarer Blick voll Zorn und Wildheit – in dem noch die ungebrochene Wut der Schmerzen loderte, traf den Blick der jungen Frau.

Und es war, als sprächen sie zusammen.

Aus den dunklen Augen strahlte ein Mitleiden voll himmlischer Kraft.

Und diese junge, weiße Stirn war von einem ungeheuren Schmerz gefurcht.

Tief neigte sie sich zu ihm herab – als wolle sie ihre Seele der seinen nahe bringen.

Und ihre Seele wollte der seinen viel sagen.

Aber nicht einmal ihre Gedanken konnten sich zu Worten fassen – in dem Übermaß der durcheinanderflutenden Gefühle tauchten, gleich Bruchstücken, einzelne, deutlichere Empfindungen auf ...

»Ich leide mit dir – sieh – ich hab' mich niemals über dich erhoben – hab' nie hochgemut den Reichtum genossen – ich bin ein einfacher Mensch wie du – deine Schwester – verzeih mir – verzeih Gott – verzeih dem Leben – verzeih, daß du leidest – du sollst keine Sorgen haben – sei tapfer – bleib mutig –«

So stammelte ihr Denken. – Und sie hob mit aller Kraft ihre gefalteten Hände zum Arzt empor – ohne Worte flehte, fragte sie: er wird leben?

Und Sylvester verstand diese stumme, glühende Frage.

Er sprach fest: »Ich hoffe.«

Und sein Blick glitt ab, nicht weil er log – sondern weil die Inbrunst in diesen Augen, weil das heilige Mitleiden auf diesem Angesicht seine männliche Fassung fast zerbrach.

Und wieder neigte Klara sich über dieses düstere, halbzerstörte, ächzende Geschöpf. Mit leisen, liebevollsten Händen streichelte sie seine Schläfen – strich ihm das nasse Haar aus der Stirn.

Und wieder sprachen ihre Blicke zueinander – in schrecklicher Klage und in innigem Trost.

Da bückte sich die junge Frau noch tiefer und küßte die berußte, von wilden Schmerzen verzerrte Stirn.

———

Am anderen Ufer, in der friedlichen kleinen Stadt, saßen der Hauptmann von Likowski und sein Oberleutnant und Freund, der Freiherr von Marning, noch spät zusammen. Die Fenster waren geöffnet, und der schwebende Rauch aus des Hauptmanns Zigarren zog um die Lampe und dann in feinen Streifen hinaus ins Dunkel der Nacht.

Marning hatte das schlichte Abendbrot des älteren Kameraden geteilt. Dann saßen sie und nahmen eine strategische Aufgabe durch, die Likowski sich ausgedacht hatte. In der lebhaftesten Meinungsverschiedenheit stritten sie hin und her. Aber nun war es für heute genug. Morgen früh vier Uhr begann eine große Marschübung. – Also: gute Nacht –

»Ich danke Ihnen, daß ich heute abend bei Ihnen sein konnte,« sagte Marning, während er seinen Säbel umschnallte.

»Na ja, und ich dank' Ihnen, daß Sie sich bei mir einluden. Sagen Sie mal, Marning, was ist das, daß wir uns um Vorwände bemühen, Herrn Wynfried Severins Aufforderungen auszuweichen? Und obenein mit Zurhilfenahme von Verschleierungen und Vorspiegelungen. Er muß meinen, nach der Art unserer Absage, daß bei mir 'n großer Kommispekko für Unbeweibte stattfindet. Und wir haben bloß friedlich zu zweien fachgesimpelt – leider Gottes tun wir ja immer nur was Friedliches.«

»Ich weiß auch nicht, was es ist,« sprach Marning.

»Schade! Ist ja übrigens nicht auf unserer Höhe! Nach Vorgefühlen gehen! Denn was anderes als dies unbestimmte ›Wir mögen ihn nu mal nich‹ können wir doch nich vorbringen. Er ist ein liebenswürdiger Wirt. Er soll sich zum fixen Geschäftsmann entwickeln. Wir sehen ihn nur in ritterlicher Art mit Vater und Frau verkehren. Daß er acht Jahre lang 'n Lebejüngling war – nu – über so was wächst ja Gras – – Und dennoch: nee – ich kann nu mal kein Herz zu ihm fassen – ich trau' ihm nich – – Er ist mir auch zu schön.«

Marning hätte kaum etwas antworten mögen und können. – Und ihm wurde auch jede Antwort abgeschnitten. – Ein Knall – dunkel und groß – von dem Nachklang krachender Geräusche begleitet, zerriß die Nachtluft in Stücke.

Sie sahen sich an – erschreckt nachhorchend – ein paar Augenblicke.

Was war das? Wo war das gewesen? In der Stuhrschen Fabrik? In welcher anderen der vielen industriellen Anlagen hüben und drüben am Fluß? Oder gar auf »Severin Lohmann«?

Likowski riß die Tür zu seinem nach hinten hinaus gelegenen Schlafzimmer auf und stürzte ans Fenster. Von dort, über das Stalldach hinweg, konnte er das Hochofenwerk sehen. Stand es nicht wie immer, lichtumstrahlt, von beschienenem Gewölk umzogen, als helldunkles Bild wunderbar vor dem schwarzen Nachthimmel?

Nein, nicht wie immer – da stiegen weiße Wolken – kochte Dampf auf.

»Ein Unglück. Rasch, Marning – den zweiten Zug alarmieren – der dritte soll sich bereit halten ...«

Der Ruf: »Vollert – Vollert!« donnerte durch das Haus. Der Bursche polterte aber schon gerade die Holztreppe von seiner Dachkammer herab.

Sie griffen nach ihren Mützen und liefen.

Unten streckte sich ein altes, graues Frauenköpfchen aus der Türspalte, und man sah eine weißbekleidete Schulter.

Aber da war nun keine Zeit zu neugierigen und erörternden Gesprächen.

»Ich glaube nicht,« sagte Marning im Laufen, »daß sie

uns drüben brauchen. – Die abgelöste Belegschaft tritt ja ein – wenn wirklich was los ist – aber immerzu –«

»Nun – anbieten müssen wir's –«

Sie rannten fast Hornmarck um, den der Knall vom Schreibtisch aufgeschreckt hatte, wo er seine Gefühlszweifel in Verse goß und sich mit Edith und Finchen in leidenschaftlichen Strophen auseinandersetzte.

»Sie – Hornmarck – den zweiten Zug alarmieren – der dritte soll sich bereit halten. – Laufschritt zur Fähre – drüben ebenso nach ›Severin Lohmann‹ – immer zwei Gruppen auf einmal übersetzen lassen. – Die beiden Mann der letzten Rotte hüben und drüben postieren – zum Nachrichtendienst. – – Wir laufen voraus ...«

Likowski und Marning eilten die schräge Straße hinab, die zur Fähre führte. Das Leben, das schon schlafen gegangen war, erwachte wieder. Einzelne Männer erschienen in den Türen. Aber sie sagten, es sei wohl nichts Besonderes. Da war auch der Fährmann, in Pantoffeln und nur in Hosen und dem blauen Hemd.

Aber da half ihm nun nichts: Likowski hätte ihn mitgeschleppt, wäre er selbst noch kümmerlicher bekleidet gewesen. Und Sörensens mürrischer Einwand: »Herrjes – in Büxen?« half ihm nicht.

»Wat – Büxen! Is ja Sommertid – man to – man to!«

Sie standen voll Ungeduld im großen, schweren Kahn, während die eiserne Kette klirrte. Nun warf Sörensen sie hinein, daß es krachte, und fuhr los.

Über den Fluß, der von schwarzblanker Tinte schien, schaukelten sie. Der dunkle Himmel der Sommernacht spannte sich in unermeßlicher Weite. Alle Ferne war in

Finsternis versunken. Aber die Nähe zeigte ihr Bild in großen Zügen. Das Lichtgeflimmer des Hochofenwerks spiegelte sich in der Flut; vor dem mächtigen Hintergrund quoll weißer Dampf in die Höhe.

Sie schwiegen.

Nun waren sie drüben. Sie hatten schon während der Überfahrt gesehen: weder die »Klara« noch das Motorboot lagen an ihren Bojen. Also das junge Paar war von der Segelpartie noch nicht zurück.

»Gottlob!« dachte Stephan. – So brauchte er der Einen nicht zu begegnen, die er mied, wenn er es ohne Aufsehen konnte.

Sie nahmen immer zwei Stufen auf einmal. In den Hainbuchenhecken, die die Treppe begleiteten, raschelte ein wenig Wind. Da, vor ihnen, lag nun das Herrenhaus. Ganz wenig Fenster zeigten sich erhellt. Vorbei – im Laufschritt. – Aber wie denn? Vor dem Gitter, das Park und Vorgarten von der Straße schied, stand der Fahrstuhl. Der alte Herr saß darin – neben ihm stand Leupold Wache.

»Herr Geheimrat!« rief Likowski perplex.

Das mächtige Haupt mit den blitzenden Augen wandte sich um und ihm zu. Er hatte in die Richtung gestarrt, wo der Palisadenzaun um »Severin Lohmann« begann.

»Ja,« sagte er vor Zorn fast heiser, »angebunden. – Und dieser Kerl weigert sich, mich hinzufahren! – Mich zu verlassen! Mir meine Tochter zu holen – und das Schaf – der Georg, der findet sie nicht – –«

Leupold nahm den »Kerl« nicht übel. Er sagte nur kurz: »Wie kann und darf ich Herrn Geheimrat verlassen?«

»Ihre Tochter?« fragte Likowski. »Nicht mitgesegelt?!«

»Sie ist drüben – Georg läuft her und hin und kann sie nicht finden –«

»Was ist los? – Der zweite Zug meiner Kompanie kann bald zur Hilfe hier sein. – Soldaten können Sie haben, so viel da sind …«

»Oh – unnötig!« wehrte der Geheimrat ab. »Ihre Soldaten können uns nichts nutzen – danke – danke – was los ist? Durchbruch! Ein Mann verunglückt. – Und Schaden – schwerer Schaden – Produktionsminderung auf zwei, drei Wochen – ich weiß noch nichts Genaues.«

Er sah den atemlosen Georg heranrasen – zum drittenmal.

»Welche sagen, die gnädige Frau sei bei dem Verunglückten – da darf ich nicht 'rein.«

»Marning,« flehte der alte Herr, »holen Sie mir meine Tochter …«

Stephan salutierte gehorsam. – Er konnte nichts sagen. Er ging.

Likowski kam sich ein wenig blamiert vor. Tatkräftig hatte er Retter und Helfer aufgeboten, und nun waren sie nicht einmal gewünscht.

»Darf ich sofort telephonieren? Hornmarck rückt sonst mit den Leuten an – vielleicht halt' ich sie noch auf –«

Der Geheimrat nickte, sah aber dem davonschreitenden Marning nach, während der Hauptmann, diensteifrig und strahlend von Georg, seinem früheren Burschen, gefolgt, ins Haus ging.

Stephan kam an das große Eingangstor, darüber auf breitem Blechband in schwarzen Buchstaben der wuchtige Name stand.

Er kannte hier alles genau – oft und oft war er hier umhergegangen – allein – mit dem Generaldirektor – mit einem der Ingenieure oder der Chemiker. Sein Interesse war unersättlich, sein Verständnis ein so rasches, als habe seine ganze Intelligenz sich von jeher darauf vorbereitet, diesen Stoff aufzunehmen. Wie es vielleicht immer ist, wenn Menschen von ihren überkommenen Bahnen aus plötzlich den Blick gewinnen auf ein Gebiet, dahin sie sich berufen gefühlt haben würden, wenn sie es gekannt hätten.

Heute aber war das Bild doch verändert. Nicht all der zischende Wasserdampf zog gleich frei hinauf zur Höhe – viel von diesem weißen Gewölk schlich sich um die Eisenträger, unter den Bahnen und Rohren, zwischen den Bauten hin. Der starke Feuerschein, vom beschädigten Ofen her, glänzte unheimlich über das Gelände hin.

Er wußte auch, wo die Rettungsstation war. Wenn die junge Frau dem Verunglückten beistand, mußte sie dort sein.

Vor der Tür traf er vier Männer. Sie warteten in bedrücktem Schweigen, mit finsteren Mienen. Das Mitleid fraß an ihnen und das Bewußtsein von der Bedrohlichkeit ihrer Arbeit.

»Wir sollen ihn 'rüber bringen,« sagten sie.

In der Kolonie Severinshof gab es doch das kleine Krankenhaus mit den vollkommenen Einrichtungen.

Stephan zauderte – durfte er eintreten? Er fühlte: ja! Nicht nur, weil die Bitte des alten Herrn ihn trieb. Er war Offizier. Es lag ihm im Blute, sich nach einem Gefallenen liebevoll umzutun.

Er öffnete die Tür.

Und er und die finster wartenden Männer sahen es alle: – Da drinnen kniete eine junge Frau und küßte die berußte, schmerzverzerrte Stirn des Verunglückten. – –

»So,« sagte Doktor Sylvester, »nu faßt an – aber leise, – leise – schwebt sozusagen – geht auf Eiern. – Schwester Ludmilla hat schon telephoniert – alles bereit drüben.«

Der Verunglückte schloß die Augen, sein Wimmern zitterte zwischen zusammengebissenen Zähnen hervor ...

Und wie die vier schwer tragenden Männer mit ihrer düsteren Last davonschritten, stand Klara und lehnte ihre Stirn gegen die zusammengepreßten Hände an der hellen Wand.

Draußen packte Doktor Sylvester, ehe er der Tragbahre folgte, den Arm Stephans.

Er raunte: »Ich will Ihnen mal was sagen – es gibt noch edle Frauen! – Und den Mann mach' ich gesund – wenn Gott uns nich ganz verläßt – dem Tode aus 'm Rachen reiß' ich ihn. – Ja ...«

Stephan trat über die Schwelle. Gefaßt und erhoben.

»Edle Frau,« dachte er – »edle Frau –«

Sie hörte ein Geräusch – sie hatte gedacht, sie sei nun allein. – Sie brauchte ein paar Minuten der Sammlung. Der Schreck, das Entsetzen – das Geheul des armen Menschen – und der betäubende Geruch – Jodoform – verbranntes Fleisch – furchtbar! – Sie war wie benommen. – Von der Nähe des Mannes hatte sie keine Ahnung. – Nun schreckte ein Schritt sie auf, der hinter ihr anhielt. Sie löste sich von der Wand, an der sie Halt gesucht. Sie wandte sich um, in einer müden Bewegung.

Und erschrak – und erglühte. –

Sie starrten einander an. – Auch er von ihrem Schreck ergriffen. – –

Sie faßten sich ... Mit all ihrer Kraft.

»Gnädige Frau,« sprach er sehr förmlich, »Ihr Herr Schwiegervater beauftragt mich, Sie heimzugeleiten.«

»Danke,« sagte sie mit kaum hörbarer Stimme – wie eine Zerstreute war sie, die nicht recht bei ihren Worten ist; »danke – ja – Vater –«

»Er war in großer Angst um Sie.«

»O – keine Ursache – gar keine ...«

Sie ging auf die Tür zu. Hielt sich am Pfosten. Raffte sich abermals auf und schritt hinaus. – Er folgte ihr. – Draußen waren ein paar Leute – sie wichen ehrerbietig zurück.

Und wie sie so dahinging, mit unsicheren Füßen, schwankend, im beschmutzten weißen Kleid, an dem kein Schmuck, kein Zierat auffiel – das Haar zerzaust – das Gesicht bleich, von der Erregung mit scharfen Linien durchzeichnet – da hätte man sie wohl eher für das Weib des Verunglückten halten können als für die Herrin dieses Werkes.

Und die von den Arbeitern, die sie sahen, fühlten es: der Schlag, der einen von den Ihren hingestreckt, der hatte auch diese junge Frau mitbetroffen.

Und deshalb sahen sie sie mit tiefen Blicken an ...

»Ich darf Ihnen meinen Arm geben,« sprach er. »Sie können ja kaum ...«

»Eine Minute ...« flüsterte Klara.

Nein, so nicht vor den Vater treten – er würde sich

entsetzen. – Fassung – Haltung ...

»Eine Minute,« sagte sie noch einmal.

Und an seinem Arm ging sie ein paar Schritte in den Knickweg hinein, der auf die Straße mündete. –

Da, zwischen den ragenden Wänden der hohen Büsche, die ineinander verflochten, vom Gerank des Caprifoliums durchwirkt, auf den Erdwällen sich hinzogen – da war Ruhe. – Die Sommernacht wohnte hier – und die schwarzblaue Höhe droben über allem Irdischen tröstete. – Vom Werk her kam ein blasser Schein. – Sie konnten einander deutlich erkennen – jeden Zug der Angesichter.

Sie strich sich über die Augen – mit schwerer Hand.

Dann hob sie den Blick zu ihm ... Sie sahen sich an – lange.

Und langsam kam das Entsetzen über sie.

»Nein ...« stammelte das junge Weib – »nein ... nein!«

Und sie streckte ihre Hand abwehrend gegen ihn aus ...

Nicht wissen, was in der eigenen Seele gleich wahnwitzigem Glück, gleich rasender Verzweiflung aufging. – Nicht wissen, nicht hören, was die seine betäubte ...

Stark daran vorüber! –

»Eine Frage,« sprach er leise – kaum seiner Stimme mächtig – »eine Frage! – Ich gehe von hier – sobald ich kann – aber eine Wahrheit muß ich hören! – Sagen Sie es mir – geben Sie mir dies Wissen mit ... Warum haben Sie ihn geheiratet –«

Und sie fühlte: er war der einzige Mensch auf der Welt, der diese Frage an sie stellen durfte – er der einzige, dem sie

Antwort geben mußte.

Sie faßte sich.

»Aus Dankbarkeit!« sprach sie klar. »Nicht weil der reiche Mann mir zehn Jahre lang Unterhalt und Bildung gab. – Nein. – Er hat mehr an uns getan. – Er hat meine Mutter geliebt – und vor ihrer Würde seine Leidenschaft bezwungen – mein Vater hat sein Vertrauen verraten – ihn um Hunderttausende geschädigt – sich erschossen. – Und er hat den Schimpf vom Grabe meines Vaters und die Schande vom Leben meiner Mutter ferngehalten ... Deshalb bin ich seines Sohnes Frau geworden ...«

Er hörte – und über sein bleiches Gesicht ging eine tiefe Bewegung.

»Edle Frau!« sagten seine Gedanken wieder, »edle Frau –« ein halbbewußtes Echo der Worte, die ein anderer gesprochen. – –

Nun konnte er gehen – hinaus in ein einsames Mannesleben voll Entsagungen.

Aber er nahm ein reines Bild mit.

Dennoch – er war ein Mensch – ein junger Mann – und die starke Liebe, die sein Herz erschütterte, rang um ein wenig Hoffnung ...

»Ehen lassen sich lösen –«

Vom Werk her kamen die tausend Stimmen der Arbeit. Sie vermengten sich zu einem dumpfen Getön – gedämpft, zuweilen fast sanft.

Die junge Frau horchte – hob ein wenig ihr Haupt – als wolle sie mit allen Sinnen diesen Klang aufnehmen. War es nicht, als sei es eigentlich die Stimme des alten Mannes, der sie liebte und ihr vertraute? Redete er ihr raunend zu: »Verlaß uns nicht mit deinem Herzen! Nicht mich, der dies Werk schuf, nicht deinen Sohn, der es einmal lenken soll« –? Zitterte in den brausenden Dämpfen ein Ruf mit, der an ihren Mut erging? Klang in all dem Krachen und Stoßen und Rasseln, das vereint und gemildert herüberkam, nicht ein stolzer Rhythmus? Umschmeichelte es sie nicht wie ein tröstliches Lied?

Sie erbebte. Und ihre Seele sagte den mahnenden Stimmen: ich höre – ich höre ...

Da sie schwieg, sprach er es noch einmal aus: »Ehen lassen sich lösen –«

»Die meine nicht und nie!« sprach Klara. – Und ihre Fassung wollte zerbrechen ...

»Ich wußte, was ich tat. – Liebe vielleicht kann enden. – Aber Pflicht nie – wenn sie allein der Inhalt einer Ehe war und ist – und – immer sein wird. – Und ich will eher sterben, als daß ich meinen Vater verließe und mein Kind ...«

Sie schluchzte auf ... Sie streckte ihm die Hand hin. –

Er begriff, es hieß: Lebewohl!

Er nahm die Hand und hielt sie lange.

So standen sie im Helldunkel der Sommernacht.

Und sie gaben einander durch diesen festen Händedruck den Mut und die Würde, in Reinheit zu entsagen.

Dann löste sie ihre Hand aus der seinen – schonend – leise.

Und er ging. – –

Einige Minuten später schritt Klara mit müden Füßen

langsam die Straße dahin, zurück nach dem Hause.

Der Hauptmann von Likowski begegnete ihr. Er war erstaunt.

»Da schickt der Herr den Jochen hin,« zitierte er. »Wo ist der Marning, der Sie suchen soll? Und hier bin ich, der Sie und Marning holen soll. Der alte Herr is was nervös – o jeh. – Na und Sie, Frau Klara ...«

Er griff zu. Ihm schien denn doch, als sei sie zu unsicher auf den Füßen und gleiche einer Nachtwandlerin.

In seiner väterlichen Art legte er einfach ihren Arm in den seinen ... Sie konnte nur schweigen. –

»Wir haben den alten Herrn ins Haus gekriegt – ich hab' einfach selbst den Stuhl geschoben. – Na, wenn er Sie nur erst mit heilen Gliedmaßen wiedersieht –«

Ja, da war er dann auch ruhig – er streichelte Klaras Hand und sah sie an und fand ihr Gesicht blaß und scharf. – Aber er schalt nicht. – Er dachte sich wohl, was ihr Gemüt erschüttert hatte. – Auch ihm, dem Manne, erbebte das Herz, wenn ein Arbeiter erschlagen ward von der Riesenfaust des Eisens und des Feuers.

»Mein Kind!« sagte er nur zärtlich, »mein Kind!«

Und dann fragte er noch: »Wird er leben bleiben?«

»Sylvester hofft es.«

»Ist es ein Verheirateter von Severinshof?«

Klara wußte es nicht.

Da mischte sich Leupold ein, der mit den Händen am Griff des Fahrstuhls bereit stand, um seinen Herrn in den Lift zu schieben.

»Nein. Georg hat gehört, er heißt Judereit und sei ein wilder Kerl –«

»Möchte er gerettet werden,« sprach der alte Herr leise vor sich hin.

Aber nun wollte er zur Ruhe. – Was? Gerade schlug die Uhr auf der Diele. – Einen Schlag? Dunkel und volltönig? Halb eins! Wo blieb nur Wynfried?

Likowski verabschiedete sich. Und er sagte, er müsse doch zunächst noch seinen verlorengegangenen Oberleutnant aufgabeln. Und wettete, daß der, wieder vom Werk hypnotisiert, sich nicht trennen könne. –

Wie sehnte die junge Frau sich nach Einsamkeit.

Und ganz merkwürdig ging es ihr kurz durch die Gedanken – wie ein Erstaunen: ich bin ja nie allein. – Ihr Eigenleben war wie erdrückt und verdrängt von dem Leben um sie herum ...

»Gute Nacht, Vater!«

Sie neigte sich zu ihm und küßte seine Stirn, wie jeden Abend.

In ihrem Zimmer hatte sie noch nicht begonnen, ihr Haar zu lösen, als es klopfte – sie erschrak. – Warum? Ihr Mann mußte doch endlich heimkommen.

»Darf ich dir noch Gute Nacht sagen, Klara?«

Und er trat ein.

»Agathe läßt dich vielmals grüßen. Es hat ihr sehr leid getan, daß du nicht mit kamst. Die Fahrt war herrlich. Nur zuletzt starke Flaute. So wurde es spät,« sprach er.

»Wie gut, daß ich hier blieb. Weißt du denn nicht ...?«

Sie beschäftigte sich vertieft mit einer Schatulle, die auf ihrer Kommode stand.

»Fatal. Ja. Wir hörten schon in Travemünde von einem Malheur. – Durchbruch – na ja – ziemlich aufregende Geschichte. – Und in diesem Moment Produktionsverminderung, wo wir gerade mit Direktor Malzan morgen Lieferungen abzuschließen hofften –«

Wie merkwürdig – das Leben mit all seinem tausendfältigen Inhalt ging weiter – wie jeden Tag. – War es denn nicht ein neues und von Grund aus erschüttertes geworden, seit jenem letzten Blick und Händedruck?

Wynfried war unruhig – anders als sonst. Sie begann es zu spüren. Seine Worte liefen so – als flöhen sie am liebsten schnell an dem Schrecken der Dinge vorbei. Wie begreiflich war es ihr! Ein Menschenleben durch den Dienst auf dem Werk gefährdet. – Aber wie sonderbar – er wußte es doch wohl nicht – er sprach so unnötig lang und breit von dem Schaden, den sie hatten – erwog Zahlen – ging auf und ab in seinem weißseidenen Sportkostüm, daran nichts farbig war als der schwarz-weiß-rote Schlips des Kaiserlichen Jachtklubs.

»Es ist ein Mann sehr schwer verunglückt,« sagte sie und schloß den Deckel der Schatulle, darin sie nichts gesucht hatte, »das weißt du wohl noch nicht.«

»Doch, doch,« sprach er, »aber es ist zum Glück keiner vom alten Stamm – bloß Judereit – ein Wasserpolack – kenn' den Kerl zufällig – war neulich dabei, als er von Thürauf in Person verdonnert wurde – war in wahnsinniger Verliebtheit zu dreist gegen ein Mädel von Severinshof geworden. – Der Vater hatte sich beschwert. – Der Judereit wollt' sie zum Weib – sie will aber nicht. – Ja, die Leute haben auch ihre Romane.«

»So leidet er tausendfach,« sprach sie.

»Na nu – so schroff?«

»Verzeih. Ich bin zum Umfallen müde. – Und es war so aufregend ...«

»Also denn gute Nacht.«

Und er küßte ihr die Hand – sehr ritterlich – mit Allüren, als sei hier ein Salon, in dem sich eine feierliche Gesellschaft dränge. –

Als die junge Frau sich endlich in ihrem Bett ausstrecken konnte, war es ihr wie eine Beglückung.

Allein – feierliches Dunkel – kühles Leinen um die erschöpften Glieder.

Das tat wohl.

Und denken können – denken! ...

Aber ihre Gedanken zerrannen. – In eherner Gewißheit stand ihr Schicksal vor ihr.

Aber sie fühlte: es war nicht klein!

Ihr Dasein hingebend, hatte sie große Dankesschuld abtragen dürfen: Der herrliche Mann, nun ihr Vater, war beglückt – durch sie, durch seinen Enkel.

Dies Bewußtsein gab Halt und Frieden.

Ihrer Ehe fehlte die Liebe. Aber der Bund war ja nicht aus Liebe geschlossen. – Sein Inhalt hieß: sittliche Pflichten, Wahrhaftigkeit – Treue – dieser Inhalt war unumstößlich! – Die Gründe, um derenwillen sie sich mit Wynfried verbunden, bestanden fort.

Sie dachte an den anderen Mann.

Nun wußte sie es. – Sie hatte ihn immer geliebt. – Von jenem ersten Tage an, da sie im Regen und Sturm zusammen übers Wasser fuhren.

All diese dumpfe Bedrängnis ihres Herzens, all diese geheime Angst – es war die Furcht vor dieser Liebe gewesen.

Einen Augenblick wünschte sie: hätte ich nie begriffen –!

Aber nein – nein – lieber leiden und kämpfen, als auf dies Wissen verzichten.

Sie sah ihn wieder vor sich, im Helldunkel der Sommernacht.

Nur seine Augen hatten gesprochen.

Und wie ihm seine Ehre und die ihre heilig war! – Sie fühlte es in beseligender Erschütterung.

Ihr Herz war erhoben in Dank und Glück.

Wie deutlich erlebte ihr Gedächtnis noch einmal das erste Begegnen.

Da fiel ihr etwas ein. – Sie drehte das Licht auf. – Sie glitt aus ihrem Bette. – Hinten, tief im Schubfach ihrer Kommode gab es ein weißes Paketchen – es umschloß eine blaue Mütze und eine beschriebene Karte. – Klara wußte nun, weshalb sie diese kleinen, geringen Dinge aufgehoben hatte. – Und weil sie es wußte, durfte sie sie nicht behalten.

Sie holte sie hervor – sie ging an den Kamin und knüllte Papier und die Wollhäkelei zusammen und warf sie auf den Rost – ganz hinten an die Rückwand des Feuerloches.

Da war auch noch die Karte – sein Name – wenige, förmliche Zeilen von seiner Hand.

Klara sah lange diesen teuren Namen an – las ihn – als

enthielten diese Buchstaben die Geschichte seines Lebens, ihres Lebens und – ihrer Liebe.

Sie hob das Kärtchen – zauderte ein wenig – und leise, leise hauchte sie einen Kuß auf die Schrift.

Und zerriß das kleine Blatt –

Und gleich darauf loderte in der Tiefe des Kamins ein kurzes Feuer auf.

»Lebewohl!« dachte sie, »lebewohl!«

Wieder war Dunkelheit um sie. Und sie weinte in ihr Kissen hinein. – Weinte um einen ihr Toten, der ihr nicht gelebt hatte; um einen ihr Verlorenen, der ihr nie gehört.

Aber dennoch war sie zugleich erfüllt von einem tröstlichen Wissen.

Auch ein Schmerz, wenn keine Schuld ihn belastet, kann ein Glück sein.

9

Der Major im Stabe, der den beiden Kompanien zur Führung beigegeben war, hatte in sehr dringlichen Familienangelegenheiten zu ungewöhnlicher Zeit kurzen Urlaub erbitten müssen, und nun stand dem Hauptmann von Likowski als dem Rangältesten die Herrschaft zu über dies Bruchstückchen der gewaltigen Armee.

Es war Montag, und von Travemünde aus hatten die Jachten ihre Wettfahrt nach Warnemünde angetreten. Hafen und Meeresbucht lagen verlassen. Das rauschende Leben vom Sonntag, wo ein internationales Publikum sich in Travemünde gedrängt, schien verhallt. Auch Likowski hatte mit einem Kreis von Bekannten teilgenommen; nach einem am Strande und bei der Kurmusik verbummelten Nachmittag war auf der Kurhausterrasse ausführlich soupiert und getrunken worden. Lübecker Rotwein. Famos! Aber zwei Sorten Sekt – deutschen und französischen. Vom Übel! Denn das konnte Likowski merkwürdigerweise nie vertragen. Seine Magennerven wollten: entweder, oder!

Erst auf dem Marsch zur Felddienstübung wurde ihm wieder lichtvoller unterm Schädel.

Ein Gewitter war gegen Morgen am Himmel entlang gezogen. Aber das kam noch wieder. »Datt kann nich öber Water,« sagte der Fährmann Sörensen. Nach Westen nicht über die Nordsee und nach Osten nicht über die Ostsee. Sörensen stellte es sich so vor, als irre Gewittergewölk pendelnd über Holstein zwischen zwei Meeren so lange hin und her, bis es sich irgendwie zur Höhe verkrümelte. Jedenfalls: Kühlung war nicht eingetreten.

Schwer troffen Busch und Gräser von Perlen in kristallenem Glanz. Auf der Landstraße war jede flache Furche ein Kanälchen, jede kleine Vertiefung eine Lache geworden. Von kräuterigen und moosigen Dünsten war die feuchte Luft gesättigt, und im gebadeten Wald schien sie unbeweglich zu stehen. Am blauen Himmel trieben da und dort träge und trächtig dicke Wolken einher – weiß und grau. –

»Helm ab!« wurde kommandiert, als die Soldaten unter den Wipfeln der Hohenmeiler Tannen hinstapften. Sie sangen. Munter klang das Marschlied. – Nun lag die Felddienstübung schon hinter ihnen. Ehe die ermüdende Luft von der Mittagsonne durchschwelt wurde, würde man unter Dach und Fach sein.

Likowski, in Generalfeldmarschallhaltung, ritt gelassen vorne. Neben ihm der Oberleutnant, der heute auf dem Heimweg auch beritten war. Denn Likowski wollte seinen zweiten Gaul, eine Neuerwerbung, gern beobachten. Es war ein Stichelrappe, und er schien schon durch diese seine Eigenschaft durchaus unkleidsam für einen Kompaniechef. Bei den sonstigen vorzüglichen Qualitäten des Pferdes wollte nun Likowski einmal sehen, wie er wirke, ob es gehe, ob er ihn lieber gleich weiterverkaufen müsse.

Leutnant Hornmarck marschierte, den Säbel in der mit braunen Glacéhandschuhen bekleideten Hand, neben der Kompanie. Mechanisch – denn nun, da die Übung vorbei war, kamen seine geheimen Liebessorgen auf das dringlichste zurück. Und diese entnervende Gewitterluft im verregneten Wald machte es ihm zur Gewißheit, daß er an seiner Doppelliebe scheitern und weder Edith noch Finchen erringen werde! Aber das Drama würde durch höhere Gewalt bald ein Ende finden! Es gab Krieg! Diesmal sagte es nicht nur der Hauptmann, sondern ganz Deutschland

297

fürchtete es. – Er hoffte dann wenigstens das eine, daß beide Mädchen zusammen um ihn weinen und sich im Andenken an seinen Heldentod versöhnen würden. –

»Ja,« sprach Likowski zu dem neben ihm Reitenden, »selbst der Geheimrat sagt, es wäre für die Industrie und den Handel zwar furchtbar – aber der ewige Druck wär' auch schädigend. – Und dann besser endlich mal die Entscheidung. Nun, wir sind bereit! Wie der Kaiser befiehlt und das Volk will! Ich sage nicht: Siegen oder sterben. Ich sag' nur: Siegen! Merken Sie wohl, wie mit einem Male das Volk sich wieder näher an uns 'ran fühlt? Wie es uns interessierter nachsieht? Wie alles vibriert? Man spürt's an dem Landvolk hier herum. – Gestern in der Menge war's zu merken. – Auf den Dampfern sind die Leute wie toll gewesen. – ›Deutschland, Deutschland über alles‹ haben sie gesungen, als die Schiffe um die ›Hohenzollern‹ kreisten. – Ein Jubel zum Kaiser empor! Er soll ganz erschüttert und blaß gewesen sein.«

»Es ist wohl kein Zweifel mehr,« gab Marning zu.

»Daß wir es nun endlich erleben!« sagte der Hauptmann bewegt. »Seit ich denken kann, hab' ich davon geträumt. – Meine Mutter hat mir's, ihrem Jüngsten, eingeimpft: ›Werde ein Held! Deines Vaters, meiner Ahnen würdig‹. – Mein Vater hatte das Eiserne erster – starb an den Folgen seiner Verwundung – hat aber doch noch nach dem Kriege, trotz Schmerzen und Beschwerden, zehn Jahr weiter dienen können. – Dann ging's nicht mehr, und er siechte langsam hin. – Meine Mutter hat ihren Vater und drei ältere Brüder verloren Siebzig – sie war 'ne ganz junge Frau – ihr erster Junge war unterwegs. – Ja, wir wissen's – das kostet unser Blut! Nun, wir sind Soldaten!«

Und ein ruhiger Stolz verschönte sein Gesicht.

»Was werden Sie sagen, Likowski, wenn ich nachher mich dienstlich bei Ihnen melde mit dem Wunsch, daß ich um meine Versetzung einkommen will?« sprach Stephan langsam. Er hatte Sonnabend und Sonntag hindurch diese Frage begrübelt.

Er wußte es wie jedermann es wußte und las: eine ungeheure Spannung lag über Europa, und die Völker standen Gewehr bei Fuß. In einem solchen Augenblick werden Versetzungen nicht nachgesucht – nicht leicht bewilligt. – Aber es mußte sein ...

Likowski war starr.

»Wa–as ...?«

»Ja, ich will dringlich um meine Versetzung bitten,« sprach Marning. Er war sehr entfärbt – graublaß flog ein Schein über sein bräunliches, verbranntes Gesicht.

»Ich versteh' immer: ›Versetzung!‹« sprach der Hauptmann, blöd tuend.

»Bitte, Likowski – verzeihen Sie mir.«

»Mensch! Kam'rad! Marning! Freund! Nee – das is doch Unsinn. – Verset – – – Aber nee. – Wieso denn, warum denn? In dieser Zeit noch obenein!«

»Es wird mir schwer, Sie zu verlassen, unsere Kompanie. – Dies gesammelte Leben in Dienst und Natur und das gewaltige Werk und den bedeutenden alten Mann da drüben. – Verzeihen Sie mir. – Es muß sein. Ich will einen sofort anzutretenden Urlaub nachsuchen und würde dann, wenn inzwischen meine Versetzung genehmigt wird, nicht erst hierher zurückkommen.«

Seine Stimme klang gedämpft. Sie war von einer solchen Festigkeit durchgeistigt, daß der Hauptmann wohl spürte:

es war Ernst. Aber so rasch wollte er sich nicht ergeben. Er hatte seinen Oberleutnant noch über das Kameradschaftliche hinaus liebgewonnen.

»Sehn Sie mal, Marning,« begann er, »alles Persönliche muß doch in solcher Zeit hintanstehen. Bedenken Sie: jeden Tag kann der Befehl zur Mobilmachung kommen.«

»Ich glaube nicht, daß es vor dem September was wird. – Sie meinten es doch neulich auch, in der Marine heiße es: im Herbst läge es günstiger für uns. Aber wenn auch – es ist doch für einen Soldaten gleich, wo und wann ihn der Ruf trifft – er hat zu folgen.«

Der Hauptmann schüttelte den Kopf.

Diese Dringlichkeit, wegzukommen – nicht mal die Versetzung abwarten – gleich auf und davon in Urlaub. – Was war denn los? – Aber er fragte nicht. Er sprach nur: »Nee hörn Sie mal – das kann ich nich so gleich fassen. – Und dann: Ihr Regiment verlassen! Ihr liebes Regiment – in das Sie als junges Küken eingetreten sind. – Nee Marning –«

»Das läßt sich vielleicht vermeiden. Ich möchte nur die Garnison wechseln.«

»Sie waren so gern hier. Sind erst seit anderthalb Jahren – knapp! – wann war's doch? Mai vor'm Jahr. – Und nu wieder weg! Auch ohne die gespannte Lage und die Aussicht, daß es bald losgeht: Sehn Sie mal, hier mit uns wird sich ja doch bald alles ändern. Die Einheit der Bataillone soll ja nicht mehr zerrissen sein – wir sind noch von den wenigen, die auf zwei Garnisonen verteilt stehen. Da hängen wichtige Änderungen in der Luft. Entweder kommen die zwei Kompanien aus Dassow zu uns oder wir werden dorthin verlegt –«

»Es muß sein!« sprach Marning mit schwerem Ernst.

Nun schwieg der Hauptmann erst einmal und dachte nach. Es war zu natürlich, daß er seine Gedanken nach irgend welchen begreiflichen Gründen umherjagen ließ. Aber er fand nichts. Ein paar Minuten erwog er wohl: flieht er vor den zärtlichen, werbenden Blicken der molligen Baronin? Nein, vor so 'ner gurrenden Taube läuft doch ein Mann nicht weg! Auch fürs Abwinken findet ein zartfühlender Mann noch ritterliche Formen. Ganz abgesehen noch davon, daß Agathe, wie er manchmal gemerkt hatte, in der letzten Zeit recht dringlich mit Wynfried Severin kokettierte – offener, als es einem verheirateten Mann gegenüber schicklich schien.

Er mußte sich also sagen: wenn Stephan Marning einen solchen Entschluß gefaßt hatte und die Gründe dazu verschwieg, so lag Ernstes vor.

Vielleicht kamen da Dinge ins Spiel, die nichts mit den hiesigen Menschen und Verhältnissen zu tun hatten.

Also – wenn Marning schwieg, so hieß es für den Kameraden: diskrete Haltung! Achtung vor seinem Entschluß, der vielleicht ein schwerer war; keine zudringlichen Fragen.

»Was es auch ist, das Sie von hier forttreibt oder von anderswoher ruft: Sie sagen: es muß sein – da darf ich nur noch schweigen,« sprach er bekümmert.

Ihre Pferde schritten mit nickenden Köpfen ruhevoll. Munter klang hinter ihnen der Marschgesang der Soldaten. Der durchfeuchtete Wald stand regungslos in der schwülen Luft.

Stephan rang mit sich. Der kriegerische Mann an seiner Seite war ihm teuer geworden. Er wußte ja: der litt. Heldenblut kochte ungestüm in seinen Pulsen. Und er durfte nichts sein als ein stiller Vorbereiter, ein unermüdlicher Erzieher! – Sollte er ihm nicht ein andeutendes Wort sagen – daß er sich in der Lage befinde, Tapferkeit durch Flucht zu beweisen – ja, es gibt auch solche Lagen – und auch sie fordern stillen Heldenmut. – Stephan fühlte: es war unmöglich! Jede, die fernste Andeutung mußte Likowski die Wahrheit erraten lassen. –

Unmöglich. –

Mit sachlichen und ruhigen Reden erwogen sie, ob wohl Aussicht sei, daß das Kabinett jetzt ein derartiges Gesuch genehmige. –

Nun zogen die Kompanien auf der Landstraße dahin, die als durchnäßtes Band zwischen begrasten Rainen und regelmäßig angepflanzten Bäumen dalag.

Zuweilen spritzte das Wasser unter den Pferdehufen auf. Und mit einem Male stockte das munter-gelassene Marschieren der langen Schlange von Soldaten. – Vorn das Pferd des Hauptmanns? Hatte eine Versenkung es verschlungen? Was war geschehen?

Die Landstraße schien ja stellenweise wie mit Spiegelscherben beworfen – so stark gleißten die stechenden Sonnenstrahlen auf den Wasserlachen und gefüllten Furchen. Und eine von diesen seichten breiten Lachen hatte unter ihrer blinkenden Fläche ein vertracktes, tiefes Loch verborgen gehalten. Da trat der Gaul hinein – es war ein ganz ungeahntes Niederbrechen, ein Sturz wie ein Blitzschlag aus heiterem Himmel. Und es riß den Reiter mit. Über den Kopf des Pferdes weg wurde er geschleudert. Im Husch des Geschehens hatte er noch seine Füße aus den Steigbügeln lösen wollen – nur dem Linken war's gelungen.

Nun lag er in einer ganz verbogenen, unglückseligen Verschiebung der Gliedmaßen da.

Das war in der Zeitdauer von ein paar Herzschlägen geschehen. – Schon stürzte alles herzu. – Stephan schwang sich vom Pferde – kniete neben dem Hauptmann – wollte ihm aufhelfen. – Hornmarck griff zu – von der zweiten Kompanie kamen im Laufschritt die Offiziere – kräftige Fäuste brachten das Pferd in die Höhe – es war unbeschädigt.

Aber da lag Likowski, und sein frisches Gesicht war weiß, seine Lippen blau, und als er sich rühren wollte, seinen Körper den helfenden Händen entgegenbietend, da brach kalter Schweiß aus seinen Poren, und in einer kurzen Ohnmachtsanwandlung sank er zurück. – Die singenden Töne in seinen Ohren verstummten aber rasch wieder – er wußte, wo er war – was mit ihm war.

»Gebrochen!« stöhnte er. »Verflucht – schändlich ...«

Und er biß die Zähne zusammen.

Ja, da war kein Zweifel. Der Hauptmann hatte einen Bruch des Unterschenkels davongetragen.

Mit zornigem Mut ließ er das gleich feststellen. – Seine Lebensgeister waren alsbald in vollster Energie wach. Er übersah seine Lage.

»Und jetzt,« sagte er, »gerade jetzt! –«

Ein solcher seelischer Jammer bebte in seiner Stimme, daß es die Kameraden ergriff. Und Hornmarck, der noch eben über seinen eigenen Heldentod vorweg gerührt gewesen war und schon zwei weinende Mädchen im Geist untröstlich gesehen, erlaubte sich, zu beschwichtigen: »Ach, es geht schließlich doch nicht los!« Wofür er vom Hauptmann einen flammenden Blick des Zornes erhielt.

»Vorsichtig, Kinder!« mahnte er dann. »Faßt mich klug an

– ich mein': egal, wie weh es tut – ich mein': vorsichtig – daß die Sache nicht schlimmer wird –«

Und dann richtete er sich an Marning.

»Mir ist so: das kann kein komplizierter Bruch sein – Und wenn's ein simpler ist – was? Der heilt schnell?«

»In vier Wochen,« sagte Hornmarck in nicht umzubringender Naseweisheit, geradezu mütterlich.

Stephan fertigte eine Ordonnanz ab, sie sprengte auf dem zweiten Pferde Likowskis davon. Die Kompanien setzten ihren Marsch fort. Aber sie sangen nicht mehr. Bald war nur noch eine kleine Gruppe auf der Landstraße: der Hauptmann, mit einem zusammengelegten Soldatenrock als Kissen unterm Haupt – Stephan als Wache und Pfleger – ein paar Soldaten, davon der eine in Hemdärmeln. Und die Soldaten schwärmten aus, um von der Waldgrenze große Zweige zu holen, mit denen sie über dem Gestürzten ein kleines Kopfdach improvisieren wollten. Denn die Sonne brannte durch die feuchte Schwüle, und es war gerade, als ob die schweren Wolken am Himmel vorsichtig vermieden, die grelle Scheibe zu bedecken.

»Hier lieg' ich nun, als die Karikatur eines Helden. Die ganze Szene Karikatur – sieht 'n bißchen nach Schlachtfeldgrenze aus – ist bloß 'ne Albernheit!«

Stephan hatte als Fahnenjunker einmal den linken Schulterknochen gebrochen, und er wußte: es tut verflucht weh! Auch ein Mann kann da wohl die Zähne zusammenbeißen. Aber er sah wohl, nach der allerersten kurzen Anwandlung, die ihn überrascht hatte wie ein Überfall aus dem Hinterhalt, war bei Likowski die Wut und der Hohn größer als aller Schmerz.

»Wissen Sie,« fuhr er aufgeregt fort, »wenn's nun losgeht

und ich lieg' da – ich schieß' mir – bei Gott – ich schieß' mir
'ne Kugel durch 'n Kopf!«

»Aber bitte! Lieber Likowski! Wenn es wirklich bald zur
Mobilmachung kommt – dann folgen Sie uns in einigen
Wochen nach –«

»In einigen Wochen?! In vierzehn Tagen will ich wieder
zu Pferde sitzen. – Und wenn ihr mich 'raufheben und
anschnallen müßt. – Die besten Chirurgen her. – Sylvester
von drüben und unser Kommißäskulap – das ist mir nich
genug – in Lübeck soll's ja 'n großen Professor geben – her
mit ihm.«

»Ich habe der Ordonnanz schon aus eigener
Machtvollkommenheit Befehl gegeben, nach Lübeck zu
telephonieren,« sagte Stephan, »beruhigen Sie sich doch
bitte!«

»Ja, ja, ich will ruhig sein. Das ist vernünftiger! Aber
wenn ich nicht in vierzehn Tagen wieder zu Pferde sitzen
kann, erklär' ich alle Ärzte für Charlatans.«

Stephan sah wohl: der Schmerz, der bezwungen werden
sollte, setzte sich in Aufregung um. Es hieß beschwichtigen.

»Man leistet ja heute Fabelhaftes! Ich bin sicher, Sie
können in vierzehn Tagen reiten – wenn vielleicht auch
noch nicht allein aufsitzen.«

»Nicht wahr? Man leistet Fabelhaftes! Aber, Marning –
Ihre Versetzung ... Ihr Urlaub ... Sie müssen nun doch die
Kompanie führen – bis ich selbst wieder so weit bin!«

»Es versteht sich von selbst,« sprach Stephan mit fester
Stimme, »daß ich keine Schritte tue, bevor Sie wieder
dienstfähig sind.«

Sein Gesicht war verschlossen – sein Blick in die Ferne

gerichtet – ernst und fest.

»Der hat was Schweres – was Großes,« dachte Likowski, »und macht es still mit sich ab.«

Wie schwer wohl! – Wenn's nicht mal einer treuen Kameradenseele anvertraut werden durfte ...

Da er eine unwillkürliche Bewegung gemacht hatte, zerriß ein aufzuckender Schmerz seine Gedanken.

»Donnerwetter!« fluchte er. »Wo bleibt denn die Bande?«

»Es ist einfach unmöglich, daß schon Hilfe hier sein kann.«

»Und ich wälze mich im Dreck der Landstraße ...«

Die vier Soldaten versuchten vergebens, mit den belaubten Zweigen, die sie herbeigeschleppt hatten, einen Baldachin zu bauen. Die Landstraße war nur obenauf feucht – ihr festgestampfter Bau nicht erweicht, und man konnte unmöglich diese schwankenden, schief abgebrochenen Äste in den Boden stecken.

Nun versuchten die Leute dem Daliegenden die Fliegen ab- und Kühlung zuzuwedeln.

»Nee – nee, Kinder – das nu nich – hier is nich Finale erster Akt Lohengrin – setzt euch da hin – man immer mitten 'rin ins patschnasse Gras – vielleicht sind eure Sitzböden wasserdicht. – So – nu – Donnerwetter ...«

Die Soldaten grinsten und hockten sich am diesseitigen Rande des Chausseegrabens nieder. Stephan setzte sich auf den Meilenstein, der gerade dicht neben der Unglücksstelle stand. So warteten sie.

Aber Likowski war in dieser Lage nicht der Mann, still zu warten.

Er riß sich mit der Rechten das Taschentuch herab, das Stephan ihm über Kopf und Stirn gelegt, zum Schutz vor Sonne und Fliegen.

Wenn es doch nicht in vierzehn Tagen heilte! Und wenn noch in dieser Woche – in der nächsten vielleicht – die Mobilmachung begänne! Das machte ihn toll. –

»Auf eins bin ich gespannt: wird es eine Männerschlacht oder eine Maschinenschlacht werden?« sagte er.

»Ich glaube,« meinte Stephan, »daß man große Überraschungen erleben wird, und daß im letzten Grunde jeder Krieg eine Männerschlacht sein muß und wird. – Die Seele wird irgendwie ihr Recht behalten – Mut, Tapferkeit, Besonnenheit. Der *Furor teutonicus* – ja mein Gott – ist ein Krieg denkbar, ohne daß all das aufflammt? Wir stehen vor Rätseln – ich will selbst zugeben: vor scheinbar unlöslichen. Und dennoch: im letzten Ende wird es nicht auf die Maschinen, sondern auf den Mann ankommen – auf Disziplin und Opfermut und wahnwitzige Tapferkeit. – Und es wird nicht daran fehlen –«

»Gott segne Sie, Kamerad, für diese Ansicht! – Es sind auch meine Gedanken. – Die geben den zähen Mut zur Arbeit –«

»Herr Hauptmann!« schrie einer von den Vieren am Grabenrand. Und die anderen drei schrien aufspringend dazu: »Sie kommen!«

In der Perspektive der Chaussee raste was heran – Der Lazarettwagen – der »Kommißäskulap« auf Likowskis Stichelrappen.

»Na gottlob!« sagte der Hauptmann. Und eigentlich erschien ihm dieser Augenblick schon als Beginn der Heilung.

307

In der Tat fingen ja jetzt erst die Schwierigkeiten an. Die provisorische Einschienung, der Rücktransport – das kostete Mühe und Zeit. Likowski bestand darauf, in seiner eigenen Wohnung zu liegen. Da war die alte Doktorin Lamprecht und klagte emsig treppab und treppauf und lief unnütz herum und brachte doch Herzlichkeit und Fürsorge mit sich. Und Likowski war ja an ihre Wieselart gewöhnt und kannte ihr ergebenes Altfrauengemüt.

Und dann kam der Professor aus Lübeck und nannte den Bruch bildschön und geradezu ideal, und Likowski lächelte bloß – wenn auch recht grimmig – zu den unvermeidlichen Schmerzen. Chloroform verbat er sich schroff. Endlich lag er dann geradezu hübsch anzusehen da – großartig eingeschient – getragen von dem Glauben, daß seine Knochen flink und glatt wieder zusammenwachsen würden – frisch, als sei überhaupt gar nichts passiert.

Und er neckte die strahlende kleine graue Alte.

»Nu mal aus Ihrem Mächenherzen keine Mördergrube gemacht, Lamprächtige! Na – was? So ganz tief inwendig freuen Sie sich doch, mich hier fest zu haben. So als Ihr kleines Kind! Aber das sag' ich Ihnen gleich: es wird 'ne kurze Freude. Ich stelze Ihnen, im Notfall – Sie wissen in was für einem! – ganz einfach die Treppen 'runter und weg – so wie ich da bin! Das Wasserglas hält wie Eisen.«

Die Alte lächelte selig verlegen – und wehrte den schändlichen Verdacht, als freue sie sich, mit vielen Gesten und Worten ab.

Stephan sah: er konnte nun gehen. – Er kam erst gegen zwei Uhr zu seinem Essen. Seit dem Morgengrauen hatte er nichts genossen. – Aber darauf muß ein Soldatenmagen eingerichtet sein. Nervös überhungert? Das gab's doch nicht! Und dennoch. Er schob, vielleicht aus solcher

Empfindung heraus, den Teller bald von sich – er saß und starrte auf das Tischtuch nieder.

Ja, nun wurde alles anders ...

Sein Gemüt war schwer.

Er konnte nicht fortgehen. Wie er es sich und einer heißgeliebten Frau schuldig war.

Und sie würde es hören! Sie würde sofort den Grund begreifen und daß seine Pflicht ihn hier noch hielt. – Aber er wußte von selbst: sie hatte das Vertrauen, daß er es doch verstehen werde, sie zu meiden!

Sie kannten sich ganz genau – ohne Worte. – Ihre Seelen sprachen zueinander – ein geheimnisvolles Begreifen war zwischen ihnen – übertrug sich von einem zum anderen.

Sie waren füreinander bestimmt gewesen.

Aber sie war nicht frei! Also fort aus ihren Wegen!

Dem Schicksal als Mann von Ehre begegnen.

Und die Frau ehren, die er liebte!

Sie stand so hoch, daß nicht einmal eine Versuchung sie beunruhigen durfte.

Fort aus ihren Wegen!

Er betete sie an in seinen schmerzlichen, heißen Gedanken, weil sie ihn fortgewiesen.

Ihr ängstliches, verzweifeltes »Nein – nein«, womit sie seinen Blicken abwehrte, hallte immer in ihm nach.

Wunderliches Erleben, das aus einem »Nein« mehr Segen und Beglückung strahlen ließ als aus jedem hingebenden Wort ...

Sie hatte gesagt, ihre Ehe sei unlöslich. Zwei lange Nächte voll Qual und Not grübelte er darüber nach.

Er mußte ihr Recht geben.

Keine Übereilung, kein Liebeswahn hatte sie in die Ehe hineingelockt.

Mit klarem Bewußtsein suchte sie in ihrer Ehe kein zärtliches Glück – sie gab ihr als Ersatz einen würdigen Inhalt, in sittlichem Pflichtgefühl.

Gerade diese Ehe, so geschlossen, mußte unzerbrechlich sein.

Und nichts durfte der teuren Frau die Erfüllung ihrer Pflicht erschweren! Seine Liebe durfte ihr keinen Kampf und keine Beunruhigung bringen. Er konnte sie ihr am größten dadurch beweisen, daß er still beiseite ging und fern und einsam litt.

Fort aus ihren Wegen ...

Er stand auf. Ging nach seiner Wohnung. – Er merkte unterwegs: es tropfte – jene großen, schweren Tropfen begannen herabzuspielen, die einen prasselnden Gewitterregen einzuleiten pflegen. – Und da fuhr auch ein Blitz nieder. – Der jähe Schein strich ihm förmlich über die Augen. Ein Schlag polterte nach, und dann stürzte der dicke Regen hinterdrein, daß die Luft wie von Kristallperlen durchsät war. Und nach fünf Minuten war auch das vorbei. – Wie ein ganz merkwürdiges, kurzes Aufpochen all der droben auf der Lauer liegenden Gewalten war das gewesen ...

In Stephans Zimmer brütete stumpfe Hitze. Voß hatte die Fenster geschlossen gehalten. Luft! – Fenster aufgestoßen! – Die Litewka her. – Eine halbe Stunde Ruhe. – Um vier wieder Dienst. –

Voß meldete: da liege ein Brief.

Stephan hatte ihn nicht bemerkt zwischen all den Büchern und Papieren auf dem Schreibtisch. Seine Gedanken waren nicht, wie die jener Menschen, die große Korrespondenz haben, zuerst auf den Posteingang gerichtet, wenn er heimkam.

Voß sagte: Georg, des Herrn Hauptmanns früherer Bursche, habe ihn gebracht.

Stephan sah schon – das waren die Schriftzüge des Geheimrats.

Sofort überfiel ihn Unruhe. Die bloße Ankunft eines Briefes von drüben bewies ja, daß die Fäden sich schwer zerreißen ließen – ja, daß sie gar nicht zerrissen werden konnten, ohne daß Aufsehen entstehe.

Er besah die Aufschrift. Schon in diesen großen, steilen Buchstaben spürte man die Herrscherhand, die sie hingesetzt:

»Stephan Freiherrn von Marning, Oberleutnant im Infanterieregiment Großherzog Paul.«

Und als er las, wuchs seine Unruhe.

»Lieber Marning! Ich möchte mit Ihnen sprechen. Für Sie vielleicht Wichtiges. Besuchen Sie mich heute gegen Abend. Wenn Sie zum Essen bleiben können, freut es uns. Welcher Plural aber nicht meinen Sohn miteinschließt. Er ist verreist. Telephonieren Sie, ob ich Sie erwarten darf. Freundschaftlich der Ihre Severin Lohmann.«

Es war ihm sogleich klar, daß er dieser geforderten Unterredung nicht aus dem Wege gehen könne. Und ebenso

311

gewiß wußte er, daß es ihm unmöglich sein werde, mit diesen beiden Menschen im engsten Kreis traulich zusammen am Abendtisch zu sitzen. Sich bezwingen in Blick und Wort, steif, fremd tun – vor den durchdringenden Augen dieses Mannes! Das holde, sanfte Glück genießen, die geliebte Frau in ihrer töchterlichen Fürsorge um den Vater zu sehen. – Ihr Wesen war heiterer, offener, bezaubernder, wenn ihr Gatte nicht neben ihr stand – wenn all ihr Dasein nur dem hilfsbedürftigen alten Mann zu dienen schien. – Und sie! Würde sie das ertragen, ihm noch an ihrem Tische zu begegnen? – Nein!

Er ging hastig auf und ab und dachte nach. – Sein Dienst – der verunglückte Kamerad – dieser Ruf nach drüben ...

Voß wartete und stand in seinem weißgrauen Leinenanzug stramm.

Er war kein Genie im Telephonieren. Er hatte schon die fabelhaftesten Bestellungen und Auskünfte in die Welt hinausgesprochen.

Wie nun sein Oberleutnant stillstand und ihn ansah, verhedderten sich seine Gedanken schon vorweg, und er ahnte Trübes.

Aber in der Tat sah Stephan ihn gar nicht – er hatte diesen vertieften Blick, der in die Dinge sich hineinzubohren scheint, während er sie gar nicht bemerkt.

Plötzlich wußte er, wie er alles einrichten konnte. Mit rascher Hand ließ er den Bleistift über einen Zettel gleiten, und um jedem Irrtum vorzubeugen, mußte Voß den Inhalt laut vorlesen. Er tat es mit seiner nasalen, breiten, niedersächsischen Aussprache. Es berührte Stephan eigen, daß unfreiwillig humoristisch laut durchs Zimmer klang, was für ihn voll geheimer Aufregungen war.

»Leupold ans Telephon fordern. Bestellen: Oberleutnant von Marning lasse vielmals danken. Er werde sich erlauben, um sechs zu kommen. Zum Abendessen könne er nicht bleiben. Es sei dem Herrn Hauptmann ein Unfall zugestoßen und der Oberleutnant wolle den Abend bei ihm verbringen.«

Voß machte kehrt und marschierte zur Tür, als schwenke er in Reih und Glied im Zuge ab.

Lange noch stand Stephan in schwerem Nachdenken. Aber er war doch voll Ruhe.

Er wußte es: sie würde es verstehen, ihn nicht zu treffen, wenn er ihr Haus betrat.

Jede Begegnung wäre quälender Schmerz und eine Verhöhnung des Abschieds, den sie in schweigendem Verstehen voneinander genommen. –

Und dann mit einem Male kam die Frage: Was will der alte Herr mit mir? Wichtiges? Die Unsicherheit regte ihn doch auf.

———

Um dieselbe Zeit etwa, als der Hauptmann an sich erfuhr, daß auch der beste Reiter stürzen kann, besuchte Klara ihren Schwiegervater. Er saß bei offenen Fenstern im Erker, und um seinen mächtigen Ledersessel herum waren die mechanischen Tische mit Schriftstücken bedeckt. Gerade ging Lebus, der Sekretär, mit den Stenogrammen, um sie auszuarbeiten. Ehe er noch die Tür erreichte, rief ihm der Geheimrat nach: »Und Georg soll sofort meinen Brief hinübertragen. – Ach – Klara! Mein Kind – Ich hab' schon gewartet, wo du bleibst!«

Sie küßte ihm die Stirn.

»Guten Morgen, Vater – ich wagte nicht, zu stören. Du weißt, jetzt geht der Verunglückte sogar dir vor. Als ich von Severinshof zurückkam, hattest du schon den Generaldirektor bei dir. Ich hörte eure Stimmen, als ich eintreten wollte. Und dann weiß ich ja – halb elf kommt Lebus.«

»Ja. Thürauf kam sofort aus dem Auto zu mir herauf. Hatte den Nachtzug von Rotterdam nach Hamburg benutzt, wo ja gleich Anschluß ist. Kannst dir denken, wie bekümmert und ärgerlich er war! Durchbruch! Produktionsstörung! Ein Mann verunglückt! Wie geht es ihm denn?«

»Sylvester hat heute mehr Hoffnung als gestern. Die Nacht war gut. Und ich bin bei dem Mädchen gewesen, das der Mann liebt. Ich habe mit ihr gesprochen. Sie war verlegen und mitleidig. Sie will ihn besuchen und ihm verzeihen.«

Der Geheimrat lächelte.

»Du bringst sie noch zusammen.«

»O nein,« sagte Klara, »nein – wie sollte ich das wagen. – Wenn sie ihn nicht liebt ...«

Er hörte die heftige Abwehr in ihren Worten. Sie fühlte selbst: sie hatte es zu leidenschaftlich gesagt.

Eine kurze Stille, schwer von Inhalt, legte sich über beide. Klara wollte diese Befangenheit zerstören.

»Ich denke,« sagte sie, »man wollte Thürauf nichts von dem Vorfall depeschieren? Es hätte ja auch keinen Zweck gehabt. Aber er kam sofort zu dir herauf? Das sieht doch aus, als wußte er schon? ... Ach – vom Chauffeur ...«

»Nicht der Chauffeur. – Denk dir – von Wynfried!«

314

»Von Wynfried?« wiederholte sie in großem Erstaunen, »der ist doch heute früh mit der ›Klara‹ nach Warnemünde gesegelt – begleitet als Outsider die Wettfahrt – wollte doch an Bord übernachten?«

Er hatte sich den Sonnabend, trotz des schweren Vorfalls auf dem Werk, in einer so fröhlichen Stimmung gezeigt, wie weder sein Vater noch seine Frau ihn je gesehen. Am späteren Nachmittag war er mit dem Motorboot nach Travemünde gefahren, wo ja zurzeit auch die »Klara« lag. Er wollte den Bierabend des Jachtklubs mitmachen, der unter dem Vorsitz des Kaisers stattfand. Vater und Frau fanden es selbstverständlich. Am Sonntag vormittag, so war der Plan, sollte die »Klara« dann die Wettfahrt in der Lübecker Bucht begleiten, später dachte Wynfried am Klubessen im Kurhause teilzunehmen und am Montag früh mit nach Warnemünde zu kreuzen. Es erschien als das bequemste, von Sonnabend an Wohnung an Bord zu nehmen, um so mehr, als nun Klara an den Vergnügungen des Sonntags nicht teilnehmen wollte. Auf Wynfrieds Wunsch war sie dazu entschlossen gewesen; er hatte sich sogar vor einigen Tagen das Kleid zeigen lassen, in welchem sie bei dem Festdiner erscheinen sollte. Ihr Hang zur Einfachheit war ihm immer beunruhigend.

Aber nun konnte sie nicht. – Alles in ihr wehrte sich gegen Fest und Lärm und Frohsinn. – Würden nicht die Augen des Verunglückten ihr immer zusehen? Diese Augen voll Qual?

Und die Erschütterungen, die durch ihr geheimstes Seelenleben gegangen? –

»Verzeih,« bat sie, »daß ich dich nicht begleite. Wenn du den armen Judereit in seinem ersten grauenvollen Schmerz gesehen hättest, möchtest du auch nicht. Und ich habe ihm versprochen, ihn dreimal am Tage zu besuchen.«

»Du bist sentimental,« antwortete Wynfried scherzend, »das hätt' ich nicht vermutet. – Aber wie wird es nun? Ich hatte deine Freundin Agathe nebst Duenna eingeladen, uns Sonntag vormittag zu begleiten?«

»Aber Agathe soll sich doch durch mein Fernbleiben nicht stören lassen. – Und Fräulein von Gerwald ist doch dabei –«

»Ja, die wahrt immerzu das Dekorum. – Das ist ihre Mission, ihr Beruf, ihr Schicksal,« lachte Wynfried.

Wie dankbar war Klara, daß er keine Verstimmung zeigte. Und sie rühmte sein liebenswürdiges Wesen vor seinem Vater.

So nahm er für mehrere Tage Abschied und stellte es als wahrscheinlich hin, daß er von Warnemünde aus noch nach Rügen oder vielleicht nach den dänischen Inseln hinübersegeln werde.

Und nun hatte der Generaldirektor ihn in Lübeck getroffen, auf dem Bahnsteig der Hamburger Züge. Der Vater erzählte, was Thürauf berichtet: Wynfried habe vorgezogen, im Hotel zu übernachten, und nach einer etwas allzu späten Sitzung mit Klubfreunden dann die Zeit verschlafen. Das Gewitter sei dazugekommen – er habe den schweren Seegang gefürchtet, etwas verkatert wie er sei, und die »Klara« allein lossegeln lassen, um sie nun in Warnemünde wieder zu treffen, wohin er mit der Bahn fahre.

Klara lächelte und meinte: das wirke nicht sehr sportmäßig ...

Der Geheimrat lächelte nicht. Er hatte in Thüraufs kühlen, klugen Augen einen besonderen Ausdruck gesehen. Eine ferne, leise Unruhe wollte aufsteigen: war es vielleicht dem Generaldirektor aus irgend einem Grunde zweifelhaft, daß Wynfried auch wirklich nach Warnemünde fuhr? Es gibt so lächerlich kleine Umstände und Zufälle, die verräterisch sind. Ein Billett, das aus der Hand fällt – der Fahrplan, der aussagt, daß um diese Zeit gar kein Zug nach dem angegebenen Ziel fährt ... Aber nein. – Was für törichte Mißtrauensgedanken. – Wozu brauchte Wynfried Heimlichkeiten? Er konnte kommen und gehen, wann und wohin er wollte. – Keine Tyrannei, keine Fragen belästigten ihn.

Und er bat in seinen beschämten Gedanken dem Sohn ab, daß er immer noch nicht felsenfest im Glauben an ihn sei.

»Ich habe uns zu heute abend einen Gast eingeladen,« sagte der Geheimrat nun. Und auf Klaras fragenden Blick fügte er hinzu: »Ja – Marning.«

Sie erschrak. Aber auf dergleichen hatte sie vorbereitet sein müssen – war es auch, denn sie wußte ja, daß er seinen Posten nicht sofort verlassen könne. Da waren Formalitäten zu erfüllen – ein Offizier ist kein freier Mann. Sie wußte auch sofort, wie sie ihm ausweichen könne.

Denn es schien ihr wie Entweihung, ihn noch einmal zu sehen.

An das feierliche Lebewohl durfte sich nicht das Nachspiel alltäglicher Begegnungen voll Heuchelei hängen.

Sie sprach, ein wenig stockend: »Und ich wollte dich gerade um Entschuldigung bitten – ich war so lange nicht bei Agathe – ich wollte sie heute am späteren Nachmittag besuchen – wenn sie mich dann zum Abendbrot –«

»Aber Kind! Warum so verlegen, weil du mal einen kleinen eigenen Plan hast! Wenn dich die Gewitterluft nicht stört – ich fürchte, es gibt noch was – wie sticht die Sonne! – Im Grunde ist es vielleicht ganz gut, daß ich Marning allein

317

habe. – Möchte viel mit ihm reden reden – Wichtiges.«

»Du?!« fragte sie. »Du – mit ihm?«

Sie saß ganz befangen und verwirrt auf ihrem Stuhl da – die Hände um ihr Knie gefaltet, vorgebeugt – und dachte immer: »Es ist doch schwer. – Das muß ich lernen –«

Gleichgültig von ihm sprechen. –

»Ja, mein Kind, was wirst du sagen: ich will ihn auffordern, ganz zu uns zu kommen!«

Sie fuhr in die Höhe – stand leichenblaß da – ein Laut brach von ihren Lippen – fast ein leiser Schrei.

Das kam zu jäh – darauf hatte sich ihr Herz nicht rüsten, sich nicht vorweg mit Haltung umpanzern können.

Und der alte Mann sah sie an – in einem tiefen Erstaunen, das in eine langsam heraufdämmernde Angst überging.

Was war das? ...

Und nun sagte die junge Frau mit fliegendem Atem und befehlend – ja befehlend: »Das wirst du nicht tun!«

Sie, die Bescheidene, stand da wie eine Herrscherin.

Und was flammte denn in ihren Augen?

Der Alte fühlte sein Herz klopfen. Aber er vermochte doch mit leidlicher Ruhe zu fragen: »Und warum nicht?«

Sie antwortete nicht gleich. Sie konnte sich nicht in seine Arme werfen und sagen: »Weil ich ihn liebe – weil ich es nicht ertragen könnte, ihn immer, immer sehen zu müssen ...«

Sie ging mit hastigen Schritten im Zimmer hin und her.

Plötzlich dachte sie: »Meine Mutter hat das gleiche

getragen!«

Wie ein Segen kam der Gedanke über sie.

Es gelang ihr, sich zu fassen. Sie fühlte: mit der Schwere der Prüfung mußte und würde ihre Tapferkeit wachsen.

Sie begriff, nun hieß es: lügen!

Hatte sie sich nicht schon verraten? Die Wahrheit nur zu ahnen, würde schon eine zu schwere Last für das Gemüt des alten Mannes werden – nein, die konnte und sollte er nicht tragen.

Sie auf ihn wälzen, hieße: ihre Tat des Dankes auslöschen – –

Woher eine Lüge nehmen?

Lügen müssen glaubhaft sein – sonst sind sie noch schlimmer als harte Wahrheiten.

»Wenn ich sagte: Wynfried wird eifersüchtig werden, daß man einen solchen Mann zu seinem Mitarbeiter ausbilden will?«

Vielleicht war es nicht einmal eine Lüge. Klara kannte ja ihren Gatten gar nicht. Sie kannte einen schönen, immer verbindlichen, liebenswürdig-freundlichen Mann von angenehmsten Formen und vornehmen Lebensgewohnheiten, der in den ersten Monaten ihrer Ehe auch in zärtlichen Aufwallungen sich als Liebender gebärdet hatte. An dem urteilsfähige Beobachter eine starke und raschbewegliche kaufmännische Begabung festgestellt hatten.

Von dem, was an Möglichkeiten im Grunde seines Wesens schlummerte, wußte sie nichts. –

So blitzschnell das alles durch sie hinging – sie fühlte

doch: dies große, forschende Auge ruhte wartend auf ihr. Und sie sagte, was ihr eingefallen war.

»Weil Wynfried eifersüchtig werden könnte, wenn du einen anderen heranziehst, der sich möglicherweise zu einem Rivalen heraufarbeiten kann.«

»Keine Sorge,« sprach der Geheimrat, »ich habe Wynfried von meinem Einfall gesagt – er ist mir nicht von gestern auf heut gekommen. – Und Wynfried ist sehr einverstanden. Der ist froh über jeden Mitarbeiter, der ihn entlastet. – Und wenn Marning nach ein paar Jahren sich so eingearbeitet hätte, daß man ihn an eine leitende Stelle setzen kann, wäre niemand zufriedener als Wynfried. Ich muß es einmal aussprechen: sein Interesse am Werk ist das des Sportmannes. – Es ist nicht diese umspannende, ideale Empfindung, die das Volkswirtschaftliche, Wissenschaftliche, das Kulturelle in unserer Tätigkeit fast noch über den Gewinn stellt ... In Marning habe ich ein merkwürdiges Verständnis, ja eine Begabung für all dies erkannt. Denke doch auch, welche Aussichten für ihn, der so arm ist ...«

Sie fühlte, daß die großen Augen eine besondere Wachsamkeit behielten – fühlte sich belauert. Und nahm sich noch fester in die Hand.

»Nun – dann!« sagte sie. Und sie dachte: »Wie dürfte ich ihm zerstören, was ihn in freiere, größere Verhältnisse bringen kann?«

Mochte er entscheiden nach seinem Willen und Wunsch!

»Wir werden stark bleiben,« dachte sie. Und es war wie ein Schwur!

Aber die forschenden Augen mußten ja getäuscht werden.

»Wie du immerfort voraussorgst, Vater,« sagte sie. »Manchmal denk' ich, du bist wie ein Forstmann, der die Setzlinge pflanzt, die erst späteren Generationen als große Bäume Schatten geben können. Wenn wir alle mal nicht mehr sind, wird dein Enkel als Greis noch sagen: das hat mein Großvater begonnen.«

»Ich weiß nicht, Klara. Vielleicht ist alles Vorausdenken Kurzsichtigkeit – vielleicht sind wir bei unserer Arbeit von Schranken umgeben, die wir nicht einmal ahnen, weil uns noch die Möglichkeit fehlt, sie zu erkennen. Dein Sohn vielleicht wird sie spüren und zersprengen. Wer will denn heute sagen, unter welchen Bedingungen mein Enkel einmal das Eisen aus den Erzen schmilzt! Vielleicht wirft die Wissenschaft uns bald unsere braven Winderhitzer um und macht die Gebläsemaschinen unnötig, mit denen wir den Koks im Hochofen die heiße Luft zublasen, damit sie rascher brennen. Wir wissen ja schon, daß wir dabei als Ballast all den Stickstoff in der Luft mitschleppen. Vielleicht glückt es schon bald, daß wir reinen Sauerstoff verwenden können. Versuche sind schon im Gange. Sie haben ergeben, daß die Leistungsfähigkeit der Hochöfen, bei geringerem Koksverbrauch, erheblich gesteigert würde. Und der abfallende Stickstoff ließe sich dann wieder zu Salpetersäure und Kalkstickstoff für landwirtschaftliche Zwecke verwerten.«

Er seufzte.

»Sieh mein Kind,« schloß er melancholisch, »wenn ich an all diese Entwicklungen denke ... Schwer ist es, sich zu sagen: du mußt davon. – Man möchte wissen, wie es weiter wird, welche Wunder noch zu Selbstverständlichkeiten werden. In dieser Begierde, zu wissen, die vielleicht jedem Menschen eingeboren ist, der etwas Phantasie hat, liegt das Geheimnis des Erfolgs von Büchern, die uns die Zukunft vormalen. Man scheint beim Lesen in ihr mitzuleben. Merkwürdig schwer, sich vorzustellen: ich bin einmal nicht mehr dabei. – Es muß doch wohl so ein Stück Unsterblichkeitsrecht in uns stecken.«

Nun dachte Klara: er ist abgelenkt – er sucht nicht mehr, weshalb ich so erschrak ...

Er aber dachte: Noch schwerer wäre es, fort zu müssen, wenn Zerstörungen drohen. – Weshalb entsetzte sie sich so? Was will da an mein Haus herankommen? ...

Bald nach drei Uhr, als eben rasch verprasselnder Gewitterregen mit einem Blitz und Donnerkrach vorbeigezogen war, kam Leupold mit einer Bestellung. Marnings Bursche hatte diesmal genau telephoniert.

Klara hörte mit ruhigem Gesicht und sprach: »Also kein Gast zum Abend. – Sagen Sie meinem Schwiegervater, daß ich nur einen kurzen Besuch auf Lammen machen würde und ihm beim Abendessen jedenfalls Gesellschaft leistete. – Ach – ja – und: fragen Sie doch nachher einmal bei Frau Doktor Lamprecht an, was für ein Unfall denn das ist, den Herr von Likowski hatte ...«

Der Himmel verdüsterte sich und ward hell – dies launische Wetterleben da oben verhieß nichts Gutes. Der besorgte alte Herr ließ durch Leupold noch besonders darauf aufmerksam machen. Aber Klara blieb eigensinnig dabei: sie habe es sich nun einmal vorgenommen.

Sie wollte nicht im Hause sein, wenn Stephan es betrat – gerade heute nicht. – Eine zufällige Begegnung war möglich, ein Ruf des alten Herrn konnte sie herbeizwingen. Und heute, wo eine so große Frage an ihn herankam, sollte kein Blick von ihr, kein Beben ihrer Stimme zu einem Einfluß werden. –

Halb sechs fingen die Wolken an, ihren Inhalt herabzuschütten. Und als der alte Herr trotzdem unter seinem Fenster den hellen Warnruf des Gabrielshorns hörte, hinter dem drein gleich die Hupe ihren dunkeln Laut ertönen ließ, da wußte er: Klara fuhr davon!

Seine Stirn runzelte sich. Er dachte wieder an den angstvoll ausgestoßenen Befehl – sah wieder ihren Schreck und das, was aus ihren Augen flammte.

Und er fragte sich kaum noch – er fühlte: sie flieht vor diesem Mann!

Sein Ausdruck wurde gramvoll. –

Und Klara fuhr im Regen. Er sprühte herein und sprengte Tropfen auf ihr hellgraues Kleid. Sie beachtete es nicht. Sie hätte die schwüle Luft in geschlossener Karosserie nicht ertragen.

Zum erstenmal empfand sie die Schnelligkeit des Fahrens als Wohltat für die Nerven.

Über die Hochbrücke glitt mit dumpfen Schüttern das Auto. Blitzschnell huschte das Bild des Flusses am Auge vorbei, und eine Sekunde haftete das blaugraue Band, auf dem eine Schlange dahinkroch, deren Kopf rauchte: ein Schleppdampfer mit mehreren langen, bedeckten Lastkähnen hinter sich drein; und der Regen, der sich darauf herniederstürzte.

Die Landschaft flog vorüber. Und diese Flucht der Dinge nötigte der Seele Ruhe auf. –

Klaras Auto bog von der Landstraße ab und in die noch junge Allee hinein, die zwischen jetzt tropfenden Ebereschen bis an das Portal von Lammen führte.

Aber als man vor diesem stattlichen Portal hielt, öffnete es sich nicht. Niemand eilte dienstbeflissen herzu. Klara saß und wartete, ihr Chauffeur ließ die Hupe wiederholt rufen.

Endlich zeigte sich im Fenster einer der sonst Blausilbernen in gestreifter Leinenjacke. Als er erkannte, wer im Auto saß, kam er herausgerannt.

Frau Baronin würden gewiß sehr bedauern. Die Damen seien heute vormittag abgereist.

Klara sagte: »Abgereist?«

Das klang fragend und erstaunt – während sie nur dachte: nun komme ich zu früh zurück.

Der Diener meinte, nähere Auskunft geben zu müssen. Förmlich vertröstend setzte er hinzu: »Wahrscheinlich nur auf einige Tage. Ich habe nicht genau verstanden, ob nach Hamburg oder nach Hannover.«

»Nun, ich spreche ein andermal wieder vor.«

Sie hatte sich entschlossen: sie wollte noch nach Pankow. Das dicke Ehepaar würde sich vielleicht wundern. – Gleichgültig. – Und so brauste denn das Auto weiter ins Land hinaus, vom Regen begossen, mit dem kleinen Schweif von Rauch hinter sich. – –

In seinem Riesensessel thronend erwartete unterdessen der alte Herr seinen Besuch. Nicht mit dem freien, wohlwollenden Gefühl des väterlichen Freundes, der einem ihm sympathischen und von ihm hochgeachteten jungen Mann eine Lebenswendung zum Unabhängigen anbieten will. In dieser Stimmung hatte er ihn herberufen. Sie war zerstört. Unruhe und Wachsamkeit war an ihre Stelle getreten. Voller Spannung, von nervöser Ungeduld durchzittert fragte er sich: »Wird Marning ebenso erschrecken wie Klara?«

Und wenn das geschah, dann mußte er die Gründe erfahren – er mußte!

Das Herrische in ihm verband sich mit der heißen Liebe zu seiner Tochter.

Er ertrug keine Unklarheiten vor ihrem Bilde. –

Mit der Pünktlichkeit, die der Geheimrat erwartet hatte, wurde ihm der Freiherr von Marning gemeldet.

»Wie farblos und wie ernst er aussieht,« dachte er.

Aber da war ja erst allerlei anderes zu besprechen; der Geheimrat wußte schon: Likowski hatte den linken Unterschenkel gebrochen. Und er sprach lebhaft davon, wie dem Manne zumute sein müsse, in einem Augenblick so jämmerlich als Opfer eines schikanösen Unfalls festgebunden zu liegen, wo die Kriegsstimmung durch Deutschland fieberte.

Und zwischendurch sah er unruhig nach dem Fenster, denn der Regen nahm den heftigsten Charakter an und strich schräg und dicht hernieder. Und er sagte, daß es seiner Tochter beigekommen sei, in diesem Wetter auszufahren.

Ihm entging nicht das Aufblitzen in dem Auge des jungen Mannes.

Stephan dachte: ich habe es gewußt!

Und dann erlaubte er sich, daran zu erinnern, daß er in wichtiger Sache hergerufen sei.

Der alte Herr legte seine Hände auf die breiten Armlehnen und richtete seinen Kopf gerade auf. Wenn er in dieser Herrscherhaltung zu den tiefer vor ihm Sitzenden herab sprach und sah, hatte er immer etwas von einem Richter und Regenten, dessen Willen schwer zu entrinnen sei.

Auch Stephan wurde von dem Gefühl bedrückt, daß jetzt ein Reiferer und Größerer ihn gleichsam in die Hand nehmen wolle – um mit ihm nach Befund und Gefallen zu verfahren.

Und daß diese Augen bis auf den Grund seines Herzens sehen würden ...

»Ich meine, lieber Marning, es kann Ihnen nicht entgangen sein, daß ich herzlich Teil an Ihnen nehme.«

Stephan verneigte sich im Sitzen.

»Es ist mir nicht entgangen, Herr Geheimrat,« sprach er. »Schon bei den gelegentlichen Begegnungen im Hause meiner Verwandten fühlte ich mich durch die Aufmerksamkeit geehrt, die Sie mir schenkten. Und die gütige Aufnahme, die ich hier gefunden habe, empfinde ich mit Stolz und Dank.«

»Wollen Sie mir gestatten, als väterlicher Freund allerlei Fragen an Sie zu richten?«

»Wem sollte ich lieber dies Recht einräumen? Ich werde mit Wahrheiten antworten.«

»Sie sind mit Ihrem Beruf zufrieden?«

»Vollkommen, Herr Geheimrat.«

»Wir, mein Mitarbeiter und Freund Thürauf und ich, glauben beobachtet zu haben, daß Sie auch für eine Tätigkeit, wie die unsere ist, ein Verständnis haben, aus dem man auf Berufung schließen kann. Denn ein gewisser Grad von Verständnis und Interesse läßt mit Sicherheit auf Begabung schließen – nicht nur von den Künsten, sondern auch von wissenschaftlichen und praktischen Berufen darf man das behaupten. Was meinen Sie?«

»Gewiß, Herr Geheimrat,« sprach Stephan offen, »ich fühle mich auf das stärkste, ja leidenschaftlich zu all den wunderbar großen Dingen hingezogen, wie ich sie auf ›Severin Lohmann‹ kennen lernen durfte. Wie sich da Wissenschaft, Wagemut, praktischer Erfindungsgeist vereinen, um die Elemente in den Dienst der Kultur zu zwingen, das ist herrlich. Und all die volkswirtschaftlichen Bedingtheiten eines solchen Werkes regen mich unablässig zum Nachdenken an. Man fühlt immerfort: alles ist lebendige Kraft. Und wie ungeheuer die Verantwortung, die Summe all dieser Kraft stets in rechter Balance der Bewegung zu erhalten!«

»Sie hätten keine Lust, trotz dieser starken Teilnahme von der Armee zur Industrie überzugehen?«

»Wenn ich in meinen Knabentagen, in der Zeit, wo man anfängt, über den Beruf nachzudenken, Gelegenheit gehabt hätte, in diese Welt des Feuers und Eisens hineinzusehen, so würde ich vielleicht meine Eltern gebeten haben: laßt mich Hüttenchemie studieren.«

Er setzte mit einem Lächeln voll Ergebenheit und Verzicht hinzu: »Aber ich bin im Kadettenhaus auferzogen, weil es das Billigste war; ich habe gar keine Gelegenheit gehabt, nachzudenken über Berufswahl, weil ich nie was anderes gewußt habe, als: Offizier werden. Und meine Eltern hätten mich auch gar nicht studieren lassen können.«

»Und jetzt?«

»Jetzt würde es auch schwer sein, den Rock auszuziehen, den ich liebe! Wenn es denn endlich losgeht, möchte ich nicht zu Hause bleiben.«

»Beides läßt sich verbinden. Sie brauchten keineswegs zur

Landwehr überzutreten, sondern könnten, wenn Sie alljährlich eine längere Übung machen, als Reserveoffizier Ihrem Regiment im Frieden wie im Kriege angehörig bleiben.«

»Das weiß ich wohl, Herr Geheimrat. Aber ich weiß auch, daß die großen Unternehmer schwerlich ihre unteren Angestellten alljährlich so lange beurlauben. Und ich könnte doch vorderhand nur immer ein untergeordneter Angestellter werden, ohne Vorbildung wie ich bin – wenn ich mir's auch zutraue, in die Aufgaben hineinzuwachsen.«

Der Geheimrat sah ihn nachdenklich an und erwog: wie gehe ich weiter? Denn er spürte, daß Marning gar nicht daran dachte, es handle sich um »Severin Lohmann«.

»Nun,« sprach er, »die Unternehmer denken verschieden. Und warum nicht gleich mit der nötigen Vorbildung hineinkommen? Ein Jahr auf der Hochschule in Charlottenburg Hüttenchemie studieren – sich dann noch ein halbes Jahr praktisch umtun – das wäre schon Vorbildung, die Sie natürlich nicht sofort für eine direktoriale Stellung reif machte, aber doch, bei Ihrer Intelligenz und Ihrem Pflichtgefühl, Ihrem Ehrgeiz, Sie von vornherein in die obere Laufbahn brächte.«

»Herr Geheimrat,« sagte Stephan mit ernstem, entschlossenem Ton, »ich habe mich durch ähnliche Erwägungen schon manchesmal in Versuchung gefühlt. Ich muß aber darauf verzichten, den verlockenden Weg zu beschreiten. Es wäre bei meiner überaus bescheidenen Vermögenslage ein Wagnis, das ich nicht unternehmen darf. Wenn ich für das Studium und eine kurze Volontärzeit von meinem sehr kleinen Erbteil das Erforderliche opfere, und ich finde nachher keine Stellung, so gerate ich in eine schwere Lage. Ich habe keine Beziehungen zum Hause Krupp oder anderen Häusern. Und wenn mir auch diese

Unterredung den mutvollen Gedanken geben darf, daß ich auf Ihre Empfehlung würde rechnen können – eine Sicherheit wäre mir damit nicht gegeben. – Und so muß ich verzichten.«

Ganz langsam fragte der alte Herr und sah ihm gerade in die Augen: »Wie viel Zulage haben Sie?«

Und mit freiem Blick, stolz und einfach antwortete Stephan: »Sechzig Mark, Herr Geheimrat.«

»Schulden?«

»Nein, Herr Geheimrat. Auch keine Kleiderschulden. Ich habe von Anfang an beim Offiziersverein immer bar bezahlt und zwölf Prozent bekommen.«

Rührung zog durch das Gemüt des Alten und machte es weich. Und ein Hochgefühl wallte in ihm auf.

Ja, so gibt es Tausende – Tausende. – Mit einer knappen Zulage. – Großer Gott: zwei Mark für jeden Tag! Mit dem schmalen Sold vom Reiche schlagen sie sich durch. Entbehrung ist ihr Los. – Aber sie zu ertragen, ist ihr Stolz.

Arm! Mutig! Voll heiterer Kraft!

Das ist der deutsche Offizier im stillen Heldentum, das der Friede fordert.

Und es ist Gefahr, daß das Volk diese reine, straffe, aufrechte Gestalt nicht mehr richtig sieht.

Weil die Zeit nicht von ihr fordert, daß das Schwert erhoben werde.

Lastende Zeit ... Das ging so durch ihn hin.

Der junge Offizier fühlte die Güte des Blickes, der auf ihm ruhte – er ahnte, daß dies Schweigen erfüllt war von

Achtung und Verstehen. – Und er wurde weich – sehr weich. – Er hätte am liebsten in kindlicher Verehrung die Hand des Alten geküßt.

Nun aber fuhr der aus seiner Rührung und seinen Gedanken auf.

Der Augenblick war da. Die Frage mußte getan werden.

»Ich bin wie alle alten Leute,« sprach er mit einem mühsamen Lächeln, »ich mache lange Vorreden. Ganz klipp und klar hätte ich gleich sagen sollen: wollen Sie nach den nötigen Vorbereitungen bei ›Severin Lohmann‹ eintreten?«

Stephan sprang auf. Er erblaßte so sehr, daß dem alten Mann, der ihn mit fast gieriger Wachsamkeit beobachtet hatte, das Herz rasend zu klopfen begann.

»Hier?« sprach er sofort – ließ keine, gar keine Pause aufkommen, »hier? – auf ›Severin Lohmann‹ sein? Hier? Jeden Tag – immer? – Nein. Nein! Ich – ich – danke gehorsamst, Herr Geheimrat. Ich muß ablehnen.«

Bei den letzten Worten spürte man es: er hatte sich gefaßt. Und er setzte sogleich hinzu: »Sowie Likowski wieder Dienst tun kann, komme ich um Versetzung ein. – Nur sein Unfall hat mich verhindert, es schon heute zu tun. Ich danke gehorsamst –«

Das mächtige Haupt neigte sich ein wenig, als sei es müde. Unter den starken, grauen Brauen her kamen die tiefen Blicke und schienen in die Stürme und Leiden des jungen Menschen hineinsehen zu wollen.

»Können Sie mir den Grund sagen, weshalb Sie nicht bei uns bleiben wollen, weder als Mitarbeiter noch in Ihrer Garnison? Wollen Sie es nicht einem alten Mann sagen, der Sie liebhat und der – der auch – ein – Mensch ist … der gelitten hat –«

Diese zitternde Stimme – zum erstenmal klang sie ihm greisenhaft – erschütterte Stephan.

Und doch sprach er leise und fest: »Nein!«

Nichts als dies kurze, jede weitere Frage ablehnende »Nein!«

Der gramvoll forschende Blick aber ergriff ihn. – Er tat, wozu es ihn schon vor Minuten hatte hinreißen wollen – er neigte sich tief und küßte die Hand des alten Herrn.

Fast wollte seine Fassung zerbrechen – ein Übermaß von Empfindungen stürmte durch ihn hin. – Als bäte er mit diesem Handkuß: verzeih mir, daß ich deines Sohnes Frau liebe. – Als schwöre er: zwischen dieser edlen Frau und mir steht nicht der Schatten einer Schuld. – Als flehe er: versteh doch, daß ich gehen muß.

Dann richtete er sich auf – stand voll Haltung.

Er griff nach seiner Mütze und hielt sie in der Hand.

Noch ein paar Herzschläge lang sahen sie einander fest in die Augen! Höher hob Stephan den Kopf, und sein Blick schien zu leuchten, im Bewußtsein, daß er ihn so frei erheben könne.

Dann grüßte er militärisch und ging.

Als müsse dieses leise »Nein« das letzte Wort zwischen ihnen bleiben. – –

Und wenn tausend gesprochen worden wären, sie hätten dem alten Herrn nicht mehr offenbaren können als dies eine.

Nun hatte er keine Zweifel mehr.

Erschöpft legte er sich zurück und schloß die Augen.

»Wie sich alles wiederholt!« dachte der Greis.

Hatte das Schicksal so wenig Erfindungsgeist?

Warum mußte es diesen beiden herrlichen jungen Menschen dieselben Leiden aufbürden, die er und eine heilige Tote einst getragen?

Aber war denn an diesem Leid wirklich nur jene unbekannte Macht schuld, die man so unbestimmt und sich selbst entlastend gern »das Schicksal« nennt?

Waren es nicht vielmehr seine eigenen Hände gewesen, die alles so geschoben hatten? In herrischer Selbstsucht!

Voll harter Aufrichtigkeit gegen sich gestand er sich das ein!

Den Sohn hatte er retten wollen, sich selbst die holdeste Tochter gewinnen.

Er täuschte sich nur zu rasch und freudig vor, daß sie für seinen Sohn Neigung habe.

Er genoß es als Glück, ihr Sorglosigkeit und ansehnliche Stellung darbringen zu können.

Er glaubte der Geliebten noch über das Grab hinaus Treue zu beweisen, indem er ihre Tochter in sein Haus zwang.

Und nun wußte er: Klara konnte seinen Sohn nie geliebt haben – denn sie war nicht veränderlichen und leicht entflammten Herzens.

Er erkannte längst: von äußerem Glanz war sie so unabhängig, wie es ihre Mutter gewesen.

Und er fühlte, daß die teure Tote weinen würde über das Geschick der Tochter ...

Gut machen! Das war seine Pflicht! Aber wie denn? Noch

einmal Schicksal spielen?

Klara sagen: wenn du einen anderen Mann liebst – sei frei!

Aber das war ja ganz unmöglich!

Er dachte an seinen Sohn – an den anderen Mann.

Die bitteren Vergleiche taten ihm nicht wohl! Er wußte klar: sein Sohn war von der Art seiner Mutter. Begabt, schön, beweglichen Verstandes – ohne Tiefe des Herzens und ohne Zuverlässigkeit. Genußfreudig.

Und er sah den anderen stolzen Mann vor sich, der still und aufrecht seinen entsagungsvollen Weg ging.

Ja – dieser wäre Klaras würdiger gewesen ...

Und wie verschwiegen und tapfer und schuldlos sie litten!

Wie er selbst einst gelitten ...

Seine heiße Liebe, die so ganz und gar mit der Liebe zu einer Toten verwoben war, daß sein Herz oft erzitterte, wie in Furcht vor seltsamen Geheimnissen – diese heiße, selbstsüchtige und dennoch zugleich über jedes Mannesgefühl hinaus in das rein Menschliche erhobene Liebe – sie wallte stürmisch auf. Sie wehrte sich dagegen, ohnmächtig zuzusehen, daß Klara sich in heimlichem Gram verzehre.

Aber tat sie denn das? Was wußte er von ihr? Von ihrem Herzen? Warum hatte sie seinen Sohn denn geheiratet? Er hatte es ihr doch damals ernst und stark geschrieben: nicht das geringste, was ich sorglich für dich tat, darf dich bestimmen? Und von all den schweren, häßlichen Dingen, die den Tod ihres Vaters umspielten, wußte sie doch nichts.

Was sollte er tun?

Ganz gewiß war sein Sohn nicht der ebenbürtige Gatte dieses jungen Weibes.

Aber er, der eigene Vater konnte ihm doch nicht die von der Seite fortreißen, die seine Helferin, sein edelster Besitz war? Wahrscheinlich hatte er keine volle Erkenntnis von dem Adel und der Würde seiner jungen Frau. Dennoch aber – das hoffte der Vater so sehr von ganzem Herzen, daß er daran glaubte – dennoch stand sie ihm hoch, und er fühlte dankbar, wie ihre Reinheit und ihre Klugheit ihn aus dem elenden Lebensüberdruß herausgerettet, dem er verfallen gewesen.

Ihm war, als höre er ihn sagen: »meine famose, großartige Frau!«

Das klang immer so flach, so äußerlich – es hatte ihn schon oft verletzt.

In diesem Augenblick, als das so in sein Ohr zurückkam, fühlte er: von Wynfried war es ehrlich gemeint und eine starke Anerkennung.

Und dieses Gefühl war vielleicht das beste, was je in des Sohnes Herzen gelebt hatte.

Und der eigene Vater sollte ihm das zerstören?

Unmöglich.

Und das kleine Kind? Ihr und seines Sohnes Kind? Die Zukunft des Hauses! Sein Enkel – sein Stolz und Glück!

Unmöglich!

Das junge Weib – das Kind – das Werk – alles eine Zukunft zusammengeschmiedet. – Unzertrennlich. –

Wie sollte sich das alles lösen?

Still lag sein Haupt gegen die Lehne gedrückt.

Zum erstenmal fühlte er sich müde – sein herrischer Wille – sein Zorn – sein Schmerz entglitt ihm gleichsam.

Ein leises Ahnen beschlich ihn, daß auch für die stärkste Lebensgier eines Tags die Wirrnisse des Daseins zu mühselig werden können. –

Und draußen surrte der Regen, emsig gießend, in unermüdlicher Betriebsamkeit, als wolle er alle Leidenschaft und alles Unglück nüchtern wegwaschen.

10

Mit der objektiven Bewunderung des vorbildlich glatten Schenkelbruchs hatte der Professor seinen Patienten nur bändigen wollen. Aber als der ungeduldige Likowski nach vierzehn Tagen einsah, daß die Sache keineswegs so einfach sei, daß die Heilung noch Wochen in Anspruch nehmen werde, verfiel er in einen schlimmen Gemütszustand. Da man ihn zuerst wohlmeinend getäuscht hatte, glaubte er nun auch der Versicherung nicht, daß alles wieder völlig gut werden würde und seine Dienstfähigkeit gewiß nicht in Gefahr sei.

Er sah sich schon lahmend und außer Dienst!

Was ihn bei diesem Gedanken befiel, war kein Gram mehr – es war Wut.

Monate der ungeheuerlichsten Anstrengungen und Leiden in einem Feldzuge würde er wahrscheinlich kaum gespürt haben, im Hochgefühl kriegerischer Pflichterfüllung. Aber hier so still liegen und sich gefaßt erweisen, dazu war er nicht der Mann.

Er erklärte das für Frauenzimmersache. Weiber, die hätten's in den Nerven, daß sie zäh und ergeben dulden könnten – deren Nerven seien eben dehnbarer eingerichtet. Männernerven rissen gleich.

Und die Welt, die nächste um ihn, wie die große, weite draußen, war nicht in Zuständen, die ihn hätten angenehm zerstreuen können.

Das Wort »Krieg« zitterte durch Deutschland. Jetzt endlich glaubte man es ganz gewiß. Der Herbst würde die

Völker gegeneinander werfen. – Es schien kein Zweifel mehr.

Jedermann nahm sich in acht, zu Likowski davon zu sprechen. Aber er las ja Zeitungen – immer mehr – Zeitungen aller Parteien. – Und er spürte, wie der Glaube an den Krieg da als Hoffnung, dort als Furcht durch die Druckzeilen bebte. Wie die einen in heißer Opferfreudigkeit erglühten – das sah er mit glückseligem Stolz. Wie die anderen feige nur an ihr bißchen gestörtes Wohlleben dachten, erkannte er mit Zähneknirschen. Es war ihm doch das brennendste Bedürfnis, davon zu sprechen. Und wenn seine Besucher nicht davon anfingen, war es sogleich sein Gespräch, seine Frage.

Thürauf kam. Er mußte bestätigen, daß das Ausland sich mit Bestellungen zurückhielt, daß wiederum einige Industrien des Inlandes überhetzt Rohmaterial brauchten. Die geschäftliche Lage war trübe und besonders von der Ungewißheit geschädigt. In industriellen Kreisen sagten die einen: Ginge es doch los, damit wir dann freie Bahn und neuen Aufschwung erleben, wenn's überstanden ist! Die anderen: Alles ist nun in schönster Blüte, die Kinderjahre unserer Industrie sind überwunden, wir überflügeln die anderen Völker; und nun soll ein Krieg alles zerstören?

Herr von Pankow kam, und seine joviale Behäbigkeit erschien umflort von gedrückten Stimmungen. Was aus der Ernte werden sollte, wußte Gott allein bei diesem ewigen Regen. Und gerade jetzt war das schnelle und gute Hereinkommen der Ernte so dringlich nötig! Wußte man denn, ob einem nicht morgen die Pferde weggeholt würden?

Er war ja ganz damit zufrieden, obschon sein Einziger als blauer Husar mitmußte – stand in Wandsbek, Regiment Königin der Niederlande – bloß erst die Ernte 'rein – dann war man hinterher auch leistungsfähiger.

Und Doktor Sylvester kam, und sein Mundwinkel, in dem der Schmiß von der Wange her endete, zog sich ganz besonders schief. Er sagte, daß er seit seinen Quartanertagen darauf gewartet habe, mitzugehen. Er war Stabsarzt der Reserve und hatte schon an einen alten Verwandten geschrieben, der sich gerade aus der Praxis zurückgezogen habe, aber bereit sei, ihn in Severinshof als Hüttenarzt zu ersetzen. Womit der Geheimrat sich einverstanden erklärte. Und er erzählte, daß der Geheimrat gesagt habe: ein Krieg sei für Deutschland ein Sprung ins Dunkle, man stehe vor Problemen, dergleichen die Welt noch nicht gesehen; denn daß ein Industriestaat ein Volksheer mobilisiere, sei ein in der Geschichte noch nicht dagewesener Fall. Aber die ethischen Eigenschaften unseres Volkes zeigten Erschlaffung, und nur in einem Kriege könnten sie ihre Kraft und Gewalt wieder erreichen. Es liege nun einmal in der deutschen Art: lange Zeitspannen der Sorglosigkeit und des Friedens vertrage sie nicht.

Und Edith Stuhr kam und saß frech und neugierig und vergnügt an seinem Bett – was die alte Doktorin Lamprecht unerhört fand – und erzählte, daß ihr Papa jammere: wenn Bedarf an Schwertern sei, frage man nicht nach Sensen.

Und die Kameraden kamen.

Diese jeden Tag. Und wenn sie nicht sprachen von dem einen, so sagte es Blick und Händedruck ...

Sein Vetter, der Kapitänleutnant schrieb: »Wenn es wird, muß es vor dem 14. September sein, denn nach dem Flottenmanöver entlassen wir stets unsere Reserven. – Marinereserven, einmal entlassen, können nicht so rasch wie das Landheer zur Waffe zurückberufen werden. Sie zerstreuen sich, infolge ihres größtenteils seemännischen Berufes, bald über die Ozeane. Die brauchen oft Wochen, bis sie zurückkommen können. Mit eben frisch Eingestellten kann man aber unsere Schiffe nicht bedienen. Also: wenn unsere Reserven zurückbehalten werden, heißt das: Krieg in Sicht!«

Und der Hauptmann schwor wieder: »Ich schieß' mich tot, wenn's losgeht und ich bin ein Krüppel!«

Und das Allermerkwürdigste war, daß diese ganze Spannung, dies ungeheure Warten auf das gewaltige Wort in einem Hochsommer sich fiebrisch wach erhielt, dessen Glut und dessen Sonne von endlosem Regen aus der Luft gewaschen wurde. Die Natur überhitzte die Nerven gewiß nicht. Der graue Tageshimmel schüttete vom Morgen bis zum Abend, die schwarze Nacht vom Abend bis zur Frühe Wolkeninhalt hernieder. Gelassen und grau, von keinem Lichtstrahl kristallen durchblitzt sank der Regen herab.

Likowski verbohrte sich in den Wunsch: wenn bloß endlich mal Schönwetter würde!

Als sei damit dann viel geklärt.

Aber es wurde kein Schönwetter.

Die gute, flinke Alte hatte ihre Not mit ihrem Pflegling, und ihre ermahnenden Reden flossen ohne Unterlaß.

»Grad wie der Regen,« sagte Likowski einmal.

Aber sie steckte oft ihr graues Köpfchen mit dem spiegelglatten Flachskopf des Burschen zusammen, und sie kam mit Vollert, in höchst unmilitärischer Verwischung aller Subordinationsgrenzen, überein, daß man Herrn Hauptmann jetzt nie etwas übelnehmen müsse.

Sehr beleidigt war Likowski, daß von »drüben« – womit ein für allemal die Bewohner des Herrenhauses gemeint waren – niemand kam.

Der Geheimrat natürlich konnte nicht. Er schickte seinen Leupold mit erlesenen Früchten und köstlichen Bissen. Und hatte auch in einem eigenhändigen Brief sein Mitgefühl ausgedrückt.

Die Doktorin erinnerte daran, daß doch Herr Wynfried Severin schon einige Male vorgesprochen habe. Aber ihr Pflegling schien diese Besuche nicht zu rechnen. Er mochte nun mal den Mann nicht ... Er schalt: wo bliebe denn Frau Klara? Sie schickte Blumen. Aber sie kam nicht. Hatte er das um sie verdient? War er nicht ihr guter Freund gewesen, als sie noch Klara Hildebrandt und eine arme Lehrerin war? Hatte er sie nicht schon damals geachtet und verehrt, so daß er beinahe – aber natürlich nur »beinahe« – erwogen hätte ... Und wußte sie denn nicht, daß sie keinen ritterlicheren Freund hatte als ihn? Man erzählte, wie rührend sie sich des verbrannten Judereit annehme; Sylvester sprach sozusagen mit Andacht davon. Und ihn, ihren alten Freund und Hausgenossen, ließ sie ungetröstet daliegen? Als ob es nicht auch für ihn eine Wohltat wäre, ihr ernstes, edles Gesicht zu sehen und ihre sanfte Frauenwürde einmal an seinem Lager zu spüren.

Die alte Lamprecht war ganz hilflos und konnte wenig erwidern. Sie wunderte sich ja selbst. Sie nahm es auch für ihre Person etwas übel. Denn nun, da sie nicht mehr nach drüben zu ihren regelmäßigen Teebesuchen fahren konnte, mußte doch Klara einmal das Verlangen haben, ihre Pflegemutter wiederzusehen ...

Sogar Agathe Hegemeister besuchte den Hauptmann.

Der Besuch machte ihm anfangs Spaß. Die Baronin fuhr, natürlich mit ihrer Gerwald, im Auto vor. Das Geräusch des Regens war in der Luft, und von der Traufe, neben dem Fenster, rann ein Wasserstrahl und pladderte in gleichmäßiger Eile hinab auf das Straßenpflaster. Das einfache Zimmer, voll Karten an den Wänden und voll Zeitungshaufen und Schriftstücken auf dem Tisch, mit dem etwas schräg vornübergebeugten Spiegel über dem Waschtisch, gegenüber dem Fußende des Bettes – das war kein Schauplatz für die Eleganz, die hereinkam.

Agathe hatte draußen ihren Regenmantel abgenommen und in Vollerts große Hände gelegt, die aber erst einmal den seidigen, gleitenden Gummistoff fallen ließen, was die Damen in Heiterkeit versetzte.

»Wie kommt der Glanz in meine Hütte!« sagte Likowski und hatte sein Wohlgefallen an dem hellblauen, die üppige blonde Frau knapp umspannenden Schneiderkleid. Er dachte: selbst für mich ist es ihr der Mühe wert, sich schön zu machen – wie angenehm für unser Männerauge, daß es Frauen gibt, die das unschuldige Bedürfnis haben, uns sozusagen was vorzublühen!

Obgleich er ein fröhliches Gesicht in diesem Augenblick zeigte, war Agathe doch tief gerührt. Sie konnte nun einmal keinen Menschen leiden sehen, es tat ihr zu weh!

Ihre ganze Herzensgüte wallte auf, und Likowski sah wohl, daß es gar nichts Echteres geben konnte als dies Mitleid, mit dem Agathe seine Hand streichelte. In ihren blauen schwimmenden Augen sah man den feuchten Glanz einer Träne.

Sie konnte es kaum sagen, wie sie ihn beklage.

Die Damen nahmen Platz. Und Likowski unterhielt sich in guter Laune mit ihnen.

»Wie haben Sie es angefangen, liebste Baronin? Sie sind noch schöner geworden. Und ein wenig schlanker – ganz wenig – aber gerade sehr vorteilhaft so. – Ja und auch Fräulein von Gerwald strahlt? Den Damen bekommt der

Sommer mit all dem Regen besser als mir – im Grunde verdank' ich dem verfluchten Regen mein Malheur. Verehrte Freundin, wenn Sie morgen lesen: der Krieg ist erklärt, so kaufen sie gleich einen Trauerkranz für einen, der es nicht überleben wird, zu Haus bleiben zu müssen.«

»Ach,« sagte Agathe, »Wynfried meint, es wird nichts draus.«

Wynfried? Schlankweg Wynfried? Aber Likowski stutzte nur eine Sekunde. Agathe war eng befreundet mit Klara; warum sollte ihr der Name von Klaras Gatten nicht so vertraut und leicht auf den Lippen liegen? Es gab überhaupt in ihrem geselligen Kreis viele, die aus Gewohnheit sagten: »der Geheimrat« und »Wynfried Severin«, um Vater und Sohn bequem zu unterscheiden, und den Namen Lohmann wegließen.

»Wie geht's denn Ihrer Freundin? Sie läßt sich bei mir nicht sehen. Sagen Sie ihr, daß es mich kränkt und schmerzt.«

»O – es geht ihr gut, höre ich.«

»Hören Sie? So was sieht man doch.«

»Ja denken Sie,« sagte Agathe, und ein leichtes Rot breitete sich über ihr Gesicht, »das ist schon einfach komisch! Seit Wochen verfehlen wir uns, mit tödlicher Sicherheit. Dreimal bin ich bei Klara gewesen und stets vergebens. Mal war sie zu Besorgungen nach Hamburg, einmal war sie mit ihrem Mann bei Stuhrs eingeladen, einmal lag sie mit Kopfschmerzen zu Bett. Und sie ihrerseits hat mich auch verfehlt. Die kleinen Essen, die der Geheimrat sonst gern mochte, sind seit Wochen nicht mehr gewesen ... er soll sich angegriffen fühlen. Mal war ich eingeladen, als ein paar Großindustrielle da waren. Schweden und Finnländer – ich kann nicht Schwedisch, und englisch zu sprechen, ist mir verhaßt. Man hat mich in meiner Jugend zu viel damit geärgert. Neulich lud ich das Ehepaar ein – sie konnten nicht, weil der Geheimrat gerade Geburtstag hatte.«

»Das nennt man Pech!« gab Likowski zu.

Und ganz eilig und unaufgefordert versicherte Fräulein von Gerwald: »Es tut Frau Baronin wirklich sehr leid.«

Gerade hörte man auf der Straße ein dumpfes Dröhnen, und das hielt vor dem Hause an.

»Mehr Besuch!« sagte Agathe, »gewiß Stuhr.«

Aber es war nicht Ediths nervöser und sorgenvoller Vater, sondern Wynfried Severin kam herein. Schön, heiter, ein Mann von Lebensfreude wie umglänzt.

Und nach einer Minute schon hatte der Hauptmann das peinliche Gefühl: dies Zusammentreffen sei vielleicht kein Zufall. Agathe war unruhig wie ein Backfisch und kicherte und strahlte. Und Wynfried küßte ihr die Hand und fragte, wie den Damen der Ausflug neulich bekommen sei, und erzählte dem Hauptmann, daß er das Glück gehabt habe, die Damen in Hamburg zu treffen, gerade als er ins Hotel Atlantic ging, um dort zu speisen. Da habe er denn den Vorzug gehabt, mit ihnen essen zu dürfen. Und als sie aufbrachen, stießen sie in der Tür auf Stuhr. – Aber Likowski wisse wohl schon davon, Stuhr habe es sicher erzählt ...

»Nein,« sprach der Hauptmann kurz, »Stuhr ist kein Klatschweib.«

Mit wachsamen Augen und Ohren lag er da. Und er erkannte wohl, daß in Agathens schwimmenden Blicken der Glanz war, den die gierige Verliebtheit entzündet. Und er hörte wohl, daß in des Mannes Stimme ein Ton herrischer Vertrautheit mitschwang – dieser Paschaton, der gewisse Frauen entzückt.

Diese lachenden, sich und ihn neckenden Menschen, die etwas Festliches an sich hatten und doch voll unbegreiflicher Unruhe zu sein schienen – als könnten sie vor Heiterkeit mit keinem Gespräch zu Ende kommen und vor Nervosität nicht zwei Minuten still sitzen – sie verstimmten ihn tief.

Als Agathe gekommen war, hatte es ihm etwas Zerstreuung bedeutet. Als sie nun zu dritt gingen – nicht ohne daß Wynfried den Hauptmann laut beneidete um das Mitleid dieser holden Gönnerin – blieb er finster zurück.

Das hatte ihm nicht gefallen – nein – nein. –

Es müßte sich jemand finden, der Klara sagte: paß auf!

Aber so jemand findet sich nie. Aus Feigheit, aus der Gewohnheit, »konventionell« und »formell« sich zu betragen, mischt man sich nicht ein. Sagt einer Mutter nicht: Dein Sohn ist in moralischer Gefahr. Sagt einer Frau nicht: Gib acht auf deinen Mann. Sagt einem Manne nicht: deine Frau macht dich zum Gespött. – Zusehen ist schicklicher.

»Nun, ich werde dieser jemand sein – sobald ich Gelegenheit habe!« schloß er mit festem Vorsatz seine Betrachtungen.

Die Doktorin Lamprecht kam herein. Sie wollte ihre ausführliche Kritik des geräuschvollen Besuches vom Herzen heruntersprechen, und besonders hatte es ihr mißfallen, daß Wynfried mit den Damen davonfuhr und sein eigenes Auto wegschickte – »als wenn's zum Jahrmarkt gegangen sei,« hatte sie das Betragen gefunden.

»Gottlob, daß es noch Menschen gibt, die sich der Zeit zum Trotz amüsieren können,« sagte Likowski abweisend.

Aber diesmal ließ sich die eifrige Alte nicht wegscheuchen. Sie mußte sprechen. Das war bei ihr auch eine Funktion, die sich nicht zurückhalten läßt.

»Liebster, bester Herr von Likowski,« raunte sie, »ich klatsche nie – aber was jetzt die Leute sagen, geht mir doch zu nahe.«

»Sie wissen, Lamprächtige – hab' keine Spur von Neugier ...«

»Dies interessiert Sie auch. Es geht Klara an ... Man spricht davon, daß – daß Wynfried und die Hegemeister – wenn er verreist – verreist sie auch. – Und er ist manchmal allein auf Lammen – aber nicht mit seinem eigenen Auto sagen die Leute.«

»Sagen Sie den Leuten wieder, daß sie ihre Nase in ihre eigenen Angelegenheiten stecken sollen,« befahl Likowski.

Und die Alte dachte bekümmert, daß ein Hagestolz doch für gewisse Dinge kein Gefühl übrig habe. Diese Teilnahmslosigkeit – denn es ging doch Klaras Leben an – kränkte sie schwer.

Gegen Abend saß Marning am Bette des Freundes. Er fand ihn sehr erregt. Sollte man es nicht sein? grollte der Hauptmann. Morgen wurde der letzte Verband abgenommen. Die Massage und die Gehversuche würden beginnen – es war vom Professor das Wort »Wiesbaden« ausgesprochen. Und ganz gewiß – morgen würde es offenbar werden, davon war er überzeugt – sein linkes Bein sei mindestens eine Handbreit zu kurz. – Marning schwor ihm zum unendlichsten Male zu, daß es nur zwei Zentimeter seien, und daß der Professor gesagt habe: die glichen sich von selbst aus. Nicht einmal steifer oder nachschleifender würde es werden.

Aber das war es nicht allein – andere Dinge hatte Likowski gelesen: in England waren die Menschen wie verrückt: glaubten einen Zeppelin in nächtlicher Dunkelheit über London gesehen zu haben. Und in Frankreich – diese Empfindlichkeit, dieser anmaßende Ton ... Und die Wunder unserer Disziplin! Als ob es nicht den Männern an der Grenzwacht in allen Nerven zuckte.

»Sie haben noch mehr!« sagte ihm Marning auf den Kopf zu.

»O ja – ich merk', Sie kennen mich – ja schmerzen tut's mich – daß die junge Frau von drüben nicht kommt. – Und da wären so allerhand Gründe ... möcht' mal mit ihr eins schwatzen – mal sehen, wie weit man mit dem Gespräch sich wagen kann ...«

Stephan saß schweigend und blaß.

»Und kurz und gut – sagen Sie's ihr nur geradezu – es sei keine Sache, einen alten Freund in trüben Tagen zu vernachlässigen.«

Plötzlich fiel ihm was auf. Er wurde noch lebhafter: »Herrjes – wie ist mir denn? Sie sind ja wohl lange nicht mehr drüben gewesen?«

»Nein, lange nicht.«

»Aber jetzt gondeln Sie mal 'rüber und bestellen ihr ...«

»Gewiß, gern – gelegentlich,« sagte Stephan ausweichend. »Sie wissen doch: wir mögen den jungen Herrn Lohmann nicht. Und da der alte Herr jetzt nicht einlädt, komm' ich nicht hinüber.«

Zu seiner Erleichterung ließ der Hauptmann das Gespräch völlig fallen – lag grübelnd, mit bösem Gesicht da.

Er dachte: »Wenn man doch die Wahrheit erfahren könnte! Ob Marning auch von dem Klatsch gehört hat? Deshalb nicht mehr 'rüberfährt?«

Fragen wollte er nicht. Das war so eine von den Sachen, die man nicht zart genug behandeln kann. –

Er fühlte. »Ich muß bald wieder auf dem Posten sein! In jeder Hinsicht – man ist doch kein Überzähliger! Gottlob nicht. Und könnt' sein, daß da drüben die junge Frau auch mal 'n Freund braucht ...«

Vom nächsten Tage an schien er aber nur noch an sich zu denken. Erst natürlich wetterte er über die Maßen herum, daß sein Bein nicht bloß eine Handbreit, nein daß es um die Hälfte verkürzt sei und die Knochen wie von Glas. Zuzutreten schien ein Ansinnen, als solle er's gleich noch mal brechen. Aber mit viel Geräusch und ungemeiner Energie kam er vorwärts. Er fing an, zu hoffen, zu glauben. –

Der furchtbare Regen, der tagaus, tagein herniedersickerte, hatte das rechtzeitige Abernten der Felder unmöglich gemacht. Die Manöver mußten teilweise verschoben und teilweise abgesagt werden. So behielt Likowski die Kameraden um sich. Der Major im Stabe, der die beiden Kompanien führte, ließ zum Ersatz ganz besonders große Marsch- und Felddienstübungen unternehmen, deren Anlage und Verlauf Likowski dann am Abend mit den ihn besuchenden Kameraden besprach.

Es gab noch eine Unterbrechung, weil sich ein Knochensplitter zeigte, der erst herausheilen mußte. Aber dann konnte Likowski doch Marning vorrechnen: »Wenn Krieg kommt, kann ich's wagen, mitzureiten. Bleibt Frieden, gehe ich Ende September nach Wiesbaden und erscheine hier nach sieben, acht Wochen als Jüngling und Schnelläufer wieder. Und dann kommen Sie um Ihre Versetzung ein – wenn Sie nicht anderen Sinnes geworden sind.«

Und an einem Tage, als der öde Regen durch stürmisches Unwetter eine Abwechslung erfuhr und anstatt der zinnfarbenen Gleichmäßigkeit am Himmel wildes Gewölk schwarz und schwer sich dahinwälzte, kam endlich die junge Frau.

Sie hatte am Nachmittag vorher den Leutnant Hornmarck bei Thüraufs getroffen und zufällig erfahren, daß heute eine Übung stattfinden solle, von der die Kompanien erst gegen Abend zurückkehren würden. So war sie sicher, dem einen nicht zu begegnen, von dem ihr Herz Abschied genommen hatte ...

Likowski humpelte ihr am Stock drei Schritt entgegen. Er war ganz betroffen! Was hatte denn Klara angewandelt! War sie noch gewachsen? War man so des Anblicks von holder Schönheit entwöhnt, daß einem die bekannten Gesichter noch herrlicher als vordem erschienen?

Welch ein Lächeln voll Güte ... Und dennoch – irgend etwas Rührendes darin ...

Und wie sonderbar: sie machte gar kein Aufhebens davon, daß sie noch nicht hier gewesen sei – ging schweigend daran vorbei. Und da wußte er in zartem Verstehen: sie hat einen Grund gehabt. Also: Achtung davor, wenn man ihn auch nicht erfährt!

Sie saß neben ihm, und er nahm sich die Freiheit, ihre Hand lange in der seinen zu behalten und sie voll Ehrerbietung und zärtlich zu streicheln, als sei er ein guter alter Papa. Er fragte nach Severin dem Großen und Severin dem Kleinen.

Und Klara sagte, daß ihr Vater oft so still und in Nachdenken versunken sei; es schien, als ermatte seine Frische. Da sei es ihr lieb, daß ihr Mann die eigentlich für den Hochsommer mit ihr geplant gewesene Reise aufgegeben habe. Er hatte gleich von Warnemünde aus Anfang Juli seine Jacht nach der Elbmündung gehen lassen, wo er die Segelei großartiger und interessanter finde; er fahre nun jede Woche zwei, drei Tage nach Hamburg, oder vielmehr nach Kuxhaven, und der Segelsport habe ihn mit Haut und Haar. Das sei mehr Erholung als eine Reise, sagte er. Und sie freue sich dessen für ihn. Nun könne sie ihren Vater recht pflegen. Was aber Severin den Kleinen anlange ... Ihr Angesicht schien wie verklärt!

»Er gedeiht! Sie glauben nicht, wie! Und lacht und strampelt! Und streckt die dicken Händchen nach seinem Großvater aus! Ja, der ist ein bißchen vernarrt und einseitig und sagt: Solchen Jungen hat's noch nie gegeben – Wie eben Großväter sind ...«

»Und junge Mütter auch! Ich hab' mich bisher als Barbar betragen gegen Severin den Kleinen. Babys sind wie Tierchen, aber wenn er nun Mensch wird – na, da will ich gut freund mit ihm werden, wenn ihm auch noch auf lange hinaus meine blanken Knöpfe anziehender erscheinen sollten als mein Charakter.«

Klara lachte. Wie wirkte sie glücklich in diesem Augenblick!

Nein, er konnte nicht fragen, warnen, andeuten. – Und doch riß es ihn zu mächtig in die Nähe dieser Sorge. Plötzlich fragte er: »Na, und die Baronin? Hängt sie Ihnen immer noch mit solcher Backfischschwärmerei an?«

»Ich weiß nicht,« sagte Klara unbefangen, »sie verfehlt

mich beständig. Wär's nicht die gutherzige Agathe, die wohl gegen keinen Menschen je feindselig sein kann, dächt' ich: Absicht. Wynfried hat mehr Glück mit ihr – traf sie mal in Hamburg – fuhr mal, auf dem Wege nach Pankow, auf Lammen vor –«

»Unsere Tages- und Lebenseinteilung ist auch so verschieden,« setzte sie beschönigend hinzu. »Vormittags bin ich ganz gebunden, habe überhaupt viele Pflichten: Vater – das Kind. – Agathe hat keine.«

Wie schlicht immer ihr Wesen war. Bei aller Jugend voll Ruhe – wie bei einem Menschen, der seiner sicher ist.

Likowski, im Gemüt infolge der letzten Wochen ein wenig mürbe, war eigentlich ganz weich – so etwas wie Reue wollte ihn ankommen, daß er früher nicht doch ... Aber Unsinn – weg mit solchen Anwandlungen! Selbst eine Klara konnte ihn nicht wankend machen: weder Weib noch Kind sollten Anspruch an sein Leben haben – das gehörte einer großen Aufgabe allein! Eine Familie gründen – nein! Aber ihre Heiligkeit schützen – ja! Und er schwor Klara in seinem Herzen zu: wenn der Mann dich verrät, schieße ich ihn über den Haufen.

So friedfertig, so voll Herzlichkeit war er, daß sie von diesen schweren Gedanken nichts ahnte.

Sie kamen auf Erinnerungen, und das Wort »Wissen Sie noch?« stand über ihren Gesprächen. Da lebte Vollerts Vorgänger wieder auf, Mau, der durchaus nicht begreifen konnte, daß es nicht heiße »djewoll, Herr Hauptmann«, und erst nach strengen Vermahnungen sich sein »to Bafehl« angewöhnte. Und die gute alte Lamprächtige nahmen sie ein wenig durch. Und es war so wunderbar sonnig im Zimmer, als schleppten draußen am Himmel nicht schwarze, zerrissene Wolkenfetzen auf den Horizont herab. Und

Likowski sagte: »Wissen Sie noch: so 'n ähnliches Wetter war an jenem Morgen, als wir uns an der Fähre trafen. Ich denke noch manchmal daran: ich stellte Ihnen Marning vor; Sie hatten Ihre pastellblaue Wollmütze auf, die Ihnen entzückend, e–n–t–zückend stand; und keiner von uns hatte 'ne blasse Ahnung, daß Sie sich noch selbigen Tags mit Wynfried Severin verloben würden –«

»Ja« sprach Klara leise, »ich weiß es noch ...«

»Was mir Marning geworden ist! – Und vor allem in den letzten Wochen! Das ist ein Mensch! Eins a! Und er wird mir fehlen – will sich nu mal partout versetzen lassen – ist ja nur noch hier, weil er die Kompanie führen muß. Na, aber eh' es so weit kommt, ziehn wir doch unter der gleichen Fahne ins Feld! Es wird Ernst! Und wenn's den einen von uns trifft – schön wär's, den letzten Blick in Freundesauge zu tun, von Freundeshand den letzten Druck zu spüren. – Aber wie Gott will ...«

Klara stand auf. Bleich und still. Sie ließ noch einmal ihre Hand dem treuen Mann. Er küßte sie – immer wieder.

»Aber Likowski!« sagte sie mit einem mühsamen Lächeln scheltend.

»Weiß selbst nicht – mir ist so wunderlich – grad als sollt' ich Ihnen sagen: wenn Sie mal jemand brauchen – soweit mein Kaiser mich nicht braucht – allzeit Ihr treuer Freund. – Aber nicht wahr, dies ist kein Abschied? Wir sehen uns wieder?«

Verwundert und doch seltsam befangen, als wirke die kaum verborgene Erregung des Mannes auf sie hinüber, sprach sie: »Warum sollten wir uns nicht wiedersehen? Sie sind nun bald so weit, daß wir Ihnen das Auto schicken können. Vater freut sich schon auf Sie.«

Und dann nahmen die Tage einen so gespannten, nervösen Charakter an, daß alles Persönliche zurücktrat.

Jetzt, jetzt war es so weit. – Der September war da – ein Tag schlich vorbei – wieder einer – eine Woche. – Und die große Frage brannte in aller Herzen: Krieg? Krieg? Ja! Nein? Der eine Kamerad hatte dies aus Berlin gehört, der andere das. – Jede Nachricht widersprach der anderen.

Likowski fieberte vor Aufregung und übte Bewegungen und schrie nach der alten Frau, damit sie bestätigte: es sei schon fabelhaft viel besser. Er ordnete all seine Sachen und machte sein Testament. In Rücksicht auf den guten Vermögensstand seiner Verwandten vermachte er seinem Freunde, dem Oberleutnant Stephan Freiherrn von Marning, fünfundzwanzigtausend Mark.

Stephan war ruhig. Ernsten, gefaßten Blickes sah er dem Geschick entgegen. Auch er ersehnte den Krieg. Er hatte Humboldt gelesen, und dessen Ausspruch, daß der Krieg zur Erziehung der Völker notwendig sei, hatte ihn tief ergriffen. Die Geschichte lehrte ihn, daß Humboldt recht habe. Er hoffte: siegend zu sterben! Sein Leben hingeben zu dürfen für das Größte.

Er war bereit, es tapfer einsam zu tragen – auch ohne die eine, die er liebte. Aber wenn er es für das Vaterland einsetzen durfte, das würde wie Erlösung und Krönung sein. –

Und dann, dann dämmerte die Entscheidung herauf. Sie fuhr nicht wie ein Blitz hernieder, und die Lage wurde nicht jäh deutlich erhellt. Nein, auf die flammenden Herzen, die bebenden Nerven legte sich, gleich Ernüchterung, die Gewißheit: die Lage entspannte sich – wieder einmal! –

Die schweren Nebel sanken. Hunderttausende jubelten, daß sie wieder einen klaren Himmel über sich sahen. Aber

Millionen fühlten, daß die Muttererde mit den Nebeln gärende Keime eingesogen habe.

Likowskis Vetter, der Kapitänleutnant, schrieb, was auch zugleich schon in den Zeitungen stand: die Reserven seien entlassen.

Friede –

Als Marning bei dem Freunde eintrat, fand er einen anderen, als er erwartet hatte.

Hochaufgerichtet, in fester Haltung hatte der Hauptmann am Fenster gestanden und in die sinkenden Tropfen gestarrt. Nun wandte er sich dem Freunde zu.

»Marning,« sprach er, »es scheint unser Los: wir sollen das Schwert in der Scheide behalten – vielleicht überhaupt so lange, wie wir den Rock noch tragen – wer weiß es. Eine andere Art von Tapferkeit wird von uns gefordert – die, die wir schon so lange üben. – Arbeiten wir weiter! Still. Zäh. Beißen wir die Zähne zusammen, wenn man uns schmäht, nicht mehr sieht, was wir tun – wozu wir da sind. – Ein Tag wird dennoch kommen, wo man erkennt: wir taten unsere Pflicht! Tun wir sie – stolz und schweigend. – Ich will nie mehr davon sprechen – nie mehr. – Aber denken wollen wir immer daran – denken!«

Die beiden Männer umarmten sich in heißen, stummen Gelöbnissen.

Der ewige Regen hatte auch dem alten Herrn die Stimmung des Hochsommers und Herbstes nicht leichter gemacht. Jeden Tag von neuem rauschten die Wassermengen herab oder tröpfelten in leisem Fall auf die Erde, die sie nicht mehr aufnehmen konnte. Verschlammt lag das Land.

Er verstand ja nichts vom Segelsport, aber daß Wynfried gerade in diesem Sommer, der nicht nur Arbeit, Ernte und Wohlstand, sondern auch Spiel und Frohsinn zerstörte, eine solche fanatische Vorliebe zur Segelei faßte, war ihm nicht begreiflich. Jede Woche fuhr er für zwei, drei Tage nach Hamburg. Und als es Herbst ward, ließ er dort auch die Jacht in Winterquartier legen und die Mannschaft abheuern. – Der Geheimrat dachte unruhig: so kann sie niemals hier davon sprechen, ob wirklich gesegelt worden ist.

Sein Sohn hätte ihm gefallen sollen. – Er sah es selbst: ein schöner Mann, voll lachender Lebensfreude. Eine merkwürdige Blüte war über ihn gekommen. Derlei beobachtet man sonst wohl bei Frauen, die einen neuen Liebesfrühling erleben – seltsam. Und wenn Wynfried zu Haus war, arbeitete er froh, forsch, geschickt.

Trotz allem – sein Sohn gefiel ihm nicht.

Er brachte auch sehr oft von seinen Fahrten Klara eine schöne Aufmerksamkeit mit – in feinster Wahl zum Luxusgebrauch einer verwöhnten Frau ausgesucht.

Alles sah geregelt, unauffällig aus.

Weshalb sich sorgen?

Er beobachtete Klara. – Und er sagte es sich jeden Tag: jetzt erst, jetzt sah sie ihrer Mutter völlig ähnlich. Und er verstand in diesem Angesicht zu lesen, wie dereinst in dem der Toten.

Diese edlen Linien waren von einem reinen und tiefen Schmerz wie verklärt.

Niemals sprachen sie zusammen von dem Manne, der hier früher doch so gern gesehen worden war ... Und sie verstanden sich in diesem Schweigen.

War es nicht, als ob die junge Frau dem sorgenvollen alten Mann unablässig zeigen wollte: ängstige dich nicht um mich! Sie suchte heiter zu scheinen, und wenn sie ihr Kind herbeitrug, war es dem Greis voll Bedeutung. Sie hingen dem Kinde mit Leidenschaft an. Es war ihr Trost – es war die Zukunft.

Dennoch – die Wochen, die Monde lasteten. Kampf und große Stimmungen hätten den alten Mann zu frischem Lebenswillen wieder aufrufen können.

Er bewunderte den stillen Heldenmut, mit dem diese junge, geliebte Frau ihr Herz überwand.

Er bewunderte auch den Mann, der sich schweigend und beherrscht zurückgezogen hatte.

Aber das ohnmächtige Zusehen ließ ihn leiden.

Wenn er doch wenigstens die Doktorin Lamprecht einmal vor seinen Krankheitsthron hätte fordern dürfen. Das wollte er nicht, um kein Aufsehen dadurch zu machen. Aber diese alte Frau war ja wie von einem Magneten drüben festgehalten – war eine von den putzigen Weibern, die im Untergrund ihres Herzens Tod und Unglücksfälle als Fest genießen, weil es Abwechslungen sind, die ihnen Zunge und Glieder beweglich machen. Plagte sicherlich den Hauptmann mit Übermaß von Aufopferung und Geschwätzigkeit. Aber der natürlich war waffenlos dagegen – er wußte doch: sie meinte es redlich.

Und eine gewisse Frage brannte ihm im Herzen. Nur die Alte konnte sie beantworten.

Endlich reiste Likowski ab. Ohne sich vorher noch, wie der Geheimrat ihm anbieten ließ, mit dem Auto zum Besuch herüberholen zu lassen. Er schrieb herzliche Abschiedsworte. Zu grotesk komme er sich jetzt vor – er möge niemanden und am wenigsten seinem selbst an den Stuhl gefesselten hochverehrten Freund und Gönner was vorhumpeln. Er denke sich nun in Wiesbaden wieder einen festen, geraden Gang heranzubaden, werde danach seinen Urlaub noch mit kurzen Besuchen bei seinen Vettern beschließen, davon etliche in Frankfurt, Köln und Hannover an seiner Reiseroute garnisonierten, und hoffe, sich in der zweiten Novemberhälfte wieder vorstellen zu dürfen.

Hiernach konnte man alsbald den Besuch der von ihrem Pflegeramt befreiten Alten erwarten. Am nächsten Tag war sie da. Vorerst entlud sie bei Klara in sich überstürzendem Durcheinander ihre Bewunderung des Kindes und den Bericht über Likowskis Krankheitsgeschichte und Abreise. Dann ließ sie sich etwas ängstlich oben beim Geheimrat anmelden, denn in diesem Augenblick kam ihr die Reue, daß sie sich so viele Wochen gar nicht nach ihm umgesehen. Aber er war ja so großmütig, er würde verzeihen.

Sie trat auch gleich mit einem Schwall von Entschuldigungen an ihn heran.

»Ach lassen Sie das doch. Setzen Sie sich dahin und hören Sie zu. Ich muß Sie was fragen,« sprach er. »Aber – offen, Lamprächtige! Ich kann ausweichende Vielrederei nicht ertragen. Kurz und klar sollen Sie antworten.«

»Aber Herr Geheimrat, wie sollte es mir beikommen, Ihnen ausweichend zu antworten?«

Und da geschwätzige Frauen stets ein wenig von schlechtem Gewissen geplagt sind, ward ihr sogleich bänglich.

Er sah sie nachdenklich an. Sie war eigentlich immer etwas in Furcht vor seinen Augen.

»All die tragischen Ereignisse bei und nach dem Tode von Klaras Vater sind Ihnen erinnerlich?«

»Wie sollten sie nicht!« sprach sie zitternd, und das böse Gewissen nahm sofort ein Riesengewicht an.

»Die Umstände brachten es mit sich, daß Sie alles erfuhren. Freiwillig hätte ich gerade Sie nicht ins Vertrauen gezogen. Denn – nicht wahr? – das Schweigen ist nicht so recht Ihre Sache. Aber daß ich sonst genau weiß, was ich von Ihnen zu halten habe, bewies ich ja, indem ich Ihnen Klara zur Pflegetochter gab.«

Die graue kleine Frau weinte sogleich ein bißchen in ihr Taschentuch hinein – halb vorweg aus Rührung – unbestimmt und ahnungsvoll. Und dann: eben das Gewissen ...

»Sie haben Ihr Gelöbnis, zu schweigen, in diesem einen ernsten, furchtbaren Fall gehalten?«

»Unverbrüchlich!« sagte sie und hob ihr Oberkörperchen in verdienstvoller Haltung, »es gibt keinen Menschen, der in dieser Sache mir vorwerfen kann, ich hätte geschwatzt.«

Er besann sich. Fragte dann weiter: »Können Sie mir etwas darüber sagen, weshalb Klara sofort einwilligte, Wynfrieds Frau zu werden?«

»Sie konnte doch gar nicht anders. Das hat sie doch aus Dankbarkeit getan. – Wo Sie doch hofften – daß Klara Ihren Sohn – daß Ihr Sohn durch Klara ... Nach all dem, was Sie an Klara und ihren Eltern getan ...«

Er fuhr in lodernder Ungeduld auf.

»Aber eben beteuerten Sie Ihr unverbrüchliches Schweigen!« rief er heftig.

»Ich meinte – gegen alle anderen Menschen – aber als Klara so leidenschaftlich auf mich eindrang – es war ja wohl zwei Wochen vor der Verlobung – Klara hatte aus Ihren eigenen Erzählungen über Ihr Werk und Ihr Leben Verdacht geschöpft – was sollte ich da machen?« sagte sie beleidigt. Und um sich auch noch in dieser Wendung ein Verdienst zuzuerkennen, setzte sie hinzu: »Ich denke, Herr Geheimrat, Sie wären der letzte, mir einen Vorwurf daraus zu machen. Wie oft haben Sie mir gesagt: Lamprächtige, seit ich meine Tochter habe, bin ich erst ein Mensch. – Und nun gar Severin der Kleine – Ihr Enkel!«

»Ich – ich!« sprach er vor sich hin. – »Aber sie! Ihre Jugend – ihr Leben – ihr Glück. – Zu viel der Opfer ...«

Er legte die Hand gegen die Stirn. Ja, nun wußte er, warum Klara seinen Sohn geheiratet hatte. Es änderte nichts, gar nichts an der Lage – es belud nur sein Herz noch schwerer.

Weinerlich sagte die Alte: »Das hab' ich ja auch nicht gedacht, daß Klara selbst vielleicht zu kurz dabei käme! Ich dachte: so reich zu werden! Das war doch schön. Und solchen Vater zu bekommen! Das war doch für die Verwaiste herrlich. Und ich dachte: in Klara muß man sich doch verlieben – ihr Mann kann gar nicht anders – muß sie anbeten – ja, daß er doch nach anderen Frauen guckt – aber das ist wohl bei den Männern heutzutage Sitte –«

»Was?!« rief der Geheimrat. Und seine Augen sprühten. Man konnte wieder einmal nur vor ihm zittern. Sie duckte sich förmlich ...

»Nichts. O Gott. Nichts Bestimmtes,« brachte sie heraus, »nur – die Leute – es heißt – er sei sehr viel – sehr – mit der Baronin Hegemeister zusammen.«

Er lachte auf. Es blieb ihr verborgen, wem dies zornige

Auflachen galt ...

Aber die nächste Zeit schien nun gerade beweisen zu wollen, daß alle Sorgen und alles Geschwätz müßig seien.

Die Reisen Wynfrieds wurden seltener. Das schien erklärlich. Das Absegeln der verschiedenen Jachtklubs hatte schon gegen Ende September stattgefunden. Wynfried hatte seine »Klara« erst drei Wochen später auf einer Hamburger Werft in Winterquartier gegeben.

Aber mit dem Freundeskreis, den er sich in Hamburg in Seglerkreisen, unter Mitgliedern des Norddeutschen Regattavereins gebildet, wolle er doch Fühlung behalten, sagte er. – Wie klar alles ...

Täuschte ihn sein Vaterauge? Spiegelten ihm seine uneingestandenen Hoffnungen, daß dennoch alles gut enden möge, etwas vor? Schien Wynfried nicht aus seiner freundlichen Liebenswürdigkeit heraus in neue, andere Stimmungen zu kommen? Verfolgte sein Blick nicht manchmal in besonderer Aufmerksamkeit die Gestalt seiner Frau, wenn sie in ihrer anmutsvollen Ruhe, schlank und vornehm dahinschritt? –

Und an Klaras Geburtstag sah er: es war keine Täuschung. Er war der Zeuge ... wie sollte die Gegenwart eines Vaters, der seine Schwiegertochter anbetet, den jungen Gatten stören – er sah es: Wynfried befestigte selbst eine kostbare Brillantnadel, die er seiner Frau geschenkt, am Ausschnitt ihres Kleides, und seine Blicke suchten zärtlich, werbend ihre Augen. Klara erglühte ...

Und in dem alten Herrn regte sich all das Feinste und Vornehmste, was in ihm war. Anstatt sich zu freuen, klopfte sein Herz ihm hastig – sein keusches Mannesempfinden war verletzt.

Auch Klara erbebte.

Seit ihre Seele wußte, was lieben, leiden und entsagen ist, war sie erwacht.

Sie wollte ihre Pflicht tun – auch als Gattin. Aber es war eine heiße Sehnsucht in ihr, ihr möge Zeit vergönnt sein. – Sie mußte erst weiter sein, weniger wund vielleicht. – Ihr Wille, über das Grab in ihrem Herzen hinweg sich doch noch zu dem Gatten hinzutasten, mußte erst die Anfänge von Sieg sehen. – Sie spürte: er begann, sich leidenschaftlich in sie zu verlieben. – Und in zitternder Angst bebte sie zurück – ohne zu ahnen, daß seine keimende Verliebtheit dadurch nur angefacht ward.

So, in schwülen Unklarheiten, liefen die Wochen in einen düstern Herbst hinein.

Es war an einem Morgen, an dem die Nebel gleich dickem weißem Filz vor den Fenstern standen und jeden Ausblick wehrten. Sie hatten das Hochofenwerk und drunten den Fluß und drüben die rote kleine Stadt verschluckt.

Da fuhr ein Auto am Herrenhause vor, und Agathe stieg aus. Ein Pelzmantel, dessen Rauhwerk nach außen gekehrt war, machte ihre üppige Gestalt allzu umfangreich. Die Nerzmütze auf ihrem blonden Haar trug als Schmuck über der Stirn einen kecken Reiherbusch. Ihr Gesicht war erhitzt. Zufällig war es Leupold, der ihr die Tür öffnete.

»Ach Leupold. Wie geht es Herrn Geheimrat? Und melden Sie mich doch bei der gnädigen Frau.«

»Herr Lohmann ist verreist,« sagte der alte Diener kalt und sah an ihr vorbei.

Agathe wurde noch heißer rot.

»Ich wünsche der gnädigen Frau gemeldet zu werden,«

wiederholte sie. Sie gab sich eine hochmütige Haltung. Denn sie fühlte auf der Stelle, daß Leupold sie mit Absicht falsch hatte verstehen wollen.

Und dann stand sie peinliche Minuten. Ließ Klara sie warten? Fand der Diener die Frau des Hauses nicht gleich? Wurde sie vielleicht gar abgewiesen?

Alle Schrecknisse ihrer Lage stürzten über sie her. – Gewiß – Klara wußte schon alles und wollte sie nicht sprechen. – Aber eine Unterredung mit Klara, ein Anruf ihrer Großmut – und alles war ja gut! Was sollte werden, wenn es zu dieser Unterredung nicht käme?

Ach – gottlob! Da war Leupold wieder!

Und mit seinem undurchdringlichsten Gesicht meldete er: »Die gnädige Frau läßt bitten.«

Agathe wurde in das Wohnzimmer ihrer Freundin gelassen. Nun wartete sie zwischen den Möbeln, die von Klaras Mutter stammten, und das Bild der Toten sah auf sie herab. Fein und hell hob es sich von dem grünen Hintergrund ab. Wieder verrannen Minuten. Agathe zitterte. Dies war, dies mußte Absicht sein! Und als endlich sich die Tür öffnete, erschrak sie so, daß ihre Knie unsicher wurden.

Klara kam eilig herein – mit einem freundlichen Gesicht – unbefangen.

»Endlich einmal wieder – Agathe!« sagte sie beinahe fröhlich. »Verzeih, daß ich dich warten ließ. Doktor Sylvester war da. Denke dir: der fünfte Zahn ist bei unserem Jungen durch! Sein Großvater tut, als wäre es ein Wunder, ein persönlichstes Verdienst von Severin dem Kleinen.« Sie lächelte glücklich. »Aber nun sage – es war ja unglaublich mit uns – vier Monate einander immer zu verfehlen!«

»Das hat auch Mühe genug gekostet,« dachte Agathe.

Und in leidenschaftlicher Aufwallung von Reue, Beschämung und in dem unklaren Wunsch, durch jede Geste schon bittend, bezwingend zu wirken, fiel sie der jungen Frau um den Hals und küßte rechts und links ihre Wangen und war ganz aufgelöst vor Erregung.

»Liebste, einzige Klara!« stammelte sie.

Das war Klara etwas zu viel der Wiedersehensfreude. Aber sie bat gütig: »Lege doch ab – bleib zu Tisch – Vater und ich sind allein. Wynfried ist seit einigen Tagen fort. Er war zu einer Konferenz auf den Kreyser-Werken und ist dann nicht zurückgekehrt, wie wir dachten. Er depeschierte, er bleibe noch etwas aus – sein Telegramm kam aus Köln.«

Niemand wußte genauer als Agathe, daß Wynfried sich in Köln befand. Sie war von dort gestern abend zurückgekommen.

»Nein – nein – ich kann nicht hier bleiben,« sprach sie abwehrend. Und sie brachte allerlei heraus von Handwerkern auf Lammen, von der Modistin, die aus Berlin mit Anproben käme.

Dann saßen sie beieinander, auf einer Chaiselongue, in der Nähe des Fensters. Der bleiche Nebel draußen hing vor den Scheiben. Und Agathe war plötzlich stumm. Ihr Herz klopfte. Und in ihrem kleinen Hirn jagten hilflos die Gedanken, um die schöne, innige Rede wieder zusammenzubringen, die sie sich in zwei schlaflosen Nächten ausgesonnen. Eine Rede, durch die sie sich selbst immer wieder zu Tränen gerührt hatte, die auch Klara das Herz erweichen mußte! Mit deren Erfolg sie Wynfried überraschen wollte! Noch diese Nacht dachte sie nach Köln zurückzufahren. Aber eine Depesche sollte ihr vorauseilen – ihm sagen: alles ist geordnet.

Nun aber war die Rede fort. Völlig verweht im Sturm der Angst ... Was sollte werden, wenn sie die rechten Worte nicht fände?

Ihr war so unheimlich zumute! Sie konnte das Gefühl nicht los werden, daß aus dieser unglückseligen Begegnung mit Likowski sich irgend eine Katastrophe entwickle. Ein größeres Pech konnte es auch gar nicht geben! Sie saß mit Wynfried in einem kleinen Weinrestaurant in der verborgensten Ecke. Oft waren sie schon dort gewesen, und sie hatten niemals eine Uniform dort gesehen, außer der der Bonner Husaren. Und nun kam eine kleine Gesellschaft, zwei höhere Artillerieoffiziere mit ihren Damen – und mit ihnen Likowski, in Zivil.

Es war ihr schrecklich gewesen, schrecklich! Aber Wynfried schalt sie aus – ach, er war nicht mehr der strahlende, anbetende Freund der ersten Zeit. Er sagte: »Likowski ist Kavalier, als solcher weiß er, daß er uns nicht zu sehen und zu erkennen hat.«

Aber Likowski kam dennoch heran – auf eine so fremde, ferne Art – einen Schritt vom Tisch blieb er und grüßte kalt. Und sprach in einem Ton, der nicht aus Agathens Ohren wollte: »Bitte, Herr Lohmann – auf ein Wort.«

Und Wynfried stand auf und folgte dem Hauptmann. – Sie blieben außer Hörweite stehen. – Steif und höflich sah es aus, wie sie ein paar kurze Worte zusammen sprachen. – Dann verneigten sie sich sehr förmlich voreinander.

Wynfried kehrte zu ihr zurück – leichenblaß und stumm, und wehrte allen Fragen ab. Und bat – nein – befahl, daß sie am nächsten Morgen abreise.

Von diesem Augenblick an erwuchs in Agathe der Gedanke: Klaras Großmut wird alles in das rechte Geleise bringen. –

»Nun?« fragte Klara. »Wie ist es dir denn in diesen letzten Monaten ergangen? Du warst viel mit deiner Gerwald auf Reisen?«

»Schlecht ist es mir ergangen,« sagte Agathe gedrückt.

»Dir? Schlecht?«

Das tiefe Erstaunen in diesen fragenden Wiederholungen war für Agathe eine Kränkung. Ihr Dasein kam ihr in diesem Augenblick sehr mühselig und beladen vor. Aber das war immer ihr Los gewesen: kein Mensch glaubte ihr, wenn sie litt.

»Ich bin sehr unglücklich,« sprach sie mit weinerlicher Stimme. »Wenn man entsagen und immer wieder entsagen soll ...«

Klara erschrak. Kam ihr die gutherzige, törichte Frau wieder mit ihrem Liebesjammer?

Nur das nicht! Nicht diese kindischen Klagen hören, um einen, den sie selbst in heiliger Entsagung liebte. Das hätte ihre wunde Seele zu peinlich gequält.

Sie suchte nach einem ablenkenden Wort. Aber noch ehe sie es fand, warf sich die andere plötzlich gegen sie – umklammerte ihren Hals und fing schluchzend an, zu weinen.

»Mein Gott – Agathe – fasse dich doch ...«

»Nein,« stammelte Agathe, »nein – ich habe alle Fassung verloren – ich kann nicht mehr – ich kam – weil du – du allein bist es, die mir mein Glück geben kann. – Leben – Ehre – Glück – alles ...«

Was hieß das? Gab es denn, außer dem Vater, der ahnungsvoll ihr geheimstes Leid zu erraten schien und es andächtig beschwieg, gab es einen Menschen, der von ihrer Herzensqual wußte?

Und wie sonderbar drückend war ihr die Körperlast der Weinenden. Sie schob sie von sich und sprach mit blassen Lippen: »Ich habe kein Glück zu vergeben, und ich kann dir nicht helfen.«

»Doch: Gib ihn frei – laß ihn mir – ich liebe ihn über alles in der Welt – ich sterbe, wenn ich auf ihn verzichten soll.«

»Von wem sprichst du?« fragte Klara. Und zitterte vor dem kommenden Wort.

»Von Wynfried – von Wynfried!«

Das kam jammernd heraus – als umschlösse der Name allein alles Unglück ihrer Gegenwart.

»Von – von ...?«

»Ich träume,« dachte Klara, »das ist ja Unsinn.«

»Hast du es denn nicht gespürt? Du mußt doch gemerkt haben, wie glücklich und froh er war. – Aber das ist es – so was kannst du nicht merken – du bist ja nur seine gute Freundin – du bist kalt – ach – du weißt nicht, wie es ist, wahnsinnig zu lieben. – Deshalb kann es dich auch nichts kosten, gar nichts, ihn frei zu geben.«

Verstummt, gelähmt saß die junge Frau. Die vergangenen Monate zogen in rasendem Fluge an ihr vorbei. Sie sah ihren Gatten – immer liebenswürdig, höflich – rücksichtsvoll – ohne Ansprüche an ihre Hingabe. – Wie war es friedlich – wie erlösend gewesen. – Aber nun. – Diese allerletzten Wochen? Umwarb er sie nicht? Begehrlich – wie ein Verliebter?

O Schmach!

Und unterdessen ging die jammernde Rede der anderen immer weiter – wurde ruhiger – nahm endlich den Ton des Rechtes an. Mit der Miene eines kleinen Mädchens, das seine ersten Liebessorgen hat – naiv – manchmal fast treuherzig. Und sie schloß: »Siehst du, geliebte Klara, ich habe dir ja nichts weggenommen. Ihr habt euch nicht aus Liebe, sondern nur dem Vater zu Gefallen geheiratet. Und Wynfried sagt, er sei eben damals so herunter und so willenlos gewesen, daß er sich habe verheiraten lassen. Deshalb brauche ich dir gegenüber auch kein schlechtes Gewissen zu haben. Ich hab' dich auch viel zu lieb, als daß ich dir etwas hätte antun wollen. O nein, dazu bin ich ein zu anständiger Mensch. Laß ihn frei, damit ich sein Weib werden kann. Ich sterbe sonst ...«

Und sie drückte ihr Taschentuch gegen die Augen.

Klara fuhr auf. Sie hatte gedacht – gedacht – und doch, in fiebernder Doppeltätigkeit, alles gehört.

»Vor einem Jahr wolltest du um einen anderen sterben.«

Agathe hörte wohl den Hohn. Aber sie fühlte jetzt zu leidenschaftlich, und alles war doch anders.

»Jetzt weiß ich erst, was wahre Liebe ist!« schluchzte sie.

Wie diese Tränen Klara schrecklich waren – sie wuschen alle Würde von den Worten.

»Du wirst entsagen müssen,« sprach sie hart.

»Dazu ist es zu spät,« sagte Agathe.

Und sie erschrak, weil sie es gesagt hatte! – Ihre Tränen versiegten – eine Art von Trotz kam ihr – sie wartete und sah die Frau an – die blaß, in aufrechter Haltung, mit verschlossenem Gesicht dasaß. – Wie von Unergründlichkeit umwittert. – Was würde ihr nächstes Wort sein?

Welche Drohung lag darin, daß es so lange ausblieb?

»Ich habe auch mein Recht!« dachte sie.

Und endlich fragte Klara – kurz und klar: »Schickt dich Wynfried?«

Agathe erschrak sehr. Sie war ja eigenmächtig hier! Ein dumpfes Gefühl sagte ihr, daß Wynfried diesen Schritt mißbilligt haben würde, weil – weil – er vielleicht gar nicht frei sein wollte.

Aber gerade das hatte sie hergejagt. Nach der Begegnung mit dem Hauptmann gab es nur noch eins: sich öffentlich zueinander bekennen. Als Held und Heldin einer unbezwinglichen Leidenschaft das Urteil der Welt gewinnen – sozusagen fast gesegnet von der ersten Frau des Geliebten.

Aber etwas kleinlaut sagte sie: »Nein. Ich kam, weil – weil – es so nicht weitergehen kann – ich habe solche Angst.«

Wieder schwieg die junge Frau lange. Sie erwog: vielleicht fühlt diese, daß er anfängt, sich von ihr zu wenden – mir zu. Und sie will sich deshalb zwischen ihn und mich werfen ... Und vor ihrem Gedächtnis brannten seine begehrlichen, bittenden Blicke ... O Schmach! Ein siedender Strom von Zorn und Abwehr brauste durch ihren Körper.

»Du weißt nicht, was Liebe ist,« fuhr Agathe fort. »Du bist eine Verstandesnatur. Gegen die große, wahre Liebe ist man eben machtlos. Man erliegt. Sie ist gewaltiger als Gesetz und Pflicht.«

Klara schloß die Augen. Sie dachte an jene Sommernacht, da gerade die Größe ihrer Liebe zweien Herzen die Kraft gegeben, sich zu bezwingen.

»Es kann dir doch nicht schwer sein, auf deinen Mann zu verzichten – wo ihr euch nicht aus Liebe geheiratet habt.«

Nun hatte die junge Frau sich ganz gefaßt.

»Gerade deswegen ist unsere Ehe unlöslich,« sprach sie.

»Klara ...«

»Sie war kein Handel, der rückgängig gemacht werden kann, denn ich habe mich nicht verkauft.«

»Klara ...«

»Sie war kein Liebeswahn, aus dem man erwacht. Wir wußten, was wir taten.«

»Klara!« Nun schrie es die andere Frau – flehend, jammernd.

»Wir haben uns die Hände gereicht zur Erfüllung sittlicher Pflichten. Diese bestehen fort. Sie haben sich noch vermehrt. Wir haben einen Sohn.«

Sie stand auf. Und der anderen war, als müsse sie sich zu ihren Füßen hinwinden – irgend etwas schrecklich Demütiges tun. Aber sie kämpfte doch um ihr Recht! Und sie hatte es in den letzten Wochen mit Beben gespürt, daß der geliebte Mann lauer wurde. Und gerade jetzt! Nein, ihr Leben war wirklich vernichtet – ihre Zukunft verdorben, wenn er sie verließ.

Und ihre Demut schlug in das Gegenteil um.

In ihre blauen, schwimmenden Augen kam ein beinahe gehässiges Licht.

»Oh,« sagte sie, »wie unweiblich! Du willst einen Mann halten, der nicht dir, sondern mir gehört! Ich möchte wohl wissen, wie du dir deine weitere Ehe denkst.«

Ein herbes Lächeln ging um Klaras Mund. Und in stolzer Abwehr sprach sie: »Über die Zukunft meiner Ehe habe ich mit dir nichts zu sprechen. – Und mir scheint – auch sonst nichts mehr.«

»Du weisest mich fort?« fragte Agathe und kämpfte wieder mit jäh aufsteigenden Tränen, »du willst mich beschimpfen?«

»Nein. Aber du mußt begreifen: nur mit meinem Mann habe ich über diese Sache zu reden. Und erst wenn ich von ihm selbst gehört habe, daß er frei zu sein wünscht, werde ich mich fragen müssen, was ich zu tun habe. Ich, von mir aus, muß unsere Ehe für unlöslich erklären.«

Die blonde Frau geriet in Verzweiflung und weinte wieder mit kindischen Lauten.

Sie ängstigte sich ja gerade davor, daß es dem Manne gar nicht um Freiheit zu tun sei. Ihre Phantasie sah eine große Vergebungs- und Versöhnungsszene zwischen den Gatten voraus.

Was noch tun? Wie sich den Sieg erringen? Sie hatte ihn sich so einfach gedacht. Klara war doch so edel, so selbstlos, so großmütig.

Agathe hatte in der Unverschämtheit kleiner Seelen all die Großmut der höheren Natur zu ihren eigenen Gunsten in Rechnung gestellt. Sie war von jenen, die einen Nebenmenschen unbefangen verraten, kränken, berauben können, um nachher zu ihm zu sagen: Du bist so großherzig, du wirst verzeihen. –

»Weine nicht,« sagte die junge Frau, »geh und laß mich allein.«

Noch einmal stürmte Agathe mit ihrem Körpergewicht in heftiger Umarmung, mit Schluchzen und Betteln gegen sie an.

»Er darf, er kann mich nicht verlassen,« schrie sie fast, »es ist zu spät ... Die Folgen ... Ich fühle ...«

»Geh. Laß mich allein.«

Das war kaum hörbar – aber es drang doch durch all den Lärm der Bitten, Klagen und des Geschluchzes der anderen.

Und sie ging.

Schon auf der Schwelle blitzte der Gedanke durch sie hin: »Gott – man sieht, wie verweint ich bin ...«

Und sie tupfte mit dem Taschentuch auf Lidern und Wangen herum ...

Da war Leupold. Er geleitete sie an ihr Auto.

Und sie hatte ein elendes Gefühl vor diesem Manne, der doch bloß ein Diener war.

Die Tür des Autos wurde geöffnet. Drinnen tief in eine Ecke gedrückt fror die Gerwald unter der Pelzdecke.

Agathe sank schwer auf ihren Sitz – die Tür schloß sich.

»Geliebte Gerwald – Sie müssen mit dem Nachtzug mit mir nach Köln fahren.«

»Bitte, bitte, liebe Baronin – nicht weinen – es wird ja alles gut werden ...«

11

Die junge Frau brach nicht fassungslos zusammen. Die große Aufregung wirkte zunächst auf sie wie ein berauschender Trank, der durch ihre Adern schwoll und ihre Nerven anspannte. Sie ging rastlos hin und her und her und hin – mit fieberisch erhitztem Gesicht.

Sie wollte die ungeheuerliche Offenbarung, die ihr geworden war, in Ruhe bedenken.

Aber davon konnte keine Rede sein. Ihr ganzes Wesen war aufgestört.

Sie hatte gar keinen Haß oder nur Zorn auf die andere Frau – dachte kaum an sie.

Sie dachte an ihre Ehe – an den Vater – an das Kind.

Würde Wynfried sie bitten: gib mich frei? Ihr ahnte: nein, das würde er nicht tun. Aber nicht etwa, weil er an der Sittlichkeit ihrer Ehe festhielt – o, die hatte er mit Füßen getreten – sondern – sondern – weil er begann, sich in seine Frau zu verlieben ...

Es war ihr, als müsse sie wahnsinnig werden bei diesem furchtbaren Gedanken.

Vor einem Jahr hatte sie gläubig auf das Wunder der Liebe gewartet.

Es war nicht zwischen ihr und ihrem Gatten erblüht.

Aber diese Art Liebe, die sie jetzt ahnte – die war ihr wie eine Beleidigung.

Sie konnte lange gar nichts denken – ging hin und her, mit beschwingten Schritten, wie auf der Flucht.

Dann kam die Erkenntnis: »Unsere Ehe – gerade unsere – mußte durch Treue geadelt werden.«

Und nun, wo sie entadelt war – mußte sie aufrecht erhalten werden? Befreite seine Treulosigkeit sie von ihrer Pflicht gegen den Gatten, gegen den Vater, gegen ihr Kind?

Nein. Sie mußte verzeihen.

Aber die Ehe fortsetzen? Wie sollte sie das ertragen?

Sie stand vor dem Bilde ihrer Mutter. Sie starrte zu dem feinen, leidvollen Gesicht empor. – Das schwieg. – Wie Tote schweigen, die nur sprechen, wenn wir selbst ihnen Worte leihen. – Und die entsetzte Seele der jungen Frau hatte keine – erbebte in stummer Not ...

Aus dieser Gebundenheit erwachte sie langsam zu einem staunenden Gedanken: »Aber ich habe ihn doch damals heiraten und mich ihm zu eigen geben können!«

Aber damals hatte die Ekstase ihrer Dankbarkeit sie getragen! Damals stand der Mann als ein von geheimnisvollen Leiden Zerschlagener vor ihr, und alle unbewußte Mütterlichkeit in ihr fand eine Aufgabe darin, ihm zu helfen. Damals wußte ihre Seele nicht, was Liebe ist – die dämmerte noch hinter der Schwelle des Erkennens, tief im Untergrunde ihres Gefühlslebens.

Nun war alles anders geworden. Ihr ahnte längst, daß jene geheimnisvollen Leiden ihr Mitleid nicht verdient hatten.

Und ihre Seele war zu einer reinen, entsagenden Liebe erwacht.

Nur die Dankbarkeit war die gleiche geblieben.

Und neue, noch viel stärkere Empfindungen waren emporgewachsen – töchterliche – mütterliche.

Sie ging ans Fenster und suchte mit ihren Blicken den Nebel zu durchbohren. Die weiße Mauer der filzigen Luft verbarg das Werk. Wenn sie es doch hätte sehen können! Der Anblick der rauchenden Schlote und der mystischen Glutscheine würde ihr wohlgetan haben. Sie sprachen so stark vom Lebenswerk des alten Mannes, des großen Arbeiters, der ihr Vater geworden war.

Ihre Ehe lösen hieß: ihn verlassen!

Wie würde er leiden!

Und ihr Kind? Wenn sie, die Schuldlose, von dannen ging, so war es ihr Recht, es mitzunehmen. Kein Mensch, kein Gesetz konnte sie daran hindern.

Das würde den alten Mann töten!

Seit er den Enkel besaß, wußte er, für wen er gearbeitet, für wen der Pulsschlag des gewaltigen Werkes da drüben so stark und lebendig schlug. –

Sein Enkel bedeutete ihm die Erfüllung aller Lebenshoffnungen ... Spät, nach vielen und herben Enttäuschungen war sie ihm geworden. – Diese winzigen Kinderhände hatten die Wunderkraft, alles Schwere, alle Entsagungen aus seinem rastlosen Dasein auszustreichen. Endlich – an der Schwelle des Grabes fast – gab das kleine Kind ihm noch Freude – Freude, mit der ganzen Macht seiner ungewöhnlichen Natur empfunden.

Und dieses Glück sollte sie ihm fortnehmen?

»Nein,« dachte Klara, »das kann ich nicht.«

Eine Stimme schien sie zu fragen: »Aber kannst du dich denn noch einmal dem Manne zu eigen geben, der dich jetzt mit so werbenden Blicken verfolgt?«

Wie groß die Opfer auch gewesen waren, die sie gebracht hatte – das äußerste war ihr erspart geblieben: ihre weibliche Würde blieb unverletzt.

Sollte sie sie nun zerbrechen lassen?

Wo war der Ausgang aus dieser Wirrnis von einander bekämpfenden Pflichten und Gefühlen?

Undurchdringlich wie der weiße Nebel stand die Zukunft vor ihr.

Sie glaubte, es seien Minuten vergangen, seit ihr Ohr gequält wurde von dem kindischen Jammer der blonden Frau. In diesem wunderlichen Wechsel zwischen entsetzt hinjagenden Gedanken und bleierner Stumpfheit war ihr alles Maß für die Zeit abhanden gekommen.

Nun erschrak sie, als Georg kam und die Tischzeit meldete.

Es hieß wie alle Tage in Heiterkeit neben dem geliebten Vater sitzen, damit ihm die Stunde der Mahlzeit eine freundliche sei ...

Mechanisch ging sie ins Eßzimmer – vergaß, sich umzukleiden – vergaß den Blick in den Spiegel. – Ging im Zwange der Gewohnheit. –

Es schien, als habe der Tag sein jähes Ende gefunden. Im Eßzimmer waren die Vorhänge geschlossen, und das fahle Nebellicht kam nicht herein. Festlich glänzten die elektrischen Birnen zwischen ihrem Behang von stumpfgeschliffenem Kristall.

Zu Häupten der kleinen Tafel, die fast verloren im reichen Raum stand, saß schon der Geheimrat in seinem Fahrstuhl.

Er sah der Tochter entgegen, das ganze bedeutende Haupt schien wie von einer hellen Stimmung umstrahlt. Eben hatte er seinen Enkel besucht und sich geschmeichelt gefühlt, daß dieser kleine Herr des Hauses vor Vergnügen mit den Patschhändchen schlug, wie ein unflügges Vögelchen mit den noch kümmerlichen Flügeln, als der Großvater hereingefahren wurde.

Aber ganz plötzlich änderte sich der Ausdruck seines Blickes.

Klara im Morgenanzug? Mit dunkelglühendem Gesicht? Wie eine Fiebernde?

»Bist du krank?«

»Ich? – Nein.«

Sie setzte sich. Man aß. Sie versuchte auch, zu essen, zu sprechen. – Ja, schon fünf Zähnchen. – Ja, Judereit war nun genesen. – Ja, er war in den langen Leidensmonaten ein einsichtsvoller Mensch geworden mit vernünftigen Plänen. – Ja, Thüraufs Finchen wollte nach München und sich der Malerei widmen. Ja – zu allem – und alles war so gleichgültig. Und sie fühlte immer, wie die großen, blitzenden Augen sie mit wachsamer Sorge zu durchbohren schienen. –

»Nachrichten von Wynfried?«

»Nein, seit dem Telegramm keine,« antwortete sie.

»Wie ihn die Kreyser-Werke immer festhalten! Und wie er gern zu seinen Bekannten nach Köln fährt. Ich denke manchmal, die Kreyser-Werke und ihr Betrieb interessieren ihn mehr als ›Severin Lohmann‹, und wenn er freie Wahl hätte, siedelte er dahin über. Der muntere Zug im Leben des Rheinlandes zieht ihn auch besonders an. Gottlob, daß du da bist, Kind, und daß wir Severin den Kleinen haben. Sonst hätte ich Angst, nach meinem Tode wendete mein Sohn dieser Stätte den Rücken. Aber du wurzelst in ihr fest und erziehst mir den Enkel in unserem Sinn.«

Das war mehr, als Klara in dieser Stunde hören konnte.

Und sie wußte nicht, daß die Glut auf ihren Wangen langsam hinlosch und daß ihr Gesicht elend, leichenblaß, zusammengefallen erschien – und ihre Stimme leise, wie verhallt, als hole sie jedes laute Wort mühsam aus der Brust herauf.

Und auf einmal fing alles an, sich zu drehen. In ihren Ohren sangen hohe Geigentöne in langen Bogenstrichen. Sie horchte mit versteinertem Gesicht. Sie dachte: ich bin schwindelig – hatte eine letzte Willensregung: nicht fallen – nicht fallen. – Dann war alles abgeschnitten – als sei ein Fallbeil zwischen sie und ihr Bewußtsein niedergesaust.

Nichts, gar nichts wußte sie davon, daß ihr Kopf vornüber auf die Tischplatte geschlagen wäre, hätte nicht Leupold sie aufgefangen, der die letzten Sekunden, atemlos vor Schreck, sie schon beobachtet hatte. Sie hörte nicht, daß nach der weiblichen Dienerschaft gerufen ward – sah nicht, daß der alte Mann, in Verzweiflung und vor Ungeduld vergehend, in seinem Stuhl die geballten Fäuste auf die Lehnen stemmte.

Als das feine Singen und Klingen, dies dünne Vorspiel des Erwachens, wieder in ihrem Ohr begann, dämmerte eine Art Verwunderung in ihr. – Sie horchte dem wieder nach. – Wie lange das andauerte. – Sie wußte nicht, daß viele tote, schwarze Minuten dazwischen lagen, seit sie es zuerst gehört.

Dann hatte sie eine Art von Erstaunen: sie lag auf ihrem Bett?

Wie kam sie dahin? Sie saß doch bei Tisch?

Sie schlug die Augen auf. Fast zugleich hörte sie eine Stimme sagen: »Gottlob!«

Und ein weibliches Haupt neigte sich über sie – es schien das der Wirtschafterin – und man versicherte tröstend, daß Doktor Sylvester gewiß gleich da sein werde.

Da kam ihr Bewußtsein klar zurück, und zugleich brach sie in leidenschaftliches Weinen aus und drückte ihr Gesicht tief in die Kissen. –

Der alte Mann, der wuchtig und gebändigt, vor Sorge und Schmerz außer aller Fassung in seinem Stuhl wartete, jagte bald den Leupold, bald den flinken jungen Georg hin und her. An dem Türspalt des Schlafzimmers mußten sie Nachricht erfragen.

Und endlich kam Leupold und sagte: »Die gnädige Frau ist wieder zu sich gekommen, aber dann sogleich in ein furchtbares Weinen verfallen. Doktor Sylvester ist schon unterwegs.«

»Komm her!« befahl der Geheimrat.

Er packte die Hand des alten Dieners um das Gelenk, er schüttelte ihn beinahe. Etwas von seinem alten brausenden Zorn war wieder über ihn gekommen.

»Hör du,« sagte er rauh, »ein Vierteljahrhundert bist du hier, und mein Leben ist für dich von Glas – sprich – was geht in meinem Hause vor – sprich – als Mensch – nicht als Diener – sprich –«

»Herr Geheimrat,« sprach der Mann blaß und verstockt,

378

»hier im Hause geht nichts vor. Das wissen Herr Geheimrat doch selbst.«

»Mensch – keine Wortklauberei. – Sag, was du denkst.«

»Ich denke, daß die Ohnmacht und die Tränen der gnädigen Frau wohl damit zusammenhängen, daß die Baronin Hegemeister heute hier war.«

»Die Baronin –«

»Ich war zufällig auf der Diele. Und dann blieb ich da – um Wache zu halten – daß niemand horcht –«

»Warum? Die Baronin – das ist eine Freundin des Hauses – ist zahllose Male hier gewesen – was wär' da zu horchen?« fragte er lauernd. Denn in seinem Gedächtnis war immer wach, was die alte Lamprecht ihm vor vielen Wochen schon zugetragen hatte.

»Sie ist seit Monaten nicht hier gewesen. Und – Herr Geheimrat haben befohlen, daß ich sprechen soll – und die ganze Gegend klatscht davon, daß sie und unser junger Herr ... Und ein Matrose von der ›Klara‹, der hier auf Severinshof sich 'ne Braut angeschafft hat, war neulich da zum Besuch und erzählte, daß der junge Herr nur ein oder zweimal mitgesegelt ist ... Und da dacht' ich: die Frau Baronin hat vielleicht viel abzubitten. Und ich wollte nicht – dem Georg muß man immer mal aufpassen, daß er nicht horcht. Und ich selbst mußte mir Mühe geben, wegzuhören. Die Baronin weinte und jammerte manchmal laut. – Was soll ich noch mehr sagen ...? Mehr schickt sich nicht. Herr Geheimrat wissen auch, wie wir die gnädige Frau alle vergöttern – ich auch – ja ... Und dann der Kleine! – Nein, so was durfte nicht kommen. – Verzeihen mir Herr Geheimrat – aber Sie haben befohlen, ich sollte sprechen.«

Es sättigte ihn wohl, sprechen zu dürfen. Denn der Groll

fraß ihm schon lange das Herz ab. Aber er ängstigte sich auch schwer. Sein Herr war in den letzten Monaten weniger frisch gewesen. Eine Aufregung konnte den zweiten Schlaganfall bringen, auf den er seit zwei Jahren täglich mit heimlichem Zittern gefaßt war.

Aber was der treue Mensch dann sah, benahm ihn vor Erstaunen.

Der wuchtige alte Mann brach keineswegs zusammen. Er atmete tief auf – langsam hob er seinen Oberkörper – richtete sein Haupt empor. In jener furchterweckenden Herrscherhaltung, der verkörperte Wille selbst, saß er da.

Das Licht füllte den Raum – die unterbrochene Mahlzeit stand kalt auf dem Tisch, der in Unordnung war. Das blitzende Auge sah über alles weg.

Ein schweres Schweigen herrschte. –

Leupold wagte nicht, sich zu rühren, um nicht die Gedanken seines Herrn zu stören.

Was mochten es für Gedanken sein? Zornesfalten standen auf der breiten Stirn. Und eine mächtige Bewegung arbeitete in den großen Zügen.

Nein, das sah nicht aus, als habe ein hinfälliger Greis einen Stoß empfangen, der ihn umwerfen mußte – das sah vielmehr so aus, als sei alle Kraft von neuem erwacht, als spanne sich jeder Nerv in diesem gewaltigen Körper in straffer Energie.

Nun sah er, wie die Hände, ohne zu zittern, nach der Brusttasche griffen – da trug der Geheimrat ein Büchlein. Er nahm es – er schrieb ein paar Zeilen auf – riß das Blatt ab ...

»Nimm,« sagte er. – Nein, wirklich, nicht einmal seine Hände zitterten.

Leupold nahm es. Er sah: es war eine dringliche Depesche. Nach Köln. An den Sohn des Hauses. Und sie lautete: »Ich erwarte dich unter allen Umständen morgen früh hier. Dein Vater.«

Dann ging der Tag seinen Gang. – –

Klara, auf ihrem Bett, sank aus den leidenschaftlichen Tränen allmählich in einen Zustand der Erschöpfung hinüber. Sylvester hatte ihr ein Pulver aufgedrängt – sie nahm es aus Gefälligkeit gegen den besorgten Arzt. – Es mochte helfen, daß die Erschöpfung in einen ruhigen Schlaf überging.

Als sie erwachte, war es dunkel. Und sie hörte sausende Töne. – Kam das vom Werk her? Nein – Sturm! Der Nebel war weggepeitscht.

Klara richtete sich auf. Besann sich. Ihre Fassung war nun vollkommen.

Sie hatte seit Stunden nicht mehr gedacht – nicht denken können.

Und dennoch war in ihr eine eherne Gewißheit und Festigkeit.

Sie wußte: ihre Pflicht war es, noch einmal von vorn anzufangen, und um des Vaters wie des Kindes willen ihrem Mann zu vergeben, zu helfen. Sie wollte mit ihm sprechen und mit seiner schwachen Natur kämpfen – damit er begreife: er müsse sich zunächst ihre Achtung erringen.

Dies war das kleine Streckchen Lebensweg, das sich übersehen ließ – ob es ins Dunkel mündete, ins Helle führte – das mußte die Zukunft lehren.

Dieser gegenwärtige Augenblick forderte eine leichtere Pflicht von ihr ... Sie mußte den Vater beruhigen! In welche

381

Aufregung mochte ihn ihre Ohnmacht gestürzt haben!

Sie kleidete sich an – rasch – und dachte: »Ich nehme den Kleinen mit hinauf.«

Sie fand ihn im Zimmer nebenan, in seinem Wagen lag er, seine Stimme übend, mit jenen unbegreiflichen Lauten, die noch keine Worte formen können und doch zu einem Mutterohr so beredt von prachtvollem Behagen und Wohlsein sprechen. Zwischen Spitzen und hellblauen Schleifen sah man das runde Gesichtchen und die prallen Arme. Und die großen Augen glänzten tief.

Die junge Frau nahm das Kind und hob es hoch empor und legte das flaumige Köpfchen gegen ihre Wange – in leidenschaftlichem Glück die Nähe des kleinen Geschöpfes genießend.

So schritt sie hinauf.

Sie merkte kaum, daß ehrfürchtige und eilige Hände alle Türen vor ihr öffneten.

Sie gelangte hinauf – mit ihr kam ein Lichtstrom in einen völlig dunklen Raum.

In seinem Sessel zwischen den unverhüllten Erkerfenstern saß der alte Herr – im unerleuchteten Zimmer.

Nun sah er die junge Frau, wie sie im Lichtstrom heranschritt, im linken Arm hoch das Kind tragend, mit der Rechten das kleine Haupt gegen ihre Wange drückend – und um sie der Schimmer von Glanz ...

»Madonna ...« dachte er.

»Wir wollen Großvater Gute Nacht sagen.«

Und ihre Stimme klang wie immer.

»Du hättest liegen bleiben sollen.«

»O nein,« sagte sie leichthin, »es geht mir wieder gut. Hoffentlich hast du dich nicht erschreckt. Du weißt ja: ›Der Frauen Zustand ist beklagenswert‹ – Wir sind ein jämmerliches Geschlecht.«

»Heldin!« dachte er.

Er wußte noch nicht: sollte er mit ihr sprechen – mit ihr schweigen. –

Aber nun mußten erst die großen Greisenhände die winzigen Fäustchen nehmen, denn der kleine Regent sollte bald in sein Nachtröckchen gesteckt werden. Und da erschien auch schon die Amme in ihrer schwarzbunten Tracht und wollte ihn wieder hinab holen in sein Kinderstubenreich.

»Schlafe mein Kerlchen. Stör deine Mutter nicht. Sie ist für dich und mich alles – sie darf uns nicht krank werden. – Schlaf fest.«

»Dei – dei – dei,« klöhnte das Kind, als wolle es sehr Vernünftiges versprechen.

Die Amme ging mit ihm davon, hinter ihr schlossen sich die breiten Türen, durch die der Lichtstrom hereingekommen war.

»Du sitzest im Dunkeln?« fragte Klara.

Sie hockte sich auf den niedrigen Stuhl neben den thronartigen Sitz des Vaters hin – da wo so recht eigentlich ihr Platz war.

»Ich habe mich mit ›Severin Lohmann‹ unterhalten,« sprach der Alte, »es hatte mir viel zu sagen ...«

Durch die schwarzblanke Glasfüllung der Fenster sah

man hinaus in den Novemberabend, aus dem der Sturm allen Nebel geblasen. Und vor dem nächtigen Hintergrund erkannte man die hellen Schornsteine, weil von der Kokerei und den Hochöfen und der frei brennenden Gasflamme her roter und gelber Schein kam, der die Bauten helldunkel umleuchtete. Von bläulichen elektrischen Lichtern war das düster-große Bild überfleckt, und all diese Lichtkerne mit der Strahlenglorie rundherum erinnerten so merkwürdig an Weihnachten. – Die plumpen Burgen der Hochöfen waren halb angestrahlt, halb lösten sich ihre Formen in Dunkelheit auf.

Der Gesang des Sturms nahm mit seinen langgezogenen Heultönen alle Geräusche vom Werk fort und trug sie auf seinen Fittichen ostwärts, dem Meere zu.

Drunten der Fluß war an seinem kohlschwarzblanken Gleißen nur zu erkennen, wo vom Werk her Licht über ihn hinspielte. Außerhalb der verständlichen und übersehbaren Wirklichkeit krochen ein rotes und ein grünes Licht in der Dunkelheit heran. Die Augen eines Dampfers, der sich gegen Strom und Wind flußauf quälte.

Die junge Frau legte ihren Kopf gegen die Lehne des Stuhls. –

Bald fühlte sie die liebevolle Hand schwer auf ihrem Haar. –

So saßen sie und sahen zu dem vom rötlichen Schein angehauchten Rauch hinüber, der sich in der schwarzen Höhe verlor. Sie sahen von diesem Stück Welt des Eisens und der Kohle mit geistigem Auge noch viel, viel mehr, als das Nachtbild ihnen zeigte. Sie sahen alle tausend Fäden, mit denen es an die Gegenwart, an alle großen Fragen und Forderungen der Zeit gebunden war. Sie sahen sich als Diener dieser Zeit – ihre Herzen wurden bescheiden und still.

Leise sprach der Alte – für sich hin – zu ihr, die mit seinem Enkel sein Werk bewachen und fortsetzen sollte – vielleicht hinaus zu Tausenden, die ihn nicht hörten:

»Ich habe gedacht ... Eine neue Zeit läßt nicht nur neue Formen, Schönheiten, Anschauungen, volkswirtschaftliche Notwendigkeiten entstehen, wälzt nicht nur Technik und Bedürfnisse um. Fast fürchte ich mich, es auszusprechen: sie wertet auch unsere Empfindungen um! Man sagt, daß alte Geschlechter, die seit Jahrhunderten auf ihrer sich forterbenden Scholle sitzen, diese mit heißer Inbrunst lieben. Wie sollten sie nicht! Und dennoch muß die Liebe, die Männer wie ich zu ihren Werken haben, noch von einer anderen Art sein. Tiefer und ausschließlicher. Denn sie ist noch fruchtbarer! In meines Sohnes Adern fließt mein Blut – nicht nur mein Blut – vielleicht, nein gewiß, noch mehr von dem der Frau, die ihn gebar. In den Adern meines Werkes fließt nicht nur mein Blut; meine Kraft – meinen Geist – meine Energie – alles, was ich bin, körperlich und seelisch, hab' ich hinübergepflanzt in dies Werk. Geheimste Ströme gingen von mir fort in meine Arbeit und gaben ihr Leben. Und ist so dies Werk nicht noch mehr mein Kind, in viel unzerstörbarerem Sinne, als mein Sohn es ist? Ist diese Wahrheit erschreckend? Ist sie nicht vielmehr voll geheimer Größe? Voll drohender Mahnungen? Werte abwägen gegeneinander – das fordert die Zeit. Vielen, vielen ließ sie das Idyll des Familienlebens und das Auskosten seiner kleinen und großen Kämpfe. Aber für die, denen ein Platz ward in der Front der Schaffenden, heißt es sich fragen: Was ist wichtiger, dein Kind oder dein Werk? Und da, wo ich stehe – und so, wie mein Sohn ist – trotz allem, was ihm geopfert ward, ein Halber – muß ich mich besonders fragen: Was ist Tausenden wertvoller, nötiger – mein Sohn oder mein Werk? Was ist meinem Herzen teurer – mein großes, starkes, kraftvolles Werk oder mein haltloser Sohn? ...«

Seine Stimme war zuletzt fast raunend geworden. Er sprach wie einer, der sich vor sich selbst fürchtet.

Und die junge Frau fühlte: er wußte vielleicht alles. Er war vielleicht bereit, den Sohn preiszugeben.

Aber das war doch unmöglich. Wie sollte, wie konnte das geschehen? Die einfache Tatsache der festgefügten Lebensverhältnisse verbot es. – Vielleicht eine zornige Aufwallung? Die milderer Stimmung weichen konnte? Aber so seltsam gefaßt, so wunderbar vorsichtig, furchtsam vor dem Klang der eigenen Worte, spricht nicht der Zorn.

»Du und dein Kind – ihr wißt es – ich habe ein Herz! Deine Mutter wußte es! – Und dennoch – dennoch – wenn ich denn ein unnatürlicher Vater bin: – mein Werk steht mir näher als mein Sohn. Ihn könnt' ich lassen – meinem Werk gehört mein letzter Gedanke. Wir Menschen von heute, wir arbeiten so furchtbar, daß Blut und Schweiß uns zusammenschmiedet mit unserer Arbeit – und wenn unsere Kinder dies heilige Bündnis nicht verstehen, seien sie davon geschieden.«

Klara fror. – Die Unerbittlichkeit sprach zu ihr. – Und ihr war, als sei es kein Zufall, daß seine Faust sein Leben lang dem Erz das Eisen abgerungen habe ...

»Vater,« sprach sie leise. »Wir müssen doch Geduld haben.«

Da drückte sich die Hand noch fester auf ihr Haupt und lag da schwer – und dennoch wie Segen – Trost – Dank. –

Sie mochten nicht mehr sprechen und schauten still durch die Nacht hinüber auf den bestrahlten, quellenden und zerreißenden Rauch, der toll vor dem schwarzen

Himmel jagte. –

Und der alte Mann wartete auf eine Antwort. Die Depesche war doch stark genug gewesen. Aber an diesem Abend kam keine Antwort mehr.

Nun, wozu auch Antwort? Am nächsten Morgen würde sein Sohn selbst eintreffen.

Aber die Stunde, für die seine Ankunft bestimmt zu berechnen war, verstrich, und er trat nicht bei seinem Vater ein.

Der Geheimrat ließ Thürauf herüberbitten. Der tauchte aus seinem Übermaß von Arbeit auf und hatte zwei Minuten für den alten Herrn. Wynfried? Vor vier Tagen hatte er das lange und vortrefflich klare Telegramm über die Konferenz auf den Kreyser-Werken geschickt, das der Geheimrat ja kenne. Seither erhielt Thürauf persönlich keine Nachricht vom Juniorchef der Firma. –

Die Ungeduld verzehrte ihn. Allerlei Gedanken überstürzten sich. Auch dieser, daß Wynfried gar mit der blonden Baronin auf und davon gegangen sei.

Aber zu dieser Vorstellung hatte er gleich ein grimmiges Lächeln.

Er kannte seinen Sohn. Der dachte wahrscheinlich ganz unbefangen, wie tausend moderne Ehegatten denken: auf die Treue des Mannes kommt es nicht weiter an. Das Abenteuer mit der Baronin war ihm vielleicht nur ein Sommervergnügen – vielleicht hatte es geheißen: halb zog sie ihn, halb sank er hin. – Ach – klein – klein – banal!

Und die Blicke fielen ihm ein, die sein Sohn in der letzten Zeit für Klara gehabt.

Da stieg ein flammendes Rot bis in seine Stirn, und er

litt. –

Es blieb alles stumm. Als wenn die Ferne voll schweren Schweigens sei.

Der Geheimrat ließ ein dringliches Telegramm mit dringlicher Rückantwort an das Hotel in Köln abgehen. Da hatte er binnen einer Stunde in den eiligen Blaustiftbuchstaben der Depesche die Nachricht, daß Herr Lohmann junior im Hotel bisher nicht angekommen sei, daß dort aber seit gestern nachmittag eine D-Depesche für ihn lagere, aus deren Vorhandensein man wohl auf seine baldige Ankunft schließen dürfe.

»Meine eigene Depesche,« dachte der alte Herr.

Nun war er außerstande, noch etwas zu tun. Er konnte nicht an alle Kölner Hotels depeschieren. Wer wußte, ob er überhaupt da war? Man hätte auf Lammen anfragen können. Das verbot sich. Das bloße Suchen nach einem Vorwand zur Nachfrage verbot sich.

Solche Stunden ertragen sich hart.

Er saß da wie ein zürnender Gott, der seine Blitze in der Hand zurückhalten muß, die ihn nun selbst brennen.

Er wußte, gerade wie die junge Frau, daß sich die festgefügten Lebensverhältnisse nicht zerreißen ließen.

Er ahnte gleich ihr, daß Wynfried sich dagegen wehren würde, seine Ehe zu lösen, denn er war offenbar im Begriff, sich in seine Frau zu verlieben.

Ah – dürfte er doch die holde Frau gegen diese Liebe schützen!

Aber er war machtlos. Wenn sie verzieh, Geduld haben wollte – er, der Vater, durfte die Ehe nicht sprengen.

»Hätte ich sie nie zusammengebracht!«

Eins aber konnte er: als richtender Vater, als Mann zum Manne, mit dem Schwert scharfer Worte gegen den Sohn wettern.

Er hoffte im Grunde wenig davon. Er hatte alles Vertrauen verloren. Wenn nicht einmal die reine Würde der jungen Frau ihm Halt hatte geben können ...

Der alte Mann erschrak selbst davor, wie ganz ihm sein Sohn entglitten war – alle Stimmen der Natur schwiegen.

Sein Enkel, seine Tochter, sein Werk – diese über seinen Tod hinaus vor jeder Gefährdung zu schützen, war sein Hauptgedanke. Er wollte sein Testament ändern. Wynfried blieb auch mit dem Pflichtteil noch ein wohlhabender Mann.

Da nun seine leidenschaftliche Natur auf schwere Grübeleien angewiesen war und sich nicht in Wort und Tat entladen konnte, stieg seine Nervosität bis zur Unerträglichkeit.

Wenn nur irgend, irgend etwas geschähe, diese Spannung zu lösen ...

Aber beinahe hätte er das, was sie lösen konnte, von seiner Schwelle gewiesen.

Es war am dritten Tag nach jenem unterbrochenen Mittagsmahl.

Der Himmel war hell, durch den bleichen Sonnenschein raste Sturm. Das Land lag braunschwarz, mit den rostroten Farbenflecken der Hainbuchen, in deren Gezweig das welke Laub fror. Der Fluß schuppte sich unruhig. Kahl und freudlos schien die Erde ängstlich auf den Winter zu warten.

Leupold kam.

»Ich soll den Freiherrn von Marning melden,« sagte er. Und fügte gleich, etwaigen Vorwürfen abzuwehren, hinzu: »Ich habe aber keine Aussichten gemacht – habe gesagt, Herr Geheimrat empfingen keine Besuche. Da bat er, ich solle doch fragen.«

Den alten Herrn wandelte eine kurze Verwirrung an. Marning? Er, der für immer aus diesem Hause gegangen war? Noch einmal wieder? Und jetzt –

Nein, nein – gerade ihn konnte er jetzt nicht sehen! Es hätte zu weh getan. Es würde ihn vielleicht hinreißen, zu diesem zu sprechen. Und gerade diesem mußte verborgen bleiben, was jetzt auf dem Hause lastete – denn es wäre auch für ihn schwer, schwer, davon zu wissen.

»Nein,« sprach er vor sich hin, »ich kann nicht –«

»Herr Oberleutnant sagten: es sei wichtig.«

Wichtig? Für ihn? Für wen? Vielleicht war er anderen Sinnes geworden. Kam auf das Anerbieten zurück – wollte doch zur Industrie übergehen – kam, um Hilfe für den Weg dahin zu erbitten.

Das entschied. Seine Zuneigung für Marning wallte auf. Es hieß eben, sich zusammennehmen.

»Also ja ...«

Und wenige Sekunden nachher stand Stephan Marning vor ihm, sehr blaß, sehr ernst.

»Lieber Marning. – Es freut mich, Sie zu sehen. – Wenn Sie's nicht wären ... Ich bin ein verstimmter, ungeduldiger alter Kerl – hab' im Moment zu viel bunte Gedanken im Kopf. – Sie müssen schon Nachsicht mit mir haben. Und mir ein bißchen knapp sagen, was Sie wünschen. Meine Gesinnung kennen Sie – die ist unverändert ...«

»Herr Geheimrat,« begann Stephan. »Ich komme nicht in eigener Angelegenheit.«

Irgend etwas im Ton und in der Miene des jungen Mannes ließ den Alten scharf aufmerken.

»Das Botenamt, Herr Geheimrat, war zu allen Zeiten ein gefürchtetes.«

»Wenn der Bote Übles brachte! Und das tun Sie demnach.«

»Ernstes. Ja.«

»Sagen Sie's nur schlankweg. Man bildet sich immer ein, vor uns Alten und Brüchigen dürfe man das Wort ›Tod‹ nicht laut aussprechen. Ich bin kein Feigling. Wenn Altersgenossen weggeholt werden, zittere ich nicht gleich, weil's mich doch auch mal treffen muß. Bin seit zwei Jahren an eine gewisse Nachbarschaft gewöhnt. Ist Ihr Onkel, mein verehrter Freund, gestorben? Ein schmerzlicher Verlust wär's.«

»Nein, Herr Geheimrat. Ich habe Ihnen von Likowski Nachrichten zu bringen.«

»Wa – was ...? Unser prachtvoller Hauptmann? Aber das ist ja unmöglich –«

Wie sonderbar seine Gedanken die eine Fährte verfolgten – die des Todes.

»Likowski befindet sich wohl – er wird in zwei, drei Tagen zurück sein – er wäre schon heute eingetroffen – aber er hat ... auch mußte er sich beim Oberst melden.«

»Nun also – was ist mit ihm los. – Nehmen Sie's mir nicht

391

übel, lieber Marning – aber Sie verstehen sich drauf, einen ungeduldig zu machen.«

»Verzeihen Sie,« sprach der jüngere Mann halblaut, »ich bin ungeschickt. – Mein Amt ist schwer. – Likowski hat ein Duell gehabt – mit – mit Ihrem Herrn Sohn.«

Der alte Mann fuhr auf – blieb erstarrt – sah den andern an – mit offenem Munde.

Langsam wich jede Farbe aus seinem Gesicht.

Er war furchtbar anzusehen.

Und endlich, endlich sprach er laut und fest. »Er ist tot!«

So sprach das Schicksal selber – ehern – ergeben – furchtgebietend.

»Nein – nein. – Er lebt – er kann – er wird weiterleben –«

Da sank das schwere Haupt zurück. – Die Augen schlossen sich – und ein wunderbares Lächeln – geheimnisvoll – unbegreiflich, irrte um die Lippen. – Und unter den geschlossenen Lidern heraus perlte langsam eine Träne und rann über die bleiche Wange.

Stephan wandte sich ab. Ergriffen und scheu.

Was jetzt im Herzen des alten Mannes vorging, wußte Gott allein.

Sprach dennoch die unergründliche Stimme der Natur, die verstummt gewesen war? ... Reckte sich das ganz einfache Gefühl empor? – Rauschte das Blut – das Blut, das auch in seines Sohnes Adern rann, ihm zu: Gottlob nicht tot? ... Tiefste Rätsel. –

»Was wissen wir von uns selbst!« fühlte der Alte.

Stephan stand Minuten und sah in den matten,

sturmgepeitschten Sonnenschein hinaus und wagte nicht, sich umzuwenden.

Bis eine beherrschte Stimme ihn aufrief: »Nun lassen Sie mich alles im Zusammenhang hören.«

»Ich denke, Herr Geheimrat, ich begehe keine Taktlosigkeit, wenn ich Ihnen Likowskis Brief gebe – wie er nun mal ist. – Ganz Likowski. – Ich befürchte da kein Mißverstehen.«

Es wäre ihm ja unmöglich gewesen, alles mit lauten Worten zu sagen. Ihn däuchte, als müsse jedes einzelne zum Posaunenton werden und durch Mauern und Estrich hinabdringen in das Ohr der geliebten Einen.

»Mißverständnisse? Zwischen mir und dem, was Likowski sagt und tut und schreibt? Ausgeschlossen. Her damit!«

Stephan legte den Brief – diesen Brief, dessen Inhalt ihn fast betäubt hatte – nun in die Hand des alten Herrn. Er setzte sich auf den nächsten Stuhl, den Säbel zwischen den Knien, die Hände auf dem Korb gefaltet – so wartete er, und sein Gedächtnis, das den langen Brief auswendig wußte, konnte den Blicken folgen, die nun lasen ... Wort um Wort ...

»Lieber Marning! Kamerad! Freund! Da bürde ich Ihnen nichts Gutes auf. Aber es muß sein! Der alte Herr, den wir verehren und lieben, der muß wissen, was los ist. Er soll mir verzeihen, wenn er kann! Wenn er nicht kann, muß ich's ertragen. Mein Bewußtsein ist: ich habe getan, was sein mußte. Mein Mandat? Das des Mannes und Offiziers, der kein edles Weib kränken lassen darf. Auch nicht, wenn sie selbst vielleicht noch nichts davon weiß.

»Zu Ihnen hab' ich nie davon gesprochen – auch die

anderen Kameraden nicht zu mir – das war zu delikat, wo es ein Haus betraf, das uns so oft Gastlichkeit bot. Wenn man auch ein rauher Krieger ist, man hat doch sein Zartgefühl. Aber es war ja in allen Blicken, zwischen den Worten war es, in jedem plötzlichen Verstummen war es, daß auch wir genau wußten, was sämtliche Spatzen der ganzen Gegend pfiffen. Nämlich, daß Herr Wynfried Severin und die mollige Baronin sich zusammen auf das beste unterhielten und offenbar nicht gerade zusammen im Katechismus lasen. Sonst wären sie doch wohl mal bis ans sechste Gebot gekommen ...

»Ich kann Ihnen gestehen, Freund, ich hab' was an stiller Wut in mich 'reingefressen. Wo die junge Frau für mich so ungefähr das Anbetungswürdigste von edler Weiblichkeit ist, was mir auf meinem Junggesellenpfad begegnete. Und wo ich ihr alter Freund und Hausgenosse gewesen bin. Und wo ich weiß, daß der Geheimrat toben würde, wenn er wüßte, daß man ihr ein Haar krümmen will. – Na, und so stand es lange fest bei mir: ich sag's ihm in sein schönes, nobles Gesicht, daß es für mich sehr häßlich aussieht.

»Bloß die Gelegenheit! Wo die herzwingen, ohne Skandal?

»Aber so was fällt ja dann vom Himmel, wenn man gerade mit all seinen Gedanken mal weit davon weg und in behaglicheren Regionen ist.

»Geh' mit Vetter Adolf und Gesponsin, sowie mit einem seiner Regimentskameraden, gleichfalls beweibten Zustandes, in ein Restaurant. So 'n ganz pickfeines, wo es schon was kostet, wenn der Kellner sich verbeugt. Sonst nicht meine Wahl – das wissen Sie wohl. Aber Madame Adolf hat die Schwäche und – das Geld! Leider. Geld ohne Geschmack – das ist eine schlimme Mischung. Da hätte sich Adolf vorsehen müssen. Na, dies nebstbei. – Und wer sitzt da in diesem Lokälchen, an zart bestrahltem Tisch, wo zwischen Blumen und dem Leuchter mit dem rosigseidenen Schirmchen der graue Kaviar vom Eisblock glänzt? Wer?

»Na, ich sage Ihnen, die pummelige Agathe wurde rot – röter – am rötesten.

»Ich war ganz ruhig. Ich ging 'ran – so mit 'ner gewissen Vorsicht – Distanz wahrend – damit nicht etwa die Baronin mir gleich die Patschhand freundschaftlich hinstreckte. – Und da bat ich ihn denn, mich anzuhören. Drei Worte genügten ja. Daß er sie nicht einstecken konnte, wenn er 'n Mann von Ehre bleiben wollte, war klar. Und dann lief die Geschichte ihren Gang. Ehrengericht damit befassen war unmöglich. Die Losung mußte sein: sofortige Abwicklung! Ehrengericht kann die Sache nachträglich prüfen. Und hier gleich in Parenthese: ich melde mich sofort beim Oberst. Auf einen Monat Festung bin ich gefaßt. – Zum Glück hatte Wynfried Severin ein paar Freunde da in der Gegend – Herren, die schlagenden Verbindungen angehörten – einer war aus 'm ganz feudalen Korps und fabelhaft bewandert in der Regie des Duells. – Und kurz und gut – heut im Nebelgrau standen wir einander gegenüber. – So 'n rechter schwerer Rheinnebel war's. – Das Gelände, zwischen Schonungen, nicht weit vom Fluß – seltsam war's mir: man hörte durch den Nebel den Heulton der Dampfer. Wenn ich Ihnen sage, Marning, daß so 'n Heulruf ihm das Leben gerettet hat!

»Es war mein Vorsatz: den lösch' ich aus. – Der verdirbt sonst noch dieser köstlichen Frau, an die man bloß mit Andacht denken kann, das ganze Dasein. – Ich haßte ihn. Kräftig.

»Aber was soll ich Ihnen beichten? – Wie ich so ziele – in diesen gräßlichen Sekunden – ein, zwei sind's bloß – da heult von fern und leise ein Dampfer – wie bei uns – plötzlich seh ich unseren Fluß vor mir, das Werk, den alten

Herrn. Gott verzeih' mir: es war verrückt. Total. Beinahe mag ich es nicht schreiben: mir war's, als riefe der alte Herr. Es war direkt unheimlich.«

Stephan sah, daß die beschriebenen Blätter in der Hand des Greises zitterten ...

Ja, das war diese Stelle – seltsam – und so ganz außer Likowskis Linie ...

Aber weiter ...

»Vielleicht hätt's ihn doch schwer geschlagen – wenn sein Sohn ... es ist immerhin der einzige! Obschon – unter uns – manchmal dacht' ich: heiß ist die Liebe nicht. Und Enkel und Schwiegertochter sind ihm alles. Aber wer kann in so was 'reingucken? Na und kurz und gut: ich nahm nicht dies flotte Herz zum Ziel. Aber treffen wollt' ich, und ich traf. Besser als er, der den ersten Schuß hatte und damit bloß ein Loch in die Luft machte. Nicht vorsätzlich. Ih nee – ich merkte, wie er zielte. Aber natürlich: schlechter Schütze, nicht eingeschossen. Meine Kugel ist ihm unterm Schulterknochen durchgeschlagen, hat Sehnen und viele Blutgefäße zerrissen und die Lunge gestreift.

»Schon nach zwei Stunden brachte mir Vetter Adolf die Nachricht: voraussichtlich längeres Krankenlager, aber durchaus keine Lebensgefahr – wahrscheinlich auch längeres Schonungsbedürfnis.

»So weit wäre ja nun alles ganz gut und schön gewesen und hätte ganz sachte vertuscht werden können. Dem alten Herrn konnte man was von einem Automalheur erzählen. Was ist heutzutage leichter, als sich auf der Straße die Knochen zu zerbrechen!

»Aber nun kommt's hochdramatisch. Ohne sich um Wunsch und Willen des vorerst Bewußtlosen zu kümmern, läßt ihn unser Paukarzt ganz einfach in eine Privatklinik schaffen, die ein ihm befreundeter Chirurg hält. Na, das war vernünftig. Als Lohmann zu sich kommt, fällt ihm ja wohl bei kleinem ein, daß die Baronin Nachricht haben muß. Er läßt telephonieren, die Damen möchten abreisen, und seine Sachen sollten vom Hotel in die Meinhardtsche Klinik geschickt werden.

»Vielleicht hatte die mollige Agathe schon Lunte gerochen – und dann das Wort ›Klinik‹. Kurz: nach einer halben

Stunde saß sie schon am Bett. Und erklärte jedermann: da ist mein Platz! Und nimmt mit der Gerwald mehrere Räume in der Klinik und macht es offiziös. – Straf' mich Gott, wenn ich in diesem Falle von meiner sonst gutbeschlagenen Menschenkenntnis sollte verlassen sein! Aber Agathe ist vielleicht, in all ihrer Unbefangenheit, nicht böse über das Duell! Denn nun kann er gar nicht anders. Zu seiner Frau kann er nicht zurück. Sitzen lassen kann er hiernach die Baronin nicht. Und so strafen ihn die Götter und bedienten sich dazu meiner bescheidenen Person.

»Dieses Auftrumpfen Agathens: ›Mein ist der Mann, und mir gehört er zu!‹ – macht es unmöglich, den Fall zu vertuschen. Ehe der alte Herr gar in den Zeitungen davon liest – ehe der Sohn ihn benachrichtigen kann – denn von wegen Agathe kann er nun nicht eine glaubhafte Flunkerei von einem Unfall nach Haus drahten. – Die Lage ist nicht einfach für ihn. Donnerwetter! Na also, ehe was geschieht, das den Schlag zu roh und plump gegen das Gemüt des Vaters führt – gehen Sie sofort zu ihm.

»Er hat Sie lieb. Er achtet Sie hoch. Oft hat er's mir gesagt. Es ist mir handlicher, mich mit diesem Auftrage an Sie als an den vortrefflichen Thürauf zu wenden. Sie sind mein Kamerad – mein Freund – das sagt alles.

»Von Frau Klara kein Wort! Da verbiet' ich meiner Feder jedes. Sie wird leiden – jetzt – zunächst in jedem Fall! Aber sie wird mir doch noch mal im Leben freundlich die Hand geben – darauf hoffe ich!

»Und nun: Gott befohlen!

Ihr Likowski.«

Wie langsam der Greis gelesen hatte – ganz gewiß, er mußte jeden Satz wiederholt in sich aufgenommen und lange bedacht haben.

Und nun faltete er mit zögernden Bewegungen die Bogen zusammen. Ein wenig mußte er sich vorneigen und den Arm ausstrecken, um sie auf den Tisch legen zu können, der rechts von ihm aus der Wand vorsprang.

Stephan stand schon auf, um ihm den Brief abzunehmen.

Seine Blicke trafen sich mit den tiefen, großen Blicken des Alten – sie kamen wie aus einem Abgrund von Gram herauf.

Aber dennoch – auf seinen Zügen lag der Ausdruck einer wunderbaren Gefaßtheit.

Welche Erschütterungen auch durch ihn hingewandelt sein mochten – er stand darüber, stand auf Herrscherhöhen. – Von wo aus die Wirrnisse des Lebens weithin übersehbar sind, wo man erkennen kann, woher die Wege kommen und wohin sie gehen.

Ein leises, schmerzliches Lächeln voll Vatergüte ging um seinen Mund.

»Sie wollten mir und allem, was zu mir gehört, für immer entfliehen,« sprach er, »und nun spielt unser Freund, noch viel mehr als er selbst weiß, Schicksal und schickt gerade Sie zu mir.«

»Ich konnte den schweren Auftrag nicht ablehnen.«

Er war verwirrt – sein Herz klopfte. Er wünschte sich auf der Stelle verabschieden zu dürfen.

»Lieber Marning – Sie sehen – der Sohn ist mir verloren – vielleicht nicht ganz als Sohn. Mag die Zukunft – mag vielleicht eine ferne Stunde, die meines Todes vielleicht, noch einmal seine Hand in meine legen. Was kann ich davon wissen, was darüber sagen? Nichts! – Ich will mein Alter nicht mit Unversöhnlichkeit beflecken. – Es liegt an ihm –«

Er mußte innehalten. – So lebendig stand plötzlich das Bild der genußsüchtigen, selbstischen Frau vor ihm, die seines Sohnes Mutter gewesen ... Er seufzte schwer ...

»Möchte der Weg, auf den ihn alles nun zwingt, ihm nicht zu hart mit Reue gepflastert sein.«

Dann fuhr er lebhafter fort. »Meine Tochter – mein Enkel – mein Werk – das gehört zusammen – zu mir – bis übers Grab hinaus: zu mir! Und davon hat mein Sohn sich geschieden. Er hat die Würde seiner Frau und die Würde meines Werkes verraten. – Vielem und Vielen sollte er zum Herrn gesetzt sein. Das kann nur einer, der strebt. Nicht einer, der spielt. Er bleibt von meinem Werk geschieden – auf immer!«

Nun sah er den jungen Mann voll und groß an – bezwingend – –

»Ich tat einmal eine Frage an Sie. – Heute ist der Augenblick, sie zu wiederholen. – In dieser Stunde braucht mein Werk noch keinen Helfer und Leiter. Ein vorbildlicher Mann steht an der Spitze. Aber der Tag wird kommen, wo auch er jüngere Schultern als Mitträger braucht. Und mein Enkel. – Noch bin ich da! O – ich hoffe, dem Dunklen, der mir schon mal so nahe war, noch manches Jahr zu trotzen. Aber dennoch – es ist Menschenlos. – Mein Enkel und meine Tochter – einmal brauchen sie vielleicht einen klugen, besonnenen Mann von Ehre und Herz als – als Freund. – Und so, Marning, so frage ich in dieser Stunde, wo mein Sohn für mein Werk verloren ging: wollen Sie zu mir kommen – wollen Sie meinem Werke dienen?«

»Ja!«

400

Laut und feierlich klang das durch den Raum.

Der alte Herr streckte seine Hand aus. Stephan ergriff sie und tat wie damals, als er für immer zu scheiden glaubte: er neigte sich tief und küßte voll Ehrfurcht diese Hand – die Hand, die sein Schicksal auf ungeahnte, nie mehr erhoffte Höhen des Glückes führen wollte.

Den Greis übermannte Rührung. Er zwang das nieder.

Er wußte, mit diesem »Ja« hatte ein ganzer Mann sich seinem Werke angelobt. Und nicht nur seinem Werke.

»Nun Klara,« sagte er, »sie muß wissen ...«

Stephan trat erschrocken zurück.

»Nicht in meiner Gegenwart.«

»Doch!« – Er hatte schon das Zeichen für Leupold gegeben, und dieser kam so rasch, daß kein Wort mehr gewechselt wurde.

»Bitte meine Tochter herauf. Aber sage nichts davon, daß ich Besuch habe.«

»Herr Geheimrat ...« bat Marning.

Die alten Augen sahen ihn tief und wissend an.

»Sie werden mich nicht verlassen wollen, wenn ich Ihnen sage – ich brauche Sie – – sonst – sonst – es könnte mir die Fassung zerbrechen. – Ich hab' diese zwei zusammengeführt – ich! Bin ich nicht ein Schuldiger vor ihr?«

»Nein,« rief Stephan, »nein – nichts von Schuld ...«

Sie warteten schweigend. Stephan stand am Fenster, hinter dem mächtigen Stuhl, in dem der Alte saß. Im Schatten, einer schwarzen Silhouette gleich.

Und dennoch erkannte sie ihn, kaum, daß sie die Schwelle überschritten.

Sie blieb stehen – ihr Fuß wollte sie nicht weitertragen.

Was war das? Ein Zufall? Eine von jenen lächerlichen Notwendigkeiten des Alltags, die sich in das Große mengen? Gerade jetzt? In diesen qualvollen Tagen der Unklarheit, wo ihr Frauenschicksal in der Schwebe hing ...

»Mein Kind,« sprach der alte Mann ihr entgegen, »komm – sieh, hier ist unser Freund. Er hat ernste Nachrichten gebracht ...«

Und nach einer kurzen Pause setzte er hinzu: »Von – meinem – Sohn ...«

Nun war sie vor ihm und sah ihn an – nur ihn – als sei nicht noch einer hier, der ihren Blick und Gruß erwarten durfte.

Und doch sah, fühlte sie nur die Gestalt, die hochaufgerichtet, schweigend und unbeweglich dastand.

»Ja, mein Kind – Wynfried – er hat – ein Unfall ... Später erfährst du das Genaue. – Er liegt in Köln – krank ...«

Sie wich ein wenig zurück – im Schreck. Und wußte sofort: dann muß ich dahin – ihm helfen – er ist meines Kindes Vater – ich muß. – Ich wollte ja Geduld haben – wollte vergeben – nun muß ich es beweisen ...

»Dann will ich zu ihm – gleich – ja gleich. – Ihn pflegen – ihm beistehen –«

»Nein, mein Kind. Du wirst nicht hinfahren. Eine andere Frau, der nun wohl seine Zukunft gehören muß, sitzt an seinem Bett. Und deine Ehe – sie wird gelöst werden.«

»Vater!« schrie sie auf.

Sie legte beide Hände vor ihr Gesicht.

Und die Männer schwiegen.

Sie ahnten, der Greis wie der junge Mann, daß in ihrer Seele eine ungeheure Bitterkeit aufwallte und alles, alles andere überflutete. – Die Bitterkeit der edlen Frau, die sieht: alle Opfer waren umsonst! Die erkennt: meine Würde hat er, dem ich alles gab, nicht geachtet! –

Niemand sieht ohne Erschütterung den Bau seines Lebens in Trümmer zerfallen – auch wenn dieser Bau nicht im Glanze seliger Liebe errichtet ward ...

Aber dieser bittere Strom von schweren Erkenntnissen ebbte langsam zurück.

Und ein großes, schmerzliches Entsetzen erwachte.

Nun verlor sie Vater und Heimat – –

Sie hob ihr Gesicht aus den Händen. Sie sah den alten Mann an – sie sah wohl, welch eine Welt von Liebe ihr aus seinen Blicken entgegenkam.

Aber dennoch, es war sein Sohn, um den es ging – sein einziger Sohn – trotz allem.

»Nun muß ich dich verlassen!«

»Klara!«

»Aber das Kind – es gehört mir. – Du wirst nicht den Versuch machen, es mir zu nehmen. Nein – das nicht – das weiß ich.«

Sie war außer sich.

Er streckte seinen Arm nach ihr.

»Nein – besinn dich doch. – Gehören wir nicht

403

zusammen? – Das Werk, das Kind – du und ich? Er hat sich von uns geschieden, nicht wir von ihm! Und hier steht einer – ich hab' sein Wort: er will in die Arbeit hineinwachsen und dem Werke dienen und – meines Enkels Freund sein –«

Er brach ab.

»Vater!«

Sie kniete schon neben ihm nieder, und er nahm das schmale, weiße Gesicht zwischen seine Hände.

»Meine Tochter!« sprach er leise und bedeutungsschwer.

Oft hatte er sie so genannt – aber sie fühlte, was dieser Name, in diesem Augenblicke ihr gesagt, alles auf sie legte an großen und heiligen Pflichten; was er ihr versprach an Glück, das nach still und stark ertragenem Leid einst ihr Leben zu einem Wunder machen sollte.

Sie hob den Blick – sie wagte es, den Mann anzusehen, der als stummer Zeuge hinter dem Stuhl des Vaters stand.

Und das beredte Auge sagte ihr, was der Mund noch verschweigen mußte.

Und in diesem erhebenden Schweigen gelobten ihre Seelen einander, der Vatergüte des großen alten Mannes immer wert zu sein – nach seinem Vorbilde zu wirken und rastlos ihre Pflicht zu erfüllen, im täglich erneuten, stillen Heldentum der Arbeit, die dem Ganzen dient.

Druck der
Union Deutsche Verlagsgesellschaft
in Stuttgart

Ida Boy-Ed:

Ein königlicher Kaufmann

Hanseatischer Roman

16. und 17. Auflage

In Leinen gebunden 5 Mark

Aus den Besprechungen:

Daß der vorliegende Roman viele Liebhaber gefunden hat, das bezeugen schon die vielen Neuauflagen. Und es ist auch wirklich ein gutes Buch. Es enthält treffliche poetische Schilderungen der Landschaft, der Natur. Neben feinsinnigen Bemerkungen über die modernen Menschen und das heutige Geschäftsleben der alten Freien und Hansestadt Lübeck gelangen in anheimelnden Rückgedanken auch die früheren Zustände zur plastischen Darstellung. Die große Erfindungsgabe der Verfasserin gestaltet den Roman reich an verschlungenen Situationen, die meisterhaft gelöst werden.

Bohemia, Prag

Was übrigens die stärkste Anziehungskraft der Geschichte ausmacht, das ist ihr Schauplatz. Sie spielt im heutigen Lübeck. Die stolze Hansastadt mit ihren Kirchen und Patrizierhäusern taucht vor uns auf; die Verfasserin schildert das Innere eines solchen, und ebensogut kennt sie sich im republikanischen Verfassungsleben aus. Sie zeichnet diese kleine und doch wieder in ihrer Art große Welt mit sicherem Stift, nicht ohne Anerkennung und doch auch gelegentlich mit ironischen Anmerkungen über den übertriebenen Lokalpatriotismus. Sie übersieht nicht »die spezifische Hanseatenkrankheit: den Patrizierwahnsinn, in welchem jede Familie sich einbildet, aristokratischer als alle anderen zu sein«. Natürlich entrollt sich auch vor uns ein Stück hanseatischen Kaufmannslebens; wir werden Zeugen von allerhand industriellen Gründungen, nehmen an Aufsichtsratssitzungen teil und dergleichen. Das alles ist mit so viel Sachkenntnis wiedergegeben, als nur immer von einer Romandichterin erwartet werden darf.

Deutsche Tageszeitung, Berlin

Ida Boy-Ed:

Im Verlag der J. G. Cotta'schen Buchhandlung Nachfolger in Stuttgart und Berlin erschienen:

	Gebunden
Die säende Hand. Roman. 5. Auflage	M. 4.50
Um Helena. Roman. 3. Auflage	M. 4.50
Ein königlicher Kaufmann. Hanseatischer Roman. 16. u. 17. Auflage	M. 5.—
Die Lampe der Psyche. Roman. 3. Auflage	M. 4.50
Nur wer die Sehnsucht kennt ... Roman 6. u. 7. Auflage	M. 4.50
Die große Stimme. Novellen. 3. Auflage	M. 3.—
Stille Helden. Roman	M. 5.—

In Otto Meißners Verlag in Hamburg erschienen:

Ein Tropfen	Geheftet M. 2.50
Getrübtes Glück. Zwei Novellen	Gebunden M. 4.—

	Gebunden
Althof, Paul (Alice Gurschner), Die wunderbare Brücke und andere Geschichten	M. 4.—

410

411

–"– Ich harr' des Glücks. Novellen. 6. Aufl. " 4.50
–"– Gib mir die Hand. Roman. 12.-14. Aufl. " 5.—
–"– Herzblut. Roman. 19.-21. Aufl. " 5.—
–"– Der du von dem Himmel bist. Roman. 8. u. 9. Aufl. " 4.50
–"– Die thörichte Jungfrau. Roman. 5. Aufl. " 4.50
–"– Der arme Konrad. Roman. 5. u. 6. Aufl. " 4.50
–"– Liebestrank. Roman. 16.-20. Aufl. " 5.—
–"– Stark wie die Mark. Roman. 21.-25. Aufl. " 6.—
–"– Montblanc. Roman. 8. u. 9. Aufl. " 4.—
–"– Du bist die Ruh'. Roman. 9. u. 10. Aufl. " 4.50
–"– Du Schwert an meiner Linken Ein Roman aus der
deutschen Armee. 36.-40. Aufl. " 5.50
–"– Die zwölfte Stunde. Novellen. 1.-5. Aufl. " 3.—
–"– Der weiße Tod. Roman. 19.-23. Aufl. " 4.—
–"– Es war ein Traum. Berliner Novellen. 5. Aufl. " 4.50
–"– Die letzte Wahl. Roman. 5. Aufl. " 5.—
Sudermann, Hermann, Es war. Roman. 51.-55. Aufl. " 6.—
–"– Geschwister. Zwei Novellen. 35.-37. Aufl. " 4.50
–"– Jolanthes Hochzeit. Erzählung. 31.-33. Aufl. " 3.—
–"– Der Katzensteg. Roman. 91.-95. Aufl. " 4.50
–"– Das Hohe Lied. Roman. 56.-59. Aufl. " 6.—
–"– Die indische Lilie. Sieben Novellen. 21.-25. Aufl. " 4.—
–"– Frau Sorge. Roman. 136.-145. Aufl. Mit Jugendbildnis " 4.50
–"– Im Zwielicht. Zwanglose Geschichten. 35. u. 36. Aufl. " 3.—
Telmann, Konrad, Trinacria. Sizilische Geschichten " 5.—
Trojan, Johannes, Das Wustrower Königsschießen und
andere Humoresken. 4. u. 5. Aufl. " 3.—
Uxkull, Gräfin Lucy, Rote Nelken. Ein sozialer Roman " 5.—
Vockeradt, Emma, Wanderer im Dunkeln. Roman " 4.—
Vogt, Martha, An schwarzen Wassern. Zwei Novellen " 3.50
Vollert, Konrad, Sonja. Roman " 5.50
Voß, Richard, Alpentragödie. Roman. 5. u. 6. Aufl. " 5.50
–"– Römische Dorfgeschichten. 5. verm. Aufl. " 4.50
–"– Erdenschönheit. Ein Reisebuch. 2. Aufl. " 3.50
–"– Du mein Italien! Aus meinem römischen Leben 2. u. 3. Aufl. " 5.50
–"– Der Polyp und andere römische Erzählungen. 2. Aufl. " 5.—
–"– Richards Junge (Der Schönheitssucher). Roman. 3. Aufl. " 6.—
Watzdorf-Bachoff, E. v., Maria und Yvonne. Geschichte
einer Freundschaft. 2. Aufl. " 4.50
Wilbrandt, Adolf, Adams Söhne. Roman. 3. Aufl. " 5.50
–"– Adonis und andere Geschichten. 3. Aufl. " 4.—
–"– Meister Amor. Roman. 3. Aufl. " 4.50

–"– Das lebende Bild und andere Geschichten. 3. Aufl.   " 4.—

–"– Dämonen und andere Geschichten. 3. u. 4. Aufl.   " 4.—

–"– Der Dornenweg. Roman. 5. Aufl.   " 5.—

–"– Erika – Das Kind. Erzählungen. 3. Aufl.   " 4.50

–"– Fesseln. Roman. 3. Aufl.   " 4.—

–"– Franz. Roman. 3. Aufl.   " 4.50

–"– Die glückliche Frau. Roman. 4. Aufl.   " 4.—

–"– Fridolins heimliche Ehe. 4. Aufl.   " 3.50

–"– Schleichendes Gift. Roman. 3. Aufl.   " 4.—

–"– Hermann Ifinger. Roman. 7. Aufl.   " 5.—

–"– Irma. Roman. 3. Aufl.   " 4.—

–"– Hildegard Mahlmann. Roman. 4. Aufl.   " 4.50

–"– Ein Mecklenburger. Roman. 3. Aufl.   " 4.—

–"– Novellen   " 4.—

–"– Opus 23 und andere Geschichten. 2. Aufl.   " 4.—

–"– Die Osterinsel. Roman. 5. Aufl.   " 5.—

–"– Vater Robinson. Roman. 3. Aufl.   " 4.—

–"– Familie Roland. Roman. 3. Aufl.   " 4.—

–"– Die Rothenburger. Roman. 9.-11. Aufl.   " 4.—

–"– Der Sänger. Roman. 4. Aufl.   " 5.—

–"– Die Schwestern. Roman. 2. u. 3. Aufl.   " 4.—

–"– Sommerfäden. Roman. 2. u. 3. Aufl.   " 4.—

–"– Am Strom der Zeit. Roman. 2. u. 3. Aufl.   " 4.—

–"– Die Tochter. Roman. 2. u. 3. Aufl.   " 4.—

–"– Vater und Sohn und andere Geschichten. 2. Aufl.   " 4.—

–"– Villa Maria. Roman. 3. Aufl.   " 4.—

–"– Große Zeiten und andere Geschichten. 3. Aufl.   " 4.—

Wildenbruch, E. v., Schwester-Seele. Roman. 20. u. 21. Aufl.   " 5.—

Wohlbrück, Olga, Die neue Rasse. Roman. 2.-5. Aufl.   " 6.—

Worms, C., Aus roter Dämmerung. Baltische Skizzen. 2. Aufl.   " 3.50

–"– Du bist mein. Zeitroman. 2. Aufl.   " 5.—

–"– Erdkinder. Roman. 4. Aufl.   " 4.50

–"– Die Stillen im Lande. Drei Erzählungen. 2. Aufl.   " 4.—

–"– Thoms friert. Roman. 2. Aufl.   " 5.—

–"– Überschwemmung. Eine baltische Geschichte. 2. Aufl.   " 3.50

Für geheftete Exemplare beträgt der Preis 1 Mark weniger